图书在版编目(CIP)数据

有风自南/金理编选.—北京:商务印书馆,2017
(复旦中文学科建设丛书·新世纪中国文学批评卷)
ISBN 978-7-100-15481-9

Ⅰ.①有… Ⅱ.①金… Ⅲ.①中国文学-当代文学-文学评论-文集 Ⅳ.①I206.7-53

中国版本图书馆CIP数据核字(2017)第273721号

有风自南
复旦中文学科建设丛书·新世纪中国文学批评卷
金 理 编选

商 务 印 书 馆 出 版
(北京王府井大街36号 邮政编码100710)
商 务 印 书 馆 发 行
苏州市越洋印刷有限公司印刷
ISBN 978-7-100-15481-9

2017年11月第1版 开本710×1000 1/16
2017年11月第1次印刷 印张24.25
定价:66.00元

前　言

复旦大学中文学科的开始，追溯起来，应当至1917年国文科的建立，迄今一百年；而中国语言文学系作为系科，则成立于1925年。1950年代之后，汇聚学界各路精英，复旦中文成为中国语言文学教学和研究的重镇，始终处于海内外中文学科的最前列。1980年代以来，复旦中文陆续形成了中国语言文学研究所(1981年)、古籍整理研究所(1983年)、出土文献与古文字研究中心(2005年)、中华古籍保护研究院(2014年)等新的教学研究建制，学科体制更形多元、完整，教研力量更为充实、提升。

百年以来，复旦中文潜心教学，名师辈出，桃李芬芳；追求真知，研究精粹，引领学术。复旦中文的前辈大师们在诸多学科领域及方向上，做出过开创性的贡献，他们在学问博通的基础上，勇于开辟及突进，推展了知识的领域，转移一时之风气，而又以海纳百川的气度，相互之间尊重包容，"横看成岭侧成峰"，造成复旦中文阔大的学术格局和崇高的学术境界。一代代复旦中文的后学们，承续前贤的精神，持续努力，成绩斐然，始终追求站位学术前沿，希望承而能创，以光大学术为究竟目标。

值此复旦中文百年之际，我们编纂本丛书，意在疏理并展现复旦中文传统之中具有领先性及特色，而又承传有序的学科领域及学术方向。其中的文字，有些已进入学术史，堪称经典；有些则印记了积极努力的探索，或许还有后续生长的空间。

回顾既往，更多是为了将来。我们愿以此为基石，勉力前行。

陈引驰

2017年10月12日

出版说明

本书系为庆祝“复旦大学中文学科百年”所策划的丛书《复旦中文学科建设丛书》之一种。该丛书是一套反映复旦中文百年学术传统、源流，旨在突出复旦中文学科特色、学术贡献的学术论文编选集。由于所收文章时间跨度大，所涉学科门类众多，作者语言表述、行文习惯亦各不相同，因此本馆在编辑过程中，除进行基本的文字和体例校订外，原则上不作改动，以保持文稿原貌。部分文章则经作者本人修订后收入。特此说明。

编辑部

2017 年 11 月

目　录

思潮与现象

作家与作品

新变与青春

媒介与生态

思潮与现象

城市与小说

王安忆

把洋场化的小说作为城市小说的标志，是因为大家都觉得上海就是刘呐鸥、施蛰存、徐讦的，但这只是一部分小说，在这些之外的小说没有被注意。

别看上海那么繁华，在它中心的地方就会夹着一个大棚户区。可是现在的人往往会忽略他身边的世界，而去寻找梦幻的东西。很多人已经看不见另外的上海了。

市民阶层是城市的主要角色，市民阶层是社会最稳定的阶层，他们靠天吃饭。市民阶层好在不会沉沦，他永远知道自己要做什么，这救了他。但他的眼光也只看得很近，因此他不会升华，因为在精神上没有太多的要求。但市民阶层自有市民阶层的理性，那是一种自律的品格，就是控制事情不往坏的方向发展。这种理性很值得注意。

我选择的两篇小说中，《租个男友回家过年》讲外来人在上海的奋斗，主人公其实也对上海抱有幻想，他会不断虚幻上海，但是这里面连做梦的缝隙也没有；《城市生活》讲述了人在城市中抵抗物质的战争是多么残酷，物质其实是很傈悍粗野的压力，它不仅仅是口红、轻音乐，它里面的力量是相当粗野的。这些小说主要集中在写上海的市民阶层，它们都是批判现实主义，对于写上海这一点而言，它们尽力了。

《租个男友回家过年》[①]

小说写的是一个灰姑娘式的故事，却有着完全不同的结局，这大约就是故事的现代性，让我们从头讲起。

我先要来着重描绘故事里的几个空间，因这些空间都富于象喻性，在某种程度上，规定了故事的性质。首先重要的是地铁。

地铁具有的最鲜明特征就是现代化，机车在大上海的心脏穿梭，风驰电掣地将人群送往东南西北，听起来十分神奇，用主人公“我”，也就是叶子，她的父亲的话，就是地下铁就像童话，叶子是童话里的公主。但“公主”叶子，一个地下铁的驾驶员怎么说呢？她说：“它是一只硕大无朋的老鼠，一年四季，没有休息日，没有节假日，成日成夜地在大上海的地洞里忙乎着。”如她这样身临其境，才能体会这是一个极其封闭的空间，小说这样写道：“前方只能看到两根平行钢轨，眼睛‘横扫’距离不足十米。”地面上的大街小巷，离他们十分遥远。每趟列车运送乘客二千多人次，高峰的时候，地铁里人山人海，小说用了一个词，“水银泻地”，人就像“水银泻地”渗到地下铁来，可是与他们又有何相干？都是陌路人。所以，他们其实是相当孤独的，一个人在地底深处，地下铁的铁壳子里，空调机永远“嗡嗡”运作，所以也没有四季的变化。主人公，叶子，自称她是一个洞里的雌老鼠，没人作伴的雌老鼠。就是这样，地下铁从全局看是人类传奇，但到个体细部，却是沉闷的现实。《租个男友回家过年》，就是从这种性质出发讲述的故事，它已经预示了这个现代童话不可能演绎古典的童话结局，它表面的浪漫里面是现实的芯子。

再有一个空间是地下铁司机公寓，相对于地下铁的坚硬的质地，它是柔软并且轻盈的。司机公寓地处一个叫作梅陇的地方，因为种植梅花而得名。这也

---

① 《租个男友回家过年》，中篇小说，作者上海人，名王季明，小说刊于《百花洲》2005 年第 4 期。

是一个很好的空间，是叶子的闺阁。要知道，在地下铁行驶的钢筋水泥的壳子里，有一颗灵敏的温柔的姑娘的心，你说这颗心有多么寂寞？小说中写，司机公寓的窗外，满垅满垅的梅花盛开，叶子一个人伫立窗前，对着满视野的香雪海，万分怅然。

第三个空间则带有童话的性质了，那就是黄河边，叶子的山西老家。我说它有童话的性质，是因为它的古老空气在现代化的上海背景之下，显得那么不真实，像梦幻，不是绮靡的梦幻，而是苍凉原始，比如黄河，黄河对岸的太行山，山间传来的信天游，牵着母羊卖羊奶的小姑娘，再有，人们在当婚当嫁的年龄里就结亲生子，不会像叶子这样，二十四岁还孤家寡人一个，这也合乎人的自然本性。

这现代灰姑娘的故事，便是在这三个空间组成的舞台上演出了。

故事说起来很简单，就是叶子，一个上海知识青年的女儿，根据上海知青子女的政策，十六岁后落户上海，就读上海地下铁职业学校，毕业后做了一名地下铁司机，父母特别期望女儿找到个合心意的男朋友，早日成家。因为叶子已到了婚嫁的年龄，在山西黄河边的小城，这年龄都早做母亲了。更因为，叶子的母亲，当年的上海知青，嫁给了叶子的父亲，一个山西农民，只得扎根当地，母亲期望女儿成家，将来可以叶落归根，重回上海。所以，叶子的恋爱婚姻，就不止是她个人的事情，而是要向父辈的传统生活方式负责，同时也承担了母亲的人生归宿，是具有社会义务的性质。要说她自己，难道不想有个男朋友吗？上班是孤独的，一个人在城市的地洞里活动。下班回来，也是一个人，面对着清寂的梅花，就这样，度过一年又一年的韶光年华。她工作出色，连续三年评为先进，她却情愿用这三年先进换一个男朋友。可叶子她长相平常，才华也平常，又是个外乡人，在这城市没什么社会关系，连上海话也说不像。虽然人就像“水银泻地”样渗入地铁，可都是萍水相逢，擦肩而过，谁晓得你的他是人群中的哪一个呢？这就是大城市坚硬的质地，生活像洪流一样，个体和细节掩埋其中。小说中，叶子埋怨父母：“爸妈都以为在上海找个男朋友十分简单，好像在我们小城，只要是女人，找个男人并不成问题。”这就是大有大的难处。每逢过年回家，叶子有没有男朋友的问题就临到面前，变得特别的急迫。因为又要与父母见面，也因为又过去了一年。于是，这一年，叶子就决定租一个男朋友回家，让父母暂且放下这颗心。

租个男友的念头，其实有着微妙的心理，它是一种假想，又是一场实验。现实中没有男朋友，那么，就虚拟一个，来一场虚拟的恋爱。虽然是虚拟的，一旦在现实中演绎起来，总会有什么结果吧！找谁去租呢？叶子找了她的同学王念。王念是叶子地下铁技校的同学，毕业后分在不同的线路工作，三年后重又遭遇，是王念和女朋友闹别扭，躲进叶子的驾驶室里。这一个偶然的出现，给叶子平静却又单调的生活带来了一点活跃的气息，它似乎含有一点变数的暗示，似乎，生活中终于要发生些什么了。小说中写叶子和王念摆脱了王念的女朋友，走出驾驶室——“就见车厢两旁、顶上的所有灯光，犹如火树银花扑面而来”所有的抑郁一扫而去。在这个地下十五米深处的地洞里，第一次身边走着一个人，这其实可说是“租借男友”的实验的序幕。当叶子找王念租个男友的时候，心理也是微妙的。表面的理由是请王念租男友，事实上，则是叶子向王念邀请了约会。在她约王念见面的电话里，王念表示了对叶子的好感，他一下子说出三条叶子浑然不觉的优点：功课好，普通话好，卡拉 OK 好。于是，本来黯淡无光的灰姑娘就走到了亮处的舞台中心。似乎是有什么事情要往下发展了。他们在茶室里见了面，拟定了一份租借合同，规定了权力、义务以及纪律。

说到这里，我就想起了一篇日本小说，发表在上海译文出版社《外国文艺》杂志 2000 年第 2 期，题目叫《YO—YO》，作者名山田咏美。故事很简单，就是说一个单身女性在酒吧里结识了一个酒保，就向他买春，两人在酒店开了房间，事后，女人向酒保付了一叠钱。第二次，在酒店开房间，则是酒保向她买春，付给她同样一叠钱，但是比昨日少了一张。第三次，是她付钱，再少一张。第四次，是他付，又少一张，下一次，继续少一张，一次一次交替，直到一张不剩，于是，结束。这就是交易的真谛，不能动感情，等到交易的成分全部被感情代替，就赶紧打住。这也可应用到游戏里去，规则是同样的，不能动感情，动感情就是败者，也是违规。合约上为此专门制定第八条："乙方和甲方相处时，不得有任何肢体上的接触。"

好，现在，叶子就等王念领来租借的男友。这等待的心情很叫人玄想，有点像进洞房等着新女婿揭红盖头，虽然是模拟的恋爱，但从头至尾走一遍，一个环节不少，也是个全过程。王念呢，迟迟不把租借来的男友带给她，使悬念越来越深。一直拖延到最后一刻，叶子上了火车，在车厢门口等着，每见到一个单身男性，就想，是不是他？一直等到火车启动，失望回到自己的铺上，却看见坐着王念，王念对她说："我就是你租来的男友。"这实在令人惊喜，却也在情理之中。不幸的灰姑娘不总是要交好运？王子上天入地地寻觅，寻的不就是那个最不可能的人？大过年的，王念抛下家人，抛下女朋友，充当叶子的男朋友，来到西北黄河边，不正像是一个王子？叶子当然是要生出期望的。就像前边说的，黄河边的小城是一个童话性质的空间，这样，他们就一起走入了童话。

方进家门，便上来一伙家人乡邻，接着是一群小娃前后拥着，再又跳出一个鲜艳的女孩，表妹叶灵，然后爆竹声响起。这有些令我想起《聊斋》里的那类故事，一个书生夜间迷路，眼前忽耸起一座大宅院，张灯结彩，弄管拨弦，男女老少前来欢迎，就像久盼之宾客。一夜笙歌，尽欢别去，待日后寻来，却再无踪迹，只剩下芳草凄凄。话说回来，两位上海客人迎进屋，满目喜庆，面前是一餐盛宴。宴上的情形十分有趣，人们热衷于向他们打听上海，在内省的人们，地下铁、空中轨道交通车也是一个童话。这个童话是由现代化标明的，比如法国阿尔斯通列车、德国庞巴迪列车。叶子也是童话的一部分，叶子工作后第一次返乡，就带给她母亲整整一万元钱，给爸爸带来啄木鸟牌的西装，给妈妈带的是紫澜门牌上装，正宗品牌化妆品，这一回，又带来了上海男朋友王念。王念身上穿着西伯利亚皮货店的皮夹克，懂礼貌，有见识。于是，表妹叶灵也动念请叶子帮她找一个上海男朋友。叶子惟有苦笑。就好比，王念在这山西小城里处处受感动，事实上，叶子知道，在这西北黄土风情之下，是黄河断流，生计困顿。两个童话之间，叶子是惟一的知情人。她其实是两个童话里的主角，又是看客。她的任务很繁重，她一方面是带领王念参观黄河童话，另一方面，又必须与王念携手演绎上海童话。

这个虚拟爱情的游戏完全是仿真进行，两人不免假戏真做，不由自主地进入角色。他们俩在黄河边唱信天游这一幕，是这场戏剧的高潮，写得够煽情。先是苍茫的风景，再是贫穷的小女孩牵着母山羊，好像落难的天使，然后情歌登场。至此，爱情剧的所有段落都齐了。叶子在此情此景之下，很难免地会向往奇迹发生，事实上，她一直企图亲手缔造一个奇迹，她也一直苦心经营着一个奇迹。她找王念租借男友，王念自己来了，与她的家人相处和谐，而且，看起来他也是喜欢叶子的，有什么理由不相信奇迹呢？

我曾经看过一个关于黑手党的美国电影，说的是一个姑娘邂逅一个意大利青年，青年英俊富有，而且多情。两人双双堕入情网，谈婚论嫁。青年知道姑娘喜欢桃色，于是装饰了一所桃色的新房，宛如梦境。青年的家是一个大家族，人口众多，这是意大利人的传统生活方式，没什么可疑的，问题不在这里。令人不安的是这一家人如同惊弓之鸟，一有风吹草动，立刻弃下所有家产搬迁到另一个地方。姑娘感觉她走入了一种危险的命运，终于发现这是一个黑手党家族，此时，妯娌俩有一场对话。嫂嫂告诉她自己差不多同样的经历，然后说："我以为我是辛德瑞拉呢！"这句话很有意思——我以为我是辛德瑞拉呢！事实上，不要指望生活中会发生童话。

即便是但愿长梦不愿醒，叶子还是常常窥破她的童话的漏洞。除夕夜里，激烈的鞭炮声中，王念却呼呼大睡，明显是假睡，一边在被窝里打手机。打给谁，叶子猜是与他吵了嘴的女朋友。这其实是违规了。因合同第四条规定，在租用期间，不得与女友以各种方式联络。但叶子没有揭穿他，大约也是怕面对现实，可现实还是一步一步逼近了。公司领导来电话，告诉说王念的女朋友大年初一就找到公司，堵着门向他们要人。王念的态度也渐渐鲜明，他们到黄河边植树的时候，王念说："叶子，以后每年回家，要代我向这些树苗问好。"叶灵当场驳斥了他:“过年还不一起回家!”两人都没作声,其实都看见了这场游戏的尾声。终于,在被叶子母亲逼进洞房的这一夜,王念告之了实情,也告知了来山西以后的感受。他说一上来他就没有去租什么男友,准备好了自己跟叶子跑一趟的,因为实在对女朋友心生厌烦,听起来,这女孩就属于现代都市一族,物质主义,追随时尚,任性,用王念的话就是“作天作地”,王念确实被折磨苦了,可是,当他上了火车,立刻就自责起来,他来这么一手,不也是很任性吗?随后又接到女朋友铺天盖地的短信息,又热烈又谦卑;再接着,他偷偷和家里打电话,听母亲说女朋友哭得昏天黑地;最后,得知她竟然勇敢到跑去公司大闹,就很难无动于衷了。就这样,王念充当叶子“男友”,只是与女朋友赌气,结果是什么?是在这场游戏中考验了双方的爱情,而且,双方都因此成长了。他们在黄河边贫瘠的土地种树,本是哄骗叶子的母亲,举行新型的定婚仪式,但王念的态度特别虔诚,细心地操作每一项,挖坑,培土,植树苗,浇水;在离开山西的前夜,王念发现叶子的母亲连夜为他们磨香油,他不禁泪流满面,说道:“这种游戏玩不得。”这个轻浮的青年,在这场游戏中受到了教育,变得严肃起来。他的女朋友,也再三保证:“我会改的,我会改的。”叶子从游戏中得到什么呢?得到的教育是,必须尊重现实。现实是,游戏就是游戏,决不会演变成现实。现在,游戏结束了,一个游戏的残局,得靠她慢慢去收拾。这就是现代生活的理性,人在认识现实的过程中,将幻觉梦想,一点一点除去,除净为止。人类成熟了,于是,童话流失。美国电影《漂亮女人》,那女人真的成了辛德瑞拉,美梦成真,富有又英俊的男人立在敞篷汽车里,手捧玫瑰花,停在她的嘈杂后街,然后攀上铁梯,迎向她,就在电影的结尾,山壁上显出一行大字——这是好莱坞。于是,这又成了一出戏中戏。

其实事情从一开始,就暗示叶子是处在王念的爱情生活之外,她就是一个旁观者。王念与她的邂逅就是在与女朋友闹气的当口,然后,事情顺流直下,而她始终在岸边走。现在我们可以来看看叶子这个人物了。

前面已经说过,叶子是上海知识青年的子女,母亲是上海人,嫁在当地,心心愿愿想回上海，就好像锲入一个钉子，发展了个根据地，为日后打回上海作接应。虽然有知青子女回上海的政策，但实施起来还需要许多具体的条件，比如上海的亲属能否接受。在叶子，上海的亲人只有舅舅一家，总是有些疏远了，叶子很客观地说："舅舅、舅妈能接纳我回上海读书，已经十分不错了。"看起来，叶子很少麻烦他们。他们呢，也无法缓解叶子在这个城市里的孤寂感。就这样，叶子是做了上海人，但她其实又是一个异乡人，她不会说上海话，没有社交圈，没有男朋友，她只能为自己租个男友，做一场梦，梦醒之后，是更真实的现实，用叶子的话说，就是"生活是铁实铁实的"。这就像地下铁，你是在城市的心脏穿行，携着如潮如涌的人，可他们与你擦肩而过。所以，叶子的故事在地下铁发生，是再恰当不过，这空间的一砖一瓦都是为这故事安置。

《城 市 生 活》①

小说写的是物欲和幸福感如何赛跑，好比道高一尺，魔高一丈。所谓物欲，自然不是指衣食饱暖，那就是质朴的人生了，切合着基本的需要，生发出基本的满足感。而物欲则是超出实际用途，是一些剩余需要。这部分需要，多少是由社会生活决定意义，所以它往往不能为个体控制，是受到周遭价值标准的左右。人其实是相当弱小的，他们身不由己地被驱使，全力以赴为追逐社会公认的价值付出劳动。而在这经济发展为主流的时日里面，人对物质的要求被无限地刺激扩张，于是，如同《城市生活》中说的："收入的增长总是落在物质增长的后头。"一切无法量入为出，最终是将尊严，感情，自信都倾囊而出，以至精神陷于赤贫。

小说里的人物，杜立诚和宋玉兰夫妇，是如何一步步走入不可控制的局面？

---

① 《城市生活》，中篇小说，作者上海人，名李肇正，生于 1954 年，卒于 2003 年。小说刊于《人民文学》1998 年第 6 期。

这里就要谈到量的积累,事情在一个回合上是一个量级,在两个、三个、甚至四个、五个回合上,量级就不同了,这也就是量变到质变的意思。杜立诚和宋玉兰,所经历的过程,就是由许多个回合组成,事情方才陷入严重的绝境。他们每一个奋斗的回合同时也是一个从幸福到不幸福的周期,周期和周期则是呈水涨船高的趋势。

杜立诚和宋玉兰是一对上海知识青年,上山下乡高潮时,也就是"文化大革命"中,下放在江西农村,后来,两人又上调到江西的中学里任教,杜立诚是英语教师,宋玉兰是数学教师。他们每年回上海探望父母时,顺便也探望已经回上海的同学。这些同学处境都不怎么样,住房狭小,可是他们依然很羡慕,从大都市上海到内地农业省份,即便是省会,心里也总是落寞的。然而事情不期望地有了转机,先是80年代末,上海落实知青子女政策,凡年满十六岁可回上海。接着,90年代初,上海向全国招聘教师,英语和数学老师都是紧缺的,夫妇二人双双中试回家——他们回到上海,也是和他们那些先期回沪的同学们一样,和父母挤住一起,只占一间小小的偏屋,还是由妹妹一家搬走让出的,可他们直觉得像在做梦:"生活是多么幸福呀!"但幸福感很快被生活的不方便压抑了。房子实在太小,八平方米里住两代三口,又是老旧的结构,没有卫生设备,还要用马桶——这第一个周期尚可算是自然,处于人对生活基本的需要,幸福和不幸福的相对性也是合乎情理的。于是,开始了第二个奋斗的回合。

这是一段好日子,他们的生活处于节节上升的状态,回来第二年,上海政府就决意解决居住困难户,教育部门尤为当先,立即动手实施政策。杜立诚的住房情况正是骑线,骑在困难标准的线上。他家住房面积倘若算进杜立诚的妹妹及外甥,由七口人分配,人均居住就在特困标准的四平方米以下。但要是将杜立诚的妹妹与外甥算作妹妹婆家的人口,那么杜立诚家的人均居住便超出了四平方。在这一点上,杜立诚说了个小小的谎,说妹妹是在娘家结的婚,分房小组也采取了通融的态度,不予细究,于是,杜立诚和宋玉兰分到了一室一厅的住房,只须交付一笔小小的集资款。在这个当口,人物开始呈现性格,以及人生观了。宋玉兰对交付的这笔款项十分不满，她立即计算出这笔钱相当于一个进口大彩电，或者一千斤优质猪肉，再或者八千斤香粳米，这种换算法，使价值变得具体可感，损失也令人更痛心了。杜立诚则不然，他用弄堂里一户人家比照自己，五口人住十二平方，厂里亏损，根本谈不上分房。但上海男人多是惧内的，我想一是女性经济独立，二也是男人有怜香惜玉之心。所以，一方面是宋玉兰的意志在这个家庭里占强势地位，主导事情的演进，另一方面，是杜立诚理性的目光和悲悯事态的发展，这样，就有了同情和批判，这个故事不单纯叙述一个事实，而是有了情感与思想的内容，成为小说。话再说回去，无论如何，当夫妇俩在新房子凭窗一看，窗外正是著名的锦江乐园，热气腾腾的景象，不由激动难抑。宋玉兰当场立志要缩衣减食豪华装修，并且就在回家的路上实行紧缩的政策，不上两元一人的空调车，一人省下一元钱。当宋玉兰豪情满怀走进办公室，她的自豪感却很快受挫了。同事中间有个年轻的姚老师，丈夫是一家贸易公司的副经理，经济上很有实力，她一针见血地指出，一室一厅还是太小，“你儿子又要睡沙发了”。在此同时，杜立诚的富足感也在受到挑战，同事们纷纷告诉他有关装修的知识，地板有柚木进口的，地板漆则要德国水晶漆，刷墙要用日本乳胶漆，瓷砖有西班牙的，日本“大金”牌空调，美国“月兔”牌热水器，等等。同事们说：“你以为新房子是好住的？只怕要抽了你的筋，剥了你的皮。”面对形势的逼迫，杜立诚想的是，还不如不分房子呢！宋玉兰正相反，用小说中的话说，“她要尽其所能地创造出一份属于她的华美。”

装修列入日程，首先是预算，预算决定了装修的等级，格局。宋玉兰的计划是两万元。两万元如何来，一是节流，二是开源。节流就是省。宋玉兰为了省下一程车资，每日以步代车，别人自然无话可说。开源则是家教，俗话叫“开圆桌面”，就是学生围圆桌一圈授课的意思。为了收学生的人数和课时费的多少，夫妇俩进行了好几轮争执与谈判。先是杜立诚不肯将别的老师家教的学生拉过来，宋玉兰认为现在就是竞争社会，不必谦让之。其次为杜立诚的课时费是一小时二十元，这就不仅是宋玉兰要反对，同行们都说话了，说杜立诚犯了行规，要大家的好看。杜立诚相当孤立。但他其实是个固执的人，一旦决定，决不改变。这一种性格，也使他日后与宋玉兰的冲突，推向越演越烈的程度。第三是先收钱后上课，还是先上课后收钱的问题。这一回宋玉兰不与杜立诚啰嗦，而是“越俎代庖”，代他收钱。此时，杜立诚说了一句表面平常、内里却有些凄楚的话，他说：“阿兰，你盯着讨钞票，学生会看不起我的。”宋玉兰的回答相当强悍，她说：“他们不交钞票才是看不起你呢！”这是对尊严不同的理解。前者似乎比较接近尊严的道德本义，后者却显然更有力量，体现了物质的粗鄙的本质。再接着是课程的概念，杜立诚每次授课是以达不达到目标论，宋玉兰则严格以时间计，两小时必结束，下一场开始。就在这些争执以及争执对感情的消耗中，他们在未装修的新房里安置两张圆桌面，十六只小圆凳，开始了家教。果然迅速生效，提前半年实现了二万元装修费用的目标。这里还有个细节也挺有趣，那就是宋玉兰收益自然要胜出杜立诚，可杜立诚的诚心敬业却换来了家长们的感激之心，这感激之心倘若只是口头表达就不会打动宋玉兰，但他们的感激却落实在现实的功效上。一个家长帮着买到便宜的地板，另一个家长买到的是价格低于市价的瓷砖，第三个是中外合资的乳胶漆，再一个是脱排油烟机，如此这般。宋玉兰高兴是高兴了，但却从又一个角度证明她的“等价交换”的理论。好，不管怎么，他们总算攒足了预算的款项。就在这个心满意足的时刻，姚老师又来挫败他们了。她问宋玉兰装修是什么尺寸，宋玉兰撑足劲吹上去一倍：“不过三四万。”姚老师就笑了，说：“三四万是普通型装修，叫做过日子，七八万是豪华型装修，这才叫享受生活。”于是，宋玉兰一下从幸福的峰顶掉落谷底——第三个周期结束。

第四个周期里，装修正式拉开帷幕。找准了装修队，就要和装修队讲价，宋玉兰要杜立诚一同去，杜立诚不肯，宋玉兰不由“哀哀地叫道”，“哀哀”两个字用的很好，接下来的一句话可真是哀绝的，她说：“这些事情应该由你们男人出头，我是女人呀！”这个凶悍的女人，面对外面的世界时，依然是软弱的。说到底，是个弱者，为世事所左右，因而没有独立的自觉。整个讲价的过程，杜立诚都像在受侮辱。就像方才说的，有了杜立诚的价值观在，整个事情才有了旁观者的眼睛，就不会任其精神下滑，滑到当事人蒙昧的水平，而是有了警醒的声音。由于杜立诚的调和折衷，装修费没有讲到宋玉兰预期的四千五百元，而是四千八百元，于是，她便认定损失了三百元。这假想的损失宋玉兰是一定要找补回来的，怎么找补？向老人要。她的父母因女儿分了新房，送过来一千元礼金，宋玉兰就要公婆也出一份，公婆只能在可怜的积蓄中硬挤出五百元。找补损失的又一个方法是盘剥装修队，增加他们的工作量，也不按约定俗成的规矩，递些香烟招待一两顿饭。也是由杜立诚的眼睛，看见民工们表现出“贫穷的慷慨”，他们反过来向杜老师敬烟，吃饭时也会邀请一声“杜老师，一起吃点便饭好吗?”这种时候，杜立诚就感到羞愧难当，因他是没有请客吃饭的自由，他口袋里的每一分钱，都被宋玉兰看得牢牢的，连掏出五十元给母亲装假牙都被记在账上，日后要找补回来的，他就像是没有财产权的奴隶。而宋玉兰，她掌握有财产权，可她似乎也没有自由，她的财产实际上是由更强大的权力支配，她也像是奴隶，物质世界的奴隶，倒是赤贫的劳动者不受物质诱惑，于是有随意支配自己所得的自由。装修在无数的口角和伤害中进行，事到中途，夫妇俩感情已濒临破裂。一个年节就在这不悦的气氛中过去。过年以后，民工迟迟不来上工——这一个细节令人百感交集，民工不来上工，以索讨红包要挟，“宋玉兰在百废待兴的新房子里团团转。”此时夫妇已互相生恨，几乎形同路人，但看见宋玉兰的焦虑无奈，杜立诚不由心生怜惜，这就是夫妻了，再怎么都存恻隐之心。他安慰宋玉兰，不怕的，还有三分之一的工钱未付出呢！宋玉兰此刻的态度，作者用了“感激”两个字，甚是可怜。夫妻间有一瞬的同心同德，可即刻便过去，在给不给红包的问题上又吵开了。在这个物欲横流的世道里，你不能指望普通人具有抵抗力，他们身不由已，只能随波逐流。宋玉兰撑不住时，也说出了这么一句颓唐的话:“还是回到江西去过穷日子，心里倒平静。”经过千般辛苦，万种委屈，房子终于装修好了，在杜立诚和宋玉兰眼中，就好比“琼楼玉宇”，宋玉兰由衷地赞道:“多么美好的家!”

这美好的感觉不久又遭到打击了，那就是参观了姚老师的家。姚老师义务献血，同事们凑份子买了些补品，一同去看望。小说中写：“走到姚老师家门口，宋玉兰的自信和自豪就猛烈地被动摇了。”因为那是一扇华丽的雕花大门；接着，“走进客厅，宋玉兰更是觉得自己渺小和灰暗”，地面一铺三十平米西班牙大理石；再接着，是主卧室里的丹麦进口家具，儿童房的连体家具，书房则书香四溢。宋玉兰怎么办？再开始一个回合艰苦奋斗——

这一回合的奋斗目标是如何充实新房，迎接姚老师在内的同事们前来祝贺新居大功告成，具体的项目有装电话，买空调，大彩电。家教重新开张，宋玉兰又接了几所补习学校的教职，再就是向老人开口。这一回，连她娘家都露出为难之色了。毕竟是自己的亲生父母，宋玉兰不能像对公婆那么硬起心肠，于是，这一个借钱的场面便十分凄婉。父亲一口答应，说是“女儿四十多岁了，好不容易分到新房子，一生一世就这么一次”。母亲掉了眼泪，说这是爹爹的“血汗铜钿”，宋玉兰的话是：“以前没有房子时做梦都想新房子，现在有了新房子，却好像又背了一座大山到身上”。事情就是这样逼到了夹角里，没有退路，亦没有转身之地。人都是盲目的，又是驯从的，而社会潮流的力量，却是如此蛮横不讲理，将人席卷而去。如此凄楚苍凉从娘家借来了五千元钱，宋玉兰自然心里不平衡，还要从公婆身上找补。她是这样一个弱小者，无法对抗社会力量，只能盘剥欺凌身边的、至亲的人。她当着公婆与杜立诚吵，出言都是粗暴和裸露的。内容无非指责丈夫的无能，公婆的悭吝。公婆只得又付出二千元钱，话说得更可怜：“怪爹娘没本事，让你在阿兰跟前抬不起头来。”等这几件现代化装配到位，宋玉兰又发现了新的问题，那就是缺少和电器般配的家具。这就像一则中国寓言，一个路人拾到一条华丽的腰带，为配腰带买了新衣服，新鞋，新帽子，结果卖地又卖房。现在，宋玉兰气都没喘一口，又要向家具进军了。在家具城里的一幕很好，小说这样写：“宋玉兰沉溺于家具的森严包围中，透不出气来，伸手去抚摸那些光亮可鉴气度非凡的佳构精品，却有冰凉顺着指尖滑入心灵。”这几乎就是对物质世界的画像：森严，冰冷，漠然却不可抵挡，其实包含着一种暴力，而人就是不自觉。这里还有一个小小的细节，就是宋玉兰流连在家具城时，忽有一销售员称了她一声“小姐”，宋玉兰没想到竟是在称自己，从镜子里照出来的自己，是个黄脸婆。人已经被压榨成什么形容了？最后，经过痛苦的盘算下决心以贷款的方式买下一套中外合资的橡木家具和一套猪皮沙发。家具沙发送进新房，安排到位，送家具的工人都惊叹：“新房子真漂亮”，宋玉兰站在房间当中，也产生了“非凡的感觉”。可这一回，宋玉兰的幸福感非常短促，稍纵即逝，不待姚老师来到，只一想起姚老师，她已经意兴全无。随姚老师上门而来的种种挑剔，不过是将宋玉兰的遗憾具象化了——猪皮沙发毛孔大，皮面粗，中外合资的家具有色差，水曲柳的地板纹路太夸张，宋玉兰感到“竹篮打水一场空”的悲哀。

接下来的一轮奋斗实际上是茫然的，几乎看不见希望的曙光，宋玉兰的目标太过辉煌了，那就是三室一厅，像姚老师那样的三室一厅。理想是远大的，现实是什么呢？现实是安置新房的欠债还未偿还。就是说，前一期奋斗还未善后，下一期就已开始了，而无论理想和现实都具体为一个“钱”字。宋玉兰对钱的狂热已到了病态的程度。她把自己和丈夫的钱袋都管得极严，侮辱性地称杜立诚孝敬父母为“走私”，她越过杜立诚向他免收学费的贫困生索要费用，就这样，她盘剥了各自的父母，又盘剥丈夫的感情和尊严，也盘剥了自己的——杜立诚忍无可忍，他的耿介的性格最终起来反抗了，他提出了离婚。当新房子方才装修好，两个人躺在光滑如镜的地板上，身心沉浸在幸福之中，宋玉兰就说出一句扫兴的话：“以后你要离婚，不要来和我抢新房子。”这就像预言一样，现在，她果然独自拥有新房子，而失去婚姻了。小说最后的部分是写他们的分手，两人都无限地寂寞，关于宋玉兰的情形尤为感慨，小说写道：“宋玉兰孤独地住在新房子里，并没有姚老师所说的‘太狭小了，东西都堆积到一起，太压抑了’的感觉。”相反，新房子显得空旷极了。方才那则中国寓言我还没说结尾，结尾是，那拾到新腰带的人不仅卖房卖地，还将新衣、新鞋、新帽悉数卖尽，最后还卖掉了新腰带。杜立诚和宋玉兰去离婚的一幕写得令人动容，两人都形容憔悴，小说写："他们各自觉得对方可怜，又心存着怨恨。"在这个力大无比的物质世界里，就是这样一回合接一回合地碾压着盲目的人，好像巨人碾压虫蚁。作者给这物质世界的命名就是"城市生活"。

原载《文学评论》2006年第5期

中国当代文学中沈从文传统的回响

——《活着》《秦腔》《天香》和这个传统的不同部分的对话

张新颖

一、沈从文传统在当代

要说沈从文的文学对当代创作的影响，首先一定会想到汪曾祺，这对师生的传承赓续，不仅是二十世纪中国文学史上难得的佳话，其间脉络的显隐曲折、气象的同异通变，意蕴深厚意味深长，尚待穿过泛泛而论，做深入扎实的探究。这里不谈。

还会想到的是，自上个世纪八十年代沈从文被重新“发现”以来，一些作家怀着惊奇和敬仰，有意识地临摹揣摩，这其中，还包括通过有意识地学汪曾祺而于无意中触到一点点沈从文的，说起来也可以举出一些例子。不过这里出现一个悖论，就是有意识地去学，未必学得好；毋庸讳言，得其形者多有，得其神者罕见。这里也不谈。

如果眼光略微偏出一点文学，偏到与文学关系密切的电影，可以确证地说，侯孝贤受沈从文影响不可谓小，这一点他本人也多次谈起过；台湾的侯孝贤影响到大陆的贾樟柯，贾樟柯不仅受侯孝贤电影的影响，而且由侯孝贤的电影追到沈从文的文学，从中获得的教益不是枝枝节节，而事关艺术创作的基本性原则。①这一

---

① 贾樟柯《侯导，孝贤》，《大方》第1期，北京十月文艺出版社2011年版。

条曲折的路径，描述出来山重水复，柳暗花明。这里也不谈。

这么说来，你就不能不承认有这么一个沈从文的传统在。说有，不仅是说曾经有，更是说，今天还有。沈从文的文学传统不能说多么强大，更谈不上显赫，但历经劫难而不死，还活在今天，活在当下的文学身上，也就不能不感叹它生命力的顽强和持久。这个生命力，还不仅仅是说它自身的生命力，更是说它具有生育、滋养的能力，施之于别的生命。

这篇文章要讨论的三部长篇小说，是二十世纪九十年代迄于今日的文学创作中极具代表性的作品，按照时间顺序，最早的《活着》(1992 年)已经有二十年的历史，《秦腔》(2005 年)出现在新世纪第一个十年当中，《天香》(2011 年)则刚问世不久。这三位作家，余华、贾平凹、王安忆，在当代文学中的重要性和影响力自然无需多说；需要说的是，他们三位未必都愿意自己的作品和沈从文的传统扯上关系，事实上也是，他们确实未必有意识地向这个传统致敬，却意外地回应了这个传统、激活了这个传统。有意思的地方也恰恰在这里，不自觉的、不刻意的、甚至是无意识的关联、契合、参与，反倒更能说明问题的意义。这里我不怎么关心"事实性"的联系，虽然这三位不同程度地谈过沈从文，但我不想去做这方面的考辨，即使从未提起也没有多大关系；我更感兴趣的是思想和作品的互相认证。

在此顺便提及，阿来在 2005 年到 2008 年出版的三册六卷长篇小说《空山》，本来也应该放在这篇文章里一并讨论，《空山》和沈从文文学之间对话关系的密切性，不遑多让；但考虑到涉及的问题多而且深，在有限的篇幅内难以尽言，所以留待以后专文详述。

二、活着，命运，历史，以及如何叙述

《活着》写的是一个叫福贵的人一生的故事，一个普通的中国人在二十世纪的几十年中的苦难。说到这里自然还远远不够，不论是在二十世纪中国人的经

验中，还是在这个世纪的中国文学书写里，苦难触目即是。这部作品有什么大不一样？

在1993年写的中文版自序里，余华说："写作过程让我明白，人是为活着本身而活着的，而不是为了活着之外的任何事物所活着。我感到自己写下了高尚的作品。"①1996年韩文版自序重复了这句话，并且"解释"了作为一个词语的"活着"和作为一部作品的《活着》："作为一个词语，'活着'在我们中国的语言里充满了力量，它的力量不是来自于喊叫，也不是来自于进攻，而是忍受，去忍受生命赋予我们的责任，去忍受现实给予我们的幸福和苦难、无聊和平庸。作为一部作品，《活着》讲述了一个人和他的命运之间的友情，这是最为感人的友情，因为他们互相感激，同时也互相仇恨；他们谁也无法抛弃对方，同时谁也没有理由抱怨对方。他们活着时一起走在尘土飞扬的道路上，死去时又一起化作雨水和泥土。"②

这里至少有两点需要特别提出来讨论：一是，人活着是为了活着本身；二是，人和命运之间的关系。

现代中国文学发生之始，即以"人的文学"的理论倡导来反对旧文学，实践新文学。新文学对"人"的发现，又是与现代中国的文化启蒙紧密纠缠在一起的。"人"的发现，一方面是肯定人自身所内含的欲望、要求、权利；另一方面，则是探求和确立人生存的"意义"。也就是说，人为什么活着，成了一个问题。为了解决这个问题，就要找到并且去实践活着的"意义"。这个问题在某些极端的情形下，甚至发展出这样严厉的判断：没有"意义"的生命是没有价值的，是不值得过的。

但是极少有人去追问，这个"意义"是生命自身从内而外产生出来的，还是由外而内强加给一个生命的？更简单一点说，这个"意义"是内在于生命本身

---

① 余华《〈活着〉中文版自序》，《活着》，上海文艺出版社2004年版，第3页。

② 余华《〈活着〉中文版自序》，《活着》，第4页。

的，还是生命之外的某种东西？

不用说，在启蒙的新文化和新文学的审视眼光下，那些蒙昧的民众的生命"意义"，是值得怀疑的。他们好像不知道他们为什么活着，应该怎样活着。新文学作家自觉为启蒙的角色，在他们的"人的文学"中，先觉者、已经完成启蒙或正在接受启蒙过程中的人、蒙昧的人，似乎处在不同的文化等级序列中。特别是蒙昧的人，他们占大多数，他们的状况构成了中国社会文化的基本状况。而这个基本状况是要被新文化改变甚至改造的，蒙昧的民众也就成为文学的文化批判、启蒙、救治的对象，蒙昧的生命等待着被唤醒之后赋予"意义"。

按照这样一个大的文化思路和文学叙事模式来套，沈从文湘西题材作品里的人物，大多处在"意义"匮乏的、被启蒙的位置。奇异的是沈从文没有跟从这个模式。他似乎颠倒了启蒙和被启蒙的关系，他的作品的叙述者，和作品中的人物比较起来，并没有处在优越的位置上，相反这个叙述者却常常从那些愚夫愚妇身上受到"感动"和"教育"。而沈从文作品的叙述者，常常又是与作者统一的，或者就是同一个人。从这个对比来看沈从文的文学，或许我们可以理解沈从文私下里的自负。什么自负呢？1934 年初他在回故乡的路上，给妻子写信说：

> 这种河街我见得太多了，它告我许多知识，我大部提到水上的文章，是从河街认识人物的。我爱这种地方、这些人物。他们生活的单纯，使我永远有点忧郁。我同他们那么"熟"——一个中国人对他们发生特别兴味，我以为我可以算第一位！……我多爱他们，五四以来用他们作对象我还是唯一的一人！①

"五四以来"以普通民众为对象来写作，沈从文当然不是"唯一的一人"，也不是"第一位"，但沈从文之所以要这样说，是因为那种"特别兴味"，是因为他们

① 沈从文《湘行书简·河街想象》，《沈从文全集》第 11 卷，北岳文艺出版社 2002 年版，第 132—133 页。

出现在文学中的“样子”：当这些人出现在沈从文笔下的时候，他们不是作为愚昧落后中国的代表和象征而无言地承受着“现代性”的批判，他们是以未经“现代”洗礼的面貌，呈现着他们自然自在的生活和人性。这种自然自在的生活和人性，不需要外在的“意义”加以评判。

特别有意思的是，即使在沈从文身上，有时也会产生疑惑。还以他那次返乡之行为例，1934 年 1 月 18 日，他看着自己所乘小船上的水手，想：“这人为什么而活下去？他想不想过为什么活下去这件事？”继而又想，“我这十天来所见到的人，似乎皆并不想起这种事情的。城市中读书人也似乎不大想到过。可是，一个人不想到这一点，还能好好生存下去，很希奇的。三三，一切生存皆为了生存，必有所爱方可生存下去。多数人爱点钱，爱吃点好东西，皆可以从从容容活下去。这种多数人真是为生而生的。但少数人呢，却看得远一点。为民族为人类而生。这种少数人常常为一个民族的代表，生命放光，为的是他会凝聚精力使生命放光！我们皆应当莫自弃，也应当得把自己凝聚起来！”①多数人不追问生命的意义而活着，少数人因为自觉而为民族的代表，使生命放光，这是典型的五四新文化的思维和眼光。

戏剧性的是，当天下午，沈从文就否定了自己中午时候的疑问。这个时候的沈从文，站在船上看水，也仿佛照见了本真的自己：

> 我们平时不是读历史吗？一本历史书除了告我们些另一时代最笨的人相斫相杀以外有些什么？但真的历史却是一条河。从那日夜长流千古不变的水里石头和砂子，腐了的草木，破烂的船板，使我触着平时我们所疏忽了若干年代若干人类的哀乐！我看到小小渔船，载了它的黑色鸬鹚向下流缓缓划去，看到石滩上拉船人的姿势，我皆异常感动且异常爱他们。我先前一时不还提到过这些人可怜的生，无所为的生吗？不，三三，我错了。这些人不需要我们来可怜，我们应当来尊敬来爱。他们那么庄严忠实的

① 沈从文《湘行书简·横石和九溪》，《沈从文全集》第 11 卷，第 184—185 页。

> 生，却在自然上各担负自己那分命运，为自己，为儿女而活下去。不管怎么样，却从不逃避为了活而应有的一切努力。他们在他们那分习惯生活里、命运里，也依然是哭、笑、吃、喝，对于寒暑的来临，更感觉到这四时交递的严重。三三，我不知为什么，我感动得很！我希望活得长一点，同时把生活完全发展到我自己这份工作上来。我会用我自己的力量，为所谓人生，解释得比任何人皆庄严些与透入些！①

当余华说“我感到自己写下了高尚的作品”的时候，他触到了与沈从文把那些水手的生存和生命表述为“那么庄严忠实的生”时相通的朴素感情。福贵和湘西的水手其实是一样的人，不追问活着之外的“意义”而活着，忠实于活着本身而使生存和生命自显庄严。

余华敢用“高尚”这样的词，像沈从文敢用“庄严忠实”一样，都指向了这种普通人的生存和命运之间的关系。余华说的是“去忍受生命赋予我们的责任”，“和命运之间的友情”；沈从文说的是“在自然上各担负自己那分命运”，“从不逃避为了活而应有的一切努力”。对于活着来说，命运即是责任。而在坦然承受命运的生存中，福贵和湘西的愚夫愚妇一样显示出了力量和尊严，因为承担即是力量，承担即是尊严。正是这样的与命运之间的关系，才让我们感受到了温暖——那种动荡里的、苦难里的温暖，那种平凡里的、人伦里的温暖，最终都融合成为文学的温暖。

他们活得狭隘吗？余华说：“我知道福贵的一生窄如手掌，可是我不知道是否也宽若大地？”②而沈从文则以“真的历史”的彻悟，来解释这些普通人的生死哀乐。在这个地方，他们再次相遇。

福贵的一生穿过了二十世纪中国的几个重大历史时期，我们根据重大的历史事件为这些时期的命名早就变成了历史书写和文学叙述中的日常词语，这些

---

① 沈从文《湘行书简·历史是一条河》，《沈从文全集》第11卷，第188—189页。

② 余华《〈活着〉日文版自序》，《活着》，第9页。

命名的词语被反复、大量地使用，以至于这些词语似乎就可以代替它们所指称的历史。细心的读者也许会注意到，《活着》极少使用这样的专用历史名词，即使使用（如“人民公社”、“文化大革命”）也是把它当成叙述的元素，在叙述中和其他元素交织并用，并不以为它们比其他的元素更能指称历史的实际，更不要说代替对于历史的描述。简捷地说，余华对通常所谓的历史、历史分期、历史书写并不感兴趣，他心思所系，是一个普通人怎么样活过了、熬过了几十年。而在沈从文看来，恰恰是普通人的生存和命运，才构成“真的历史”，在通常的历史书写之外的普通人的哭、笑、吃、喝，远比英雄将相之类的大人物、王朝更迭之类的大事件，更能代表久远恒常的传统和存在。如果说余华和沈从文都写了历史，他们写的都是通常的历史书写之外的人的历史。这也正是文学应该承担的责任。如果说文学比历史更真实，也正可以从这一点上来理解。

关于《活着》，还有一个重要的问题，即它的叙述。曾经有意大利的中学生问余华：为什么《活着》讲的是生活而不是幸存？生活和幸存之间轻微的分界在哪里？余华回答说：“《活着》中的福贵虽然历经苦难，但是他是在讲述自己的故事。我用的是第一人称的叙述，福贵的叙述不需要别人的看法，只需要他自己的感受，所以他讲述的是生活。如果用第三人称来叙述，如果有了旁人的看法，那么福贵在读者的眼中就会是一个苦难中的幸存者。”①也就是说，如果福贵的故事由一个福贵之外的叙述者来讲，那么就会有这个外在的叙述者的眼光、立场和评判。如前所述，五四以来的新文学里的普通民众，通常是由一个外在的叙述者来塑造的，这个叙述者又通常是“高于”、优越于他所叙述的人物，他打量着、甚至是审视着他笔下的芸芸众生。余华用第一人称的叙述避开了这种外在的眼光。看起来人称的选择不过是个技巧的问题，其实却决定了作品的核心品质，决定了对生存、命运的基本态度。作家在写作时不一定有如此清晰、明确的意识，但一个优秀作家在写作过程中出现的极其细微的敏感，却可能强烈地暗

① 余华《〈活着〉日文版自序》，《活着》，第 6 页。

示着某些重要、甚至是核心的东西。所以，当我看到余华在《活着》问世十五年之后，还记忆犹新地谈起当初写作过程中的苦恼及其解决方式，我想，这还真不仅仅是个叙述人称转换的技术问题。这段话出现在麦田纪念版自序中："最初的时候我是用旁观者的角度来写作福贵的一生，可是困难重重，我的写作难以为继；有一天我突然从第一人称的角度出发，让福贵出来讲述自己的生活，于是奇迹出现了，同样的构思，用第三人称的方式写作时无法前进，用第一人称的方式写作后竟然没有任何阻挡，我十分顺利地写完了《活着》。"①

对余华意义非同一般的人称问题，在沈从文那里不是问题，沈从文用第三人称，但他的第三人称叙述者基本上认同他笔下的人物，不取外在的审视的角度。在这一点上，他们以不同的方式走到了相同的地方。

三、个人的实感经验，乡土衰败的趋势，没有写出来的部分

沈从文的创作在抗战爆发前后发生了明显的变化，从三十年代中后期到四十年代结束，这个阶段的沈从文苦恼重重，他的感受、思想、创作与混乱的现实粘连纠结得厉害，深陷迷茫痛苦而不能自拔。期间创作的长篇小说《长河》，写的还是湘西乡土，可那已经是一个变动扭曲的"边城"，一个风雨欲来、即将失落的"边城"。

如果我把九十年代作为贾平凹创作的分界点的话，我的意思主要是指，在此之前的贾平凹固然已经树立起非常独特的个人风格，独特的取径、观察、感受、表达使他在八十年代的文学中卓然成家，但我还是要说，这种独特性仍然分享了那个时代共同的情绪、观念、思想和渴望。这不是批评，在那个"共名""共鸣"的时代，差不多每个人都在分享着时代强烈的节奏和恢弘的旋律。自九十年代起，贾平凹大变，变的核心脉络是，他从一个时代潮流、理念的分享者的位

① 余华《〈活着〉新版自序》，《活着》，麦田出版社 2007 年版，第 2 页。

置上抽身而出，携一己微弱之躯，独往社会颓坏的大苦闷中而去。于是有惊世骇俗的《废都》，在新世纪又有悲怀不已的《秦腔》和不堪回首却终必直面暴虐血腥的《古炉》。在这个时候再谈贾平凹的独特性和个人风格，与前期已经是不同的概念，放弃了共享的基础，个人更是个人；另一方面，这个更加个人化的个人却更深入、更细致、更尖锐也更痛切地探触到了时代和社会的内部区域，也就是说，更加个人化的个人反而更加时代化和社会化，与时代和社会的关系更加密不可分，时代和社会无从言说的苦闷和痛苦，要借着这个个人的表达，略微得以疏泄。

这里讨论的《秦腔》，写的是贾平凹的故乡，一个小说里叫清风街实际原型是棣花街的村镇。写的是两个世纪之交大约一年时间里的家长里短、鸡毛蒜皮、悲欢生死，呈现出来的却是九十年代以来当代乡土社会衰败、崩溃的大趋势。这个由盛而衰的乡土变化趋势，在贾平凹那里，是有些始料未及的。他在后记里回忆起曾经有过的另一番景象和日子："一九七九年到一九八九年的十年里，故乡的消息总是让我振奋，""那些年是乡亲们最快活的岁月，他们在重新分来的土地上精心务弄，冬天的月夜下，常常还有人在地里忙活，田堰上放着旱烟匣子和收音机，收音机里声嘶力竭地吼秦腔。"[①]此一时期贾平凹的作品，也呼应着这种清新的、明朗的、向上的气息。但是好景不长，棣花街很快就"度过了它短暂的欣欣向荣岁月。这里没有矿藏，没有工业，有限的土地在极度发挥了它的潜力后，粮食产量不再提高，而化肥、农药、种子以及各种各样的税费迅速上涨，农村又成了一切社会压力的泄洪池。体制对治理发生了松弛，旧的东西稀里哗啦地没了，像泼去的水，新的东西迟迟没再来，来了也抓不住，四面八方的风方向不定地吹，农民是一群鸡，羽毛翻皱，脚步趔趄，无所适从，他们无法再守住土地，他们一步一步从土地上出走，虽然他们是土命，把树和草拔起来又抖净了根须上的土栽在哪儿都是难活。"人老的老，死的死，外出的外出，竟至于

① 贾平凹《〈秦腔〉后记》，《秦腔》，作家出版社 2005 年版，第 560 页。

“死了人都熬煎抬不到坟里去。”“我站在街巷的石碌子碾盘前，想，难道棣花街上我的亲人、熟人就这么很快地要消失吗？这条老街很快就要消失吗？土地也从此要消失吗？真的是在城市化，而农村能真正地消失吗？如果消失不了，那又该怎么办？”他能做的，不过是以一本书，“为故乡树起一块碑子。”①

这样复杂的心路和伤痛的情感，沈从文在三四十年代已经经历过。他在《边城》还未写完的时候返回家乡探望病重的母亲，这是他离乡十几年后第一次回乡，所闻所见已经不是他记忆、想象里的风貌，不是他正在写作的《边城》的景象。所以他在《〈边城〉题记》的末尾，预告似地说：“将在另外一个作品里，来提到二十年来的内战，使一些首当其冲的农民，性格灵魂被大力所压，失去了原来的朴质，勤俭，和平，正直的型范以后，成了一个什么样子的新东西。他们受横征暴敛以及鸦片烟的毒害，变成了如何穷困与懒惰！我将把这个民族为历史所带走向一个不可知的命运中前进时，一些小人物在变动中的忧患，与由于营养不足所产生的‘活下去’以及‘怎样活下去’的观念和欲望，来作朴素的叙述。”②抗战全面爆发后，南下途中，沈从文再次返乡，短暂的家乡生活，促生了《长河》。

《长河》酝酿已久，写作起来却不顺利。1938 年在昆明开始动笔时，只是一个中篇的构思，写作过程中发现这个篇幅容纳不了变动时代的历史含量，就打算写成多卷本的长篇，曾经预计三十万字。但直到 1945 年出版之时，只完成了第一卷。沈从文带着对变动中的历史的悲哀来写现实的故乡，曾有身心几近崩溃的时候，如鲠在喉，不吐不快，却又欲言又止，不忍之心时时作痛。虽然沈从文最终不忍把故乡命运的结局写出来，但这个命运的趋势已经昭然在目，无边的威胁和危险正一步一步地围拢而来。尽管压抑着，沈从文也不能不产生后来贾平凹那样的疑问：故乡就要消失了吗？他借作品中少女夭夭和老水手的对

① 贾平凹《〈秦腔〉后记》，《秦腔》，第 561、562、563 页。

② 沈从文《〈边城〉题记》，《沈从文全集》第 8 卷，第 59 页。

话，含蓄然而却是肯定了这种趋势的不可挽回。夭夭说："好看的都应当长远存在。"老水手叹气道："依我看，好看的总不会长久。"[①]

《长河》是一首故乡的挽歌，沈从文不忍唱完；贾平凹比沈从文心硬，他走过沈从文走过的路，又继续往前走，直到为故乡树起一块碑，碑上刻画得密密麻麻，仔仔细细。

读《秦腔》而想到《长河》，并非是我个人的任意联系，也不是出于某种偏爱的附会。陈思和在《试论〈秦腔〉的现实主义艺术》一文中已经有所提示，挑明"贾平凹从某种意义上说是沈从文的重复和延续"[②]；王德威在论述《古炉》时也勾勒了贾平凹从早期到如今的一种变化：逸出汪曾祺、孙犁所示范的脉络，"从沈从文中期沉郁顿挫的转折点上找寻对话资源。这样的选择不仅是形式的再创造，也再一次重现当年沈从文面对以及叙述历史的两难。"[③]王德威说的是《古炉》，其实也适用于《秦腔》。要以我的感受来说，《秦腔》呼应了《长河》写出来的部分和虽然未写但已经呼之欲出的部分；《古炉》则干脆从《长河》停住的地方继续往下写，呼应的是《长河》没有写出来的部分。

虽然说《秦腔》已经是事无巨细，千言万语，但对乡土的衰败仍然有没说出、说不出的东西，没说出、说不出的东西不是无，而是有，用批评家李敬泽的话来说是"巨大的沉默的层面"。这个沉默层也可以对应于沈从文在《长河》里没说出、说不出、不忍说的东西。《长河》这部没有完成的作品的沉重分量，是由它写出的部分和没有写出的部分共同构成的。

《秦腔》的写法是流水账式的，叙述是网状的，交错着、纠缠着推进，不是一目了然的线性的情节发展结构。它模仿了日常生活发生的形式，拉杂，绵密，头绪多，似断还连。"这样的叙述，本身便抗拒着对之进行简单的情节抽绎与概

---

① 沈从文《长河·社戏》，《沈从文全集》第10卷，第167、169页。

② 陈思和《试论〈秦腔〉的现实主义艺术》，《当代小说阅读五种》，复旦大学出版社2010年版，第92页。

③ 王德威《暴力叙事与抒情风格》，《南方文坛》2011年第4期。

括。”[①]同时也抗拒着理念性的归纳、分析和升华。这样的叙述是压低的，压低在饱满的实感经验之中，匍匐着前行，绝不是昂首阔步，也绝不轻易地让它高出实感经验去构思情节的发展和冲突、塑造人物的性格和形象、获取理念的把握和总结。没有这些常见的小说所努力追求的东西，有的是，实感经验。我重复使用实感经验这个词，是想强调《秦腔》的质地中最根本的因素；不仅如此，我还认为，中年以后的贾平凹的创作，其中重要的作品《废都》《秦腔》《古炉》，都是以实感经验为核心、以实感经验排斥理论、观念、社会主流思潮而做的切身的个人叙述。[②]

黄永玉谈《长河》，说的是一个湘西人读懂了文字背后作家心思的话："我让《长河》深深地吸引住的是从文表叔文体中酝酿着新的变格。他排除精挑细选的人物和情节。他写小说不再光是为了有教养的外省人和文字、文体行家甚至他聪明的学生了。他发现这是他与故乡父老子弟秉烛夜谈的第一本知心的书。”[③]《秦腔》亦可如是观。倘若从那一堆鸡零狗碎的“泼烦日子”的长篇叙述里还不能深切体会作家的心思，那就再读读更加朴素的《秦腔》后记，看看蕴藏在实感经验中的感受是如何诉之于言，又如何不能诉之于言。

四、物的通观，文学和历史的通感，“抽象的抒情”

沈从文的文学创作因历史的巨大转折戛然而止，他的后半生以文物研究另辟安身立命的领域，成就了另一番事业。通常的述说把沈从文的一生断然分成了两半，有其道理，也有其不见不明之处。在这里我要说的一点是，沈从文的文物研究和他的文学创作其实相通。

---

① 刘志荣《缓慢的流水，惶恐的挽歌》，《文学评论》2006 年第 2 期。

② 关于实感经验与文学的关系，这里不做论述，可以参见张新颖、刘志荣《实感经验与文学形式》，复旦大学出版社 2012 年版。

③ 黄永玉《这一些忧郁的碎屑》，《沈从文印象》，孙冰编，学林出版社 1997 年版，第 203 页。

沈从文强调他研究的是物质文化史，他强调他的物质文化史关注的是千百年来普通人民在日常生活中的劳动和创造，他钟情的是与百姓日用密切相关的工艺器物。不妨简单罗列一下他的一些专门性研究：玉工艺、陶瓷、漆器及螺甸工艺、狮子艺术、唐宋铜镜、扇子应用进展、中国丝绸图案、织绣染缬与服饰、《红楼梦》衣物、龙凤艺术、马的艺术和装备，等等；当然还有《中国古代服饰研究》这一代表性巨著。你看他感兴趣的东西，和他的文学书写兴发的对象，在性质上是统一的、通联的。这还只是一层意思。

另一层意思，沈从文长年累月在历史博物馆灰扑扑的库房中转悠，很多人以为是和“无生命”的东西打交道，枯燥无味；其实每一件文物，都保存着丰富的信息，打开这些信息，就有可能会看到生动活泼的生命之态。汪曾祺曾说：“他后来‘改行’搞文物研究，乐此不疲，每日孜孜，一坐下去就是十几个小时，也跟这点诗人气质有关。他搞的那些东西，陶瓷、漆器、丝绸、服饰，都是‘物’，但是他看到的是人，人的聪明，人的创造，人的艺术爱美心和坚持不懈的劳动。他说起这些东西时那样兴奋激动，赞叹不已，样子真是非常天真。他搞的文物工作，我真想给它起一个名字，叫做‘抒情考古学’。”①也就是说，物通人，从物看到了人，从林林总总的“杂文物”里看到了普通平凡的人，通于他的文学里的人。

还有一层意思，关于历史。文物和文物，不是一个个孤立的东西，它们各自保存的信息打开之后能够连接、交流、沟通、融会，最终汇合成历史文化的长河，显现人类劳动、智慧和创造能量的生生不息。工艺器物所构成的物质文化史，正是由一代又一代普普通通的无名者相接相续而成。而在沈从文看来，这样的历史，才是“真的历史”。前面我引述了沈从文1934年在家乡河流上感悟历史的一段文字，那种文学化的表述，那样的眼光和思路，到后半生竟然落实到了对于物的实证研究中。

沈从文的文物研究与此前的文学创作自有其贯通的脉络，实打实的学术研

① 汪曾祺《沈从文的寂寞》，《晚翠文谈新编》，生活·读书·新知三联书店2002年版，第191页。

究背后，蕴蓄着强烈的“抽象的抒情”冲动：缘“物”抒情，文心犹在。

明白了这一点之后，我把王安忆的《天香》看成是与沈从文的文物研究的基本精神进行对话的作品，应该就不会显得特别突兀了。

《天香》的中心是物，以上海的顾绣为原型的“天香园绣”。一物之微，何以支撑一部长篇的体量？这就得看对物的选择，对物表、物性、物理的认识，对物的创造者和创造行为的理解和想象，对物自身的发展历史和物的历史所关联的社会、时代的气象的把握，尤有甚者，对一物之兴关乎天地造化的感知。

此前我曾写《一物之通，生机处处》①专文讨论《天香》，提出“天香园绣”的几个“通”所连接、结合的几个层次。

一是自身的上下通。“天香园绣”本质上是工艺品，能上能下。向上是艺术，发展到极处是罕见天才的至高的艺术；向下是实用、日用，与百姓生活相连，与民间生计相关。这样的上下通，就连接起不同层面的世界。还不仅如此，“天香园绣”起自民间，经过闺阁向上提升精进，达到出神入化、天下绝品的境地，又从至高的精尖处回落，流出天香园，流向轰轰烈烈的世俗民间，回到民间，完成了一个循环，更把自身的命运推向广阔的生机之中。

二是通性格人心。天工开物，假借人手，所以物中有人，有人的性格、遭遇、修养、技巧、慧心、神思。这些因素综合外化，变成有形的物。“天香园绣”的里外通，连接起与各种人事、各色人生的关系。“天香园绣”的历史，也即三代女性创造它的历史，同时也是三代女性的寂寞心史，一物之产生、发展和流变，积聚、融通了多少生命的丰富信息。

还有一通，是与时势通，与“气数”通，与历史的大逻辑通。“顾绣”产生于晚明，王安忆说，“一旦去了解，却发现那个时代里，样样件件都似乎是为这故事准备的。比如，《天工开物》就是在明代完成的，这可说是一个象征性的事件，象征人对生产技术的认识与掌握已进步到自觉的阶段，这又帮助我理解‘顾绣’这一

① 张新颖《一物之通，生机处处》，《当代作家评论》2011年第4期。

件出品里的含义。”[①]这不过是“样样件件”的一例，凡此种种，浑成大势与“气数”，“天香园绣”也是顺了、应了、通了这样的大势和“气数”。“天香园绣”能逆申家的衰势而兴，不只是闺阁中几个女性的个人才艺和能力，也与这个“更大的气数”——“天香园”外头那种“从四面八方合拢而来”的时势与历史的伟力——息息相关。放长放宽视界，就能清楚地看到，这“气数”和伟力，把一个几近荒蛮之地造就成了一个繁华鼎沸的上海。

“天香园绣”的历史，也就是沈从文所投身其中的物质文化史的一支一脉，沈从文以这样的蕴藏着普通人生命信息的历史为他心目中“真的历史”，庄敬深切地叙述这种历史如长河般不止不息的悠久流程；相通的感受和理解，同样支持着王安忆写出“天香园绣”自身的曲折、力量和生机，“天香园”颓败了又何妨，就是明朝灭亡了又如何。一家一族、一朝一姓，有时而尽；而“另外一些生死两寂寞的人”，以文字、以工艺、以器物保留下来的东西，却成了“连接历史沟通人我的工具。因之历史如相连续，为时空所阻隔的感情，千载之下百世之后还如相晤对”[②]。《天香》最后写到清康熙六年，蕙兰绣幔中出品一幅绣字，“字字如莲，莲开遍地”[③]。

“莲开遍地”，深蕴，阔大，生机盎然，以此收尾，既是收，也是放，收得住，又放得开，而境界全出。但其来路，也即历史，却是从无到有，一步一步走来，步步上出，见出有情生命的庄严。

王安忆也许无意，但读者不妨有心，来看看“莲”这个词，怎么从物象变成意象，又怎么从普通的意象变成托境界而出的中心意象。小说开篇写造园，园成之时，已过栽莲季节，年轻的柯海荒唐使性，从四方车载人拉，造出“一夜莲花”的奇闻；这样的莲花，不过就是莲花而已；柯海的父亲夜宴宾客，先自制蜡烛，烛内嵌入花蕊，放置在荷花芯子里，点亮莲池内一朵朵荷花，立时香云缭绕，是为

---

① 王安忆、钟红明《访问〈天香〉》，《上海文学》2011 年第 3 期。

② 沈从文《致张兆和》（1952 年 1 月 24 日），《沈从文全集》第 19 卷，第 311 页。

③ 王安忆《天香》，人民文学出版社 2011 年版，第 407 页。

“香云海”。“香云海”似乎比“一夜莲花”上品，但其实还是柯海妻子小绸说得透彻，不过是靠银子堆砌。略去中间多处写莲的地方不述，小说末卷，蕙兰丧夫之后，绣素不绣艳，于是绣字，绣的是开“天香园绣”绣画新境的婶婶希昭所临董其昌行书《昼锦堂记》。《昼锦堂记》是欧阳修的名文，书法名家笔墨相就，代不乏人，董其昌行书是其中之一。蕙兰绣希昭临的字，“那数百个字，每一字有多少笔，每一笔又需多少针，每一针在其中只可说是沧海一粟。蕙兰却觉着一股喜悦，好像无尽的岁月都变成有形，可一日一日收进怀中，于是，满心踏实”①。后来蕙兰设帐授徒，渐成规矩，每学成后，便绣数字，代代相接，终绣成全文。四百八十八字“字字如莲”的“莲”就是意象，以意生象，以象达意。但我还要说，紧接着的“莲开遍地”的“莲”是更上一层的意象，“字字如莲”还有“字”和“莲”的对应，“莲开遍地”的“莲”却是有这个对应而又大大超出了这个对应，升华幻化，充盈弥散，而又凝聚结晶一般的实实在在。三十多万字的行文连绵逶迤，至此而止，告成大功。

所以，如《董其昌行书昼锦堂记屏》这样的绣品，是时日所积、人文所化、有情所寄等等综合多种因素逐渐形成，这当中包含了多少内容，需要历史研究、也同样需要文学想象去发现，去阐明，去体会于心、形之于文。

《中国古代服饰研究》以实物图像为依据，按照时间顺序叙述探讨服饰的历史。在引言中，沈从文有意无意以文学来说他的学术著作：“总的看来虽具有一个长篇小说的规模，内容却近似风格不一、分章叙事的散文。”②这还不仅仅泄露了沈从文对文学始终不能忘情，更表明，历史学者和文学家，学术研究和文学叙述，本来也并非壁垒森严，截然分明。

王安忆的作品不是关于“顾绣”的考古学著作，而是叙述“天香园绣”的虚构性小说，但虚构以实有打底，王安忆自然要做足实打实的历史功课。古典文学

---

① 王安忆《天香》，第327页。

② 沈从文《〈中国古代服饰研究〉引言》，《中国古代服饰研究》，上海书店出版社2002年版，第10页。

学者赵昌平撰文谈《天香》，说："因着古籍整理的训练，我粗粗留意了一下小说的资料来源，估计所涉旧籍不下三百之数。除作为一般修养的四部要籍外，尤可瞩目的是：由宋及明多种野史杂史，人怪科农各式笔记专著，文房针绣诸多专史谱录，府县山寺种种地乘方志，至于诗话词话，书史画史，花木虫鱼，清言清供，则触处可见；而于正史，常人不会留意的专志，如地理、河渠，选举、职官，乃至食货、五行，都有涉猎。"[①]没有这种长时间（王安忆从留意"顾绣"到写出《天香》，其间三十年）的工夫，仅凭虚构的才情，要进入历史，难乎其难。

但我更要说，虚实相生，生生不已，才是《天香》。"天香园绣"有所本而不死于其所本，王安忆创造性地赋予了它活的生命和一个生命必然要经历的时空过程，起承转合，终有大成。

写这部作品的王安忆和研究物质文化史的沈从文，在取径、感知、方法诸多方面有大的相通。王安忆不喜欢"新文艺腔"的"抒情"方式和做派，但"天香园绣"的通性格人心、关时运气数、法天地造化，何尝不是沈从文心目中的"抽象的抒情"；赵昌平推崇这部小说的"史感"和"诗境"，也正是沈从文心目中"抽象的抒情"的应有之义。

五、回响：小叩小鸣，大叩大鸣

当代创作和沈从文传统的呼应、对话，无论自觉还是不自觉，已经渐显气象。丝毫不用担心这个传统会妨碍今日作家的创造才能的充分发挥，即以上面所论余华、贾平凹、王安忆而言，他们作品的各自独特的品质朗然在目，当然不可能以沈从文的传统来解释其全部的特征；但各自的创造性也并不妨碍这些作品与沈从文传统的通、续、连、接，甚至也并不妨碍它们就是这个传统绵延流传的一部分，为这个传统继往开来增添新的活力。

---

① 赵昌平《天香·史感·诗境》，《文汇报》"笔会"版，2011年5月3日。

沈从文无法读到这些他身后出现的作品，但他坚信他自己的文学的生命力会延续到将来。六十多年前，他曾经和年少的儿子谈起十四年前出版的《湘行散记》，他说："这书里有些文章很年青，到你成大人时，它还像很年青！"[①]时间证明了他的自信并非虚妄。他用"年青"这个词来说自己的作品，而且过了很长时间还"很年青"，已然知道它们会在未来继续存在，并且散发能量。岁月没有磨灭、摧毁它们，经过考验、淘洗，反而更显示出内蕴丰厚的品质，传统也就形成。倘若有人有意无意间触碰到这个传统，就会发出回响。这回响的大小，取决于现在和未来的方式与力量：小叩则小鸣，大叩则大鸣。

原载《南方文坛》2011 年第 6 期

① 沈从文《致张兆和》（1948 年 7 月 30 日），《沈从文全集》第 18 卷，第 505 页。

打开“伤痕文学”的理解空间

张业松

一

一般认为,1977 年第 11 期《人民文学》发表刘心武的短篇小说《班主任》是“伤痕文学”的起点。如果对此不存异议①,2007 年就正好是“伤痕文学”诞生三十周年。三十年过去,“伤痕文学”的“风水”轮转到了哪里?作为曾经揭橥了改革开放的先声,开启了“文革后文学”大幕的中国当代文学史上的重要文学现象,“伤痕文学”在今天还有值得关注的价值吗?当此之际,带着这样的疑问追本溯源,对“伤痕文学”的缘起及内涵做一番考校,或许不无意义。

通过简单的梳理,本文认为,过去对“伤痕文学”的讨论过于局限于风格流派的层次,而忽略了它作为受压多年的社会能量在历史转折时期的第一个突破口,或者说作为一种社会思潮的文学先声所具有的普遍意义。事实上,基于过去年代所造成的社会和文化“伤痕”、且作用于“伤痕”的文学表达,并不只是存在于 1970 年代末至 1980 年代初,而是广泛存在于整个“新时期文学”中。鉴于其社会影响的广泛性、作用于时代文学的深入性、以及所包含和释放的社会文

① 事实上是有不同看法的。一种意见认为,从作品主题、人物特点、情感基调来看,《班主任》“根本不具备‘伤痕文学’的特征”,卢新华的《伤痕》才是“伤痕文学”的真正源头。参见谢新华:《〈班主任〉不是伤痕文学》,《青岛大学师范学院学报》第 17 卷第 1 期,2000 年 3 月。

化信息的丰富性，这一类的文学应该被概括看待，作为具备文学思潮性质的文学现象、或干脆被放在文学思潮的层次上来讨论。在此基础上，整个这一时段的文学史，亦可被称为中国当代文学史的伤痕文学阶段。

二

首先明确，将《班主任》视为“伤痕文学”的起点只能算是事后追认，因为作为文学史术语的“伤痕文学”的出现要晚得多。朱寨先生主编的《中国当代文学思潮史》写道：

“伤痕文学”的提法，始于一九七八年八月十一日《文汇报》发表短篇小说《伤痕》后引起的讨论中。之后，人们通常习惯地把以揭露林彪、“四人帮”罪行及其给人民带来的严重内外创伤的文学作品，称之为“伤痕文学”。有人把“伤痕文学”又称为“暴露文学”“伤感文学”“批判现实主义文学”等，蕴含着明显的贬斥、不满之意……也有人给“伤痕文学”以极高的评价。尽管“伤痕文学”的概念是否科学还值得研究，但关于如何评价“伤痕文学”的论争，却激烈展开，波及甚广，一直延续到一九七九年十月第四次全国文代会的召开。①

《伤痕》是当年复旦大学中文系一年级本科生卢新华的课堂习作，在班级墙报贴出后，引起校园轰动，随后被上海《文汇报》发掘、发表。鲜为人知的是，在被《文汇报》发掘之前，这篇作品曾遭《人民文学》退稿。当时的《人民文学》，应该正处于发表《班主任》带来的兴奋中。这一历史细节是否正好说明了《班主任》和《伤痕》内在质地上的某些差异，可以讨论，但至少，这一细节的原始出典值得记取。当年责编《伤痕》的《文汇报》高级记者钟锡知说：

……我和卢新华在文艺部办公室见了面。一开始卢新华就告诉我，两

① 朱寨主编《中国当代文学思潮史》，人民文学出版社 1987 年版，第 540 页。

个月前他向北京《人民文学》编辑部投寄了这篇小说，但前几天他收到了一封铅印的退稿信。他说他并不遗憾，相信小说会有问世的一天。我跟他说，你的想法会得到支持，文汇报会冲破阻力发表你的小说。

他还说："小说《伤痕》的发表，也给文坛带来了整整一代'伤痕小说'和'反思文学'的兴起，其意义远远超出我们的初衷。"①他是对的。

但究竟是谁最先使用了"伤痕文学"这一术语，笔者见及的其他材料也大多语焉不详。洪子诚著《中国当代文学史》谈到"围绕《伤痕》等作品，在 1978 年夏到次年秋天发生了热烈的争论"时，为其中"持否定态度者"加注说：

> 对这些小说持否定意见的代表性文章有《向前看啊！文艺》（黄安思，1979 年 4 月 15 日《广州日报》），和《"歌德"与"缺德"》（李剑，1979 年第 6 期《河北文艺》）。后一篇文章写道，我们"坚持文学艺术的党性原则"的文艺，应该"歌德"。因为"现代中国人并无失学、失业之忧，也无无衣无食之虑，日不怕盗贼执仗行凶，夜不怕黑布蒙面的大汉轻轻叩门。河水涣涣，莲荷盈盈，绿水新地，艳阳高照，当今世界如此美好的社会主义为何不可'歌'其'德'？"文章并说那些"怀着阶级的偏见对社会主义制度恶毒攻击的人"，"只应到历史垃圾堆上的修正主义大师们的腐尸中充当虫蛆"。②

引文提及的两篇文章中也没有出现"伤痕"或"伤痕文学"的字样。那么"伤痕文学"最初的命名权是否不可考呢？应该不会。陈思和主编《中国当代文学史教程》述及"1978 年春天至年底在政治文化和文学领域里发生的一系列大事"时说："9 月 2 日，北京《文艺报》召开座谈会，讨论《班主任》和《伤痕》，'伤痕文学'的提法开始流传。"③这是我能找到的最接近于"伤痕文学"一词的原始出处的记载。此外，复旦大学中文系资料室辑录的《新时期文艺学论争资

① 钟锡知《小说〈伤痕〉发表前后》，《新闻记者》1991 年第 8 期。

② 洪子诚《中国当代文学史》，北京大学出版社 1999 年版，第 271 页。

③ 陈思和主编《中国当代文学史教程》，复旦大学出版社 1999 年版，第 189 页。

料(1976—1985)》①也保存了大量线索。该书文献题录显示,在1970—1980年代之交国内发生的关于“歌德”与“缺德”、关于“向前看呵!文艺”、关于歌颂与暴露的论争中,最早公开使用“伤痕文学”概念的很可能是陈恭敏,他在1978年12月号《上海文艺》(《上海文学》前身)发表了《“伤痕”文学小议》。去掉“伤痕”二字上的引号,大大方方将“伤痕文学”作为一个固定术语来使用,到1979年初就变得很普遍,其中鲍昌的《漫话“伤痕文学”》(《新港》1979年第1期)和张春予的《关于“伤痕文学”的对话》(《文艺百家》1979年第1期)最引人注目。此后值得注意的还有吕铭康的《“伤痕文学”与文学伤痕》(《海鸥》1979年第8期)、王振铎的《的确出现了一个新流派——从“歌德”与“缺德”谈到“伤痕文学”》(《河南师大学报》1979年第5期)、刘启林的《替“伤痕文学”辩诬》(《长春》1979年第11期)等。

与此同时,“伤痕文学”的说法在国外也开始流传。叶穉英提供的材料说:

> 旅美华裔学者许芥昱在“美国加州旧金山州立大学中共文学讨论会”上谈到:“(中国大陆)自一九七六年十月以后,文学作品方面以短篇小说最为活跃,最引起大众的注目的内容,我称之为‘Hurts Generations’,就是‘伤痕文学’,因为有篇小说叫做《伤痕》,很出锋头,这类小说的作者,回忆他们在‘文革’时所受的迫害,不单是心灵和肉体的迫害,还造成很大的后遗症。我把这一批现在还继续不断受人注意讨论的文学,称为‘伤痕文学’。”这是“伤痕文学”一词首先出现了学术界。②

这一说法经人引用后在互联网上流传甚广③,也比较容易引起误解。许芥昱先生的意思应该是说他赋予了“伤痕文学”以英文译名,而不是说他创造了这

① 余世谦、李玉珍、陈家灼、胡荣社、林琴书编《新时期文艺学论争资料(1976—1985)》上册,复旦大学出版社1988年版,第160—179页。

② 叶穉英《“伤痕文学”和“反思文学”浅探》,《大陆当代文学扫描》,东大图书股份有限公司1990年版,第5页。“出现了学术界”原文如此。

③ 如秦宇慧《文革后小说创作流程》,http://www.white-collar.net/wx_bzj/xslc/990105_01.htm。该书据称已由北京燕山出版社于1997年底出版,笔者未见。

个文学术语。“首先出现了(于)学术界”的结论也有些轻率。尽管叶稺英的脚注表明许先生发表此番言论的时间的确较早①,但估计再早也该在这批作品“受人注意讨论”、即在国内学术界有相当程度的关注之后吧。倒是当年拍板发表《伤痕》的《文汇报》总编辑马达先生的回忆显示,国外的新闻媒体有可能先于学界人士使用“伤痕文学”一词:“小说发表后,被全国二十多家省、市广播电台先后播发。新华社、中新社先后播发新闻,法新社、美联社的驻京记者对外报道说:‘文汇报刊载《伤痕》这一小说,说明中国出现了揭露“文革”罪恶的“伤痕文学”。’”②只是这些外电究竟有何说法、发表于何年何月,尚需进一步查证。

值得注意的是,在“伤痕文学”概念确立和普及的过程中,出现得更早、应用得更广的其实是另一个术语“暴露文学”。1978 年第 2 期《文艺报》刊载以洪的《是“暴露文学”吗?》一文,再度引发在中国当代文学史上十分敏感的“歌颂与暴露”的问题。1978 年 9 月,陈荒煤在《文汇报》上撰文支持《伤痕》,提及“有人批评这类小说是‘暴露文学’”③。到 1979 年春,在黄安思、李剑的文章发表之前,伴随着“伤痕文学”概念的确立,有关“暴露文学”的讨论已经进行得很热烈,随后也讨论得很深入,大量文章发表在大专院校学报和专业理论刊物上。到 1980 年 10 月,《外国文学动态》报道《苏〈文学报〉载文评我国“暴露文学”》,同样显示了中国当代文学的这一波新变所引发的国际关注。④

问题还在于,即便解决了概念的缘起,也并不意味着在概念内涵的理解、外延的界定上会变得容易一些。事实上就在“伤痕文学”概念开始流传的同时,已

---

① 脚注表明,许芥昱《在美国加州旧金山州立大学中共文学讨论会上的发言》载于高上秦主编:《中国大陆抗议文学》,台北时报文化出版公司 1979 年版。

② 马达《〈伤痕〉和伤痕——小说〈伤痕〉发表前后》,《马达自述:办报生涯六十年》,文汇出版社 2004 年版,第 63 页。

③ 荒煤《〈伤痕〉也触动了文艺创作的伤痕》,《文汇报》1978 年 9 月 19 日。

④ 《剑桥中华人民共和国史》将“暴露文学”描述为“伤痕文学”的后续阶段,大致对应于国内文学史著通称的“反思文学”阶段。参见(美)R.麦克法夸尔、费正清编《剑桥中华人民共和国史》下卷第 11 章《共产主义统治下的文学·毛以后的时代》,中国社会科学出版社 1992 年版。

经有人对之加以“技术杯葛”，而且文章是发表在《人民日报》上：

> 以《班主任》《神圣的使命》《伤痕》等为代表的最初一批短篇小说，主要是以揭露林彪、“四人帮”的十年横行给我们党和国家、民族造成的严重创伤为特色的，所以被有些人称作“伤痕文学”。如果说这个概括虽不很准确，但还多少有点道理，那么，这个称号对近来出现的一些短篇佳作，如《黑旗》《剪辑错了的故事》《记忆》《内奸》《在小河那边》《爱的权利》《锁》《我爱每一片绿叶》等等，就完全不合适。因为这些作品已经不把描写、揭示“伤痕”作为自己的主要任务。它们为自己提出了更高的目标，那就是：让人通过作品去探索、思考林彪、“四人帮”造成的这场灾难的规模、性质，及其产生、形成的社会和历史原因，并且从中寻找对我们今后的社会主义革命和建设有益的经验和教训。①

尽管作为术语的“反思文学”另有出处②，但这一以“更高的目标”为号召的批评，无疑应是对在文学史描述中紧随“伤痕文学”而来的“反思文学”的最初定义和召唤。还不止此。“时代”的脚步是匆促的，对文学的要求也是峻急的，在“更好”和“更有利”的不断鞭策下，更新的术语迫不及待地要求登场：

> 粉碎“四人帮”以后，文艺创作开创了崭新的局面，产生了许多激动人心的作品。……这些作品是时代潮流的产物，反过来又推动时代潮流的发展，对它积极的时代意义应该有充分的估计。随着党的工作着重点的转移，在全国人民为祖国的四化开始新长征的时候，要求我们的文学站在时代的前列，积极反映四化斗争这个新的生活领域，提出和回答人们所关心的新的问题，积极歌颂为四化而奋斗的英雄。《乔厂长上任记》正是适应了时代的需要和群众的要求，通过生动的艺术形象的塑造，提出并回答了实

---

① 杜雨《怎样看当前短篇小说的新发展》，《人民日报》1979 年 8 月 20 日第 3 版。

② 刘再复认为，是何西来最先提出了“反思文学”的概念。见刘再复《文学批评需要赤诚》，《人民日报》1985 年 11 月 18 日第 7 版。何西来文见《历史行程的回顾与反思》，《当代文艺思潮》1982 年第 2 期。

现四化斗争中的一个尖锐问题。①

不用说，这就是所谓"改革文学"的滥觞。这篇文章也是发表在《人民日报》上。

对中国当代政治文化和当代文学的生产机制有所了解者，不会昧于理解《人民日报》发表的文章所要传递的言外之意——通过言论引导动向，具体到文学领域，就是通过文学评论引导文学动向。如果说"伤痕文学"概念的出现还具有一定的"自发性"的话，"反思文学"和"改革文学"则明显偏重于"引导性"。从1977年11月到1979年9月，也就是从《班主任》的发表到《乔厂长上任记》的受肯定，时间仅仅不到两年，"新时期文学"的脚步就已经匆匆跨过了从"伤痕"到"反思"再到"改革"的复杂"阶段"。是这一时期的文学本身足够复杂，非以不断翻新的术语命名不足以区分其内在的差别吗？或者仅仅是劫后余生的国家政治的外在要求容不得文学在自己的天地里流连低徊？又或者是长期遭受宰制的文学批评一时之间无法摆脱"紧跟"的奴化之态，而在又将得宠的想象下表现得过于亢奋？我想每个人都不难得出自己的答案。但无论原因如何，结果都只有一个：术语留下的问题比它解决的多。洪子诚先生认为：迟至1986年才出版的长篇《血色黄昏》（老鬼），也应看作是属于伤痕文学范围的作品。因为"这部长篇完稿于80年代初，写'知青'在内蒙古农村和牧区'插队'的悲剧生活。由于描述的直率，几家出版社先后拒绝接受。1986年才由工人出版社（北京）出版，并成为当时的畅销书。"②

这就意味着，起点问题之外，谈论"伤痕文学"面临的麻烦还在于，它的终点也没能随后续术语的出场而到来。

三

过去十多年来，涉及"伤痕文学"的议题，学界一直在尝试给出新的阐释，现

① 宗杰《四化需要这样的带头人——评短篇小说〈乔厂长任记〉》，《人民日报》1979年9月3日第3版。

② 洪子诚，前引书，第271页。

有的成绩可以说也已从多个层面拓展对“伤痕文学”的理解。视见所及，我觉得至少有如下几个层面是值得重视的。

其一，着眼于作品的“技术”层面，对“伤痕”作品本身在观念或艺术上的“伤痕”加以检讨，这又包括显性的和隐性的。显性方面，指出其在观念层面仍未脱出对特定政治的迎合，或在艺术处理上“用了‘文革’的叙事模式讲出了一个反‘文革’的故事”[①]；隐性方面，通过对其文学史来源的梳理，指出其“历史局限性”，诸如“‘十七年文学’仍然是它的重要的思想和艺术资源之一，二者在文学观念、审美选择、主题和题材诉求等问题上，是一种同构的关系”、“‘问题意识’成为伤痕文学‘干预’与‘服务’于现实的主要基点，成为其引起轰动效应的一个原因，然而，当上述社会‘问题’得到解决，作家的创作便会出现意料之中的障碍和困难”[②]等。这些探讨，显然都有助于更好地认识“伤痕文学”的基本状况。

其二，通过文本分析，从更广阔的“社会”层面透视“伤痕文学”的作用机制，从而把握特定时代的文明发展态势。这一层面，贺桂梅的研究可以作为代表。她通过应用米歇尔·福柯的“话语”理论重读《班主任》，解读出其中“个人话语以理直气壮的正确者、先进者的姿态否定、指斥集体话语，其本质不过是意识形态集体机器运作的必要，是一种权力的胜利，只不过由知识分子充当了发言人而已”，而“现代性文化的本质特征即在虚构一种二元对立，并将其神圣化，从而引发乌托邦式的意识形态激情”[③]。这样的研究可以帮助我们立足于更高的层次反省自身，以更平和的心态看待社会和文化变迁。

其三，“伤痕文学”的直接缘起和作用对象无疑是社会政治层面，但它既然出之以文艺的形式，就必然携带并受制于文艺自身的要求，由此使得它伸展出艺术的丰富性和完美性要求，具备多样和多彩的形态。这一层面（“艺术”层面）也许“伤痕文学”从总体上说做得还不够好，但“伤痕兴起带来的一个比伤痕本

---

① 张法《伤痕文学：兴起、演进、解构及其意义》，《江汉论坛》1998 年第 9 期。

② 程光炜《“伤痕文学”的历史局限性》，《文艺研究》2005 年第 1 期。

③ 贺桂梅《新话语的诞生——重读〈班主任〉》，《文艺争鸣》1994 年第 1 期。

身更大的内容，就是吟咏伤痕的合法性”，从对这种合法性的追求和实践中，“可以有、而且也确实有比政治更多、更广、更深的内容”，也可以、而且确实得到了“新时期的文学新生命的开始”①，甚至比这更多、至今仍有启发意义的东西。在此我想举出铁凝的成名作《哦，香雪》作例子。这个作品当初通过封闭环境中的山村少女对城市和“文明世界”的纯真向往，感动了许多人，孙犁先生曾由衷赞叹说：“这篇小说，从头到尾都是诗，它是一泻千里的、始终一致的。这是一首纯净的诗，即是清泉。它所经过的地方，也都是纯净的境界。”②毫无疑问，这些当初的感动和赞叹都是十分正确的，也是社会发展的特定阶段的正常而高尚的阅读反应，但问题是，除此之外，这个作品是否就不能带给读者新的思考和启发了呢？一个走出山村的香雪，在她所憧憬的“外面的世界”会有怎样的遭遇，作品发表以来的 30 年间的社会历程已经提供了多种可能的答案，这些答案中的每一种与她当初的纯真向往相比会是怎样的情形，相信都足以启人深思。而这些不断被引出的思考的端绪，正是文学“吟咏”的魅力所在。

以上基本是在原有的概念范畴内讨论“伤痕文学”。如果尝试扩大外延，将同时代的其他作品包括进来，会是什么情况呢？我想举出汪曾祺的例子。汪曾祺的《受戒》等作品给人的突出印象是“无时间性”，好像卓然超拔于任何特定的时代之外，自成一体，所以尽管也发表于 1980 年代初，却似乎从未被“联系时代”加以讨论。如果说他曾与“伤痕文学”有过什么瓜葛的话，多半也只是被拿来作为“伤痕文学”的反例。比如一位作者写道：“他的《受戒》，如东风第一枝，在伤痕文学大行其道的情势下，对中国文学而言具有鲜明的拐点意义。”③洪子诚先生的文学史中也说：“在自称或被称的文学群体、流派涌动更迭的 80 年代，汪曾祺是为数不很多的‘潮流之外’的作家之一。”④事实上也是该书第 21 章第

① 张法，前引文。

② 孙犁《谈铁凝的〈哦，香雪〉》，《孙犁全集》第 7 卷，人民文学出版社 2004 年版，第 91 页。

③ 蔡瑛《汪曾祺的千门万户》，《第一财经日报》2007 年 7 月 29 日。

④ 洪子诚，前引书，第 330 页。

4 节《群体、流派之外》提及、讲述的唯一作家。但照我看来，汪曾祺在艺术表达上的独特性固然突出，但在作品的实质内涵和诉求上，却也不能说外在于“时代文学”。《受戒》的轻灵通透并非来自于“时间之外”，而恰恰就是“时间之内”的产物。它是基于时代的匮乏而做出的给予，来自于匮乏、作用于匮乏，是与匮乏相反相成的存在，也正是时代文学的有机组成部分。它固然没有“展览伤痕”，但谁也不能说，在文本表层的宁静恬美、丰富自在之下，没有一颗因为现实的单调贫乏和恶行恶状而深感受伤的心。作品结尾写着：“一九八〇年八月十二日，写四十三年前的一个梦。”①“梦”是现实的镜子，如果现实太沉重，它照出的就是轻盈的翅膀和飞翔的响望。作品围绕一个小和尚的初恋，铺展一种“时间之外”的生活，从主人公身份、故事情节、人物言行到故事背景、风土人情乃至遣词造句等，果然无不令人有恍若梦寐之感，尤其是相对于刚刚从“革命时间”中走出来的阅读环境而言。这究竟是一个怎样的梦呢？从标注的写作日期往前推，四十三年前的 8 月 12 日，正是“七七事变”后一个月、“八一三淞沪抗战”打响的前夜。这个时间点未免太富于典型和象征意义，以及过于意味深长、涵义丰富了。它不可能是可有可无、例行公事式的顺手交待，而必须被视为作品的有机组成部分。文艺作品的这个部分有个专用名称叫做落款，在中国传统书画艺术中，落款是一门学问。汪曾祺深通书画，显然也把落款的学问带进小说中来了。《受戒》的落款中隐藏着解读作品的关键信息，提示着作品的创作情境及意图等，如果充分解读了它，其实也就无需乎作者在作品之外自我阐发了。

关于《受戒》，汪曾祺曾说：“四十多年前的事，我是用一个八十年代的人的感情来写的。《受戒》的产生，是我这样一个八十年代的中国人的各种感情的一个总和。”又说：“试想一想：不用说十年浩劫，就是‘十七年’，我会写出这样一篇东西么？写出了，会有地方发表么？发表了，会有人没有顾虑地表示他喜欢这篇作品么？都不可能的。”还说：“这篇小说写的是什么？我在大体上有了一个

① 汪曾祺《受戒》，《汪曾祺全集》第 1 卷，北京师范大学出版社 1998 年版，第 343 页。

设想之后，曾和个别同志谈过。‘你为什么要写这样一篇东西呢?’当时我没有回答，只是带着一点激动说：‘我要写！我一定要把它写得很美，很健康，很有诗意！’写成后，我说：‘我写的是美，是健康的人性’。美，人性，是任何时候都需要的。”并说：“这两年重提美育，我认为是很有必要的。这是医治民族的创伤，提高青年品德的一个很重要的措施。我们的青年应该生活得更充实，更优美，更高尚。我甚至相信，一个真正能欣赏齐白石和柴可夫斯基的青年，不大会成为一个打砸抢分子。”①

作家的这些意图和关怀，其实也都包含在作品落款里了。对这个作品的叙事人来说，很美，很健康，很有诗意，很人性，很丰富，很快乐……总之，梦一样的生活，停留在了四十三年前的“八一三”的前夜，也就是江浙地区抗日战争全面打响的前夜。这个时间点之后，紧接着八年抗战，解放战争，十七年，文革，四十三年倏忽过去，直到改革开放，其间再也没有做梦的机会和心境。生活的贫乏和恶质是如此刺心和触目，以至当他试图对之有所概括时，眼前只有“一个打砸抢分子”赫然在目。“打砸抢分子”对美与人性的破坏和掠夺，难道不正是四十三年来作家心头的痛？为了安抚和疗救这样的伤痛发愤而作，这样的文学不是“伤痕文学”又是什么？

除了汪曾祺，1980 年代的很多作品也都是基于社会和文化的“伤痕”而产生的文学。它们之间的区别，只在于有的对“伤痕”的处理可能比较直接而具体，有的是间接反映，有的是在不知不觉中触及，还有的可能需要“隔代的眼光”才能觉察。各种情形，都需要而且值得具体研究。在此不妨简单涉及孙甘露的例子。孙甘露是 1980 年代先锋文学的标杆人物，其作品在今天的文化环境中，也仍可视为“时尚文化”意义上的“城市先锋”。他的那些极端的语言实验作品，如《访问梦境》《信使之函》等等，具体来谈当然可以有很多精彩解读，但放在文学史的大背景中，我想其不可否认的一个来源和功效，是在于对“革命时代”的语

① 汪曾祺《关于〈受戒〉》，《汪曾祺全集》第 6 卷，第 338—340 页。

言匮乏和想象匮乏的疗救。作为匮乏时代的语言饕餮者，他以他的饕餮为语言和想象性生存的可能性做出了一种示范。这样的文学，也是“伤痕文学”的一种面向。

四

由此，本文认为有足够的理由在更宽泛的意义上使用“伤痕文学”的概念，以便把它从政治引导下过于琐碎的文学史“阶段”切割中拯救出来，不再去向不到两年的时间段内细致考究它的存在时间，而寻求充实其内涵，扩大其外延，使之适用于一个更长的文学时段。我想这一时段至少可以覆盖整个“新时期文学”阶段。一般认为，“新时期文学”从 1970 年代末开始，延续到 1980 年代末，其中重要的界限为 1985 年，“寻根文学”和“先锋文学”在这一年的联袂出场；之后随“新写实小说”的出现，这一术语不再适用①。过去的研究因为隔得太近，往往将文学发展中的一些细节因素看得太重，导致对这一时期文学的描述，在 1985 年前后各划分了很多阶段、勾勒了很多线索，显得零乱。其实跳出来看，“一时代有一时代之文学”，总体上说，1970 年代末到 1980 年代末的文学感应着共同的时代气氛，分享了共同的“时代精神”，诸种文学现象之间，在艺术追求、风格、技巧、造诣和成就上容或有所不同，但在精神追求和实际作用上，共通性可能还是要大于差异性。我想说，“伤痕文学”可能正是一个用来标志这种共通性的恰当概念。

在这一意义上，“伤痕文学”有着很多面向，也存在不同层次。就前者而言，其所触及的“伤痕”，有政治层面的，心灵层面的，日常生活中不知不觉的缺失层

---

① “新时期文学”本身是借用政治术语做出的命名，“新时期”一词来自中共十一届三中全会对“文革”后的政治阶段的定性，完整表述为“社会主义建设的新时期”。进入 1990 年代，随着社会政治经济文化以及文学本身的变化，“新时期文学”的术语不再适用于描述新的文学现象，有人认为应建立“后新时期”的概念，似未获广泛认同，学术界普遍使用的是“九十年代文学”或“1990 年代文学”这样的中性概念。

面的，也有看似正常的社会组织和机体的内在空洞，信仰和观念的缺失，物质和精神生活的贫乏等等，形形色色，都可以在 1980 年代的文学中找到对应的例子。就后者而言，“伤痕文学”固然可以与“反思文学”“改革文学”“朦胧诗”“寻根文学”“先锋派”“新写实小说”等同时代的文学概念并置，作为对特定阶段、特定风格类型的文学现象的概括，局限在风格流派的层次上发挥作用；但鉴于整个时段的文学中“伤痕”因素的广泛存在、对文学表达的深刻制约、以及“伤痕”表达因“文学吟咏”而来的丰富性和启发性，“伤痕文学”更适合在文学思潮的层次上讨论。一般来说，风格流派主要是指艺术追求和（或）艺术效果上的相似性，往往体现为具体的艺术特点或表现手法；文学思潮则指在特定思想倾向下产生普遍而深入的社会影响的文学动向，其作用面和包含面都要广阔得多。就此而言，如果说曾经有过一种作为风格流派的“伤痕文学”的话，那么应该进一步认识到，还有一种作为文学思潮、或具备文学思潮性质的“伤痕文学”，覆盖了整个“新时期文学”阶段，其实更值得注意。

如此，以“思潮”和“阶段”为纵横轴，就可以组成一个重新定义“伤痕文学”的坐标系。在这样的坐标系之下，可望打开一些本应包含在这个概念下的被政治要求硬性切割或遮蔽了的理解空间。我想，毕竟“文革十年”乃至更为长远的历史过程中所形成和累积的创伤，即便曾经找到突破口集中释放，也不能指望在短短两年不到的时段内充分宣泄，更无法相信可以在同一时段内充分处理。一方面是在政治要求下“钦定正版”的“伤痕文学”未必得到充分解读，一方面是在“正版”渠道受限的情形下可能出现各种类型的“借壳上市”，更有可能是像《血色黄昏》那样被动或主动延迟出版。这些复杂的历史状况都在向我们要求正视，我们也没有任何理由不予重视。打开“伤痕文学”的理解空间，对于处理这些问题至少是一个可行的尝试。

最后应该声明，本文对“伤痕文学”的所有论述都只是尝试性的，不敢曰必；本文提出在文学思潮的层次上看待“伤痕文学”，以之统领 1980 年代文学，也并不意味着要拿它包办一切，而只是把它作为解读这一阶段文学的一个可能角度，完全不排除可以有其他的角度和概念存在和作用。比如，这一阶段的文学中当然有对过去的反思，也有对改革开放的社会现状的呼应，完全不否认在“反思文学”和“改革文学”的概念下，对相关信息加以处理会取得满意的结果。现在把这部分的文学也纳入“伤痕文学”的概念下，初衷仅仅是为了更好地解读它们在“反思”和“改革”的概念下无法充分处理的信息。这些信息中，我理解还是以“伤痕”成分居多。同理，“朦胧诗”的主要特点和成就可能在于表达方式上的新变，回忆性散文鉴往思来，文化意义可能大于文学意义，但也都不排除从“伤痕文学”的角度可以读出一些有意义的信息。想想巴金（《随想录》）、贾植芳（《狱里狱外》）、韦君宜（《思痛录》）、章诒和（《往事并不如烟》《伶人往事》）……这样的老者拼尽余力，要为历史留下亲历者的证言，这样的文学叫不叫“伤痕文学”固然并不损害它们的价值，然而如果叫了，却完全可能为我们的文学理解增添新的东西。①

基于这样的理解，我真诚希望能在不远的将来，看到有人为我们撰写一部较为理想的《中国当代伤痕文学史》。

2007年10月草写，2008年1月修订，时大雪塞路，我行遇阻

原载《当代作家评论》2008年第3期

---

① 将“朦胧诗”和《随想录》纳入“伤痕文学”的讨论范畴，并非笔者首创。见及的资料中，吴炫等曾将《一代人》（顾城诗作）、《随想录》和《伤痕》并举为“新时期‘伤痕文学’中的3篇热点作品”，各列一节加以讨论；叶稺英也将巴金的《怀念萧珊》列为“最出名的伤痕小说”之一。吴炫、陶文婕《穿越当代经典——“伤痕文学”热点作品局限评述》，《社会科学》2003年第3期；叶稺英，前引书，第3页。

寻求新的文学感知方式

——面对临界点上的新世纪文学

王宏图

种种迹象表明：当代中国文学其实已处于一个临界点上。之所以说当代文学处于临界点，是因为不论从文学体制的内部还是外部，均已蓄积了要求变革的诸多因素。新一代写作者在旧的文学茧壳中快速生长，但他们遇到了难以突破的瓶颈，这既有新老交替过程中不可避免的拉锯，也有在价值观念、文学趣味上难以修补、调和的代沟；而在外部，公众对旧有的所谓纯文学写作感到厌烦、腻味，他们无法从中捕捉到令他们共鸣、亢奋的元素，便转而投身于各种消遣娱乐的文本，而网络的兴起，使这一潮流更趋快捷地蔓延开来。也正是在比特世界上，传统纸质文学种种森严僵化的规则得到了最大程度的颠覆。在此情形下，纯文学的读者日渐萎缩，在某种意义上纯文学蜕化成了一种为少数人掌握的秘传的修行法术，一种玄奥抽象的语词游戏，绝大多数外行人既无能力又无兴趣介入其间。纯文学形成了一个封闭的体系，苦思冥想间孵化出来的作品主要在同行、专业的批评者和编辑间循环流转，与广大的生活世界失去了联系。本文试图剖析处于变革临界点上的纯文学衰颓的内在机制，以及如何可能为它注入新的血液和养料，使其焕发出新的活力。

百年"新文学"模式的终结

"文革"结束后,当代文学重新焕发出活力与罕有的激情,并在1980年代营造出蔚为壮观的文学热潮,产生了一批口碑颇佳的作品,并在此基础上逐渐形成了一整套占主流地位的文学模式(涉及体裁样式、主题、风格、价值取向等领域)。而近年来文学呈现的颓势,首先意味着延续了30年之久的这一文学模式的终结。

说这一文学模式趋于终结,并不意味着依照它生产出来的作品的绝迹;相反,人们每年依旧可以读到源源不断涌现出来的新作,它们的数量是如此浩大,甚至给人一种文学达到了前所未有繁荣状态的错觉。只是这些作品从原创力、激情等方面大多无法与高峰时期的作品相媲美,而技法的相对娴熟则分外鲜明地映衬出了内在的精神贫血与孱弱。如果从学理上来考察,似乎很难断言现有的文学模式在哪里出现了难以修补的致命伤。可以肯定的是,这一文学模式内在的资源和潜力已在历史的进程中渐渐耗尽,先前并不那么惹眼的缺陷变得分外刺眼。

回顾新时期以来的文学发展历程,从最早反思"文革"创痛的伤痕文学、朦胧诗到寻根派、新写实、新状态,从掀起小说叙述方式全方位变革的先锋探索到在沿袭承续中求新求变的乡土市井叙事,从颠覆原有历史叙述框架的新历史主义写作到一度掀起轩然大波的欲望写作、身体写作,其间可谓新潮迭起。其精神资源也呈现出繁富绚烂的图谱——从沿袭继承了"五四"传统的人道主义、启蒙主义的价值观到萨特、尼采为代表的非理性主义的世界观;从"天下兴亡,匹夫有责"的救世情怀到尖酸刻薄、嘲谑消解一切神圣价值的虚无主义心态,以及放弃价值探询、无可无不可地以求苟活于当世的犬儒主义姿态。①历史发展的诡

① 洪子诚《中国当代文学史》,北京大学出版社1999年版,第225—255页。

谲令人不胜唏嘘，1980 年代在思想文化界处于先锋地位、颇有骁勇善战的骑士风范的文学，竟慢慢地沦落为孤芳自赏的怨妇。它的价值观念、书写样式和美学趣味在日新月异的世界面前，显得如此苍白。在 1980 年代，当代文学召唤人的解放、人的主体性之际，它触摸到的是中国人最为敏感的神经，表达出的是他们心底积蓄压抑了已久的心声。但其后出现的社会图景对当年奋力呐喊的先驱者而言，不啻是莫大的讽刺。人的欲望的松绑、解放之后出现的并不是一个美丽的新世界，它的图景不像先前人们设想的那样黑白分明，但充斥了至少是同样、乃至更多的不公和混乱，对人们的精神世界提出了前所未有的巨大挑战。这本是文学发展的良好契机，但由于当代文学主流模式内在的浅薄、狭隘，缺乏深厚的文化底蕴、坚实的价值依托和多样化的精神维度，竟无力做出有力的回应。而新世纪借助市场之力崛起的“80 后”写作群，由于气质、情怀、阅读谱系、抱负与前辈间的巨大断裂，很大一批作家难以为主流的文学模式所吸纳、承认。

检讨当代文学模式的局限与弊端，不能仅仅局限于当下，而应延伸到历史的长河中，回溯到百年前的“五四”时期，对构筑中国新文学大厦的种种文学主张进行一番审视。当下文学衰颓的种子其实早在那个年代就已悄然埋下，而今日的文学危机不仅昭示着 30 年主流文学模式的终结，在某种意义上更彰显出延续了近百年的所谓“新文学”模式的终结。

在不少学者看来，20 世纪初中国传统文学的变革和新文学的产生，本身便是中国建立民族国家宏大规划的一部分。①那个时期弥漫在知识阶层的社会改革的热忱，与本土文化传统彻底决裂的激进态度，只有放在这一历史大背景下才能得到充分合理的解释。远在新文学运动兴起之前，梁启超于 1902 年发表的《论小说与群治之关系》在空前提高小说地位的同时，也将小说这一文学样式变成与政治、社会革命紧密相联的工具：“欲新一国之民，不可不先新

① 袁进《中国文学的近代变革》，广西师大出版社 2006 年版，第 1—4 页。

一国之小说。"①

这一狭隘的功利主义倾向在新文学倡导者那儿虽然没有表现得如此明确直率，但他们推崇的"人的文学""平民的文学""国民文学""写实文学""社会文学"无疑都沾染浓重的社会功利色彩，文学或多或少成了他们思想启蒙蓝图的重要组成部分。具有反讽意味的是，"五四"时期的文学革新者大多秉持激烈的反传统态度，但他们的文学活动恰恰最为鲜明地映现出"文以载道"的传统特征，人们无法设想他们从事的是"为艺术而艺术"的纯美学活动。此外，对外来文学的仿效、借鉴在新文学的形成过程起了不容小觑的作用。胡适在《建设的文学革命论》中曾不加掩饰地表达了对于近现代西方文学实绩的仰慕钦佩，中国传统文学的诸多缺陷使其羞惭不已。②粗略概括起来，"五四"新文学的精神内核是西方近代的人道主义和启蒙主义，其中蕴含着不少社会主义的元素。它的主导写作样式是现实主义，浪漫主义和其他流派在某些时段里也占据着一席之地。他们藉此挣脱旧文学的桎梏，用生动活泼、富于表现潜力与弹性的白话文体书写崭新鲜活的中国经验。

然而，这一文学模式存在着诸多缺陷。当年，周作人在《人的文学》中阐释了其心仪的文学图景，"用这人道主义为本，对于人生诸问题，加以记录研究的文字，便谓之人的文学。写人的平常生活，或非人的生活，都很可以供研究之用"。在他眼里，凡是文学中"妨碍人性的生长，破坏人类的平和的东西"，都应加以排斥鄙弃。此外，"人的道德"也是这一"人的文学"的基石，其中尤以两性之爱和父母子女的感情为甚。③无论从哪个角度看，以此作为文学观念的核心，不免单薄狭隘。然而，中国新文学的模式便奠立在这些文学革命先驱者们匆促间从域外批发来的零散杂乱的观念上。与此同时，他们怀抱着某种"自虐式的自卑感"④，从整体上全盘否定中国的传统文化。尽管在具体的实践过程中，中

① 郭绍虞《中国历代文论选》(第4册)，上海古籍出版社1983年版，第207页。

②③ 沙似鹏《中国文论选》，江苏文艺出版社1996年版，第45—46、108—111页。

④ 夏志清《中国现代小说史》，复旦大学出版社2005年版，第9页。

国新文学还是从传统文学中汲取了不少养分和资源，但这一全盘反传统的姿态，一开始就抽空了中国新文学赖以生长发育的丰厚的文化土壤。将周作人的新文学观与孔子的兴观群怨作一番比较，便可以发现孔子的文学观虽然也染带着功利主义色彩，但他对诗歌功能的理解要比“五四”文学革命倡导者深广得多，孔子所谓的“兴观群怨”涉及人们精神的诸多领域，文学除了认识社会的功用外，还能感发人的情志，宣泄内心郁积的情感，这些都不是与现实人生紧密联系这一单纯的信条所能概括的。此外，“五四”新文学的核心价值观是近代西方的人本主义和以进化论为基础的线性历史观，但它的局限性也在于此，对滋养这一人本主义的基督教文化传统，对于人自身的罪孽、彼岸世界、救赎等问题，关注甚少，因而也无从构建深厚的文化基石。

在上述粗陋、语焉不详乃至自相矛盾观念的驱使下，中国新文学开始了其漫长的征程，其间几经嬗变，面目全非。在中国 20 世纪复杂斑驳的历史图谱上，它没有自己独立自主的精神价值，作家没有别具一格的审视世界的目光，与时俱进几乎成了惟一的座右铭。它先前的大旗是大写的人，随后悄然变为革命、大众、民众。当文学在 30 年前重新起步时，人们不无惊愕地发现，它几乎又一次回到了原点上，大写的人、人道主义又一次成了最激动人心的标记，一度引起极大争议的作品《人啊，人！》便是明证。然而，1980 年代的文学复兴是如此短暂，当时代和社会的图景以匪夷所思的速度变化时，当历史一次次脱逸出人们预想的轨道时，建立在“五四”模式上的文学便陷入了前所未有的尴尬之中。它不是战战兢兢地匍匐于现实面前，便是摆出愤世嫉俗的姿态，发一通不着边际、大而化之的道德义愤，或者索性保持沉默，在纷乱繁复的生活表象前陷入了无奈的失语状态之中。

寻觅、熔铸新型的感性体验和文化经验

30 多年来的中国社会的变革，大大超出了人们预先的规划和想象。城市化

的快速推进，催生了一大批日新月异的新型的空间景观；分配不均导致了社会的急剧分层，社会结构、权力关系和人际关系发生着隐秘的变迁；而以信息技术为代表的现代科学技术更是以前所未有的速度、深度和广度重新塑造着人们的生活环境。与之相对应，人们的感觉、心理世界也发生了蜕变，日出而作日入而息式的农耕时代的生活方式日趋式微，早期工业化时代对世界的感知方式也已不再有效，人们茫然失措地面对着一个尚未成形、由尖端技术和精英统治集团主宰的怪物，它既能为人们打开前所未闻的美丽新世界，又能招致意想不到的灾祸。现有的任何意识形态都无法充分地解释这个变动不居的世界，让人们找到心灵的可靠依托。而人们新型的感性经验处于孕育发酵之中，若有若无地悬浮在半空中，中国现有的文学作品大多还无从为它寻找到一个合适的表现形式。今天的中国还没有产生先知性的作家，将当代社会的新型感觉经验凝固在鲜活有力的形式中。

当代生活的急剧变化对人的心理产生的最有力的影响，最为鲜明地体现在人的理念、精神气质和生存方式的脱胎换骨上，对此德国社会学家舍勒有极为精到的论述。在他眼里，对于现代人而言，“世界不再是真实的、有机的‘家园’，而是冷静计算的对象和工作进取的对象，世界不再是爱和冥想的对象，而是计算和工作的对象。”内在世界的贬值使得传统的宗教信仰失效，也使人们丧失了共同的精神理想，“现代人不再将整个情感生命视为一种富有意义的符号语言……而是将其视为完全盲目的事件，它们像随意的自然演变一样在我们身上进行；现代人也许必须在技术上引导它们，以便兴利除弊，但是当现代人考虑到它们的‘旨意’何在，它们要告诉我们什么，它们对我们的忠告和禁戒是什么，它们的目的何在，它们预示着什么，此时，现代人被教导不必听命于它们”①！

就这样，成千上万的人好似孤立无助的原子，在文明的丛林中进行着无休

① 刘小枫《现代性社会理论绪论——现代性与现代中国》，上海三联书店 1998 年版，第 20、24 页。

止的生存斗争，正如斯皮尔斯对蛰居在都市中的现代人的处境所作的概括："城市既是一个巨大的事实，又是现代性的公认象征。它既构成了现代的困境，又象征着这一困境：置身于人群中的人，既无名，又无根，切断了过去，切断了他曾拥有的人际关系纽带；他焦虑、不安，受到大众媒体的奴役，又因上帝的消失而拥有可怕的精神选择的自由。这就是典型的大都市居民。他在城市里体验着交通瘫痪、衰朽、政治腐败、种族危机、经济危机、犯罪、暴乱、警察的暴行。"①这一感觉体验在发达国家已是常态，而对于正处于快速发展中的中国人而言，却还是一种新型而陌生的体验。它是一种不确定性、开放的体验形式，与既定的权威、周围的环境以及自我都处于一种紧张关系之中。对这一新型感性体验的书写，将会成为中国文学新的疆域和新的生长点，它在旧有的乡村、历史的叙事中付之阙如，在既有的都市叙事也体现得不够充分、完备。当然，这只是美学经验上的书写，它能使文学焕发出新的活力，但人们不能奢望从中获取多少道德的教诲，更无法觅得灵魂拯救的福音。

此外，在各民族文化交流日趋频繁的今天，熔铸一种富于世界性视野的文化经验能大幅提升文学的精神品位与境界。毋庸讳言的是，在当今全球化的时代，各民族的文化个性不但没有弱化、消失，它们各自的文化认同反倒愈加鲜明地凸显出来，彼此进行着激烈的竞争，使得文化政治成为无法回避的尖锐课题。当今中国的情形也是这样。中国社会比以往更深地卷入了全球化的浪潮中，与各国的多方面交往联系更加密切。但颇为吊诡的是，在中国融入世界的过程，同时也是中国民族主义思潮不断兴盛涨潮的过程。它可以视为一个伟大民族自尊心和自豪感的自然流露，但更多的是一个多世纪以来遭受列强凌辱后的激烈的情绪反弹和心理补偿。在文明史相当长的时段里，中国一直是欧亚大陆东部的文化中心，绵延数千年的文化在几经枯荣后不仅在本土根深叶茂，而且大

① 张英进《中国现代文学与电影中的城市：空间、时间与性别构形》，江苏人民出版社 2007 年版，第 127 页。

规模地辐射到周边地区。19世纪中叶欧美列强的入侵打破了中国文化发展的节奏,一时间使它陷入了空前的屈辱与自卑中。反映到思想文化界,中西文化之争百年以来一直是争而不休的热点。当中国经济在世界舞台上重新崛起,中国人被压抑的民族文化自豪感再一次被激发出来,许多人想藉此恢复昔日帝国时代的荣耀与尊严。因而,民族主义与世界性视野之间发生龃龉、冲突也实属顺理成章。

由于民族国家在相当长的时间内还将是国际世界舞台上的主角,各民族的文化认同与竞争还将是人们无法回避的问题。但在文学及其他文化领域,那种褊狭的民族主义实不足取。它往往采取将中国与西方置于二元对立的位置上,非得斗个你死我活誓不罢休。纵观历史,中国文化并不是自足生长的产物,它汲取了多种外来文化的元素,从汉代到唐代印度佛教的输入,在很大程度上重新塑造了中国文化的面貌。再者,今天的中国已不再像百年前那样处于亡国亡种的危境,人们大可摒弃以往浓郁的历史悲情,以从容平和的心态面对外部世界,形成包容性的文化经验。早在19世纪20年代,德国诗人歌德便预见到了以人类各民族文学相融合的世界文学时代的降临,歌德标示的不仅仅是一种新的文学前景,也不仅仅是一种期待,而且是孕育成形中的崭新的文化经验,它体现的是摆脱了民族文化固有局限性的新型的世界性视野。以此观照今天的世界,中国与西方之间彼此已无法隔绝,一个没有西方的中国和没有中国的西方都是不可想象的。对于中国文化而言,如果不汲取以古希腊罗马和基督教文化为根基的欧美文化的养料,就根本不可能走上复兴之路,中国文化的当代价值也根本无从谈起,它只能成为博物馆里僵死的展品。此外,大规模的文化交流融合也提供了这样一种可能性:滥觞于文艺复兴时期的西方近现代文化的诸多元素在当今的欧美世界已日渐式微,而它们则有可能被移植到中国,重新燃起创造的火焰。这种“礼失求诸野”的情形在世界文化交流史上并不鲜见。

可以预见,在中国和西方文化持久融合的未来,有可能会孵化出新的世界性文化经验、世界性的文化价值，它不单单是中国或西方的，而是包括了人类诸多共同性的普适性价值。当代文学只有秉持这样宽广的视野，才能不局囿于民族、乡土的樊笼，才能抒写出远大雄浑的境界，创造出中国文学新的风貌。

原载《探索与争鸣》2011 年第 2 期

论新世纪文学理想表现的枯竭

姚晓雷

新世纪文学已经走完它的第一个十年。检索这十年的文学发展，一个不容回避的事实是，新世纪文学在体量不断增长的喧闹表象下，表现理想的功能却渐趋衰落。随着资本、权力、消费等多种因素的影响愈演愈烈，作家们在创作过程中的精神世界越来越低迷，那种发自灵魂深处并植根于现代文明土壤上的对未来的憧憬和信任日渐稀薄，甚至消失。众多作家身上落满了太多生活的灰尘，而遮蔽了心灵的天堂。这种理想的枯竭还导致了文学在整体上不仅没有贡献出超越上个世纪末中国文学的崭新的精神价值，反而造成上世纪已初步建立起来的文学精神的不断流失。

疲惫绝望：表现本土社会生存的流行基调

不可否认，对中国本土生存内容的史诗性表达一直被看作 20 世纪以来中国文学的最高艺术境界，也被诸多有丰厚生活积淀和艺术实力的作家视为创作目标。五四以来的中国新文学正是以它对中国本土社会历史的深入呈现而获得世界性品格。尽管不乏其他杂音，但是自由、理性、民主、权利、平等、公正等现代性价值理想无疑是自五四启蒙文学以来的主流价值理想，它们或直接表现为作者艺术世界的一种审美构成，或间接表现为作者潜在的一种精神态度。如鲁迅的《狂人日记》《阿Q正传》，其对传统伦理道德以及畸形国民性的批判背后是一种对正常社会、正常人性的呼喊与憧憬，也就是说在鲁迅的内心深处是有一种正常的、理想的价值尺度存在，即便在作品里时常流露出的彷徨也不是对内在理想的否定，而是基于目标虽在却找不到可走之路的灼痛；茅盾的《子夜》、老舍的《骆驼祥子》等一系列剖析现实社会的作品，背后也都有一个理想社会的理念在支撑。经过“文革”的阵痛，新时期文学在表现本土生存内容时，基本仰承了五四以来的启蒙理想，对人的价值、人的主体性、人道主义以及人和社会现代性等一系列价值命题进行了重新阐发。通观新时期的文学潮流，从伤痕文学到反思文学，再到改革文学乃至于其他呈现本土社会历史生存内容的文学实践，无不包含着对以现代理性为基础的理想社会的希冀和想象。然而纵观新世纪文学，虽然本土社会历史呈现仍然是作家关注的核心，但对大多数作家来说，那些基于现代理性基础的对理想社会的希冀和想象几乎荡然无存，我们能深刻感受到的只是一种极度疲惫和绝望的灵魂哀鸣。

这种以疲惫绝望为基调的表现本土社会历史内容的方式之一，就是缺乏信仰基础的、为抗诉而抗诉的荒诞式现实抒写，阎连科的《受活》可作为其代表。这部具有典型的阎连科风格的作品以狂想现实主义的手法，虚构一个由残疾人组成的受活庄，建国以后从追求入社到追求退社的过程。小说里的受活庄在没有入社、也就是没有参与建国以后的主流社会进程之前还能维持一个低层次的和谐与平衡；一旦入了社，先后遭受了铁灾、红灾乃至一系列前所未有的灾难，以至于人们把退出现代主流社会回归原来的桃花源作为最高目标。显然这一小说旨在抗诉建国以后畸形的现代化中，主流社会对弱势民间的摧残和压制：在正常社会里，残疾人本来就有边缘化和弱势者的双重含义，阎连科这部小说特意塑造了这个残疾人组成的村庄，象征着我们社会的根基部分在今天的边缘化、弱势化处境，其在入社、大跃进、改革开放等运动中的一系列灾难性遭遇，则是对主流社会体制的畸形现代追求的反思。毫无疑问这是一部时代良心高度的扛鼎之作，它以鲜明的现实战斗精神来直面现实生活中的重大社会问题。然而问题是，它在批判现实的背后是要把人们的精神归宿引向何处呢？作者不是运用现代文明的价值理念和现实社会积极对话，而是把现代文明所同样可以给人锻造出的灵魂的愉悦感、精神的丰富感与人格的自由感等都一笔勾销。作者极力营造和维护一个靠民间内部简单原始的自足精神演绎出来的另类桃花源梦，即脱离了现代社会秩序的、有着相对平静、自给自足生活的原始乌托邦。它看似在塑造一种灵魂的归宿，其实并非来自于自己真实信仰，而是一种借荒诞形式进行的绝望控诉。

以疲惫绝望为基调的表现本土社会历史内容的方式之二，是以灰色的挽歌呈现的作品。这方面的典型例子便是贾平凹的《秦腔》。上世纪末，贾平凹在表现西京知识分子生活的《废都》中已充分体现出了疲惫绝望之音，新世纪的《秦腔》以灰色得令人窒息的现实主义创作方法写出了一曲乡土的挽歌。小说以作者的故乡棣花街为原型，写一个叫清风街的地方近 20 年的演变。这部小说以细腻平实的语言和流年式的书写方式，集中表现了改革开放后乡村的价值观念、人际关系的深刻变化，但在叙述过程中丝毫感觉不到现代文明所已经或可能给生活带来的前景和亮色。作者甚至不屑于用现代理性眼光去仔细分辨社会变革中的是非曲直，而只满足于灰色的挽歌式呈现，正如有论者所指出："不想让它走的一点点走了，不想让它来的一点点来了——走了的还不仅仅是信义、道德、风俗、人情，更是一整套的生活方式和内在的精气神；来了的也不仅仅是腐败、农贸市场、酒店、卡拉 OK、小姐、土地抛荒、农民闹事，来了的更是某种面目不清的未来和对未来把握不住的巨大的惶恐。"①挽歌的尽头，不是新生，而是无尽的惆怅和迷惘。

以疲惫绝望为基调的表现本土社会历史内容的方式之三，是放弃责任伦理的冷漠叙述。这里不能不提余华的《兄弟》。《兄弟》一改余华以前创作把历史和时代淡化为背景写法，这部小说似乎准备直接对社会生活"正面强攻"。小说

---

① 刘志荣《缓慢的流水与惶恐的挽歌》，《文学评论》2006 年第 2 期。

分上下两部分，上半部通过宋凡平好人受难、李光头人性扭曲等来显示前一个时代主题；下半部则通过宋钢和李光头这两个分别代表传统的道德典范和时代欲望本能的兄弟在当下时代的命运遭遇，来表现时代之主题。这部小说看似气魄宏大，却难掩价值呈现上的缺失，其中一个根本的原因就在于作者在表现历史时缺乏热情，缺乏设身处地地进入历史和叩问历史的责任伦理，缺乏发自生命经验的对生活的爱。这也是余华写作的一贯基调，整个余华的创作，都面临着一个观念创作的窘境，他总是走一条超出真实个人经验支撑的观念写作的路子，并希望依靠观念的时尚性赢得作品的时尚性，而不是以生命在写作，把自己的爱和憎真实地投射在里边。早期作为先锋作家刻意追求对残酷、暴力和血腥的表现自不必说，后来向新历史转型后的余华依然离不开这个套路。《兄弟》这部小说的重心在于以对生活负面特征的展览而哗众取宠。所以，这部作品给读者的主要印象是在面无表情地堆砌生活的荒唐面，甚至不惜为了满足读者的不良趣味而把细节放大到泛滥成灾的地步，像用数以万字计的篇幅所描述的“处美人大赛”，除了迎合读者的猎奇心理，背后其实根本没有什么引人思想升华的积极力量。

为什么这么多的作家作品在表现本土社会时不再抱以热情和理想？这固然可以归咎于中国社会改革的现代转型道路存在的畸形性，它不但愈来愈背离最初给人们的许诺，而且所不断累积和制造的矛盾已足以压抑和窒息人们关于未来的任何美好想象。但从另一个角度而言，似乎又未必，从历史上看，不管是中国还是外国，那些表现民族生活的优秀作品的最动人的力量，除了抨击现实的种种黑暗，还往往能凭作者的理性能力和人格力量，为人们擎起一盏温暖人心的灯。因此，出现上述弊端只能归结为作家因过于屈服于外在压力，而缺乏心灵的强大力量。

纸糊神像：创作信仰叙事中的装神弄鬼

我们生活在一个“上帝死了”的时代，面对信仰缺失给人性留下的巨大创伤以及它造就的生存无意义状态，一些作家意识到这些问题，并刻意在作品中营造出一种看似具有崇高感的精神景观。然而大多数文学创作所刻意营造的精神景观，并非基于对现代文明精神精华部分的进一步阐扬和发挥，而在里边供奉的不过是些纸糊神像。这些作品所经营的看似信仰或崇高的东西，其实是经不起推敲的，充其量是以信仰姿态向读者兜售一种伪价值、伪归宿、伪意义。

这里首先要提到的是蒋韵的《心爱的树》，这部曾经荣登第四届鲁迅文学奖中篇小说类榜首的作品塑造了大先生这样一个儒雅大君子。从故事情节来看，大先生的人格力量主要来自两方面：一是崇尚气节，在遇到了日本侵略军要他当伪县长的要挟，他以死拒绝，被劝阻后带着全家流落到了深山；二是心地博厚，能无私地关心背叛自己的人。在我们当下信仰和信义缺乏、一切美好的东西都被物欲的车轮碾得奄奄一息的时代，作者所塑造出的这种人格得到褒奖可以理解。但是，作者所给我们塑造的这一人物的内在本质是极其脆弱的，其所依赖的东西恰恰缺乏和残酷现实直面肉搏的能力，带有太多臆想式的溢美色彩。作者让大先生在日本人面前表现出民族气节，未免是个太老套的故事，日本侵略中国是异常鲜明的民族矛盾，在现当代文学中这是一个突出人物道德优势时最没有难度的情节设置，无论谁依靠它都可以轻易地让主人公置于道德制高点上。即便如此，作者为其找到的“廉耻”和“不敢数典忘祖”已经多少有些忽略现实正义、缺乏现代意识的味道，何况作者还给他安排了出路：可以带着全家逃到深山活下来。这就无形中使人物的精神价值显得空泛。作者用以给人物形象带来崇高感的建国后灾难岁月的以德报怨，也很难具有打动人心的真实力量，因为它是在故意回避人物生活时代最重大的社会矛盾及其可能带给人物性格冲突的基础上建立起来的。在建国后50、60年代那个对知识分子来说风雨如晦的岁月，作为一个学校校长的大先生不仅没有在大是大非面前显示出一个现代知识分子的人格力量，他对梅巧的帮助亦属于私德而已。公德有亏，私德也就显得有些微不足道，无非是以犬儒方式在体制内换来一份特权再居高临下地施舍而已。如此靠一些没有多少现代知识分子价值支撑的传统道德碎片粘贴出来的神像，显然离我们心目中的现代理想书写还很远。

和蒋韵《心爱的树》那样靠即兴式拼凑一些传统文化碎片而制造虚假道德神像有所不同，新世纪的一些作家直接从宗教信仰中寻找资源，只是这些所谓的信仰由于渗透了太多的功利因素而显得矫情，例如北村《愤怒》和《我和上帝有个约》。《愤怒》这部几乎近似于布道书式的作品，其核心观念是《圣经》所说的凡人都是有罪的，故在何种情况下人都不能审判人，只有上帝才能审判，人能选择的是爱和宽容。这里需要指出的是，北村这种关怀现实方式是看到了社会问题，却开错了药方。他不仅把宗教的原罪和社会学意义上的犯罪混为一谈，而且把社会生活复杂的矛盾冲突抽象化成了一个我们人性内在的“恶”与“善”的问题。其实有现代文明常识的人都知道：解决社会不公依靠的是社会制度的完善，依靠的是现代理性精神；放弃了对制度和理性的坚持而谈其他无异于缘木求鱼。若依照北村的逻辑，既然所有的人都是有罪，既然所有的罪人们自身都没有资格审判，这就势必放弃了人类自身追求社会正义的可能，否定了现代社会制度建设和完善的必要性，正如有人指出的：“如果宗教的道德高贵性，只有通过现实社会伦理的破碎感来提供它自身的正当性，那么这种没有超越性的宗教道德，又何以担当起人类的终极关怀？”①《愤怒》一书的写作糅合了陀思妥耶夫斯基《罪与罚》与雨果《悲惨世界》的情节和人物模式，但都没有取其精华。它未能像《罪与罚》那样写出大学生拉斯科尔尼柯夫从杀人到皈依上帝的心理辩证法和灵魂深度，其刻画的主人公杀人和认同宗教后的皈依转换太生硬；它也缺乏《悲惨世界》的作者雨果作为一个伟大的人道主义者那种人间本位的社会正义诉求，单纯强调“神”而漠视了“人”。《我和上帝有个约》的主题模式和存在问题也和《愤怒》大同小异。在一定意义上，这些小说所宣扬的宗教信仰很难说是作者直面现实的一种结果，也很难显示出宗教的超越感，而是一种借宗教之名矫揉造作的逃避。

---

① 荆亚平《当代中国小说的信仰叙事》，学林出版社 2009 年版，第 167 页。

上世纪末，随着启蒙落潮，“民间”思潮一度风行。一些人企图以对民间的自由自在精神的强调以补时弊，由此掀起了一股创作中“融入野地”、书写民间道德理想主义的潮流。这股文学思潮自有其积极意义，新世纪的文学创作中也有不少作品延续这一创作传统，以对某种民间生存特征的演绎来建构生命理想，包括民间生存意志、民间情义或民间生活古朴意境等等。刘震云《一句顶一万句》写的是民间人们寻找能使心灵获得安慰的“知心话”的故事。这部作者自称是迄今最成熟最大气的作品，被评论家解读为“中国人的百年孤独”，并认为作者一方面把以往习惯用在社会精英身上的孤独主题转移到了对民间的表现上；一方面，还借民间对寻找这种能“一句顶一万句”的执着建构了自己的生命理想：那种普通人身上简单而义无反顾地追逐精神归宿的方式，本身就构成一幅生命的动人场面，代表着一种生命价值。对此，笔者难以认同。作者所选择的这种民间生命景观显然带有拿民间制造哲学的浓重痕迹，民间的执着精神在这里也成了另外一种纸糊神像，理由如下：第一，尽管我们不否认在民间人物身上可能也普遍存在的孤独感，但一般而言，民间处在复杂的社会金字塔的底层，其所要抗衡的主要是种种现实性的东西，其心理孤独感的来源主要还不是生命本体，更多是来自于现实层面的纠葛，诸如遭受社会不公、生存压力、人际关系纠纷、家庭矛盾等等；其化解的方法也更多地基于就事论事的现实层面，它们一般无法有效支持太多形而上的主题探讨。这部小说抽空了诸多民间具体的生存内容而让主人公承担一种“中国人的百年孤独”代言者的角色，本身就有些不伦不类。第二，主人公义无反顾地追逐精神归宿方式，在很大程度上唤起的不是人们对民间人物身上生命景观的敬畏和感动，而是荒唐和滑稽。因为就小说来看，作者并没有赋予主人公要求“说得上话”太复杂太玄奥的内容，不妨可以理解为仍然是一种符合民间身份的基本生活层面上的沟通要求，而这一要求可以达成的方式有许多种，作者所偏偏给他们设计出的惊天动地的寻找方式显然夸张得过了头。一些作品中对民间审美图景和伦理价值的阐发未免过犹不及，以至于大大逾越了现代理性的底线而成纯粹的胡编乱造，这也是我们需要警惕的。

文学需要理想，时代也需要理想，但我们最需要的是根植于现代文明核心价值的、能对时代发展和人类精神起引领作用的正面理想。在这方面，我们的作家们不能不需要作深刻反思。

贴地爬行：80后作家的理想之疾

新世纪以来，以80后为代表的一代青年作家登上文坛。与上几代许多作家在理想追求方面已经表现出来的暮气和疲惫相比，这一代人的成长背景已经注定了其理想建构的先天不足和后天不良：第一，新世纪出现的这一代作家大多属于80后，属于国家依法执行计划生育后所出生的一代人，又加上生活在改革开放后相对平稳的社会环境中，没有经历“文革”、阶级斗争、上山下乡等剧烈的社会运动带来的个人命运的大起大落，也没有上几代人复杂的经历以及由此激发的强烈的社会责任感。第二，自小在家庭里相对受关注的地位，读书、求职、就业的模式化生存方式导致他们的关注重心都比较狭隘，考虑事情的出发点多倾向于以自我为主。第三，在他们成长和走上社会的关键时期正是在国家权力与市场合谋、启蒙文化受到压抑、以物欲为中心的消费文化压倒一切之际，他们明显受制于这种气氛的熏染。他们进行创作时，尽管不排除有个别人主观上企图承接五四新文学传统，并在创作中尝试追求一种对社会和民族的理性责任的成分，但这样的写作还远没成熟，因而也暂时无法作为讨论对象。相比而言，绝大多数的80后作家呈现出的精神立场是每况愈下，其精神姿态基本上是贴地爬行，缺乏一种面对社会和人生，让理想展翅高飞的积极姿态。他们在表达理想上的危机比上几代人的创作更加严重，更加令人担忧。

症候一，许多80后作家在进行书写时，还处在对自我和社会的探索初期，对自我经验还缺乏有效的整理和确认，更谈不上升华。他们因为无法有效地处理自我经验和社会生活之间的关系，所以也没有能力去演绎出某种可供别人分享的价值理想，而只满足于一种以不成熟自我为核心的叙事。这些作家在生活和创作中崇尚的是一种逃避一切责任、不受一切束缚的幻想。李海洋的《少年查必良伤人事件》、李傻傻的《红 X》、郭敬明的《幻城》的相关描写都纷纷为这种自由做了注解。从小说中还可以看出，这一部分作家对抗主流体制的主要武器也是青春期叛逆本能，家庭、学校和社会都是他们冷漠嘲讽的对象，可他们无力建构也无意建构。自我个性和成长环境的先天不足还使他们无法抵御以时尚面孔出现的物质主义和消费主义，以至于作品中众多人物生活态度上弥漫着时代物质消费文化锻造的物质化、娱乐化、市场化、享乐化等亚文化价值取向。

症候二，尽管一些作家也想探索相对严肃的人生命题，也想表达一种对生活的梦想和价值追求，但由于个性和个人经历所限，尚未找到有效的理性资源，其所表达的生命理想依然限于一些夸张和变形了的青春期梦幻，美则美矣，但缺乏重量。张悦然的《誓鸟》在 80 后作家的创作中是一部相当优秀的作品，被人看作是 80 后作家开始重新审视“青春、叛逆、商业”等对自身局限的转型之作。作品一改以往创作中浓得化不开的忧伤，旨在制造一个有关生命意义和价值的“梦”。在这篇小说里，她不遗余力地歌颂爱，让它具有超越地域、超越功利、超越种族及文化的功能。张悦然所推销给我们的这个爱之梦依然是一个未彻底进入成人世界的青春想象。小说不过把青春伤痕与青春式的爱的诉求套上一套更加庞杂、更加光怪陆离的外衣，爱的内容不是来自于丰厚现实经验的体悟，而是来自于青春感觉的想象。这种爱的表达因为缺乏现实的基础，故始终只能停留在梦幻层次，无法上升为一种具有真正超越性的、站在时代高度的关于人性和人生形而上价值理想的深刻思考。

症候三，新世纪的一些 80 后作家干脆放弃认真探索自我和社会理想的任何努力，直接把文学当成意淫和欲望狂欢的工具。进入新世纪后中国社会迎来了一个社会矛盾异常尖锐、异常复杂的时期，拜金主义和实利主义、制度性的腐败、社会公平的缺失、财富分配的极大不公平、社会的两极分化、权贵阶层的趾高气扬与生活底层人们的绝望无奈等等，构成了我们基本的生存处境。以 80 后为代表的大多数年轻人刚从青春期走出就面临着这个残酷的现实，他们感到更多的是生存之难与幸福无望。利用网络这个便捷的平台进行便宜的本能宣泄，同时也迎合同样有失落感的大众发泄欲望，便成了一些作者的全部追求。他们作品中，或以职场、官场、商场为背景，或以玄想的历史空间为背景，主人公在里边往往是凭借运气或巧合就可以东成西就，左拥右抱，处处逢源，名利双收。但是这种将生命内容粗鄙化和本能化，精神维度浅薄化和平庸化，以及爱做白日梦的作品，离真正的理想叙事更为遥远。

新世纪以来文学理想表现方面的危机不一而足，它引发我们的思考是多方位的。毋庸置疑，我们的社会需要理想，因为任何社会只要还在向前发展，只要人们还在追求自我完善，就离不开它的指引。至于真正的理想，显然应该是站在人文精神制高点的、符合社会发展规律的关于未来生存图景的热情阐发。一个社会面临的问题越多，困扰越重，就越需要对理想的探索和表现。新世纪以来的中国社会正处在一个转折口，一方面，改革开放以来积累下来的种种问题已经到了相当严重的地步；另一方面，它也已经在现实层面和思想层面初步积累起了解决这些问题的基础。社会要向哪个方向转折，人性要向哪个方向发展，我们现在的确已经到了选择的关键期。

对当下的作家和文学而言，我始终认为我们所缺的不是思想资源，人类文明的发展历史已经给我们提供了丰富的关于社会和人性发展规律的认识，中外文学的创作实践也在这方面留下有良好的探索传统。我们的作家如今所缺少的是人格精神里面向往阳光和追求光明的激情，所缺少的是本着这种激情同现实肉搏、并超越于现实的羁绊而高高飞翔的胸怀和气魄。如何催生出理想呈现的大胸怀、大气魄，实在已经是新世纪文学必须解决的当务之急。

原载《探索与争鸣》2011年第2期

作家与作品

试论《生死疲劳》的民间叙事

陈思和

香港浸会大学第二届"红楼梦·世界华文长篇小说奖"入围小说的阵容相当整齐,艺术水平不相上下,可以大胆地说,这些作品集体代表了近几年长篇小说的最高水平线。当然好作品还是会有遗漏,但并没有错上,这七部作品中任何一部当选首奖我以为都是有充分理由的。①来自中国大陆、台湾、香港以及海外的评委各有所好,各抒己见,几轮投票,结果是莫言的《生死疲劳》荣获榜首。与上届首奖获得者《秦腔》的高度一致相反,对《生死疲劳》的评价不是没有争议,我起初也感到诧异。因为这部小说与上届获奖的《秦腔》在创作题材、历史观念、民间叙述立场等方面有高度的相似性,两者相继获大奖的事实,证明了新世纪以来中国当代长篇小说的主流叙事——"历史—家族"的民间叙事模式获得了普遍的认可。但是我在指出这样一个创作现象时,自然联想到了另外一个问题:真正的民间精神只有一个标志,就是追求自由自在的境界。它将如何在作家的艺术实践中获得进一步的自我更新呢?当"历史—家族"民间叙事成为一种普遍被认可的主流叙事的时候,它是否还具有生命活力来突破自己,攀登更加高度的自由自在的精神境界呢?

问题可以从《秦腔》与《生死疲劳》之间的差别说起。这两部作品都是通过

① 第二届"红楼梦·世界华文长篇小说奖"的入围作品共有七部:莫言《生死疲劳》,王安忆《启蒙时代》,铁凝《笨花》,张炜《刺猬歌》,曹乃谦《到黑夜想你没办法》,朱天文《巫言》,董启章《时间繁史·哑瓷之光》。但我觉得,同一时期出版的余华《兄弟》和严歌苓《第九个寡妇》都是应该入围的。

家族史的描写展现了半个世纪来中国农村的兴衰和剧变，表达了作家的眷恋土地、自然轮回的民间立场。《秦腔》是一部法自然的现实主义文学的代表作[①]，其绵密踏实的文笔笔法，丰厚饱满的艺术细节，达到了一种极致的程度，如果以写实手段来描绘中国农村历史与现状的要求来看，《秦腔》是一部当代文学中很难超越的扛鼎之作；相比之下，《生死疲劳》在细节的考究与过程的描写上不如《秦腔》那样饱满，但是阅读《生死疲劳》时你的心灵仍然会感受到强大的冲击力和震撼力——如小说一开始，西门闹在地狱里忍受煎熬、大闹阎王殿、鸣冤叫屈的惨相，让人一下子联想到《聊斋》里的席方平，“必讼”的呼声震撼人心，这个开篇不同凡响，一下子就揪住了读者的心，迫使你非要读下去。——这样的描写不能说其不饱满，但是它的饱满显然是体现在怪诞的叙事形态上而不是历史细节的真实之上，这是与《秦腔》的差别，也正是《生死疲劳》的独创之处。《秦腔》的叙事是通过一个傻子的眼睛来看世间百态，为了达到细节的真实和过程的合理，作家采取灵魂超越肉体自由飞翔的怪诞手法，但这种非现实的手法的目的是为了达到更加接近现实的叙事效果；而《生死疲劳》的叙事风格则是汪洋恣肆，纵横捭阖，势不可挡，怪诞的手法直接引出怪诞的阅读效果，根本无暇去考究其细节的描写。[②]我指出这样一种的差别，当然不仅是为了说明这两位作家天

---

① 关于“法自然的现实主义”，请参考本书的《试论〈秦腔〉的现实主义艺术》。

② 《生死疲劳》在叙述中由于混乱驳杂，多种叙述交错进行，细节上的错误在所难免。仅以时间描写为例，就有多处出错。例一：金龙与互助、解放与合作的婚礼时间，在第三部里多次提示是 1973 年农历四月十六日，但是到了第四部的故事叙事里，这场婚礼在人们的回忆中变成了 1976 年。如 1990 年时，当事人蓝解放称自己：“十四年的结婚生活中，我与她的性交……总共十九次。”又，书中一再提到春苗年龄问题：解放和合作进棉花厂（婚礼的同年）的第一天遇到春苗，她才六岁。解放与春苗年龄相差二十岁。解放生于 1950 年元旦，那么，春苗应该生于 1970 年。显然，叙事者把那场婚礼的时间挪后了三年，以为是 1976 年。当然我们可以开玩笑说，那时因为猪的记忆与人的记忆不一样，但不管是哪一方记错了，肯定都是作家的错。例二：第 30 章互助用神奇的头发治疗小猪的时间，叙事人特意强调：“此时已是农历的三月光景，距离你们结婚的日子已近两个月。此时你与黄合作已经到庞虎的棉花加工厂上班一个月。棉花刚刚开花坐桃，距离新棉上市还有三个月。”前文已经交待，婚礼时间是 1973 年农历四月十六日，那么，解放进工厂的时间是 1973 年五月中旬，互助救小猪的时间应该是同年六月而不是三月，这样才与农村棉花开花坐桃（小暑节气，一般是公历 7 月）、新棉上市（公历 9 月以后）配合起来。或许我们可以认为这些错误来自作家的笔误或者编辑的不负责任，但这些时间书写的错误会在阅读上给读者带来对叙事内容的模糊理解。注：本文所有引用本书的内容，均出自莫言《生死疲劳》，作家出版社 2006 年版，不再一一说明。

然不同的创作个性和语言风格，更不是为了批评莫言个人的叙事风格，我是把他们放在一个被普遍认可的叙事风格的层面上讨论这种差别，为的是要揭示出当代长篇小说民间叙事形式的嬗变及其自我突破与更新的意义。

上篇："历史—家族"民间叙事模式的创新尝试

我必须先要解释一个概念——"历史—家族"民间叙事模式。前面所说的作家的自我突破与更新，是指作家在这种已经成为主流的"历史—家族"民间叙事的基础上再次突破，自由自在的创作境界是没有界限和终止的。1980年代中期，以《红高粱家族》为标志，民间叙事开始进入历史领域，颠覆性地重写中国近现代历史，解构了庙堂叙事的意识形态教化功能，草莽性、传奇性、原始性构成其三大解构策略：草莽英雄成为历史叙事的主角，从而改变了政党英雄为主角的叙事；神话与民间传奇为故事的原型模式，从而改变了党史内容为故事的原型模式；原始性则体现于人性冲动（如性爱和暴力等）作为情节发展的推动力，从而改变了意识形态教育（如政治学习等）为情节发展的推动力。这些叙事要素的改变，在《白鹿原》出版后引起了普遍的争议，同时也获得了普遍的认同，遂成为民间历史叙事的主流模式。这种模式主要是由两大要素——历史和家族建构而起的。"历史"是民间视野下的历史，其时间概念可以自由变化，如刘醒龙的《圣天门口》是从武昌革命为起点，铁凝的《笨花》以北洋军阀崛起为起点；贾平凹的《秦腔》和莫言的《生死疲劳》，都是以1949年以后的农村土改为起点，而下限则打通了历史与现状的联系，直指当下的农村社会变革风云。其次是"家族"的要素，作家通过对旧家族史的梳理，尤其是对农村家族形象的重塑，来表达和叙述民间对历史的记忆，这与一种老人在昏黄灯下怀旧讲古的形态有点相似，却与从学校课堂里被灌输的意识形态化的历史内容划清了界线。"五四"新文学传统中没有家族小说，只有家庭小说，作家是把旧式家庭作为旧文化传统的象征，给与了无情的揭露和攻击；当代作家则将家族作为怀旧的象征，在血缘关系上绵延的几代人的命运中建构起一个与历史变迁相对应的怀旧空间。《白鹿原》的白鹿两家冲突,《圣天门口》的杭雪两家冲突,《笨花》是以向家的历史为主线,《秦腔》则是以夏家两代人的生活为主线,等等,家族的兴衰演绎了历史的演变。可以说,民间叙事对庙堂叙事的解构,正是从具体的描述人物命运和家族命运开始的,这类叙事中,人物塑造往往体现了作家的历史洞察力,体现了民间不以胜负论英雄的温厚的历史观念,从而稀释了阶级斗争理论观照下的报复与暴力构成的历史血腥气。除了这两大要素以外,还有一个要素隐约其中,那就是神话原型与民间传说,这往往成为民间历史叙事的主要标记。《白鹿原》一开始就出现了白鹿的神话意象和白嘉轩与七个女人的传说,可惜这些意象在后来的故事发展中没有得到进一步的发挥;而《圣天门口》开始有共工造反、浪荡子被斩等创世神话,通过汉民族史诗《黑暗传》而贯穿整部小说情节的发展,到了《秦腔》《生死疲劳》等作品中,神话、传说已经成为叙事构成的一部分不可或缺了。如果说,在"历史—家族"民间叙事模式中,核心是重塑民间历史,那么,家族史是民间历史的主要载体,而神话和民间传说往往成为其标志性的话语特征。通过一系列长篇小说的艺术实践,"历史—家族"二元因素建构的民间叙事已经成为当下主流的叙事模式了。①

家族小说是从家庭小说的传统演变而来。回顾中国小说历史的发展过程,古代就有《金瓶梅》、《红楼梦》等家庭小说,其描绘的家庭都是独立封闭的空间,并不特别承担反映历史兴亡功能。五四新文学的长篇家庭小说基本上延续了这样的创作模式,外部社会的信息仅仅作为一种背景,并不直接与家庭故事对应起来。如巴金的《激流三部曲》,三大卷的故事几乎都是在家庭内部冲突中完成的,而社会变故仅仅是外部的环境。但是,新文学的作家已经有了用小说直接塑造现代史的愿望,茅盾、李劼人都是这方面的代表作家。尤其是茅盾,他的长篇小说《霜叶红似二月花》《虹》《蚀》《子夜》等几乎一步一步地照着历史的变

① 我把 1997 年《白鹿原》获得第四届茅盾文学奖作为这类"历史—家族"民间叙事被普遍认同,转变为主流叙事模式的标记。虽然《白鹿原》获奖是有条件的,作家陈忠实对原著作了一定程度的删改,这也可以理解为民间叙事在与主流的庙堂的关系上总还是弱势的一面。

动脚步跟踪描写。不过茅盾的小说都是直接描写社会，家庭并不是他的主要描写场景。我们可以这么说，在五四新文学传统中，“家庭”与“历史”在文学创作中一直是二元并举的，并没有合二为一。1950 年代以后，随着现代历史题材的长篇小说[①]出现，作家为了普及革命历史教育，曾经尝试以家庭为叙述单元来宣传现代革命历史。如欧阳山的《三家巷》通过几户家庭的命运演变来揭示中国革命的分化，其内容是主流意识形态的，但其形式首创了以家庭来图解现代历史的先河。1990 年代，以《白鹿原》为标志的民间叙事崛起，批判地承传了以家庭图解历史的表现方法，但为了表现一个较长时代的历史演变，家庭小说相继演变为家族小说，即通过一家或者数家几代人的命运，直接表现一个世纪以来的近现代历史。《白鹿原》从辛亥革命推翻满清皇朝的时刻写起，绅士白嘉轩与朱先生联袂提出村规族规，开始了民间社会取代庙堂的历程，“家族”成为民间立场的一种象征，以家族的视角来解释历史，步步照应了大革命、清党、肃反、抗日、土改等等历史事件，半个多世纪风云通过家族的命运折射出来。[②]

用家族史来对应、表现近现代史的民间叙事，包含了两种历史轨迹的陈述，大的轨迹是从民国成立开始，一直到 1949 年政权更替，或者写到“文革”；小的

---

① 现代历史题材创作是上世纪五六十年代的一个重要创作现象。它的特征是以近代以来的革命历史为线索，用艺术形式来再现中国共产党领导的新民主主义革命的必然性和正确性、普及与宣传中国共产党的历史知识和基本历史观念。这些基本历史观念逐渐成为当时的“时代共名”，即人人都在政治教育中达到的共识。代表作有《红旗谱》《三家巷》《青春之歌》等。其中描写了不同形态的家庭意象，来对应当时的历史观念，《三家巷》最为典型。（可参阅陈思和主编《中国当代文学史教程》第四章，复旦大学出版社 1999 年第 1 版。）

② 关于《白鹿原》的民间叙事特征已经有许多研究论著阐述过，这里仅引最近韩毓海教授发表的论文《关于 90 年代中国文学的反思》中关于《白鹿原》的批判：“（陈忠实）对于现代以来中华民族的时代精神没有把握，因为作者处在我们民族的核心价值观崩溃的时代，所以作者‘价值中立’到了不能批判地肯定‘历史主体’，无论国民党还是共产党，无论统治者还是被压迫者，他都不能肯定的地步，于是，他创造人物的办法，就不是塑造不同时代最鲜明的‘自我’，而是按照理学的‘天理—人欲’观，按照气聚成形，气消形散，不同禀赋造成不同气质——这样原始质朴的理学思想来塑造人物，这样一来，所谓的‘民族的历史’自然也变成了他所谓‘民族的秘史’了。”（见《粤海风》2008 年第 4 期，第 98 页。）韩毓海教授的观点有自己的理解方式，这里不论。但他的敏锐批评和分析仍然是表达了《白鹿原》的某种特殊性，就是解构了主流意识形态营造的‘核心价值’（而不是民族的‘核心价值’），从传统理学来整合一种新的价值观念，我以为这正是陈忠实的民间叙事观念的表达。

轨迹从 1949 年以后写起，经历土改、大饥荒、反右、“文革”，一直写到改革开放以后，下限为新世纪前后。写大轨迹的代表作有《白鹿原》《圣天门口》《笨花》；写小轨迹的代表作有《秦腔》《生死疲劳》等。在这些作品中，描述的故事是家族的故事，可是家族故事和人物命运直接演述了现代史的发展过程，贯彻了作家对这段历史的民间读解，仿佛是历史直接走上了纸面为观众表演，而家族的演变只是历史的注脚和符号，传递历史的信息。而且，这类“历史—家族”的民间叙事模式不仅仅是大陆文学的现象，台湾香港的长篇小说创作中同样存在，如陈玉慧的《海神家族》，董启章的《时间三部曲》之一，等等，都有类似的创作模式。大约古往今来的小说创作中，还没有像当代中国的长篇小说那样沉重地背负着历史的大主题。这可能是当下中国正处于特定的历史阶段——香港回归需要梳理自身的历史，台湾面临着主体身份的认同，大陆学界需要对近现代史的重新清理和历史迷雾的澄清，民族历史的核心价值需要重新界定，一切都需要返回历史的原点——文学创作在这关键的时候又一次自觉担任了先锋功能。

但是，这样一种“历史—家族”的民间叙事模式被主流化以后，也不能不看到它对创作所带来的明显束缚。在中国的人文传统中，历史的地位远高于文学，以史传文的作用也远高于以文传史，传统的庙堂意识并不在乎民间文学对主流史学的篡改和解构。所以在古代，历史小说基本上是民间叙事，其对正统的庙堂叙事的解构体现了民间叙事的活力，文学中的想象力和自由自在的精神体现得最为充分。但是在当代中国人文领域里，文学的影响要比历史深远广泛，所以当代文学被纳入意识形态的系统，现代历史题材创作就是为了普及现代革命传统教育而起的，对历史的教化普及功能超过了文学自身的审美要求。理论界对这类历史小说提出了一个审美概念：史诗性①，要求历史小说能够“史

① 我这里所说的史诗性，不是指传统意义上的民族英雄史诗，而是指修辞上对于某种历史叙事风格的概括。准确地说，应该是“诗史”。如学界把杜甫的诗歌称为“诗史”的意思。宋祁《新唐书·杜甫传》称：“甫又善陈时事，律切精深，至千言不少衰，世号诗史。”（见仇兆鳌《杜诗详注》第一册，中华书局 1979 年版，第 7 页。）史诗与诗史是两个不一样的概念。

诗"般地歌颂和普及现代革命历史。1990年代的民间叙事虽然旨在解构正统的庙堂意识,但其远远没有恢复到古代历史小说的民间立场,"史诗"的阴影仍然笼罩其上,就其解构功能本身而言,与1950年代的教化普及功能一样,都是要用人物命运和家族故事来图解和说明历史观念,那么,家族与人物的故事就不能不承担其不堪重负的"历史"使命。原来在家庭小说中的历史背景现在成了表述的对象本身,人们盛赞其思想内容的深刻性,毋宁说是一种新鲜感,均是从其历史场面的描写而来,而非从其人物内在性格的发展而来。再者,即使是民间叙事下的历史场面也很难达到真正的深刻洞察力,任何时代的历史观都体现了统治阶级的根本利益与政治诉求,盛世修史是为了当下统治的需要,而民间的原始正义只能表达在民间传说以及相关的野史记载,还必须躲躲藏藏,掩盖在各种形形色色的假雨村言之中。这也是民间叙事模式必有神话传说为标记的原因所在。我这么说的意思是,历史小说的作家尽管很努力地去侦破、解释历史真相,但因为它是以小说的形式出现的,其所表达的往往不是真实的历史本身,而是通过象征、隐喻、夸张、变形等虚构手法来表达一种近似于历史某些真相的信息,起到的仍然是小说的审美效果。因此,文学的民间叙事模式承担澄清历史、还原历史真相其实是不可能的,民间叙事对主流的庙堂叙事的解构仅仅是在文学领域里的一种游戏,在文学范围内起到一种"戏说"的作用。所以,这种"历史—家族"民间叙事模式本身处于尴尬之中,人们期望从中读到新的历史信息,而它能够真正起到的作用却仍然在文学审美方面;但是为了满足人们的这一期待,文学就不能不努力重负历史的大主题,结果损害的仍然是文学自身。

这一困境在民间叙事模式中与生俱来,每一位作家都认识到这一点,作家们要努力摆脱这种困境,只有使其尽可能地减轻、放弃历史的重负,回归到文学的审美范畴。所谓"自我更新",是指民间叙事模式的自我更新,要求作家更加自觉地站在民间的立场上,自觉突破这种叙事模式的现有格局,大胆地放弃和减轻历史主题带来的沉重压力,使民间因素以更加内在化和自由化的形态表达出来。当然我所指的自我突破与更新都是在“历史—家族”叙事模式系统里进行的，并不是要放弃这一模式另起炉灶，历史的元素不能放弃，通过艺术创造来达到对历史真相的揭示仍然是这一叙事模式的重要使命。但更为重要的是，它必须表达民间叙事中的“历史”，并且通过民间的叙事形式来表达。这就势必要求我们在“历史”和“家族”的二元元素外再加上第三种元素——神话，其实在民间叙事下的“历史—家族”民间叙事模式中可以看到，神话或者传说在叙事中已经起到了越来越重要的作用，而在像《生死疲劳》《刺猬歌》等作品里，神话的元素不仅仅是一种叙事的点缀，而是融合为叙事的有机部分①，随而建构起“历史·家族·神话”三位一体的新的民间叙事模式。在这种新叙事模式里，小说不仅将继承西方长篇小说的批判现实主义的叙事艺术，还将重新启用中国古代小说中怪力乱神的另类叙事传统，将瑰丽奇幻的神话传说因素融入历史小说叙事架构，让创作艺术的想象力重新迸发，建立中国特色的小说叙事的美学范畴。因此，本文所讨论的问题，是以《生死疲劳》的叙事特点为对象，作家莫言如何在“历史—家族”民间叙事模式的基础上融入神话传说的元素，实现了新的突破。

作为一部“历史—家族”二元建构的民间叙事作品，《生死疲劳》并没有离开“历史”和“家族”两大元素，基本特征都没有变化。只是作家以宗教的轮回观念取代了对历史的直接再现，从土地改革到改革开放，大小政治运动和历史事件都是作为一种故事背景而模糊存在于作品，并且给以模糊的表述。其模糊表述的形式，就是关于西门家族史的怪诞叙事。我以为《生死疲劳》的独特之处，就在于其以非常怪诞的叙事形态展示了“家族”的元素，从而再进入了对历史的审

① 关于什么是“有机部分”我可以举一个例子，最近作家刘醒龙告诉我，《圣天门口》要出版一卷本的简本。我当时就提醒说，小说中的一些情节可以删除，但民间史诗《黑暗传》部分最好不要改动，可是醒龙告诉我，简本正是删除了大量的民间说唱部分，因为许多读者认为这部分读起来太累赘。我当然无言可说。但我想，如果在《刺猬歌》的文本里删除了刺猬的故事，在《生死疲劳》的文本里删除六道轮回和动物的故事，小说文本还能成立吗？显然是不可能的。这种不可能被删除的神话或民间传说部分，我称之为“有机部分”。

美的描绘。

在这个文本里，被灭亡了的西门家族的命运成为主要叙事对象，被枪毙了的地主西门闹成为主要的叙事者。一个不存在的人和一个被毁灭的家族，通过两条生命转换链被连接起来，构成整部作品的叙事。这是相当奇特的构思。其两条生命转换链也很奇特，第一条是西门闹转世投胎为西门驴、西门牛、西门猪以及狗和猴，最后是大头儿蓝千岁，这一代代生命转世的动物隐喻了西门闹的生命实体，或可视为隐喻性的西门家族成员：西门闹虽被枪毙却没有消失，他只是转换了生命的形态继续生活在西门屯，参与这个世界的各种事务；第二条生命转换链是西门闹的一双儿女金龙宝凤，他们获得雇农蓝脸的庇佑，延续西门家族的血脉，宝凤的儿子马改革最后成为作家理想的农民形象，金龙的私生女庞凤凰最后生产了这个家族的最后一代蓝千岁，成为西门闹的第六次生命转世者，这个大头怪胎的身上，血缘上的传宗接代与佛教中的轮回隐喻合二为一，达到了高度的统一。其生命的转换和延续关系可以排列如下：

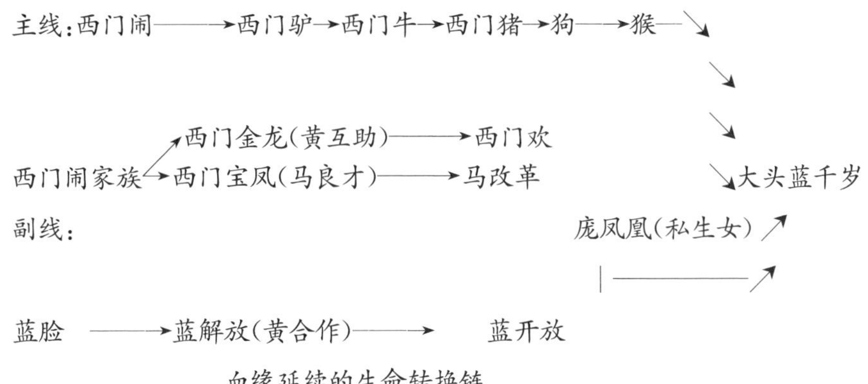

除了西门闹为主角的生命转换链以外，还有一条重要线索来展示西门家族的历史，那就是从家族与社会的整体关系上来把握家族的社会功能。西门大院是其象征。西门闹原有一妻两妾，土改后，除原配白氏顶着地主的帽子受罪外，两个妾都随房产田地一起被再分配，给了长工蓝脸和民兵队长黄瞳作老婆，黄、蓝两家分别居住于西门大院的东西两厢,(本来就是西门两个妾的居住所),而西门大院的正房当作了西门屯的村公所,依然象征西门屯的权力所在,洪泰岳主持大权。所以,西门大院的基本功能没有改变,洪、黄、蓝三家继续延续了西门家族的社会功能(统治西门屯)和生命功能(传宗接代)[①],直到"文革"后西门金龙重掌西门屯的领导大权,生命功能和社会功能才合二而一。这就是说,整个西门屯的故事,黄瞳一家和蓝脸一家的故事,全都是西门家族的故事。通常的"历史—家族"民间叙事的模式,是通过两个或两个以上的家族史的恩仇演变来描述历史的复杂性,而在《生死疲劳》中,所有相生相克的矛盾冲突和演变,都包容在这一个西门大院内,一个家族在通过其自身的矛盾分裂、吐故纳新来发生演变和再生,影射近半个世纪来的农村历史。

一般来说,家族小说总是由鼎盛写到衰败[②],而《生死疲劳》相反,是将西门家族由衰败写到盛兴,再从中兴写到重新衰败,然后再写到新生,经过了几个大的波折起伏,包容了复杂、丰富的时代信息:这里有残酷的阶级斗争风暴、农民对土地极其深厚的感情,轮回转世的各种牲畜的悲惨故事,中国农村集体所有制的解体和乌托邦理想的破灭,改革开放以后各阶层人们面临新的困惑和灵魂挣扎,还有一代青年人的迷茫和悲哀、三代中国人在时代裹挟下的生活方式和思想感情,等等,都是体现了家族命运所折射出来的"历史"。但是我们也必须承认,这个文本在解说历史、评价千秋功罪方面没有刻意追究历史的功过是非,也没有呈现出知识分子的强烈的人文立场和道德义愤,而是采取了模糊的拉洋

① 《生死疲劳》里有一个细节是洪泰岳与白氏之间仍然存有感情上的暧昧,这也能解释西门闹死后他的妻妾和子女在洪泰岳统治下都没有受到过分的迫害。虽然洪、白的关系最后以悲剧告终,但仍可以隐约看到小说的隐形结构中,洪、黄、蓝三家瓜分了西门大院。他们的身份分别是地方政权、民兵队长和基本群众(雇农)。对应的人物关系为:洪泰岳—白氏(虚构);黄瞳—秋香;蓝脸—迎春。

② 由家族的衰败写到中兴的小说叙事结构,在1980年代有过一部相当杰出的作品,就是张炜的《古船》,我把它列为"历史—家族"二元建构的民间叙事系列中的一部先驱式的作品。不过《古船》的时代是知识分子反思历史的开始阶段,作家不能不全力以赴地对现代历史进行拨乱反正的工作,历史元素与家族元素占据了小说的主要画面,而民间叙事的元素尚未提到重要的地位。有兴趣的读者可参阅拙文《关于长篇小说结构模式的通信》,收《笔走龙蛇》,山东友谊出版社2000年版。

片似的手法一笔带过，历史的反思与批判不是莫言的擅长，他将兴趣着重放在叙事的艺术形式上，叙事形式作为这部小说的主要元素，其意义远远大于小说所展示的历史内涵。我们在其中获得了大量的生动活泼的民间信息，神话与历史、轮回与血缘，天道与贪欲，通过西门家族和蓝脸家族交错在一起。所以，这个文本在“历史—家族”二元建构的民间叙事系统里是非常特殊的一部作品。

由于生命轮回转世的叙事建构，已经死亡的地主西门闹的生命复活了，不但生龙活虎地活跃在文本里，而且主宰了整个叙事的基调，形成了叙事的整体风格。西门闹的性格与蓝脸的性格互为对比，西门闹性格里凸现了一个“闹”字。他有钱有势，无法无天，身体里藏有过度的里比多，敢在太岁头上动土；然而突然遭到命运的残酷打击，人被枪毙，家被瓜分，他的狂放无度的个性和死后的愤怒控诉，都体现了“闹”的氛围，决定了小说叙事声音的喧闹、骚乱、混杂，也影射了整个时代的轰然动荡、冲突、崩溃和分裂。小说叙事没有采用传统的写实主义手法展示各种生活细节，而是通过转世动物的自己的故事，隐喻时代的狂乱气氛。与此作鲜明对比的，是长工蓝脸的性格恰好突出了一个“静”字，他少年时代被西门闹所救，认过西门闹为干爹，应该是一个相当乖巧的孩子，但土改以后他作为赤贫户雇农，分得了东家的浮财住房甚至老婆。但是从这时候起，蓝脸却成为一个孤独寡言的人，他对西门闹怀着深深的感恩之情，抚养了西门闹的一双儿女，对家养的牲畜（其实是西门闹的转世）都视为亲人，倍加爱惜。他坚持单干三十年，当被剥夺了一切，逼得众叛亲离妻离子散以后，仍然坚持在月光下默默劳动，这些劳动的片断，是文本里最抒情最美丽的片断，充满了诗情画意。这一闹一静平衡了小说的叙事基调，让人看到在最悲惨最混乱的时代里仍然有某些种坚定的、美丽的力量存在。这就是民间大地的力量。我们几乎很难把蓝脸与土地、月光、劳动等民间概念区分开来。

我注意到一篇《生死疲劳》的批评文章，指出这是一部“放弃难度的写作”①。

---

① 邵燕君《放弃难度的写作》，见《文学报》2006年7月6日。

我起先也有点同意这个看法。什么叫做写作的难度？从作家的角度来说，就是指写作过程中遭遇到的困难程度，从文本出发，“难度”意味着文本向自身的挑战，也就是莫言自己声称的：“只要跟《檀香刑》不一样就行，别的咱也不管。”①这里指的“不一样”当然不是两部小说的内容（这本来就不一样），而是指小说的叙事形式。这就意味着作家要向自己挑战。我们如果孤立地分析叙事形式，一次一次的生命轮回，用动物的眼睛来看五十年中国农村（包括整个国家的政策、体制、人心等等）所发生的变化，这确实不算很复杂，也没有达到高难度的挑战性。莫言说，他追求的是《生死疲劳》的叙事形式与《檀香型》的不一样，这一点当然是做到了，但是否做得更好？就需要有更进一步的理解和说明。《檀香型》的叙事结构犹如品三国，魏、吴、蜀三方军事集团从各自的利益出发逐鹿江南，形成一个复杂的叙事结构；《檀香型》也是如此，人物的叙述分别代表庙堂视角、知识分子视角和民间视角，三种叙事交叉于文本，叙述同一件历史事件，构成了对抗性的多种叙事层面。而《生死疲劳》没有这么复杂，一道道轮回的视角是同一立场同一视角，如果继续用不太确切的比方，《生死疲劳》有点像《水浒》的叙事结构，叙述对象一会儿是林冲，一会儿是武松，一会儿又是宋江，他们的故事连串起来，朝着同一个方向推动了整个叙述的进展。所以说，如果把《生死疲劳》叙事形式仅仅定义在“通过家族命运反映历史”的叙事模式，仅仅把它看成是对历史的轮回形态或者多元解释的表述，那么它确实未能达到应有的高度。——在这个意义上，说《生死疲劳》缺乏难度和挑战性，我想是有理由的。

但是，要认识《生死疲劳》的叙事形式的意义，还不是那么简单。假如我们把《生死疲劳》的叙事形式不仅仅置放在一般的“历史—家族”叙事模式中，而是置放在处于蜕变和创新过程中的“历史—家族”叙事模式中来考察，那么，它的意义就不一样。我们前面已经说过，“历史—家族”的叙事模式遭遇到的瓶颈口，就是历史意识过于强大，以至于“家族”的元素完全为了图解历史服务，失去

① 莫言谈《生死疲劳》聊天实录（2006 年 03 月 15 日）：http://tieba.baidu.com/f?kz=139523502。

了文学想象力的自由放纵。曾有许多作家为此殚精竭虑，作过多种尝试，他们的基本手法是采纳民间神话的想象力来抵御历史的沉重性。如，与《生死疲劳》同时问世的探索性作品，还有张炜的长篇小说《刺猬歌》。这两位山东籍作家的作品描写的都是家乡农村的历史变迁，他们对社会历史发展的看法、对现状的批判以及对民间叙事形式的探索，都有惊人相似之处。但《刺猬歌》没有家族的元素，它在企图摆脱史诗模式，转向更加自由的民间叙事形式的探索方面走得更远。①更有趣的是，这两部作品之间出现了非常相似的细节，甚至达到了互现的程度。②《生死疲劳》在民间叙事的形式探索上没有《刺猬歌》走得那么远，然而人畜混杂，阴阳并存的民间叙事利用了简单的轮回形式，比较容易被读者所接受。一般情况下，作品的叙事形式是服从作品叙事的总体要求，为的是让故事更加有效的说下去，但在《生死疲劳》中，由于叙事形式的意义要大于历史叙事，作为民间的、边缘的叙事者身份出现的鬼魂叙事、怪胎叙事和动物叙事，有意遮蔽了历史叙事的庙堂记录，呈现出特有的民间记忆。我们不妨先看以下排列的

① 《刺猬歌》的结构里明显包含两个世界的奇妙结合，一个是人间的世界，讲述了棘窝镇上半个世纪后半叶发生的故事，另一个是民间的世界，有更加深远的时间意义。……从民间传说的原型来看，刺猬的遭遇隐藏了一个普遍的神话母题：仙女（或女精怪）羡慕人间生活而下凡，与平民男子缔结良缘，但终究无法与人间社会共处，最终遭遇背叛而离散。小说展示的历史时间要遥远得多。第一个阶段是传说中的霍公时代，影射了动物人类浑然难分的阶段，可以看作是人类逐渐从自然中分化出来的过程；第二个阶段是响马时代，影射了人类进入文明史后自相残杀的漫长阶段，在这个阶段，自然界是以伟大庇护者的旁观立场存在的；而第三个阶段是唐童时代，是人类开发自然，大规模掠夺、破坏自然资源的阶段，也是人类与自然界爆发“战争”的阶段。在这个民间传说的世界里，时间的模糊性与大地的亘古性甚相符合，所以在民间叙事里，刺猬与人类都不是叙事者，真正的叙事是大地的叙事，刺猬、狐狸、海猪、土狼、人类等等，都是其中的脚色。这部分叙事舒畅而绚丽。如果我们综合这两方面的因素来看，紧张、偏执、绝望，与奇幻、赞美、绚烂所构成的截然对立的美学意象相结合，形成了《刺猬歌》特殊的叙事风格，作家把两方面的美学意象都推向了极致。（参见拙作《自己的书架之二十八——〈刺猬歌〉》，载《文汇读书周报》2007年5月11日）。

② 如《刺猬歌》里有大量动物参与人类筵席和狂欢的场景，而在《生死疲劳》中写到金龙与互助的结婚场面上，也有一段非常相似的描写：“月亮往高处跳了一丈，身体收缩一下，洒下一片水银般的光辉，使月下的画面非常清晰。黄鼠狼们从草堆里伸出头来，观看着月下奇景，刺猬们大着胆儿在人腿下寻找食物。”这与《刺猬歌》的写法非常接近。还有，《生死疲劳》把一切罪恶归咎于“贪欲”，同样在《刺猬歌》里，作家最后把悲剧原因归结为人们误食了一种淫鱼，其谐音为“淫欲”，暗示人性深层的原始欲望，其实也就是莫言所说的“从贪欲起”的意思。

一份民间叙事中的西门家族史的时间表(表上的时间凡加注说明的,均是笔者根据小说叙事推算的):

1948 年农历腊月廿三　西门闹被枪毙　金龙宝凤一岁余。

1950 年公历 1 月 1 日蓝解放和西门驴出生。

1960 年大饥荒　西门驴被杀①。

1964 年　西门牛约一岁。

1969 年春节　西门屯成立革委会。金龙当选主任②。

1969 年春耕　西门牛被烧死。

1972 年农历六月　西门猪出生③。

1973 年农历四月十六日　金龙互助、解放合作举行婚礼。

1976 年公历 9 月 9 日　毛泽东死。西门猪追月逃亡,成为野猪之王。

1981 年 4 月　西门猪回乡。洪泰岳发疯强暴白氏,被西门猪咬掉睾丸。

1982 年 4 月　西门猪死。西门欢、凤凰、开放、改革等三岁。

1983 年初　大雪。狗出生。

---

① 《生死疲劳》第 11 章,饥民暴乱,冲进蓝脸家抢劫,西门驴叙述:“面对着这群饥民,我浑身颤栗,知道小命休矣,驴的一生即将画上句号。十年前投生此地为驴的情景历历在目。”以 1950 年 1 月投生的时间推算,当时应当是 1960 年。

② 《生死疲劳》第 19 章,金龙当上了西门屯革委会主任,动员蓝脸入社时说:“您望望高密县,望望山东省,望望除了台湾以外的全国二十九个省、市、自治区,全国山河一片红了,只有咱西门屯有一个黑点,这个黑点就是你!”“文革”中,“全国一片红”,各省市自治区都成立革委会政权的事件是 1968 年 11 月。以此推算西门屯建立革委会应该是 1969 年的春节。烧牛事件应该发生于当年的春耕时节。

③ 《生死疲劳》第 27 章,记载西门屯的一片杏林:“因为这些树太大,根系过于发达,再加上村民们对大树的崇拜心理,所以逃过了 1958 年大炼钢铁、1972 年大养其猪的劫难。”小说第三部一再提到农村大养猪,开现场会等等。查有关资料,记载 1970 年 8 月底,国务院召开北方地区农业会议。会议号召人们努力积肥,主要是养猪,在第四个五年计划期间要实现两人一猪,争取做到一人一猪。见央视国际:《戊年记忆——1970 年》2006 年 2 月 19 日,来源:http://www.cctv.com/program/witness/20060419/101465.shtml。从小说描写的时间和场景看,西门猪应该生于 1972 年。

1991 年夏蓝解放与庞春苗相爱逃亡。

1998 年农历八月十五　　蓝解放与春苗结婚。蓝脸与狗当晚自然死亡。

2000 年　　　　　　　　西门欢与凤凰流落街耍猴，西门欢被杀。开放自杀，猴死。

2001 年元旦　　　　　　世纪婴儿蓝千岁诞生。

这份时间表非常有意思，虽然每一个时间阶段的叙事都涉及多种历史事件，但这些事件明显不是叙事的主要内容，有些连背景材料也算不上。比如，第一阶段（驴折腾）涉及的历史事件有合作化运动，人民公社，大跃进等，本来都是农村“金光大道”的一个个里程碑，但是在莫言的笔下一笔带过，点到为止。驴的生命过程只有两个时间点——生：1950 年土改以后，农民有了土地的欢欣；死：1960 年大饥荒。这就是民间记忆。大约所有的中国农民都忘不了这两个时间点。第二阶段（牛犟劲）的两个生命时间点是：1964 年和 1969 年。1962 年农村实行包产到户，经济开始复苏，到 1964 年有了新的气象，农民又有可能买牛了；1969 年“文革”的动乱稍稍平息，“革委会”开始履行农村基层政权的权力。对于单干农民来说“文革”大混乱没有什么危害，一旦建立基层政权，麻烦就来了。于是西门牛杀身成仁。第三阶段（猪撒欢）的生命时间点是 1972 年和 1982 年。1972 年农村经济由于提倡大养猪带来起色，而 1982 年则是改革开放政策实行三年，所谓“初见成效”之时，农民从大包干责任制得到了好处。很显然，这些事件都是来自民间的特殊记忆，1962 年的包产到户、1970 年开始第四个五年计划，1978 年底十一届三中全会决定改革开放，都与农民的记忆没有关系，他们的记忆是从尝到了实际利益开始的，与教科书里记载的历史事件没有关联。或者说，在民间记忆的时间表上，人民公社，大跃进，社会主义教育运动，“文革”，改革开放，等等，都是模糊一片，不甚记忆，而清晰活跃在民间记忆里的，就是什么时候日子过得欢畅，什么时候日子艰难。前者是 1950，1964，1972，1982 等等，后者是 1958（大跃进），1960（大饥荒），1969（文革中期）等等，这个记忆时间所展示的历史，与庙堂记载的历史大事记，与知识分子感到兴奋的历史时间都不一样。因此，莫言笔下的鬼魂、动物或者怪胎的背后，其实就是一股汹涌澎湃的巨大的民间叙事。

《生死疲劳》的民间记忆不但真实显示了底层的农民对于历史的认知，还表达了作家本人对于历史的特有的解释方式。小说运用了大量怪诞奇特的叙事手法，作家对于历史内涵的丰富性都隐蔽在叙事的形式当中，超越了"历史一家族"民间叙事中通常出现的二元对立的思维模式，显示了历史内涵的暧昧性和复杂性。我们可以举一个例子，关于土改历史的反思。土地改革运动是中国共产党刚刚夺取政权以后给五亿农民的见面礼，它通过剥夺地主的土地财产来巩固后方，调动农民支持新政权的积极性。中国农民经受了数千年的地主阶级土地所有制的沉重剥削，只能从一次次失败的叛乱和起义中释放他们的仇恨与疯狂的集体无意识，而在现代革命中，农民扮演了主力军的脚色，土改是他们最后一次仇恨心理的集体释放，其中的暴乱和残忍是可以想象的，可以看作是封建土地制度下的弱势群体长期积压在无意识里的仇恨的集体发泄。但是这样的过分的仇恨心理和以暴抗暴的行为，在今天以和谐传统为基调的太平盛世中，无论历史观还是现实意义，都是作为不和谐之音而骇人听闻。中国文学中的土改叙事从来就有两种相对立的声音，丁玲、周立波的小说与张爱玲、陈纪滢的小说就是对立的代表作。这且不去说它。值得思考的是在 1949 年新政权建立以后，关于土改的作品明显减少，现代文学史上描写土改小说的代表作，依然是全国建立新政权前的《太阳照在桑干河上》和《暴风骤雨》，而当时新文学的主流却汹涌澎湃地扑向了农业合作社这一新生事物的鼓吹和宣传。很显然合作化运动的集体主义道路才是共产党所追求的社会主义新制度的目标，而土改，则仅仅是"最后"一次农民革命胜利后土地再分配的梦想成真。农民获得土地这一事件的本身并不是社会主义的土地所有制的目标，而且这些土地也即将被一场新的社会主义革命所剥夺，那就是从合作化运动到人民公社的所谓"创业史"和"金光大道"。在历史长河的变故中我们不难看到，中国的土地所有者（地主阶级）就成了历史过渡时期没有价值的牺牲品。由于土改的现实意义已经在农业合作化运动中被消解，1950 年代以后很少再有作家对土改感兴趣，（尽管有大量的作家亲身到农村参加了土改）。而现在一代主流作家是在 1950 年代成长起来的，当年的农村顽童从老一辈的土改记忆中获得的都是血腥信息，“文革”中当地政权残害地主家属后代的罪恶无疑又加深了历史的印象。到了“文革”腥风血雨过去后，人们痛定思痛，反思当代历史暴力的根源时，就追究到土改这场已经失去意义的农民运动。莫言这一代作家就是这样成长起来的，他们笔下反思土改往往是凭借了童年的“文革”记忆，再加上现代流行的人道主义、和谐社会等主流思潮影响，而不能用真正的历史的眼光来看待这个暴力事件。莫言特意声明：“土改这个问题，实际上只是这个小说的简单背景，这确实算不上什么艺术创造，大概更是个政治问题，代表了作家对历史的反思和政治勇气。早在上世纪 80 年代初期，张炜先生的《古船》就涉及到了，后来陈忠实先生的《白鹿原》、我本人的《红耳朵》和《丰乳肥臀》，都涉及到了这个问题，杨争光先生的《从两个蛋开始》，尤凤伟先生的短篇小说和刘醒龙先生的《圣天门口》都涉及到了。”[①]我想莫言在土改问题上不争头功，既是承认了一个事实——《生死疲劳》在描写土改这一历史事件中没有特别创意之处，他只是根据童年记忆中被渲染的血腥印象以及“文革”后人们对阶级斗争的普遍憎嫌心理，塑造了这么一个冤案的细节，但同时也不能回避的是，这个细节在《生死疲劳》整个叙事中有关键性的意义：一切是非皆由此冤案而起。它是西门闹投胎转世的起因，也是所有历史纠葛的源头。莫言在具体描述历史事件中极力淡化的细节，恰恰在叙事结构上放在了至关重要的头条位置。

历史小说中如何考察作家的历史洞察力和历史观念，不能仅仅看作家如何有意识地设计小说的情节，倒是要看作家在无意识的创作过程中如何泄露了他

---

① 莫言谈《生死疲劳》聊天实录（2006 年 03 月 15 日）：http://tieba.baidu.com/f?kz=139523502。

对历史的真实感觉。在《生死疲劳》中，这种感觉是从小说的叙事形式中表达出来的。我们可以举一个例子：即地主西门闹这个形象，究竟是不是像他的冤魂倾诉的那么清白无辜？当我们开始阅读时，劈脸读到的就是西门闹血肉横飞、十八层地狱上刀山下油锅，历经酷刑的故事，也许作家在描写这些地狱惨相时有逗乐心理，把一个无辜的地主放在油锅里煎熬似乎很滑稽，但是叙事的隐形结构却泄露了两层意思：一是通过隐喻的方式，影射人间地主在土改中遭受的非人折磨并积累了巨大仇恨；二是暗示了这个鬼魂在阳间并非如他自己所说的，只做善事不做坏事，也许其罪虽然不至于被枪毙，却也并非没有孽债，所以他只有经过下油锅受煎熬，五次畜道轮回的惨痛磨难，才能够真正地返回人间重新做人。还有第三层意思，就是像《聊斋》里的席方平那样，遭遇了阴阳勾结，暗无天日的迫害，关于这一层意思，小说的叙事文本似乎并没有进一步提供相关逻辑，但是我们以后还要讲到它，暂且不论。所以，比较有说服力的可能性还是前两层意思，西门闹作为剥削阶级的一个成员，他在土改中遭受了残酷折磨，但尽管他主观上不承认，实际上他仍然有孽债未清，阎王爷把他放在畜牲道里轮回并非冤假错案，地狱也有地狱的法则。

我们继续读下去，文本的叙事形式还会一步步加深这类印象：好像除了西门闹的鬼魂在鸣冤叫屈外，整个小说文本只提供了一个长工蓝脸在怀念他和维护他，也许是西门闹曾经是蓝脸的救命恩人，而蓝脸又是一个极其忠厚的人。而西门闹的两个妾，或别的人，都没有对西门闹生前所为有过片言只语的好评。（如两个妾在批斗会上对西门闹的揭发控诉，也可能是言不由衷的，但当场与后来都没有得到过澄清。）再者，小说的叙事是通过轮回转世和血缘遗传两条生命转换链来完成西门闹的形象刻画的。首先，在血缘遗传链上我们看到，西门闹的儿子西门金龙身上的所有暴戾贪婪，恩将仇报，无情无义，好色腐烂等习性，以及疯狂攫取权力财富的能力，似乎都很难看出其父亲身上任何良好的遗传密码，反倒能够体现出一般的剥削阶级成员的“共性”。其次，在轮回转世的生命链上我们也可以看到，那些动物都充满了彪悍疯狂的暴戾之气：驴能杀狼，牛能疯狂，猪能咬死人。据叙事者的安排，那几个动物之所以暴戾如此，是因为还没有脱离人的复仇之心的阶段，到了狗和猴的阶段就渐渐离开了“西门”姓氏，变得麻木温和富有动物性了。如此推理的话，那暴戾之气正是西门闹的性格转换的写真，从中似乎很难体会其前世为人时的平和仁慈之相。

我之所以要分析这样一个看上去虽然有趣但近似于无聊的现象，主要想说明的是，本来在文学反思历史的过程中变得简单化的二元对立的思维方式，或者以人道主义的同情来解释历史复杂现象的文学描写局限，在莫言的怪诞的文学叙事中轻而易举都获得了弥补和提升。“西门闹究竟是怎样的一个人?”的问题，在史诗式的或者思想家的文学叙事里，是必须探究得一清二楚的核心问题。因为只有这样才能证明历史的合理性或者荒谬性。从《古船》起，作家们就一直在这个二元对立的思维范畴里翻腾，然而，《生死疲劳》的民间叙事形态显然是超越了这样的思维方式，莫言对一切深刻的理论思考都有所涉及但又忽略不计，读者能够在各种风趣的叙事中有所感悟，但不必去深入探究那些过于沉重的历史，从怪诞有趣的叙事中朦朦胧胧地感受到，西门闹的个人品行似乎并不像他的冤魂所描绘的那样单纯，那样仁爱，现实情况总是要比事后的描绘要复杂得多。西门闹的冤魂的吵吵嚷嚷声与其叙事中无意展示的实际印象之间，会构成一些距离，出现一些差错，促使我们在美学领域领悟、体会和感受。那就是莫言有意要追求的与以前创作不一样的地方，也是小说中最有难度部分，而所谓的历史“真实”的探究，则在不经意的叙事中被淡化和戏化了。

可以说，淡化历史元素，凸现神话传说元素，把沉重的历史叙事转换为轻松幽默的民间叙事，从而强化了小说的叙事美学，我以为是《生死疲劳》的最可爱之处，也是对于“历史—家族”民间叙事模式的一次有效性创新。以轻松调侃的喜剧功能来书写沉重历史，如果我们仅仅从外部向文本里面去寻求历史，就会觉得其缺乏难度，但是从文本内部的拓展来对比已有的“历史—家族”叙事作品，它的突破与创新的功能仍然是不容忽视的。

下篇:人畜混杂,阴阳并存的叙事结构及其意义

就文本本身而言,《生死疲劳》的叙事结构有非常独到的意义。它的叙事结构是用两条生命链建构起西门家族的衰兴史,轮回隐喻的生命链连接了畜的世界,阴司地府;血缘延续的生命链连接了人的世界,人世间的社会;两条生命链的结合,构成了人畜混杂,阴阳并存的艺术画面。小说文本以阴司地府的场景开端,写西门闹的冤魂在十八层地狱里遭受油锅煎炸,阎王审判,孟婆送汤,小鬼送投胎等一整套鬼神世界的奇遇,接着阴司又一再轮换出现,它通过将西门闹的冤魂数次投胎牲畜来影响人世,参与人世,这也可以看作轮回的叙事结构不仅是西门闹的冤魂转世参与人间事务,也是地府的力量对人世间的参与,阴阳两界合而共谋,推动着某种社会发展的趋势。因此,阴司地府在小说文本里也有主体性,有建设性的意义,而不仅仅是一种叙事的噱头或者花招。

认识到这一点,可以免却对小说叙事的多种误解与责难。由于小说的叙事形式古怪奇特,它是以动物的眼睛来描述人世,所以叙事特点与文本的缺陷混杂为一体,制造了一个特殊的阅读效果。比如说,我们责备作家对细节刻画太粗糙太简单化,但是如果考虑到这些细节的描述本来就是来自动物的眼睛,怎么可能不粗糙,不简单呢?谁能要求一头驴来向我们精致细腻地描绘某个场景呢?我们也责备作家的叙述太混乱,情节太臃肿,与历史事件无关的动物故事穿插太多,有喧宾夺主之嫌,但是,如果想到叙述者本来就是动物,你能让它放弃讲述自己的故事而只讲人类故事吗?小说里动物的故事比人间的故事更加精彩,更有动人之处,就是因为这些故事本来就由动物来讲述的。所以我们读这个古怪文本之前应该有心理准备,动物的故事是文本叙事的一部分,而且是不可或缺的部分,这才是叙事所体现的人畜混杂,阴阳并存的特色。

由于这部小说的叙事是通过动物叙述来表现的,动物在文本里不仅仅是叙事者,而且也是被叙述的对象。动物有动物的生活规律和自然法则,动物的故

事与人世的故事交替而进行互为映照，动物对人世间的事情往往模模糊糊不甚了然，而对于动物自己的故事却了如指掌新鲜活泼，我们只有把动物故事与人世故事看作是交替并存的叙事结构，才能感受其中的审美奥秘。文本里的人畜故事混杂而有序，大致可以归为三种类型，第一类型是动物直接参与人世间故事，推动人世间故事的发展与变化。如第 6 章西门驴大闹西门大院，解救了白氏的困境，第 20 章西门牛杀身成仁，第 45 章西门狗帮助女主人追寻第三者，等等。其中最有意思的是第 34 章"洪泰岳使性失男体"，写西门猪逃亡五年当上了野猪之王，因为思乡而悄悄返回西门屯，看到了五年来社会形势大变，地富分子已经摘帽，商品经济开始冒头，农村大包干责任制的推行使单干户蓝脸看到了希望的曙光；而洪泰岳，一个滚刀肉式的泼皮，在土改和合作化运动成为既得利益者，但现在却尴尬了，昔日荣光荡然无存；而西门金龙正在利用攫取的西门屯党政大权，大张旗鼓地实行他的改朝换代以至攫取财富的梦想。本来，西门猪是带着旁观者的态度看到这一切，并无参与的意思，但是，当它突然看到洪泰岳酒后大醉，使性强暴白氏，一边强暴一边还侮辱其人，惹得西门猪久已淡忘的记忆里有出现了西门闹冤魂的复仇呼唤，冲上去咬掉了洪泰岳的生殖器，使其彻底成为废人，而白氏也悲惨地以清白之身上吊而死。在叙事中，这是一个弄巧成拙的事件。因为，如小说叙事中所暗示的，洪泰岳长期独身，又没有生理缺陷，从他对西门闹的遗孀子女多处照应，甚至把西门金龙培养为接班人等一贯行为来看，这个人对白氏暗暗藏有感情，只是恐惧僵硬的阶级理论而不敢有所表露，白氏是感受到的，金龙也感觉到。小说有一段描写是在白氏摘了地主分子帽子以后：

> "那还不多亏了您……"白氏放下畚箕，撩起衣襟沾了沾眼睛，说，"那些年，要不是您照顾，我早就被他们打死了……"
>
> "你这是胡说！"洪泰岳气势汹汹地说，"我们共产党人，始终对你实行革命的人道主义！"
>
> "俺明白，洪书记，俺心里明白……"白氏语无伦次地说着，"俺早就想

对您说，但那时俺头上有‘帽子’，不敢说，现在好了，俺摘了‘帽子’。俺也是社员了……”

“你想说什么？”

“金龙托人对俺说过了，让俺照顾你的生活……”白氏羞涩地说，“俺说只要洪书记不嫌弃俺，俺愿意侍候他到老……”

“白杏啊，白杏，你为什么是地主呢？”洪泰岳低声嘟哝着。

“俺已经摘了‘帽子’了，俺也是公民，是社员了。现在，没有阶级了……”

“胡说！”洪泰岳又激昂起来，一步步对着白氏逼过去，“摘了‘帽子’你也是地主，你的血管子里流着地主的血，你的血有毒！”

白氏倒退着，一直退到蚕架前。洪泰岳嘴里说着咬牙切齿的话，但暧昧的深情，从他的眼睛里流露出来。“你永远是我们的敌人！”他吼叫着，但眼睛里水光闪烁。他伸手抓住了白氏的奶子。白氏呻吟着，抗拒着：

“洪书记，俺血里有毒，别沾了您啊……”

接下来就是旁观者西门猪发作了。这个文本含义曲折暧昧，本来是两个尖锐对立的阶级成员在历史大变动下即将调整关系，将以人性为力量重建和谐的前奏曲，暴力泄洪势在必然，他们之间必须有一场血淋淋的搏斗、清算和自我更新，才能洗去彼此身上的血腥味，使泼皮不再是泼皮罪人也不再是罪人。可惜这场具有历史意义的庄严仪式被一头猪搅乱了，猪无法理解人世间微妙曲折的关系和变态的表达方式，它既代表了前世的西门闹又是今世的一头无知凶暴的猪，它咬下了这一口在集体无意识里凝聚几世的复仇快感，从此，西门闹的生命转世不再暴戾，狗是一条奴性温顺的狗，猴是一只温顺奴性的猴，原先不安宁的心灵已经彻底平静，前世的仇恨很快淡忘，于是可以成正果，脱离畜道转世进入人道了。这一咬，对猪的故事是历史性的转折点，对人的故事呢？也是如此，这一咬就咬掉了本来也许会出现的阶级和谐的良宵美景，白氏带着“罪人”的身份自杀，掉进了万劫难复的轮回道里，洪泰岳彻底堕入疯狂，成为一个恐怖行为者，而西门金龙失去了洪泰岳的制约，贪婪本性肆无忌惮大爆发，走上了恶性发展的不归路，为后来的同归于尽埋下了祸根。这一情节的内涵相当复杂丰富，猪的故事和人的故事交织在一起，互相作用，互为因果，象征了这个世界根本无法走向真正和谐，人性中狂乱邪恶的恶魔性因素会随时地突然出现，搅乱人世间的理性安排和美好愿望，而这头西门猪，隐喻性地象征了制造人世劫难的非理性的恶魔性因素。

西门猪的象征相当复杂，不限于某种单一性隐喻，但它的强悍和暴戾象征了民族无意识的兽性的原始冲动，我们在第二类型的故事中可以继续看到这一隐喻特征。第二类型的人畜故事是相互呼应补充，有机组合，由动物叙事来补充人世叙事所无法完成的描写，这时候的动物往往成为人的代言者，承担起人世的故事。第六章“柔情缱绻成佳偶，智勇双全斗恶狼”，写西门驴眷爱母驴，勇杀两匹恶狼的故事，描写得绘声绘色，但是如果孤立地读这个驴传奇，只是一个关于动物的故事，但如果把它放在整个叙事框架里阅读，它是紧接着前面一个人世间的故事，那是杨七等民兵打手威逼西门闹的原配白氏，驴子怒起救白氏，大闹西门大院后翻墙逃脱，走落荒野。如果这样连接起来读的话，那么，西门驴眷爱母驴斗杀恶狼的故事，正是前一部分叙事中西门驴在人间无法宣泄愤怒与复仇欲望，转移到动物世界里完成了。西门驴救“美”斗狼的英雄行为，既是它的前世西门闹的冤愤大喷发，也是西门驴旺盛生命力的活跃与爆发；既是人世间的喧闹，也是动物世界的喧闹，两者之间有了十分默契的配合。西门猪逃亡的故事也是属于第二类型，1976 年 9 月 9 日最高权威轰然驾崩，强大的禁锢与压抑终于出现松动，西门猪象征的人类身体里的里比多、人性中的原始冲动和嗜血本性汹涌而决堤，它冲破了禁锢，追随月亮而大逃亡，接下来是牲畜造反，人兽大战，撕咬成血肉模糊一片，向人类实行了的报复。这个细节，既是对一头逃亡猪如何成为野猪的苦难历程的精彩描写，也隐约象征了最高权威死后民族非理性因素泛滥，社会发展与欲望冲动如何混淆为一体，在藏污纳垢中慢慢发生了巨大变化。

第三类型人畜故事比较简单，那就是单纯的动物自己的故事的发展，与人的故事暂无关系，最多只是对人世故事的一种嘲讽。比较集中的是那条狗的故事，他描写狗王国里的豪宴聚会，兄弟情谊，都是用拟人手法描写动物的故事，或者从狗的眼睛里看到人世间的某些可笑的场面，与人世故事并无关系。狗与人的关系已经松弛，不像西门驴、西门牛、西门猪那么紧密相关，暗示了生命转世已经渐渐远离了前世的冤孽，趋于平淡正常了。到了猴的时代基本上已经无故事，动物猴子已经不再具有人的思维语言，纯粹沦落为人所豢养使唤的卖艺道具了，动物轮回的叙事到了狗的时代已经结束，最后换成了作家的客观叙事来交待故事的大结局。这种渐行渐远的叙事极有张力，慢慢地流露出作家本人的一些历史观念和矛盾心理。于是，当我们将人畜混杂的故事阐述完毕以后，再回过来讨论阴阳并存的意义，就更加清楚了。因为所有一切动物轮回的故事都来源于阴司地府的精心安排，当狗的灵魂回到了阴司见到阎王时，他们之间有这样一段对话：

> ……大堂上的阎王，是一个陌生的面孔，没待我开口他就说：
>
> “西门闹，你的一切情况，我都知道了，你心中，现在还有仇恨吗？”
>
> 我犹豫了一下，摇了摇头。
>
> “这个世界上，怀有仇恨的人太多太多了，”阎王悲凉地说，“我们不愿意让怀有仇恨的灵魂，再转生为人，但总有那些怀有仇恨的灵魂漏网。”
>
> “我已经没有仇恨了，大王！”
>
> “不，我从你的眼睛里，看得出还有一些仇恨的残渣在闪烁，”阎王说，“我将让你在畜生道里再轮回一次，但这次是灵长类，离人类已经很近了，坦白地说，是一只猴子，时间很短，只有两年。希望你在这两年里，把所有的仇恨发泄干净，然后，便是你重新做人的时辰。”

作家莫言笔下的阎王让我想起了“文革”中的五七干校，知识分子的“世界观”还没有改造端正，就安排他继续在五七干校里从事艰苦劳动，直到他彻底斗私批修脱胎换骨，才能放他回社会重新分配工作，也就算功德圆满重新做人了。那个阎王在阴司地府就是从事这么个改造灵魂的工作，其宗旨非常明确，就是要彻底消除人间的仇恨，把世界营造成一个浑浑噩噩的太平世界。这项伟大工程从1950年元旦开始启动，经过几代阎王的努力，终于在新世纪到来之前初见成效了。这是莫言创作《生死疲劳》的全部用心所在，也是他从文不对题的六道轮回的宗教概念中获得的叙事灵感，小说中阴阳并存的叙事结构，成为把作家的创作思想表达到恰到好处的叙事形式。但是，我坦白地说，我不喜欢这样的思想结果，也不甘心从小说里得到这样的阅读结果。我想了解的是，这个泯灭仇恨、因果报应的构思是不是作家莫言的全部思想？换句话说，莫言利用了六道轮回的概念来表述他的民间叙事，是否就完全地、不留下一点缝隙地接受了这样的宗教观念？《生死疲劳》是一个完整的文本还是一个自相矛盾、有待发展的文本？

我想，这些问题，可以通过比照小说的副文本（扉页的题词）①与正文本来进一步探讨。

作家莫言在《生死疲劳》前煞有介事的题词是来自佛经上的话：佛说：生死疲劳，从贪欲起。少欲无为，身心自在。可是我乍读小说，所有的生动细节、幽默叙述、纵横捭阖的历史场景和切肤之痛的现状，所有一切，似乎都很难直接与"疲劳"的概念黏结起来，或者说，精力充沛的莫言特有的民间叙事形态掩盖了小说真正的主题——疲劳从何而来？莫言生龙活虎，莫言不知疲劳，他站在民间大地的充沛淋漓的生命元气之上，我们看到的都是生生死死，轮回不息，疲劳何来？再说"贪欲"，这是一切疲劳的总根源，生活悲剧之根本原因。这个理论我们并不陌生，王国维从西方搬来叔本华的理论，就是这样来解读《红楼梦》的主题。但是如果我们简单地将这套理论搬用到《生死疲劳》，解读还是有一定的

① 据法国文论家热奈特的解释："副文本如标题、副标题、互联型标题；前言、跋、告读者、前边的话等；插图；请予刊登类插页、磁带、护封以及其他许多附属标志，包括作者亲笔留下的还是他人留下的标志，他们为文本提供了一种变化的氛围……"（见《热奈特论文集》，史中义译，天津：百花文艺出版社2001年版，第71页。）《生死疲劳》中副文本是作家的题词，但作家题词内容来自"佛说"，也就是某种典籍，在我的文本细读的理论中，属于"阅读经典"的范畴。（见拙作《中国现当代文学名篇十五讲》，第一讲，北京大学出版社2003年版，第13—15页。）

难度，如果我们以土改为因，五十年中国农村艰难道路为果的话，我们仍然无法找出“贪欲”的隐喻所在：是地主西门闹的贪欲引起了杀身之祸？还是洪泰岳的贪欲导致了农村的土改？如果我们以农民蓝脸坚持单干为因，最终农村人民公社的解体为果的话，好像也难以解释：是蓝脸的单干道路是贪欲？还是洪泰岳的集体化道路是贪欲？好像两面都说不通。直到我读到小说第53章阎王与狗灵魂的对话时，才豁然开窍，再继续往下看时全无困难，作者意图渐渐地清楚了：“少欲无为，身心自在。”我想，这八个字才是莫言读佛经怦然心动的关键，也是他创作这部小说的最初动力。我们似乎可以用倒轧账的办法，来找一找谁是《生死疲劳》里少欲无为、身心自在的人，也就是莫言的理想中的人物。

真让人想不到，莫言仿佛是极不经意的淡淡一笔，写了一个人物，马改革。他是地主西门闹的亲生女儿西门宝凤与小学校长马良才结合所生的儿子，一个最没有故事的人物。莫言只是在小说临近结尾的时候，仿佛是突然想起来似地带了一笔：宝凤的儿子马改革胸无大志，是一个善良、正直、勤劳的农民，他赞成母亲和常天红的婚事，使这两个人，过上了幸福美满的生活。——我为什么要引这么一段话，因为这是小说里唯一写到马改革的故事，读者读到这句话一定会感到一阵亲切，朴素到极点的话语，就像我们童年时代阅读过的无数民间故事的最后一句结束语，包含了普通人对于幸福生活的期望：不求高官厚禄，不求金银财宝，唯求美满幸福，有情人终成眷属。推究起来，这也是《生死疲劳》所描绘的世界里唯一幸存的好结果，莫言用了“幸福美满”这样平庸而温馨的语词来形容他们，这是他的小说里极少有的境界。如果我们将马改革与他的同代人相比：善良正直的蓝开放饮弹自杀，为的是爱上了表妹庞凤凰，有乱伦之嫌；浪子回头的西门欢和扮酷作妖的庞凤凰都是千金散尽，大彻大悟，抛弃了一切荣华富贵而街头卖艺，最后也在街头遭到厄运，一个惨死，一个产后死亡。但是他们俩实为没有血缘关系的兄妹，一是西门闹的儿子、旅游开发区董事长西门金龙的养子，一是金龙与县委书记庞抗美的私生女，这一对小儿女看透了父母辈的贪欲如何生出邪恶，邪恶又如何生出不义之财富，而不义之财富只能给人生带来无穷无尽的灾难，这就是“疲劳”。所以他们兄妹俩自愿走出贪欲的世界，去街头卖艺中找到自由自在的含义。我们不由想起《红楼梦》的贾宝玉的最后撒手出走，可是由于他们自身的孽并未消除，终于为此付出了生命的代价。而只有马改革，无贪无欲，宽厚孝亲，当一个普普通通荣的农民，得到了善果。马改革赞同母亲的再婚，也算不上善事，然而他母亲之所以再婚，一来是常天红本来是她的闺中情人，二来是她元配丈夫马良才本来是个安分的农村知识分子，因一念之差辞职下海，受到了通报批评，竟恼羞成疾而死，可见在人生道路上，一丝一毫的贪欲也会带来无穷无尽的烦恼。西门欢、庞凤凰、蓝开放、马改革是 70 年代末生人，他们由奢入俭，归璞返真，证明了莫言对中国的未来并非彻底绝望，不过是这个微弱的希望，也是付出了极其沉重的代价而获得的。

由此往上推究，我们才看得清楚，西门欢这一辈只是贪欲的牺牲品，而正是他们父辈一代，才是贪欲的直接体现者。这是中国 20 世纪历史上最贫乏的一代人，在成长过程中由于物质的极度缺乏和精神的极度空白，造成了严重的精神贫血和鲜廉寡耻，无论是面对外部世界的物质财富，还是自己生命内部的欲火中烧，他们都毫无抗衡能力。莫言在小说第 25 章借狗的嘴巴说：“五十年代的人是比较单纯的，六十年代的人是十分狂热的，七十年代的人是相当胆怯的，八十年代的人是察言观色的，九十年代的人是极其邪恶的。”这恐怕不是指单个的“人”而言，指的是民族集体无意识的心理在某个历史阶段的特殊表现，不幸的是，在 1990 年代的改革开放过程中，久久压抑的无意识毫无遮拦地打开了闸口，成为一种人欲横行的时代里，西门金龙这一代贫乏的人首当其冲，他们本来就一无所有毫无道德感也无所顾忌，对于时代给他们带来的亏欠怀有深深的怨恨和报复心理。所以，由他们一代人来担当“极其邪恶”的贪欲人格正逢其时。以西门金龙为例，他原来是地主的儿子，为了表现进步他不得不背叛养父，分裂家庭，以疯狂、残忍的行为，害死了其实是他亲生父亲的西门牛。从传统伦理的立场上说，这个人十恶不赦，毫无人性，但是在那个非理性的时代里，这一切不仅能得到鼓励，而且让他顺利混上了西门屯的领导位置。不过作家写这个人物时手下还是留了情，写他并没有完全泯灭良知，只是贪欲太强，灵魂与肉体都不得安宁。西门金龙后来当上了革委会主任，养猪场场长，改革开放以后亦官亦商长袖善舞，利用权力在西门村的土地上开发旅游项目，把西门屯重新夺回到他西门家族的手中，终于逼得发疯的洪泰岳身怀炸药与他同归于尽。而另外几个同代人——蓝解放为情所困不惜放弃党籍官印，与比他小二十岁的春苗私奔，过起逃亡者的生活。庞抗美身为县委书记贪污腐化，终于东窗事发，判处死刑自杀于狱中。他们一个个都为贪欲所困扰所驱使，仿佛是地狱之鬼一样，挣扎在欲火烧烤之中。虽然蓝解放与庞春苗的爱情精神得到了作家赞扬，但在作家的价值判断中仍然属于“从贪欲起”之一种典型，所以最终不得善果，春苗遭遇了飞来横祸而身亡，连同所孕的婴儿。在这一辈人中唯有西门宝凤——地主西门闹的女儿，马改革的母亲，一个最为平淡、郁郁寡欢的女人，成为比较自在的农村赤脚医生。

生死疲劳，本来是指生、死、疲、劳，四种人生现象，皆源于贪，终于苦。现在我们来看西门屯的第一代人：西门闹虽然自以为好善乐施仁慈多多，土改时仍然被当作恶霸地主枪决，冤气冲天，阴阳不宁，轮回在畜道继续遭罪不得超度，这是死之苦；他的原配妻子白氏一生是苦，三十几岁就被丈夫嫌弃，土改后丈夫枪毙，家产被没收，两房小妾都反戈一击另适他人，惟她被定了地主婆的罪，生不如死，这是生之苦；蓝脸一生热爱土地，因为坚持单干而受尽磨难，家庭破散，土地瓜分，连心爱的家畜都不能保护，驴被杀，牛被烧，终日劳苦于一亩六分的土地上，惟有月亮相伴。好容易捱到人民公社垮台，土地保住了，人们很快地又为贪欲所驱使放弃了土地，他亲手抚养长大的下一代一个个走到了他的前头悲惨死去，他那“黄金铸成”的土地最后变成了一片坟场，自己带着老狗躺倒自己掘好的坑里，埋葬了自己，此人筋疲力尽到了极点，这是疲之苦；洪泰岳一生宁左勿右，自以为是，一旦时代变化，理想成了镜中月水中花，他也随之发生了“辛辛苦苦三十年，一觉回到解放前”的错乱，所有劳碌最终一场空，可谓是劳之苦。

生死疲劳之苦，在老一代的西门屯人中间一并俱全。洪泰岳与金龙同归于尽，在洪泰岳，是乌托邦理想破灭走上极端，在西门金龙，是恶贯满盈咎由自取，两者都有死的理由，但这样的恐怖暴力行为发生的原因，倒是更加值得令人深思。洪泰岳是西门一家两代人的血仇之人，由西门金龙推溯到西门闹，可以想象作为几千年封建地主阶级的成员西门闹，虽然本人或无血债，但是身处在残酷的经济剥削和政治压迫的专制关系中的一员，他是无法避免恐怖暴力冲突的发生，也无法避免个人成为其中的牺牲品。我们从小说开篇地主西门闹成为阶级复仇的牺牲品到小说结尾西门金龙与洪泰岳的暴力冲突中同归于尽，都看到了作家所面对的财富两极分化、贫富冲突激化怀有极大忧虑与悲天悯人之心。所以，他要把他在西门闹一代人遭遇中看到的“果”来警告西门金龙一代戒贪节欲，不要重蹈当年的历史覆辙，也就是从西门闹一代的生死疲劳追溯到贪欲之因，从金龙一代的贪欲中推导出苦相之“果”，贪即是苦，苦皆因贪，互为因果，互为因缘。生死疲劳从贪欲起少欲无为身心自在，在西门屯三代人的命运演绎中全部都囊括进去了。我以为，这是《生死疲劳》最隐蔽的主题，也是作家直面当前痛心疾首的感受而后返诸历史寻找教训的创作本意。

或者有读者问：西门闹白氏为地主阶级成员，他们的贪欲为其阶级本性使然，在生死之苦报应前已有孽债，洪泰岳是权势中人也自有报应，这且不去说它，惟有蓝脸忠厚本分热爱土地，蓝解放为爱情而挂官印弃党籍在所不惜，这都是作家所同情所赞扬的自由精神之象征，怎么把他们也归入贪欲呢？我想这正是小说叙事中最为复杂的现象。在小说的显性文本中作家确实是用赞美的笔调描述蓝脸的故事；作家对于蓝解放的婚外恋故事虽然语多讥刺调侃，但仍然是赞美有加。这是作家不加掩饰，读者心领神会，两无隔膜的。但是从小说的叙事结构来看，小说第一部和第二部的主要情节就是围绕了蓝脸坚持走单干道路引起的悲剧惨剧，第四部主要情节是围绕了蓝解放的婚外恋事件。而这些冲突事件的性质本身似无绝对是非可言，它只是体现了时代变化中不同观念的互不相容。因为观念的执着，惹出了无穷无尽的烦恼，一切悲剧皆从中来。从佛教的理念来说，两者都离不开贪欲的执着。蓝脸偏执于一小块土地，蓝解放偏执于自己的情欲，假如对此横加干涉，暴力扼杀，固然有背人道，但一味坚持，偏执无悟，也是注定要劳苦终生，疲惫不堪，也如水中月镜中花，于己于人都是幻相。这在蓝解放和春苗的爱情悲剧已经表现得很清楚，再以蓝脸为例，他坚持单干道路是因为抱定了一个自古以来的观念：亲兄弟都要分家，一群杂姓人，硬捏合到一块儿，怎么好得了？应该说，这是几千年小农经济生产方式所派生的农民生活经验和伦理观念，农民在自己的土地上劳作是一种理想，但并非是真正自由自在。蓝脸的形象告诉我们，农民是热爱土地的，但他爱的是属于自己的土地，并非广义上的土地；对照贾平凹的《秦腔》中的夏天义的形象，他也是一个离不开土地，最后葬身于此的老派农民，但是他并不在意土地是属于集体的还是属于自己的，他只是本能地热爱土地热爱劳动，认定了农民只有靠地吃饭才是最可靠的。所以夏天义与土地的关系比较宽泛，出于一种农民热爱土地的本能，而蓝脸的界限是热爱自己的土地。最后他在自己土地上种出来的粮食吃不完，作为陪葬，都埋到了自己的坟墓里。这个意象似乎也暗示了土地最终成为蓝脸自我束缚的枷锁。因此，蓝脸父子的逆潮流而动都出于个人的欲望所驱，就个人的追求而言自有其动天地泣鬼神之伟力，但从一个大的境界而言，也只能看作是孽障未尽心魔犹在的证据。所以佛说，要少欲无为，才能真正做到身心自在。由于小说叙事复杂，作家自己的复杂心态也难以清晰表述，主题被掩埋在一般的历史事件背后，很难完整呈现。

很显然，这部小说的真正主题完全是来自现实的感受，作家借助于佛的说法来警告现实生活中的贪婪者们，警告他们这样下去不配做人，轮回里应该进入“畜道”受苦磨难。由此他追溯历史，推出了一部冤冤相报的阶级斗争的苦难史。对于作家这种宗教的历史观是否能够准确表达历史的真相，我不想做评论，因为任何作家都有权利从他个人的理论认识出发来解释历史，但我想讨论的还是一个文本的“缝隙”，即如前面所说的，少欲无为，身心自在，这种形如枯木，心如死水的理想境界，是从宗教箴言的逻辑推理出来的理想境界，还是莫言的心底里的理想境界？因为我们明明看到，莫言惯有的元气酣畅的文笔，稀奇古怪的艺术想象，以及充满生命肉感的语言艺术，与他在小说里所表彰的“幸福美满”生活的西门宝凤、马改革等人物的生活方式和生命状态显然是不符合的。这种没有欲望，没有痛苦，也没有罪恶感的生活理想，是几千年来中国小农经济生产关系下的道德理想标准，这种标准放在现代社会的技术发展中，显然是苍白无力，或者说是难以为继的。小说第47章有一段对西门宝凤母子俩的正面描写，是从西门闹的生命转世者狗小四的眼睛看出去的：

在我所有的记忆中，她都是郁郁寡欢，脸色苍白，很少有笑容，偶尔有一笑，那也如从雪地上反射的光，凄凉而冷冽，令人过目难忘。在她的身后，那小子，马改革，继承了马良才的瘦高身材。他幼年时脸蛋浑圆，又白又胖，现在却长脸干瘪，两扇耳朵向两边招展着。他不过十岁出头，但头上竟有了许多的白发。

这就是西门家族里最安全、生活也最平静的一对母子，他们安贫乐居，少欲无为，但是他们的身心是否就自由自在呢？至少在小说文本里我们是看不出的。如果按照题词里的四句话的逻辑，那么这对母子是可以作为“幸福美满”的理想人物，但是在现实生活中他们恰恰是被压在最底层，生活最困难，在我们这个时代最没有发言权的人。如果阴司地府要把生龙活虎、敢在太岁头上动土的西门闹，蒙了杀身之祸又不甘心，大闹地狱人间的血性人改造成这样了无生趣，形同狗猴，那么，人生还有什么意义呢？当然是有意义的，但只能是对于另外一种人有意义了。我们这个时代，一方面从残酷的阶级斗争到疯狂的经济竞争中，涌现了无数呼风唤雨的西门闹、洪泰岳、西门金龙、庞抗美等等剥削者，贪婪者，流氓泼皮，政治打手，贪官污吏，精心制造各种各样的罪恶；可是另一面，地狱人间共同携手，把无数蒙冤受苦的人打入畜道不许他们鸣冤叫屈，不许他们面对着不公正的世界喊叫和反抗，要他们从阴间转世前就改造得服服帖帖，这样的人如果通过轮回（改造）成批量地制造出来，究竟会创造出一个什么样的世界呢？

人之所以为人，就是因为人比牲畜懂得一点是和非，生出一点知耻之心，也会对于罪恶的人和事进行抗争。老作家巴金在《随想录》里引过一句西方作家的话：奴在身者，其人可怜；奴在心者，其人可鄙。[①]我觉得如果是按照“佛说”的四句话所推导出来的逻辑而言，那些阎王们在阴司地府里要做的工作，似乎就是要把人的心换成畜的心。这就使我又一次想起了《聊斋》里的席方平的故事里那些鬼魅们的勾当了。

但是，我要说的这个文本的“缝隙”，恰恰就在这里发生了意义：当作家莫言利用副文本的“佛说”来构思小说的叙事结构时，他不能不推导出这样一种“少欲无为，身心自在”的理想标准；但是，作家莫言从一贯的大气磅礴的创作风格与他一贯的民间立场出发，他也许是不自觉地跳出了这个宗教箴言的逻辑和戒律，露出了连阎王也管辖不住、佛也控制不了的顽童的自在真相。那就是，西门闹的生命经历了畜道轮回，阎王小鬼煞费苦心后的投胎转世者，据说是已经忘记了仇恨的灵魂托生者——那就是大头儿蓝千岁，依然是一个喧闹不息，炯炯有神的怪胎式人物。小说第 33 章有一段描写：

> 连续几天来大头儿的讲述犹如开闸之水滔滔不绝，他叙述中的事件，似真似幻，使我半梦半醒，跟随着他，时而下地狱，时而入水府，晕头转向，眼花缭乱，偶有一点自己的想法但立即被他的语言缠住，犹如被水草缠住手足，我已经成为他的叙述的俘虏。为了不当俘虏，我终于抓住一个机会，讲说这伍方的来龙去脉，使故事向现实靠拢。大头儿愤怒地跳上桌子，用穿着小皮鞋的脚跺着桌面。住嘴！他从开裆裤里掏出那根好像生来就没有包皮的、与他年龄显然不相称的粗大而丑陋的鸡巴，对着我喷洒。他的尿里有一股浓烈的维生素 B 的香气，尿液射进我的嘴，呛得我连连咳嗽，我感到刚刚有些清醒的头脑又蒙了。你闭嘴，听我说，还不到你说话的时候，有你说话的时候。他的神情既像童稚又像历经沧桑的老人。他让我想到

① 巴金《随想录》合订本，生活·读书·新知三联书店 1987 年版，第 377 页。

了《西游记》中的小妖红孩儿——那小子嘴巴一努，便有烈焰喷出——又让我想起了《封神演义》中大闹龙宫的少年英雄哪吒——那小子脚踩风火轮，手持点金枪，肩膀一晃，便生出三个头颅六条胳膊——我还想到了金庸的《天龙八部》中的那个九十多岁了还面如少年的天山童佬，那小老太太的双脚一跺，就蹦到了参天大树的顶梢上，像鸟一样地吹口哨。

这段绘声绘色、令人忍俊不禁的叙述，典型地刻画了蓝千岁神态中的一个"闹"字，他上蹿下跳，动手动脚，神通广大又粗俗不堪，极其传神地传递出文本叙事的特征。蓝千岁是西门闹经过了六道转世而后脱胎而出的生命体，但是性格喧闹如故，往事历历在目。其实蓝千岁才是真正的叙事者，小说第 2 部开始，就由他来说破轮回事，主导了文本叙事风格。这也就是说，阎王企图通过五次畜道轮回让他忘记历史忘记仇恨的目的并没有达到，他的身体里依然保留了前五世生命的孽缘精神。——也就是说，这个人物的出现，对于阎王的轮回策略进行了消解，不经意中证明了阴阳两界改造灵魂的破产。其次是，蓝千岁是西门闹身后的两条生命链合二而一的产物，所以其生命遗传不是单一的，而是有了更大的丰富性。小说第 12 章作家这样描绘："看看他脸上那些若隐若现的多种动物的表情——驴的潇洒与放荡、牛的憨直与倔强、猪的贪婪与暴烈、狗的忠诚与谄媚、猴的机警与调皮——看看上述这些因素综合而成的那种沧桑而悲凉的表情……"这就是蓝千岁的神态，它是全盘继承了从西门闹到各类牲畜的遗传因子，勇敢而霸道，"野气刺人"，这是作家对他的评价，这种精神状态要比默默劳作的马改革要更健康，更有希望，也更加符合作家莫言一贯的民间审美精神。除了继承了六世因缘的遗传以外，蓝千岁的父母是蓝开放与庞凤凰，蓝开放是蓝解放的儿子，庞凤凰是西门金龙的在大杏树下与庞抗美野合而生的女儿，因此他继承了西门家族和蓝脸家族的血缘。但这还不够，作家写道，大头儿蓝千岁不是一个正常健康的人，而是一个血友病患者(血友病指自发性或周期性出血，并且出血不止；病人经常要靠紧急输血才能挽救生命)。他需要黄互助的"神发"不断充血而活着，其构思别出心裁，或许作家莫言正是为了让蓝千岁患有血友病，才设计了黄互助的神发，并且有过一次抢救小狗的成功试验。但这种设计是有刻意的隐喻意图：蓝千岁完整地继承了三家血统：西门闹、蓝脸和黄瞳，如论文之一所分析的，这个人物将是全盘继承西门大院的血缘。我们知道，这三家人在第一代是严峻的阶级对立关系，第二代是互为姻亲的秦晋关系，而到了第三代，共同承受了上代人的贪婪恶果，患难与共的关系，而第四代——只有一个蓝千岁，成为融合为一的象征。西门闹的强悍，蓝脸的厚德，黄瞳的阴鸷，都凝聚在他的身上。虽然有病在身，却是神奇之人。——意味了对“少欲无为，身心自在”的解构。其三，作家毫不掩饰对这个人物的偏爱，这段叙述里用了红孩妖、哪吒、天山童佬等一连串中国小说里神话人物来形容他，这些神话人物都是半人半神，兴妖作怪，不受三界的束缚，追求自由自在的境界。如果从叙事的角度来理解，这个人物更像歌德的《浮士德》里的“人造人”何蒙古鲁士，由他引导浮士德漫游古希腊，演出了浮士德与海伦的一场爱情悲喜剧，而在莫言的这部叙事里，蓝千岁（携同爷爷蓝解放）引导了读者漫游中国农村历史五十年，看到了惊心动魄也是稀奇古怪的种种现实与幻象，上天入地，贯通三界，起到了重要的作用。其四，从大头儿蓝千岁的古怪形象上也可以与平庸老实、未老先衰的马改革形象作一个对照，但他是个不正常的怪胎，身体萎缩而脑袋奇大，生殖器粗俗而丑陋，前者暗示了其精神智力的丰富发达，后者象征了生命力的旺盛强悍，而偏偏肉身萎缩，不成比例。我觉得作家莫言创造出这么一个怪胎的形象，并不是一个理想的形象，而恰恰表达了莫言自身夹在“佛说”宗教箴言与他自身的民间文化之间矛盾两难中而结成的怪胎。作家希望以佛教的轮回说来警告世人要戒“贪欲”，也就是杜绝肉欲享受，但由于对佛这一“说”理解过于简单肤浅，结果导致了头大身体小，智力超常而肚腹干瘪，这是形象一；又以莫言一贯的民间文化立场，生命如土地生生不息，天造地设，因而有生殖功能肥大威猛，筋骨彪悍，充满活力，这是形象二。两个形象合在一起，就变成了两头肥大而中间干瘪、四肢乱动上蹿下跳的怪胎。生死疲劳，从贪欲起，这句话本身无错；少欲无为，身心自在，这句话也没有错，但是结合在一起并且推向极致，就会推导出马改革的干瘪无力的形象，再急以生命力充沛强盛的民间文化来补救之，但如不协调不得法，就会出现大头儿蓝千岁的怪胎形象。本来气（精神）血（生殖）两旺是要靠身体来贯通，身体不壮则会气血两亏。所以我以为，大头儿蓝千岁是作家莫言精心塑造的艺术形象，但只是一个过渡性的形象，——他综合了由阶级斗争到全民和谐，由经济发展到贪欲无度的种种因素，企图有所克制，走出怪圈的过渡——而不是理想与圆满的形象，大头儿应该利用他的硕大的脑袋去思考，并利用孔武有力的生殖器去努力，努力创造出一个新的更加合理的下一代。在这个意义上，《生死疲劳》的叙事如同它的叙事形式一样，并没有最后完成。

2008 年 8 月 27 日完成于黑水斋

原载《当代作家评论》2008 年第 6 期

两个“古典”，还有一个“叙事”

——张枣论

李振声

一

从诗人张枣离世后陆续公布的一些传记材料来看，张枣少年时代的最初习作，似乎起步于古体诗词，虽然技艺不免青涩和幼稚，却足以表明它们的少年作者，曾经是一位唐诗宋词的沉迷者。①这也难怪，去年的春季，人们在痛惜诗人过早离世的时候，媒体和读者一时间都会不约而同地争相诵读起他《镜中》的句子：

只要想到一生中后悔的事，
梅花便落满了南山。

这的确是一首诗境中明显化合了古典情致的诗作，内敛、静谧的注视，神秘的联想和幻觉，有什么东西急欲说出，却又终于没有说出，虽然说不清楚诗境的寓意究竟是什么，却可以直接触摸到那种令人诵读之下低回不忍离去的绵密的情愫和淡淡的忧伤，是古典情怀与不可重复的青春期写作冲动之间，所达成的一次出神入化的组合。

① 颜炼军编《张枣的诗》“代后记”（《鹤之眼》），人民文学出版社 2000 年版。

但其实,像这样的,无疑有着精湛的古典诗学素养做底子的写作,在张枣的诗人生涯中,持续的时间并不长,基本上属于他步入新诗写作初始的学艺阶段,所以我不免担心,像人们、尤其媒体热衷的那种对《镜中》的过分的渲染,很可能是在好心办坏事,因为极有可能致使读者误以为这首诗或者这一类的诗就是张枣的全部,或者误以为这样的诗才是张枣的书写中最值得关注的部分,最能见出张枣之于中国当代诗歌的贡献,而事实上,这很可能是在把张枣的读者引向并不足以真正体现他的诗艺和精神水准的地方,不仅无助于人们对张枣意义的逼近和抵达,反而会在无形中限制和取消了它。

张枣耽嗜古典的持续时间并不很长,这一方面当然是缘于他的出国,中国古典诗意得以萦回、繁衍的那种特定的物质和精神土壤,随时空的巨大阻隔而渐行渐远,另一方面,由此而来,也是最主要的,是张枣对诗意诗性的看法,其实后来已经有了很大的调整。

古典诗意所背倚的,是一个千年诗歌传统和诗学规范,诗意的生成,早已形成了它自身的典范和惯例,越来越成为人们在写作和阅读时,理所当然地、不由自主地便会予以循守的模板和期待的视野,以致这样的写作和阅读,越来越无可避免地成为一种永无尽头的复制和衍生,你只能明显地看到一种量的积累,却很难见到某种质的突破,或者说,往往见到的多是在平面上的扩展,而少见有那种纵深度上的向上的提升和向下的深入。陈石遗(衍)《石遗室诗话》谈及晚清同光诗巨擘陈伯严(三立)散原老人的诗,就说他学宗黄山谷,本为世所习知,但其"生涩处,与薛士龙季宣绝似,无人知者……辛亥乱后,则诗体一变,参错于杜(甫)、梅(尧臣)、黄(山谷)、陈(后山)间矣"。你看,前后左右的,全都已经有典范确立在那儿了,套用鲁迅《野草》里"无所逃于天地之间"的话来说,陈伯严简直是无所逃于天地间既有诗人和他们所经营、确立的诗学范式之间了。而越到后来,这样的古典诗甚至在语言上都因为陈陈相因而失去了起码的肌理和张力,自然更不用说,与诗的本源,与积极应对、解决真实的世界、人生的问题及其困难,以及与此直接相关的种种深刻的生命体验,越来越不沾边。

1986年初夏张枣远赴德国，同年11月13日写于德国Hünfeid（欣费尔德）的《刺客之歌》，里边自然投射进了初到异邦他乡的张枣的最初的那份心理体验。《刺客之歌》采用的依然是一个古意盎然的框架。诗题本身便足以牵惹起我们对韩非子所说的“儒以文乱法，侠以武犯禁”（见《韩非子·五蠹》篇）的春秋战国时代的联想，以及对活跃在那个时代的、有着“风萧萧兮易水寒，壮士一去兮不复还”式的侠义风骨的烈士风范的缅怀。但其实，张枣的这首诗，既可以读作他在向古典致敬，也可以读作他在与古典作别。

该诗一共四节，每节均为四行，作为节与节之间的区隔标志，则是定时、复沓地插入的这样两行“直接引语”：

“历史的墙上挂着矛和盾

另一张脸在下面走动”

就好比某段急转直下趋于骤急的乐曲中，不时重复地响起在你耳边的低沉的定音鼓声，不由分说地在你心里陡然引发某种莫名的急迫、紧张和焦虑。那么诗中的这句直接引语，到底是谁在说，又是在说给谁听呢？显然，不是当事人“刺客”在说，也绝不像是“刺客”愿意赴汤蹈火为之效命的那个刺杀行动的指使者“太子”在说，而应该是一个超然在诗所指涉的那段历史之外的、同时又是洞悉整个历史事件的真实性质的“隐身”说话人在说话，是“他”在对诗中那个时代以及活跃在那个事件中的人物提出规诫和忠告。这规诫和忠告，当然是为诗中抒写的那些人物所听不到的，唯有时隔千年之后的我们这样的读者方有可能听到。那么说白了，这无非是超然于历史之上的隐身抒写人特意说给我们听的，是他对于这一历史事件的性质及其意义的一个评价。

由于“隐身”抒写人给出的对“历史”的这样的评价，“历史”的意义便在张枣的诗中开始出现了某种微妙的逆转。如果说在张枣此前的诗作中，譬如《镜中》，譬如《何人斯》，再譬如《十月之水》中，“历史”与人相互扶持、相映成趣，可以让人无条件认同、归趋，即一旦与它有了关联，身心便会获得某种安顿下来了的感觉，属于价值的温柔乡或者意义的乌托邦之类的东西，那么现在的情形就不同了，它已经变成了一个可疑的所在，一个自相矛盾和抵牾的纠结体，并且一点都不会令人感到放松，相反，却会让人愈发地为之焦虑甚至惊悸，即成了遍布陷阱和充满畏途的所在。“刺客”在它的面前流露出的神色，显然更多的是不安和踟蹰，似乎随时都在准备弃它而去。

这首诗明显地不同于我们熟谙的那种偏重于感性、性情和趣味的所谓古典的路数，它不再是耽于玄思的，因而显得迷离惝恍和情致绵绵，而是换了个骇人的外表，它用某种足以引起“震惊”的效果，取代了那种风流蕴藉的古典的美感典范，毋宁说，它是在摆脱这样一种古典诗意的诱惑。

“刺客”的境遇作为一个隐喻，实际上提示了诗人当时的某种实际处境。在真正进入世界（与这个世界相比，我们之前的生活都只是“地方性”的）之后，你会突然发现，自己原以为已经完全安顿好了自己在这个世界上的秩序以及自己身内的秩序，其实根本不是那么回事，也就是说，此前的那种统摄的力量突然间不复存在了，自己身上原先依托的那些曾给自己提供了规范和支撑的东西正在渐次剥落。就像存在主义所说的那样，你一下子深切地感受到了被一种什么力量给第一次抛掷到了这个世界上来的感觉。

义无反顾地投身于某种凶险四伏的境地，以期通过奋不顾身的一击，去改变历史的某种进程，这样的一种“刺客”形象，作为 T. S. 艾略特特别看重的“客观对应物”，显然折射和承载了张枣当初面临的心理上的压力和困境，一种因为文化上的巨大差异而导致的心理上的不适、失重、甚至内心被撕裂的感觉（“为铭记一地就得抹杀另一地/他周身的鼓乐廓然壮息”），以及仓猝间调集、聚合起自身内部的力量，以便支撑自己前去抗衡和克服来自外部的痛苦和混乱的那份艰难而又决绝的使命感（“那凶器藏到了地图的末端/我遽然将热酒一口饮尽”）。对这样一种几乎称得上惊心动魄的心理场景的设定，在今日越来越置身在世界一体化政经格局和文化版图中的中国年轻一代读者看来，不免会感到几分讶异，甚至会嫌它太过戏剧性的夸张了，但揆之 1980 年代的中外隔阂既久的实情，这样的心理反应却应该是再平实和再正常不过的。

二

也许，指出张枣的《刺客之歌》，还有后来的《死囚与道路》，都是在与古典诀别，这样的说法多少还有点令人难以信服，因为事实上，《刺客之歌》和《死囚与道路》里边，显然并不缺少古典的场景和要素；但另一方面，这里的古典场景及其要素，与它们之前的《镜中》《何人斯》《十月之水》相比，性质的不同却又是那样的一目了然。严格地说来，后者仍摆脱不了其与“古典”之间那层“剪不断，理还乱”的干系的话，那么很清楚的一点是，后者依托的“古典”与前者立足的“古典”，应该是分别属于两个不同范畴的“古典”，也就是说，张枣的诗里，事实上存在着两个不同类型的“古典”。

为了让表述尽可能地周密些，不妨将上述说法略作修正如下：经由《刺客之歌》《死囚与道路》，张枣对他曾经相当倾心与耽溺过的那种偏重玄思的风流蕴藉的古典路向，亲手做了一个了断，转向了对“危机时刻”的古典场景的书写。

这里的“危机时刻”的说法，是对本雅明 1940 年草就的《历史哲学论纲》中的一个看法的援引。我想，本雅明的这个说法，将有助于我们对张枣诗中“古典”范式的转型，以及这种转型究竟意味着什么的理解。在本雅明看来，危机感是人类进入历史（引按，当然也包括现实，因为历史总是已经经历过了的现实，而现实也总是正在成为或正待成为历史的现实）的最好的契机，你不是置身在危机的时刻，你没有为危机意识所攫住或击中，你不具有对危机时刻刻骨铭心的感受和记忆，那么，这表明你的心灵仍然处在一个怠惰的状态，也就意味着在历史的真实形象闪回的瞬间，你还无从对其做出真正的理解和捕捉。

《刺客之歌》和后来的《死囚与道路》所处理和演绎的，不约而同地，都是属于人的生命经验中最为极端性的一种处境，即赴死。按照雅斯贝尔斯的说法，“极限境遇”，比如“死亡”，比如“罪孽”，再比如“命运”“偶然”等等，其实是最能揭示人存在意义的一种境遇，或者说，它们很可能是促成人真正领悟存在及其意义的一种最有效的“超验密码”。这是因为，人真正感知存在不能仅凭抽象思想，人只有在某个具体特定的“极限境遇”中，才有可能与真实的存在相遇，才有可能体会无法用抽象思想表述的真实的存在。

在《刺客之歌》和后来的《死囚与道路》中，虽然古典时代的人物、行为和场景依然是张枣写作灵感的重要来源，但显然不再是其全部的源头了。已经有新的源头加入了进来。它们的精神指向不再是对古典时代的意义和趣味的继续陶醉和皈依，而毋宁说是对古典时代的深感不安，也就是我们通常所说的有了危机感，而这种不安和危机感，不是来自别处，它恰恰来自诗人对现实处境的切肤之痛。也就是说，是现实感的加入，现实感的折射或投影，导致了张枣对历史、对古典时代的迥然有异于他以往的感受，因而这样的穿着“古典”的外套的诗作，其实与现实有着极为密切的关联，它的精神指向离现实是很切近的。

不妨从抒写人的口吻来做一番大致的分析，如果说《镜中》《何人斯》自始至终都是属于“独白”的话，那么《刺客之歌》和《死囚与道路》则是由不同人物之间的“对话”所构成，尽管你也可以争辩，这样的“对话”其实也不过是出自同一个“主体”，是一个主体的不同分身或各个侧面而已，但比起直陈胸臆的“独白”，这种来自不同方向的“对话”，毕竟更带有“戏剧”的互动和辩证性质，因而也就相对显得“客观”些。

走出诸如《镜中》《何人斯》这样的主观、神秘的“独白”式诗境，这种居于内心世界，用神秘的词语精心构筑起来的古典诗性的空间，进而走向带有辩证、驳难、互动，更具“戏剧性”因而也相对稍具客观意味，并且与“危急时刻”始终缠绕在一起的另一种古典诗性空间，这一转型过程的实现，显然并不像我们上面谈论的那么简约和轻松裕如。在转型的背后，张枣肯定是承受和经历了很大的心理创痛的。为了避免行文过于枝蔓，这里只好略作提示，一笔带过。建议各位不妨去读一读张枣的另一首“古典”风的文本《楚王梦雨》。

我要衔接过去一个人的梦，
纷纷雨滴同享的一朵闲云；

这之前，每次读到这首诗，我总是不由自主地会觉得纳闷和踌躇。对它丰盈充沛的诗意和最后迸裂出的那种令人感到震撼的撕心裂肺般的痛楚，我始终苦于找不到一个合理的解释。我很清楚，这样的痛楚绝无可能是无缘无故的，不会是空穴来风，不可能只是悬在虚空中的一段抽象的情志体验的拟想，它只能是对某一重大的心理挫折或精神转折做出的回应。那么这种痛楚感究竟因何而起、缘何而发？它所寓涵和指称的又是什么？对此我却一直找不到有说服力的答案。直到我意识到张枣的诗境中实际上存在着两种“古典”，意识到张枣有一个从偏重玄思、风流蕴藉的“古典”走向前途未卜、充满凶险、以重现“危机时刻”为特征的“古典”之境的转换过程，我才恍然明白了这首诗到底在说些什么，原先不甚了了的那种撕心裂肺的痛楚的来源，才渐渐变得明晰了起来，开始有了较为合理的解释。这就是说，你得把《楚王梦雨》重新嵌入张枣前后两种“古典”的转换语境之中，它的蕴涵才有可能向你呈现。一旦脱离开这里的语境关联，任其处在某种遗世独立的状态下单独去读它，结果就只能是百思不得其解。

恰好介于上述两个“古典”诗境的交替转换之间的《楚王梦雨》，当然是最能窥见个中消息的一个便捷的观察点，是有关这一转换的一个见证和一块界石。而事实上，它也确实把当时正处在两个“古典”的裂缝之中的张枣，如何痛下决心，告别一种“古典”，走向另一种“古典”，当时内心体验和承受的种种难以割舍的滋味乃至撕扯的痛楚，作了虽不免朦胧却相当有力的表达：

如果雨滴有你，火焰岂不是我？
人神道殊，而殊途同归，
我要，我要，爱上你神的热泪。

三

张枣之于鲁迅，其实有着很深的一层因缘。这也是我原先并不清楚，现在随着张枣身后遗文的陆续整理发表，这才清楚了的。

鲁迅始终认定，把古典和传统用来当作营建现代世界的一种取之不尽用之不竭的能源，那是会有很大的风险的，因为这些现成的资源的思想部分和物质部分，早就已经被一代又一代的人们所滥用，几乎早已消耗殆尽，剩下的可能性已经很少，因而现时代的人们，唯有凭藉自己独立的努力，去呈现时代真实的、哪怕只是暂时有效的思想。鲁迅早年的“任个人”、“排众数”以及后来的“中间物”思想，便都是在这样的基础上形成的。

在思想和思想的表述上，鲁迅从不随俗，始终坚持自己的“彻底”性，但另一方面，他又没有因为这种“彻底”而堕入价值的虚无。林毓生曾经对此深感惊讶。按照惯例，认同“绝望之为虚无，正与希望相同”的鲁迅，应该是最有理由堕入虚无的。那到底是什么样的力量，在引导着鲁迅最终振拔出了按照他的思想逻辑本来是无从躲避得开的虚无之境的呢？林毓生解释了老半天，最后只好把它归结为意志力的支撑：“鲁迅在希望与绝望之间痛苦的冲突与精神的熬煎使他特别强调意志的重要性——奋力回应生命之呼唤的意志的重要性。在这里他像一个存在主义者，把重点放在人的意志的意义上。”①这是在用存在主义的观点解释鲁迅。

意志真的有这么大的法道吗？意志本身其实并无凌虚蹈空的特权，它也得有待于其他心理精神资源的支持。鲁迅笔下的狂人无疑是中国现代小说中最绝望的人，但他又是洞察到了自己的罪愆并为之深感震惊和痛苦的人，与之形成鲜明对比的是，“狼子村”的村民不是对此浑然不觉，便是虽有所知，却又在那儿拼命地掩饰和洗刷，好像这么做就真能蒙骗得了自己和别人似的。两造之间的道德水准的高下，不正是在这种关键的地方，遽然作出了判分的？狂人对其与生俱来的罪愆的省察和自责，不仅不足以使他的道义心消弭殆尽，反而适足

① 林毓生《鲁迅思想的特质及其政治观的困境》；许纪霖、刘擎编《丽娃河畔论思想Ⅱ》，华东师范大学出版社 2006 年版，第 127—131 页。

以增重其远远超逾在浑噩度日的庸众之上的价值分量，我想，正是诸如这样的因素，最终构成了得以支撑狂人有声有色地存活在世的内在精神支点。狂人，当然也包括鲁迅自己，不正是依恃着这份有质感的价值自信而存活在世，并将继续存活下去的吗？

张枣是对自己的限度有着特别清醒的认知的一个诗人，在他生前，我们几乎很少看到他在公开场合对诗有过完整的论述。他的诗论之少，虽然未必就是当代中国诗人中绝无仅有的，但至少是极为少见的。《当代作家评论》今年第一期的“诗人讲坛”推出的张枣专辑，选了他不同时期的几首代表作和他临终前夕的显然尚未完篇的诗稿，配发了诗人宋琳（他俩曾长期联袂担当由北岛在海外复刊并主编的《今天》杂志的诗歌编辑）的长篇评论，除此之外，还很意外地收录了两篇篇幅都不长的他的学术演讲稿，它们大致都是原题《〈野草〉考义》这篇大文章中的章节，显然都还不曾完篇，应该是尚未写完的片段或残篇，却都很精彩，里边有着他和当代中国的诗人同行很不一样的眼光。在这两个演讲稿中，他把中国现代诗的精神源头，追溯或者说归结到了鲁迅、尤其是鲁迅的《野草》那里，并且用了几乎是不容置辩的口气这样说道：“我们的新诗之父是鲁迅，新诗的现代性，其实有着深远的鲁迅精神。”①这不禁让我想起了十几年前，南京“断裂”问卷的发起人韩东、朱文为了争得“存在感”而放出话来准备“搬掉鲁迅这块老石头”的那一幕。对鲁迅的亲疏，差异竟然会这么大，而事实上，张枣与韩东是一代人，同属“第三代”诗人。这里边的原因是复杂的，此处自然不便简单揣测。

在张枣看来，正像波德莱尔给整个世界文学带来了一个忧郁的现代主体、或称“消极主体”（negative subject），从而标志了一种“现代心智”（the modern mind）的诞生，鲁迅之于中国现代诗的意义，同样也在这里。当年作为批评家的钱杏邨，显然是过于“消极地”看待了这个“消极主体”的意义和力量，以致完全

① 张枣《秋夜的忧郁》，《当代作家评论》2011 年第 1 期。

辨认不出，塑造这个“消极主体”时，所要直面和担当的困境，那些内心自我的分裂、震撼及其巨大的创痛，而除了鲁迅，你在别人身上是断难找到这些足够强悍硬朗地应对如此惨烈局面的心理素质的。

> 鲁迅的坚强的书写意志，将发声的主体幻化成一个风格强悍硬朗的恶鸟，震撼分裂沉默的自我和无声的中国。并将受损的主体的康复和庇护幻化成一个诗类，一个词语的工作室。……这是中国新诗所缔造的第一个词语缔造室。我们今天所有的写者第一内在的空间。从这里出发，好几代诗人都缔造和守护这个既是个人又是公共的词语工作室，在这里，中国现代人的主体和心智得到了呈现，唯美的活动成了对生存意义的追求，对怎么写的冥想和反思，也变成了对怎么活的追问。[①]

注意，张枣在这里谈到了鲁迅经由《野草》所缔造出的那些“词语”，既与个人、也与公共直接相关，既是中国现代人主体、心智得以呈示的有效平台，也是切入并反思他们现代生存的真实处境和命运的最犀利有力的管道。

这么说来，张枣诗中“古典”范式的转型，显然是与以下的考虑直接相关的，即，诗的写作要与现实、尤其是现实中遭遇的生命困境，发生一种切实的紧张和摩擦，产生出真正的切肤之痛；诗要能够成为当下世界和生活的一种回应，而不是伫足于某种圈定的形式之中。事实上，从张枣诗作的编年史中大致也可以看出，继《刺客之歌》之后的张枣，诗歌写作的致力方向，便始终是要使诗的写作能与那个远比以前的自己所熟习的那部分世界来得丰富和浩瀚的世界之间，发生气息和能量的交接和切换。他总是在努力地尝试着锻造出各种足以承载得起远比以往要来得繁复和丰饶的思想和感情的形式，而不至于因为眼下所面对的世界的过于繁杂、纷乱和难以把握，而陷入窘迫的疏离之中。语言、主题、题材也似乎不再措意于强化和固化既有的身份，而更在意诗人对世界、人、物的变动不居的观感的直接表达。面对广阔的世界，张枣既有迟疑、惊惧和批判，也有迷

---

① 张枣《秋夜的忧郁》；《当代作家评论》2011年第1期。

惑，自然还有暧昧的认同。正是凭着这样的一手绝活，即能够、并且善于处理当下的经验，从当下短暂、易逝、偶然的经验中提取、转换出诗的新的形式和秩序，张枣的诗歌写作才真正具备了当代诗艺的气度和意义，而不是恋栈于古典的诗艺和典范。

四

将"叙事"因素重新接引到诗境之中，曾经是1990年代中国当代先锋诗歌致力于重建诗歌修辞的文化和历史语境的策略之一。正像不少诗人都做过的那样，张枣也通过他的《父亲》一诗，走进了有关家族史的叙事。对父亲的叙述，实际上为诗人张枣提供了一个进入沉重的当代史、承载苦难的记忆和重新确认自我的路径和导口。这也再次表明了，张枣绝不是与现实不发生关系的那种精神的高蹈者，他的诗也并非什么"纯诗"，尽管他一度曾对"纯诗"颇为执念。

《父亲》讲述的"右派"故事，既没有小说家张贤亮在他的《绿化树》中讲过的那种最后以走上人民大会堂红地毯作结，说穿了，终不脱通俗小说所谓因祸得福、苦尽甘来套路的那么一些因素，也没有鲁迅所讲的那种以价值的毁灭来见证价值的悲剧效果，而是另辟蹊径，在历史的叙述中导入了另外一个维度，而这样的维度显然并不为我们所熟悉，但比我们所熟悉的却更平实、质朴，更贴近历史实有的状态，因而也更让人信服。似乎也可以这么说，把历史和呈示在历史中的人性，还原到它们的某个原初的状态，在一种不动声色的叙述中，以期引起某种让人不期然地感到震惊的效果，是这首诗之所以被付诸抒写的内在动力之一。事实上，这样的效果在我们的阅读中是得到了兑现的。

> 1962年，他不知道该怎么办。他，
> 还年轻，很理想，也蛮左的，却戴着
> 右派的帽子。他在新疆饿得虚胖，
> 逃回到长沙老家。他祖母给他炖了一锅

猪肚萝卜汤,里边还漂着几粒红枣儿。

室内烧了香,香里有个向上的迷惘。

这一天,他真的是一筹莫展。

他想出门遛个弯,又不大想。

讲着讲着,是谁在讲呢?是作为儿子的抒写人"我"在说话。"父亲"是不吭声的,自始至终,除了说了声让他祖母莫名所以的"咄咄怪事",就再也没有说出过别的话来。"父亲"有着怎样的内心世界呢?他本人都有些什么样的特别的精神气质,以便可以提供给他,使得他足以与他所处的那个对他说来显然是显得过于严酷了的世界和环境相处、周旋,或者说相抗衡的呢?这些都是我们从诗里无从得知的,因为诗里只有作为儿子的那个抒写者在悬想和揣度,而且显然是事情隔开了好多年之后所作的悬想和揣度。为什么这个父亲是无言的?而且,也始终没有母亲的出场?父亲的"祖母"(那应该是"我"的曾祖母辈了)倒是露了脸的,这又是为什么呢?不得而知。

与这个似乎有着满腹心事的"父亲"相比较,《德国士兵雪曼斯基的死刑》中那个德国士兵差不多可以说是一派天真烂漫。此人早年拥有优渥的生活和教养,战争先是让他"失去了充满白昼和石头的/希腊;尤利加树和泉水淙淙的/音乐",把他驱遣到了俄国前线那"火的聂瓦河,/破烂的斯大林格勒",又因为他灵活的舌头会说俄语,而命其每日走街串巷寻找给养,这倒反而给了他就像舒伯特名曲《鳟鱼》中渲染的那么一种自由欢快,让他有机会结识了俄国姑娘卡佳并由此坠入了爱河,但美丽的卡佳是个游击队员,这导致了德国人修筑的地堡被炸毁,而雪曼斯基也因此被判叛国、执行枪决。整首诗都是在用士兵雪曼斯基的口吻叙述有关这桩战地死刑的来龙去脉。诗的后半部分,随死神脚步的步步逼近,士兵雪曼斯基的语气也愈趋急迫,最后简直急迫得让人喘不过气来。

这两首诗的诗境都呈示出某种搅拌的性质,弥漫着错杂与混沌的诗意,读上去的感觉,是既庞杂又单纯,虽卑微却高贵,有一种说不清道不明的将悲伤和幽默(当然是"黑色"的)搅和在一块的味道。叙述的对象均来自"底层"(一个是有着“戴罪”之身的上世纪五六十年代的中国“右派”，一个则是被绑在国家战车上的“纳粹”德国士兵），诗的叙事视野基本上限制在这样的范围之内。诗中的细节都被刻画得十分琐细。在同样都把人和人的价值归之于虚无的处境里和背景下，别出心裁地将心思放在了对这些细节的刻划上，这不能不让人觉得格外意味深长。这样做是不是在讽喻呢？是不是想说，与堂皇却显得那么异己的政党或国家伦理比较起来，还是生活中那些琐碎的细节，才更具亲和力也更具真正的持久性？还有就是，主人公似乎都长着一双天真无邪的眼睛，对自己早已被人于有形无形之中取消和剥夺了生命价值和个人尊严的身份、处境和接下来将会遭遇到的事情及其性质，都一概地显得不是一无所知便是所知无多。他们便是以这样的一种心智状态，生存在这个跟清明、太平的年景比起来无疑显得太过凶险的生存环境里，同时又似乎显得有几分旁若无人和随心所欲，甚至有几分缺心眼，因为他们对自己的处境到底有多凶险，实在可以说是浑然无知，以致他们做出的行动和抉择，不免让我们这些后世的旁观者，都忍不住要惊讶得替他们捏上一把汗。

与《德国士兵雪曼斯基的死刑》中士兵的饶舌形成鲜明对照的，是《父亲》中父亲的缄默无语。一个先是沉溺在爱欲之中(用我们这里的说法便是被爱情冲昏了头脑)，后来则在求生意志的裹挟下，跌跌撞撞地寻找着任何或许可以蠲免其一死的希望，反正从头到尾都是他在那儿喋喋不休地诉说的声音；一个则显得沉默木讷，这木讷是因为“父亲”生来不善言辞，还是另有其他原因？是严酷的经历所致？抑或仅仅是无意识中处于自我保护的本能？因为在一个动辄得咎的年代，一旦被人宣判为执政的阶级的异己分子，那么你的每一个言辞，就都有可能成为无妄之灾再度降临的肇因。但是不是其他的解释就不存在了呢？譬如，这样一种解释的可能性应该也是存在的：当一个人因为失去了时势的支持而成为一个倒霉的失势者的时候，如果他对自己还保持着足够的自信，如果他还相信天地间自然会有公道人心的存在，那么说不定他就会不屑于去与那些一时得势的人再作争辩；因为他很清楚，当此之际的任何的自我声辩和抗议，不仅于事无补，反而适得其反。不可与言而与之言，则为失言。他不想“失言”，那么唯一的办法便是保持缄默，把已经发生的事情交付给时间去做裁定好了。

一旦一个人拿定了这样的主意，他是有可能做到不随波逐流，有可能做他自己想做的，而不必再去理会和屈从于外部的强势力量，勉强自己去依照它们的意志来处世立身。当张枣诗中他那位始终默然无语的“父亲”，突然站住脚步，转身而去，并在这一刻做出了结婚生子的决定；或者是那个被执行枪决的德国士兵雪曼斯基，在临刑前的那一刻，从心底里宣布：“我死掉了死——真的，死是什么？”①此时此刻的他们俩，便都似乎不约而同地找到了自己身上的某种足以让自己安身立命的立足点，一种个人的自足性。也就是说，在时间的这个节骨眼上，他们可以不必再为自己与外部环境之间的那种尖锐、沉重的压抑和紧张关系所支配和控驭，而可以依照自己的意愿去选择活着或者死去，以及如何活着和如何死去。

> 他想，现在好了，怎么都行啊。
> 他停下。他转身。他又朝橘子洲头的方向走去
> 他这一转身，惊动了天边的一只闹钟。
> 他这一转身，搞乱了人间所有的节奏。
> 他这一转身，一路奇妙，也

---

① 对“死掉了死”这样的表达，张枣好像显得情有独钟，甚至可以说着迷。《道路与死囚》中，就差不多原封不动地将这一句式再次使用了一遍（以下引文中的粗体字系引者所加）：

> ……
> 如果我怕，如果我怕，
> 我就想当然地以为
> 我已经死了，**我**
> **死掉了死**，并且还
> 带走了那正被我看见的一切
> ……

仔细寻究起来，这个句式很有可能化自史蒂文斯。张枣译的史蒂文斯《徐缓篇》中即有一则：“每个人都是自己死掉自己的死。”参见张枣与陈东东、陈东飚兄弟合译《最高虚构笔记：史蒂文斯诗文集》，华东师范大学出版社2009年版，第257页。

变成了我的父亲。

仿佛是从被动不堪的处境中，一下子获得了解脱、解放和自主，至少是在做出决断的这一刹那，他们让一份主体的真实性重新回到了自己的身上。一个决定用结婚生子的做法，不再去理会那个外部的、异己的时代对他的无端伤害；在这个世界上，将自己的生命，即便卑微、却顽强地延续下去。一个则是把死亡的决定权一把揽到了自己的手中，由“被决定”转换为“自行决定”——“死掉了死”——也就是说，经由自己的手，受死者把制自己于死地的那种强权收归到了自己的手中。就这样，可能连当事人自己也未必能清楚地意识到，凭藉这样的“灵光一闪”般的决定，他们居然一举摆脱了此前或此刻正居处着的卑微、屈辱和受人役使的地位，重新找回了那种人之所以为人的东西，即自主和自由。尽管还仅仅限于自身内部、属于精神和心理层面上的“免于被役使”的独立和自主的感觉，有“想象性解决问题”的嫌疑，与真正的现实性的解决，事实上还存在着不小的距离。然而，精神和心理上的自由和自主，毕竟也是人的自由自主的重要的构成部分。谁说，人只能听命于外部的压力？又是谁说，说到底，人的一切，都只是、也只能是环境的产物？如果真是这样，那么人的能动的一面和他的所谓的主体性，又在哪里呢？又该上哪儿去印证和体现呢？这会不会是在给那些肆无忌惮、或毕竟有所忌惮、因而总得藉助形形色色的冠冕堂皇的名义在那儿作恶的人，提供推卸、洗刷罪愆的借口？反正一切都可以让外部环境去担责嘛！事情都已经悖谬到了这样的地步，也许只有傻子或别有用心的人才会说他们看不见。

五

那么，《父亲》中父亲的缄默无语，是否还暗示了诗与历史的关联是偶然而又宿命的这层意思呢？这一缄默，不仅给写作带来了某种历史的纵深，也带来了历史的幽秘？因为历史的当事人总是沉默的，他们往往没有、或没能来得及留下他们关于自己所在的那个时代的言说。历史并非是由当事人说出的，而常常总是由后来者或别的什么人替他们补叙的。即便由当事人口中直接说出，那也大多是时隔多年之后，凭借着依稀的记忆说出的，现场感不免会大打折扣，历史的真实有效性自然也会变得有限。“此情可待成追忆，只是当时已惘然。”说到记忆和现实、历史真实的关系，推到极致，就算你再怎么信实的回忆和记忆，也始终不可能是事实本身，也永远替代不了真正的历史。真正的历史和现实，注定是可望不可及的，无法完全抵达的。这是宿命，也是我们心底最隐在的一种痛。

不妨引述诗人张曙光的《1965 年》作为参证。这首被诗界视为 1990 年代中国先锋诗歌致力于重建诗歌修辞的文化和历史语境的冲动中，最早有意识地将“叙事”因素重新接引到诗境中来的代表性诗作，写到 1965 年的第一场雪，兄妹三人趁着雪后提前到来的夜色，赶去电影院看电影，冰爬犁沿着陡坡危险地滑着，童年时代的诗人“突然”意识到，“我们的童年一下子终止”了，他望着漫天的大雪，想到“林子里的动物一定在温暖的洞里冬眠/好度过一个漫长而寒冷的冬季”，诗的寓意应该是不言而喻的：美好童年的戛然而止，孩子在一瞬间对温暖的遐想，与冥蒙之中正在逼近过来的、令人隐隐感到不安的时代的阴影之间，一下子构成了一种十分紧张、压抑的关系。而尤其引起我惊讶的，是它的最后一句：

我是否真的这样想
现在已无法记起

张曙光是个非常诚实的诗人，他所说的他的以上所“想”，其实都是作为过来人的他此时此刻的“追想”，那么当时他是不是也真是这样想的呢？他诚恳地告诉我们，他自己也吃不准。我想，我用不着再多说什么了，因为张曙光已经在他的诗里，把我想说的话都说得很清楚了。

原载《上海文化》2012 年第 3 期

海上灯火梦中月

——读虹影小说《上海魔术师》

梁永安

漂泊之人哪怕获得了安身之地，拿起笔来，还是漂泊。虹影的小说，人物大多在磨难之地移动，从《饥饿的女儿》到《K》再到《上海王》，主人公都是走在人生的边缘，晃晃悠悠地平衡着生与死。我一直惊异虹影的不安定，似乎从重庆到北京，从上海到伦敦，这个时间从来没有给她温馨的满足，下笔处处有创伤。当然，这也是我特别赞赏她的地方，因为生于上世纪60年代的她还没有“不惑”的迹象，还处于发问的焦虑和探寻的倾斜中，这是作家最好的状态。假如有一天，虹影的小说中突然出现了一种圆满，人物光辉灿烂地驻步于幸福的终点，那倒让人忧患了。这就像《浮士德》中的死亡时分：“你真美啊，请停留一下！”一瞬间浮士德失去了灵魂。

怀着这种期待，去读她的《上海魔术师》，忽然会有些茫然地陌生。这本小说的人物还是大上海的浮萍，围绕着大世界这个孤岛，忽远忽近地活着。但结局却是空前的浪漫：一对因魔术而结缘的少男少女终于会合在茫茫的大海上，“真正在一起了”。这无比完美的结合似乎终结了虹影小说中惯常的悲剧性，回到了“正常”的轨道上。老实说，我是先看了《上海魔术师》的梗概，再细读全文，内心里有了些哀悼的感觉，想看看虹影为什么突然放弃了在路上的开放性，操作起封闭而危险的浪漫主义。

读完之后，才明白虹影和我们要了一个魔术。她的这本书又是一个开始，其中的坚持与拓展，都延续了独立写作的探索性，尤其是“所罗门”和兰胡儿，更是在她的小说中前所未见的人物。

一、哈哈镜下“所罗门”

所罗门是《上海魔术师》中的一号男配角，是个渐入老境的犹太人，来自俄国。这类人物在俄国的流亡文学中比比皆是，蒲宁、纳博科夫等大师，都写过这种去国的流离者。而在中国当代文坛，这种人物却属于罕见的品种。

这类人物，不好写。

犹太人没有祖国，安身立命除了依靠犹太文化那世代相传的神秘传承，还有无人能及的赚钱本能。神圣性与世俗性的天衣无缝，造就了犹太人水银泻地般的生存能力，在浩劫纷至的历史中一线单传地延续下来。上海滩曾经号称“冒险家的乐园”，其中最大的冒险家哈同，就是地地道道的犹太人。若想把这种人写得活灵活现，断然要换一种思维，要能上天入地，忽圣忽俗，将犹太人的智慧从骨头深处写出来，不然就空洞无物。

虹影《上海魔术师》中的所罗门，“皮肤白里泛点红，鹰钩大鼻子，个子有五尺半，半个啤酒肚，多年颠沛流离也没有瘦得住。他只有一套西装，一身黑西服高顶帽，外加一件黑大氅，只要穿戴起来，便是整个上海滩最威风凛凛的人。胡子一旦抹上金刚蜡，只怕就是整个远东最神气的人。但是戏装一脱，他就比任何一年都更潦倒，露在黑礼帽外的头发花白，油光谢顶。”虹影的人物描写，总是这样简单鲜明，但这个所罗门在虹影的笔下人物中，多了一些难得一见的悬疑元素：他的私生子血缘、他的流浪生涯、他对于上海的“发迹”梦想、他在关键的时候每每说出的 Abracadabra 咒语，还有，他那上了锁的宝贝木箱。一切都朦朦胧胧，构成了他魔术师的神秘魅力。西方的、下层的、流浪的、犹太人——这一切在上海，会有什么点铁成金的前景？换句话说，所罗门在上海这个移民大熔炉里会发生什么样的身份变迁？这是一个绝大的问题，事关上天堂还是下地狱。虹影一开笔就埋下了一个悬念，同时也给自己带来了一个难题：如何界定所罗门的上海视野和行动路径？这直接决定着《上海魔术师》的叙事方法：如果让所罗门发挥出街头流浪者功能，或许可以全景式地展示上世纪40年代初的上海社会，通过所罗门的眼光和遭遇，透视三教九流，写出一段乱世风云。这种巴尔扎克式的现实主义诱惑，确实也是茅盾《子夜》之后不少作家的追求。然而虹影的叙事方针却反其道而行之，干脆将所罗门框定在小小的"大世界"这个孤点上，滤去了乱世的繁杂，只让他极其有限的人物关系里呈现本色。数数《上海魔术师》的有效人物，不过是所罗门、加里、兰胡儿、张天师、燕飞飞、唐老板、苏姨区区可数的七个人，场地几乎没有离开大世界这个娱乐场。这样的写作安排有很大的难度，因为此时小说的推进全有赖于时间的递进和因果的深化，而不能指望空间的漫延。作品的分量，当然也就看作家有多少功力向人物的精神纵深推移。据我的观察，虹影的长处并不在心理意识描绘，她如果硬是向着亨利·詹姆斯（Henry James）或者詹姆斯·乔伊斯（James Joyce）的方向突进，专力刻画所罗门精神世界的嬗变，这部小说将会迫使虹影在局促的方法实验中蹒跚而行，失去了叙事的自由。

当然，这并不是虹影的选择，她以魔术师的机巧极其轻灵地操控了小说的演进，寻找到了情节化的小道。其中的奥秘在于她精心构造的抒情性叙事的视点变化，而且将这种变化自然地依托于所罗门的性格属性之上。所罗门在《上海魔术师》的登场，极具夸张性：他对于自身，有着梦幻般的自诩，"大卫的儿子，只可能是我"。然而现实的境遇，又是万分的难堪，只能低三下四乞求到一个在大世界"加戏"的边缘性位置。自我意识与社会地位的差距，是所罗门身上不可摆脱的生存悲剧，同时也是虹影对于人类本性的一种理解：既卑贱又高贵，卑贱限制了高贵的过度虚伪，高贵拯救了卑贱的急速沉沦。小说中有一场戏颇为传神：张天师为了拢住所罗门"父子"俩，请他到"名申小酒店"喝酒。两人"喝干见底，就专心致志吃菜，差不多再狼吞虎咽。不是忘了礼节，而是极少享受美食，等不了。脱掉上台礼服,放在一边,露出内衣打着补丁,领子都有汗印,彼此大哥二哥,更加放开性子”。一切高贵,在饥饿面前都片甲不存,但稍微喂饱了肚子,他又恢复了“国王意识”,向张天师开价“两份王家工资”,因为“可以看不起老国王,却不能轻视太子,全国民众最爱戴他”。虹影的写作视点在这一段得到了淋漓尽致的发挥:在速描所罗门的“吃相”时近乎俯视,充满母性面对苦难的悲怜;而所罗门酒足饭饱像“国王”般神气活现时,又一瞬间转换为仰视,呈现出一幅哈哈镜中头重脚轻的荒诞画面。写作视点的急速变化,导致了读者判断上的不稳定性:我们无法把所罗门定焦到一个确定的距离,预测他的命运走向。但我们知道,他不可能高贵到舍生取义的高度,因为他过于贫穷,寻食活动占据了他的主要生命活动;但他更不可能崩溃到恶贯满盈的深渊,因为他还有一份在“王”名义下的尊严。

虹影在所罗门身上聚集了她的贫贱道德观:穷人可能很滑稽,但这种滑稽是穷人保持起码的做人资格的最后一根稻草,甚至是穷人自我救赎的唯一力量。所罗门最后骂骂咧咧地登上开往耶路撒冷的船,但他在这之前,一次次用自己的“魔术”挽救了张天师的戏班子,一天天为加里积攒着去耶路撒冷的船票钱。虹影的小说创作其实一开始就有这种对于贫穷之善的深厚感情,几乎每一部小说都会出现这类看上去卑微粗俗,却让人忽然间心生感动的人物。《饥饿的女儿》最后一节,六儿又要远行,“我下了床,穿上皮鞋,这时,听见母亲轻轻地说,‘六六,妈从来都知道你不想留在这个家里,你不属于我们。你现在想走就走,我不想拦你,妈一直欠你很多东西。哪天你不再怪妈,妈的心就放下了。’她从枕头下掏出一个手帕,包裹得好好的,递给我。我打开一看,却是一元二元五元不等的人民币,厚厚的一叠,有的新有的皱有的脏。母亲说,‘这五百元钱是他悄悄为你攒下的,他死前交给你的婆婆,让你的婆婆务必交给我,说是给你做陪嫁。’看见我皱了一下眉,母亲说,‘你带上!’她像知道我并不想解释为什么不嫁人,她没有再说话。即使我想说点什么,她也不想听”。《饥饿的女儿》中这短短几行,仿佛一片污浊粗鄙中的豁然一亮,母亲还是那样贫贱,但每一个字都流淌着温馨。“所罗门”与“母亲”的属性相隔万里，但都潜藏着虹影对贫穷文明的深层认同。这大概也是虹影的价值所在：她的文学永远不会贵族化，她最深的依赖，还是那些席门蓬巷粗茶淡饭的人们。

二、警世女子兰胡儿

《上海魔术师》中写了两个小姑娘：兰胡儿和燕飞飞。她们都是张天师杂耍戏班子里的苦孩子，不过十五六岁。

一本书里出现两个岁数相仿的女孩儿，下笔就有些危险。性格要差异，命运要错位，相互规定相互塑形，很容易模式化。《红楼梦》中的薛宝钗，就是被林黛玉拉扯着走了形：林黛玉尖刻，薛宝钗必然圆通；林黛玉会哭，薛宝钗必然会笑；林黛玉爱使小性子，薛宝钗必然是乖宝宝……曹雪芹尚如此，后人怎能不小心？坦率地说，《上海魔术师》也在此处相应失色，把燕飞飞写得十分老套，掉入了文学史上写了多次的老故事：出身于贫寒之家，失身于富豪之门，立身于觉醒之日。从德伯家的苔丝到托尔斯泰的玛丝洛瓦，这样的叙事曲线太多了。所以，看到《上海魔术师》中燕飞飞被唐老板始乱终弃的全过程，不但没有丝毫的痛感，反而为作者惋惜。

有其失或有其得，而《上海魔术师》之所以还有立得住的女性力量，全在于兰胡儿的性格魅力。

兰胡儿是被江湖班主张天师买来的孩子，她的生存，没有女孩的撒娇空间，只有舞台上的翻腾滚打。小说中着意描写的几场惊天魔术，都颇具象征意味：“艳尸大锯四块”，是兰胡儿被“切为四段”；荡秋千，是兰胡儿被丢向虚空；“枪毙女间谍”，是兰胡儿被打得“鲜血”淋漓。舞台上，兰胡儿总是处于受虐的位置，唯有受虐，才能获得生存。然而，虹影要我们看的绝不是一个弱女子，她赋予兰胡儿的是生命的刚性，并为这种来自苦寒的刚性鸣锣开道。兰胡儿一出场，就集中了女性苦难与坚韧的双重叠影：“那壮汉又托起沉重的水缸，另一个红衣女孩轻盈地从他的肩膀倒立到水缸上，水缸是歪的，平衡就难多了。……那个红衣女孩，本来姿态比绿衣女孩更从容，不知为什么，有点紧张，手臂抖了一下，连人带缸倒了下来。亏得张天师接住，但水缸还是碰在女孩子身上，她痛得‘哇’的一声叫起来。那个张天师对红衣女孩态度很坏，听训斥时，她拒绝开口说话，表情倔强，眼半瞥带出内心傲气。一个不知天高地厚的嫩稚孩子!”虹影的创作个性，在这里渐露山水：她在兰胡儿的气质中，灌注了自己十分欣赏的独立和锋利。在传统语境中，受虐是女性的美德，具体展示在女性无限的忍受中：忍受卑贱、忍受屈辱、忍受孤寂、忍受磨难。听天由命是传统女性生活最正宗的“善”，这个“天”是将女性置于被动者的制度安排，这个“命”是女性低眉顺眼的标准姿态。虹影笔下的兰胡儿，担负着颠覆的使命，处处演绎着自主者的不羁。小说的第十章里，“王子”加里处于黑道头领“大先生”的夺命刀下，命悬一线。演出救人大戏的竟然是智慧通天的兰胡儿。她能够在千万分的侥幸中一眼猜中加里的眼语，将“文行忠信”四个大字挂上了行进中的火车，解救加里于危机之中。这一段当然有些虚张，写得兴致勃勃，近乎武侠小说的路子，但作家的意图，正在破解男性全能的神话，让兰胡儿扮演了一回救世主。

兰胡儿的这种自主性，影响了整个小说的爱情性质。一般说来，爱情故事的结构总是男性扮演“唤醒者”“带路者”的角色。白雪公主只有王子的一吻，才莞尔苏醒，这种情形绝不可倒错，不然看上去有些逻辑困难。虹影的小说之所以自成一路，很大的缘由是她不承认这个“女随男动”的历史惯性，总是在小说中活动着与男性平视甚至俯视的女人。我想，这部分来源于她艰难的早年生活，嘉陵江畔的杂乱简屋，让她少女时代就磨砺出坚强的性格。从这一点来说，她在精神上远远地早熟于同代女性，有着自立者的筋骨。很难想象，虹影笔下会出现小鸟依人的男女恋情，为此，《上海魔术师》中的加里就有些尴尬：他面对兰胡儿又爱又惧，举手投足之间时时失去了流浪顽童的气质，倒真像一位所罗门王的儿子了。这一点倒不能过多地指责小说的失真，我想起狄更斯 25 岁那年写的《雾都孤儿》。书中的主人公奥利佛童年混迹于社会最底层的杂人之中，却说着一口纯正的文雅英语。谁都不会因此批评狄更斯的“反现实主义”,因为他的立意就是在现实主义中写出浪漫主义,在乌烟瘴气中写出一个理想人物。虹影写加里,恐怕也是如此。当然,这在很大程度上属于爱屋及乌,根本目的还是围绕着兰胡儿的完美布局。

虹影对兰胡儿的厚爱,绝非无缘无故。兰胡儿的出现,在红男绿女盛行的当下文坛是一个异类。进入 21 世纪之后,中国女性文化也告别了革命,渐渐向着消费社会的范式重新塑身。这个过程中的一大危机,是自立性的流失。消费社会的特点,是劳动掩藏于消费之后。劳动分工越来越精细,越来越专业化,往往分切在一个个封闭车间、一栋栋钢筋水泥的写字楼里。人们在极其狭隘的分工里获得自己的报酬,然后大面积地去购买各类商品和服务。从表面上看出去,全社会都在消费,一切都可以购买。这个金钱横流的社会,隐约就是《上海魔术师》中那个“大世界”的升级版,做“大先生”“二先生”“唐老板”的附庸,还是做劳动立身的主人?这是男性的一道选择题,也是女性的一道坎。兰胡儿的意义,放到这个语境中一看,顿时不同凡响。她每一次面对困境,都是依靠一种更为复杂、更为惊险的魔术突围,从不放弃劳动,从不失落希望。她没有什么奇迹意识,靠的是一丝一缕的勤劳。对于正在消费社会中“燕飞飞”化的女性,虹影似乎在做一种逆向运动,抗拒着女性“自虐”的潮流——无论是屈从性的还是脂粉化的。

“兰胡儿就是我”——虹影如是说,揭示了一切奥秘。

三、余论“杂语化小说”

与所罗门正面相对,是杂耍班子的老板张天师。

张天师之名源远流长,已经将近两千年,是道教的祖师爷。“大世界”里“张天师”碰上犹太教的“所罗门”,而且还要合作演出,其中的含义何在?

在《上海魔术师》的“序”中,虹影将“大世界”定义为“杂语的狂欢之地,复调的竞争之所，现代性的实验地，中国文化的符号弹射器”。按照这份“自供”，《上海魔术师》需要各说各话的存在者，让他们众语喧哗，“冲突竞争、对抗、杂糅”，最终彼此吸收。从更大的语义来说，虹影还有着更大的隐喻建构：“我的实验，正是想把现代汉语拉碎了来看。这个语言实验，也是中国现代性的分解。现代中国文化的转型，正穿行在这种‘杂语’中。”由此推演，张天师、所罗门都是“杂语”的发声者，他们的大分大合，是虹影所说的一个“多源渐渐合一的流程”。

虹影“序”中的这番道白，显露出她的“人类性”追求：多元共存，互补互动，共享一个“大世界”。虽说文学是一种探险，可我还是对虹影的这种终极性关怀有些忧虑。我是先看了《上海魔术师》的正文，再回读“序”，随即庆幸自己这个先见之明。据我的经验，只要读了作者的“序言”，阅读正文的时候总是备受“序言”先入为主的折磨。我深信巴赫金关于复调小说的提示：作者的声音也仅仅是众语喧哗中的一个音调，它远远不能控制小说的进程。我只能从这个意义上赞成《上海魔术师》的自我定位，因为实际上的“杂语”仅存于作者的强力意图和小说的溜之大吉之间，而小说中的人物远远没有达到“杂语化”的境界。中国内地小说的一个顽症是伦理叙事大于人性叙事，人物在结局部分常常不由自主地趋向了自我完善或自我拯救。通俗一点说，“善有善报，恶有恶报”的平衡机制往往在小说的最后一刻温馨地发动，让读者如释重负地平静下来。《上海魔术师》中也多多少少有些这方面的拖累。例如那“大世界”的前后统治者二先生、唐经理都死于非命，这无形中取消了这两位恶人的“杂语权”，也不符合那个丛林时代的生存真相。不知道这样说是不是有些苛刻，但在我的期待中，虹影是最有杂语化潜质的女作家，但《上海魔术师》还是一本“虹影化”小说。

原载《名作欣赏》2008 年第 5 期

为鲁迅的话下一注脚

——《古船》重读

郜元宝

一

张炜这部长篇处女作，据人民文学出版社1987年8月第一版作者自记，乃草于1984年6月至1986年7月，历时两年，初刊于《当代》1986年五期。该书时间跨度漫长，人物关系复杂，情节铺排恢弘壮阔，人物众多，场面描写和场景转换令人应接不暇，文学语言成熟老到，尤其是面对八十年代上半期"改革开放"之后中国乡村社会多重矛盾敏锐而大胆的思索（家族世仇、"极左"年代根深蒂固的乡村政治权威借改革开放的新经济政策攘夺"乡镇企业"领导权并进而巩固其政治地位），还有当时并不多见的从家族史和地方志角度出发对中国革命展开严肃反省（涉及全国解放前夕胶东地区"土改""大跃进""大饥荒""文革"和正在进行中的"改革开放"），所有这些竟出自一位刚及而立之年的青年作者之手，令人震惊，在当时文坛诚可谓横空出世，一鸣惊人。

1986年11月和12月，济南、北京两地连续召开有全国各地作家、评论家和文学工作者参与的大型作品研讨会，据《当代》杂志编辑部发表的研讨会纪要，大多数与会者认为《古船》"具有史诗的气度和品格"，"是当代文学至今最好的长篇之一，是新时期文学中不可多得的成功作品。它给文学十年带来了特殊的光彩，显示了长篇创作的实绩”。[①]据责任编辑、《当代》副主编何启治事后披露，这份会议纪要迫于有关方面压力而被大大压缩，小说发表后批评和否定的意见强烈，主要围绕作者政治立场、历史观和所谓抽象人道主义问题而发，虽然见诸文字并不多，但影响了单行本出版和该刊嗣后评论文章的正常发表。饶是如此，文坛上肯定《古船》的声音还是一浪高过一浪。据不完全统计，从《古船》在《当代》杂志发表到一九八九年六月两年半时间，全国各类报刊杂志谈论《古船》的文章达六十余篇之多，平均每年三十篇。[②]一直关注张炜创作的评论家雷达特地查阅了胶东地区“土改”档案，为《古船》有关描写提出正面辩护，并在思想艺术上高度肯定《古船》是“民族心史上的一块厚重碑石”。[③]著名诗人公刘在写给德国朋友的公开信中说：“《古船》使我体验了前所未有的激动。我认为，这是迄今为止我所接触到的反映变革阵痛中的十亿人生活真实面貌的杰作”、“它不仅展示了中国的改革，更重要的是透视了改革的中国。从平面上看去，它像一幅构图宏伟的画卷，然而，它的每一个细部都有各自的纵深。为此，我建议，一切关心中国的外国人，一切生活在外国的中国人，都应该读一读它；对于打开中国被迫锁闭已久的心灵，即所谓东方的神秘主义，它实在是一柄可靠的钥匙”。[④]在当时坚持进一步改革开放和“清污”“反自由化”两种思潮对峙的复杂政治气候中，大多数评论文章皆不吝褒词，一致肯定《古船》是“新时期”以来经典长篇之一。稍后还有评论家认为《古船》“不但是近数十年中国长篇小说中最优秀的几部之一，而且也是七十多年新文学史上的长篇佳作”[⑤]。《古船》的文学史地位如今已尘埃落定，无须再议，但回顾一下当时众多

---

① 参看“本刊记者”《济南、北京举行座谈会谈论长篇小说〈古船〉》，《当代》杂志1987年第2期，第271页。

② 参看孔范今、施战军主编、黄轶编选的《张炜研究资料》附录“研究资料索引”，山东文艺出版社2006年版，第450—455页。

③ 参见雷达在《当代》1987年第6期发表的同题评论。

④ 公刘《和联邦德国朋友谈〈古船〉》，《当代》1988年第3期。

⑤ 王彬彬《悲悯与慨叹——重读〈古船〉与初读〈九月寓言〉》，《当代作家评论》1993年第1期；此处引自《张炜研究资料》，山东文艺出版社2006年版，第166页。

文坛领袖、编辑、记者和评论家坚持文学本位立场不惜为一部作品慷慨陈辞的总体精神风貌，还是难免令人有不胜今夕之叹。即使批评和否定性意见（比如《当代》1988年第1期发表的陈涌的文章）也真诚坦荡，并不全是违心之论，应该得到后人足够的尊敬。

当时有评论家认为，《古船》在八十年代中期"新时期文学"抵达它的高峰之际被隆重推出，可视为"伤痕文学、反思文学、迄今为止的改革题材文学的一个合乎逻辑的发展，在一定程度上还是它们的集大成者"。[①]这个评价至今也不显得过时。"伤痕""反思""改革"本来应该是文学的永恒主题，但因为"新时期文学"主潮急速推进，更因为当时文学与政治的亲密联姻，这个永恒性主题很快被"超越"，变成只有在某一特定历史时期才拥有合法性的阶段性文学主题。《古船》的出现使"伤痕""反思""改革"的主题跨越被规定的特定文学史阶段，成为日后严肃文学绕不过去的恒定主题。它甚至也因此成为一个标高，衡量着包括作者本人在内的中国作家此后创作的内在品质。[②]

二

小说描写了"洼狸镇"赵、隋、李、史四个家族，李、史两家分量相对薄弱，

---

① 冯立三《沉重的回顾与欣悦的展望——再论〈古船〉》，《当代》1988年第1期，第221页。

② 前揭王彬彬文就在综合比较《古船》和《九月寓言》的基础上坦言，他六年后重读《古船》，还是觉得有"很大的吸引力"，而抱着对《古船》作者巨大的期待读《九月寓言》，"多少有些失望"。他认为从《古船》到《九月寓言》是一种退步，并推测其中原因，一则也许是《古船》发表之后"颇招来一些异议"，令张炜不知不觉"改弦易辙"，二则也许是张炜感到《古船》已经把多年来"思想感情、体验表现净尽了，该在这里画句号，另辟蹊径了。如果这样，问题就要复杂得多。我原以为《古船》虽是张炜创作道路上的一块丰碑，但却不是界碑，它同时也该是一块路标，指示着作家在这条道路上继续探索，创作出更伟大更深邃的作品来。《古船》中的思虑、探索，应该是不会有止境的，而《古船》作为一部长篇小说，即使在艺术上，也还不算很成熟。作者脚下的路，虽然崎岖，但艺术前景却无疑是广阔的"。对张炜《古船》之后的艺术转向深表遗憾。这种观察，即使在今日也不失为一种深刻的洞见。张炜后来作品对中国文坛的冲击以及读者们的首肯，确实没有再超过《古船》的了。王彬彬还以《古船》为参照，评骘稍后问世的同样写乡村家族恩怨的贾平凹长篇小说《浮躁》，也得出类似的结论，参见王彬彬《俯瞰和参与——〈古船〉和〈浮躁〉比较观》，《当代作家评论》1988年第1期。

主线实际上还是隋、赵两家在“新时期”争夺洼狸镇粉丝大厂经营承包权的始末，在此基础上频频上溯两大家族祖孙三代历史恩怨，追踪洼狸镇盛衰演变之迹。按中国史学界的历史分期法，所谓现、当代中国社会政治经济的演变和八十年代中期“改革开放”引起的巨大社会震荡占据了小说的前景。当时绝大多数评论文章都着眼于这个层面而尽可能深入解读天才的青年作家对中国现当代政治经济史的正面思考，比如冯立三那篇两万多字的著名长文就认为，《古船》所描写的乃是“极左政治与封建残余结盟对农民的残酷剥夺以及农民对这种剥夺的麻木、隐忍、仇视和反抗。《古船》的政治倾向是明确的，它所揭露和攻击的矛头始终对准极左政治、封建残余”。①这种解读代表了文学界当时肯定《古船》的声音，显然高度契合了八十年代中期“思想解放”的主潮，但也恰恰是《古船》同时遭到激烈批评而险遭封杀的主要原因。②

然而一旦越过这一表层叙事，深入考察小说中大量历史传说、风俗习惯、日常生活、人物文化心理积淀的描写（有评论家甚至认为《古船》因此造成了结构过于“拥挤”而气韵不足的毛病③），则处处蕴含着中国传统道家和道教所奉阴阳相生相克和相互转化之理，尤其生动地呈现了民间道教末流的生存之道及其与地方政权沆瀣一气的中国社会特殊文化现象。

这才是《古船》的“文眼”，也是《古船》值得一再重读的价值所在。

实际上早就有人从传统文化角度讨论《古船》了。冯立三先生所谓“攻击的矛头始终对准极左政治、封建残余”，如果再深入一步，就必然会转入文化层面的思考。前揭老诗人公刘先生的公开信指出在隋抱朴和隋见素两人身上，“不只是揭示了道家思想对中国民族文化心理的渗透，同时也揭示了儒家思想在中

---

① 冯立三《沉重的回顾与欣悦的展望——再论〈古船〉》，《当代》1988 年第 1 期，第 221 页。

② 关于《古船》问世后肯定与否定的两派意见激烈交锋，可参见何启治：《道是无晴却有晴——从〈古船〉〈九月寓言〉〈白鹿原〉的命运看新时期文学破冰之旅的风雨征程》，《延安文学》2012 年第 5 期；另见何启治《美丽的选择》，首都师范大学出版社 2010 年版。

③ 陈思和《关于长篇小说结构模式的通信》，《当代作家评论》1988 年第 3 期，此处引自《笔走龙蛇》，山东友谊出版社 1997 年版，第 396 页。

国民族文化心理中的积淀。我甚至还感觉到,除了道家和儒家的无形力量外,还表现了经过中国改造过的——这也许可以算是有中国特色的吧——佛教教义的力量。什么叫儒道释合流?《古船》为您提供了形象生动的答案。”这当然还只是停留于一般印象,未能进一步分析小说所揭示的传统文化实质(“需释道合流”)的具体形态究竟为何。陈思和的评论更有针对性,他从“古船”书名讲到“水”之于洼狸镇的重要性,“水深则船行也远,故水为船之生命的根本”,“老隋家的兴旺与水有密切的关系”,“水干则隋家败”,“水衰则火旺,故隋不召航海失败归来的一年,也是洼狸镇河道干枯的一年,又正是雷击了老庙,烧了树,烧了房,使整个镇陷入一片火海之中的一年”,洼狸镇“于是进入一个阳盛阴衰的年代。水主柔怀,火主暴烈,水火不调,其意甚然,这又岂止是老隋家一个家族的报应?”将“水”“火”“阴”“阳”上升到《古船》的历史观和命运观的高度,已经暗示了《古船》的道家文化背景。①一年之后,青年评论家胡河清从正面具体分析《古船》两个主要人物隋抱朴和赵炳的“养气之术与现代政治”,他认为“与郭运、抱朴吸取道家文化的‘正古’形成对比,洼狸镇的腐朽势力的代表四爷爷、长脖吴则专讲道家的‘邪古’”,“抱朴的养气致静的目的与四爷爷赵炳之辈有着原则的不同”,见解可谓卓特。但胡文仅限于郭运、抱朴、赵炳、长脖吴从各自政治理想出发对道家传统的不同汲取和运用,未能触及《古船》其他人物、其他具体描写乃至全书整体构思与道家的关系,更未跳出道家思想而进入道教文化传统来打量《古船》。②

本文尝试从《古船》与道家、道教关系这个角度出发,再做一点探讨。

从文化传统角度讨论《古船》,当然也不能仅限于道家和道教。当时就有人指出,《古船》在隋抱朴身上体现了中国文学罕见的自我忏悔的“原罪”思想,“隋抱朴承担一切罪责,包括父辈和兄弟辈的罪责,把旧账新债完全记在自己的良

① 陈思和《关于长篇小说结构模式的通信》,《当代作家评论》1988 年第 3 期,此处引自《笔走龙蛇》,第 396 页。

② 胡河清《论阿城、马原、张炜:道家文化智慧的沿革》,《文学评论》1989 年第 2 期,第 78—80 页。

知簿上。隋抱朴就是这样一个耶稣式的灵魂，甘地式的灵魂，一个背着沉重的十字架在人生的磨房里日夜劳碌的人，一个不是罪人的罪人。《古船》由于塑造了这样一个主人公，这样一个充满原罪感的灵魂，使得作品弥漫着很浓的悲剧气氛，很浓的忏悔情调，这种罪感文学作品的出现，在西方不算奇特，但在我国，则不能不说是一种新的开端”。就小说实际描写而言，这种论述并非无据（论者甚至认为赵炳后来甘愿接受含章的报复也“加浓了作品的罪感”）。①对《古船》的考察确实应该将作者有关道家和道教的认识与自我忏悔的原罪思想结合起来才算博观而园照。但本文重点是道家和道教，至于张炜何以获得中国文学本来并不具有的忏悔、原罪和宽恕的主题，这些主题如何在《古船》中具体呈现出来，留待另文探讨。我觉得只有先阐明了《古船》所揭示的中国本土的道家和道教文化精神，那作为中国文学“一种新的开端”的原罪、忏悔、宽恕主题的“奇特”之处，包括有评论家强调的与原罪思想几乎同样重要的《共产党宣言》所阐述的共产主义信念如何成为《古船》的另一主题②，才能在一种较为稳定的参照物之前更加鲜明地彰显出来。

三

《古船》的整体故事结构、主要人物性格及其相互关系，都符合道家和道教所奉的阴阳相生相克和相互转化之理。

先是老隋家为阳，家业鼎盛，富甲一县乃至全省，而老赵家为阴，处于从属地位，无甚出色人物。1949 年解放前后，老隋家在隋恒德两个儿子隋不召、隋迎

---

① 刘再复《〈古船〉之谜和我的思考》，《当代》1989 年第 2 期，第 231—235 页。

② 比前揭刘再复文早两年发表的王彬彬《俯瞰与参与——〈古船〉和〈浮躁〉比较观》指出“隋抱朴‘勿以恶抗恶’的态度，很容易使人联想到提倡到的自我完善的‘托尔斯泰主义’，也容易使人认为《古船》是在对历史做道德化的理解。但如果这样看待《古船》，那就是一叶障目，以偏概全了。隋抱朴不是基督耶稣的信徒，而是马克思恩格斯的信奉者，《共产党宣言》是他的圣经。他向往的是两位巨人描绘的共产主义社会”。转引自《张炜研究资料》，第 161 页。

之手里渐渐衰败，而“整个老赵家在土改复查中都表现得刚勇泼辣，一派振兴之势”。随着赵炳入党、任“土改”复查指导员、赵多多任民兵自卫团团长，“老赵家”迅速执掌了洼狸镇高顶街政权，这个局面直到改革开放“新时期”基本未变。但老赵家过于雄强凌厉，尤其冲在前头的赵多多“凡事最下得手去”，因此结怨于老隋家和洼狸镇其他小姓，注定要盛极而衰。与此同时，隋迎之的两个儿子隋抱朴、隋见素则暗中卧薪尝胆，积蓄力量，最后众望所归，击败老赵家对洼狸镇的长期统治，赢得粉丝大厂承包经营权。但阴阳两气调和之后的隋氏兄弟目标已不再是过去两家斗法以求一族之权益，而是按照熟读《共产党宣言》的隋抱朴的理想，化解恩怨，带领全镇走共同富裕之路。

《古船》书写的就是这样一个阴阳消长以至阴阳调和的历史大轮回。如果从这个角度来解读，则全书纷繁复杂的故事情节之内在逻辑关系就井井有条，整然不紊。

隋赵两家一阴一阳，表面上领导高顶街政府的栾春记镇长和李玉明书记也复如此。赵炳说“姓栾的性子躁，干脆利落；姓李的大好人，温温吞吞。他们管着高顶街，就像用火煮肉，急一阵火，慢一阵火，肉也就烂了。”对两位父母官可谓揣摩得精熟。小说实际描写也证明了赵炳的这一论断。栾春记父亲栾大胡子原来是“土改”时的农会主任，他的许多“过火”行为导致洼狸镇土改“乱打乱杀的失控局面”，并一度将执行温和“土改”政策的工作队王书记排挤出洼狸镇。当王书记获得上级支持回到洼狸镇重新主持“土改”时，栾大胡子托病不出家门，却在暗中继续我行我素。当年栾大胡子和王书记之间也是一阴一阳的关系。

隋赵两家内部各色人等也一律分出阴阳。积极进取、毕生渴望老隋家人再度“出老洋”、“多少水光滑溜的大姑娘乐得凑付”的隋不召为阳，凡事谦退、试图破财消灾的兄长隋迎之为阴。但这两兄弟之间曾经发生过阴阳的转化：少年隋不召神秘失踪，洼狸镇人只知其名不见其人，家业全赖兄长隋引之独立支撑，那时隋不召为阴，隋迎之为阳；等到后来隋迎之格于形势，由阳转阴，浪游归来的隋不召反而由阴转阳了。

老隋家下一辈人，抱朴见素兄弟俩为阳，妹妹含章为阴。抱朴见素之间，血气方刚的见素为阳，柔和隐忍的抱朴为阴。但恰如上一辈的隋不召与隋迎之，抱朴和见素之间也经历过阴阳的转化。抱朴本来阳气极盛，但他目睹老隋家败落，看到父亲隋迎之、后母茴子的惨死，经历过和小葵之间有爱情无婚姻的悲剧，大病一场，被神医郭运诊断为“气分邪热未解，营分邪热已盛，气血两燔，热扰心营”，郭运依照“热淫于内，治以咸寒，佐以苦甘”之理给抱朴开了汤药，指示他关键还须“呼吸精气，独立守神”，这些医学诊断和养气守神的理论均来自《黄帝内经》，大概是“自幼苦钻，得道已久”的郭运谙熟于心的经典吧。抱朴从此二十年如一日，巨人般默默独守粉丝大厂的石磨房，如一尊雕塑，积聚着又压抑着心劲，任由见素劝说、责怪和激烈抨击而不为所动，很像巴金《家》中大哥觉新和三弟觉慧之间的关系。后来抱朴阴极而反转为阳，见素却因为阳气过盛，上城闯荡，在生意场上遭遇挫折，也大病一场，并同样在神医郭运精心调理下阴阳调和，否极泰来，最终与抱朴联手打败老赵家。

抱朴见素的命运都是被神医郭运依照阴阳转化之理予以扭转，可当郭运看出隋含章有病而主动要求为她诊治时，含章却因为她和赵炳之间不可告人的秘密而始终拒绝郭运的好心，甘愿被赵炳折磨得苍白消瘦，若非后来忍无可忍，奋而刺杀赵炳，以求解脱，真不知其将伊于胡底。可见神医郭运与老隋家的命运转捩至关重要。自古“医道一家”，郭运虽恪守其职，未入道流，但其为道教昌盛之区一深通道术之医家，则可准惯例而推知。

隋氏兄弟打败老赵家的标志不仅是从赵多多手里夺回粉丝大厂的承包经营权，还有一个重要环节，即兄弟联手，为刺杀赵炳未遂的“凶手”隋含章撰写申诉书，竭力将含章从赵炳魔掌中拯救出来。《古船》全书基础很可能就是抱朴主笔的那份为含章辩护的申诉书，这是隋赵两家长期对抗达于白热化高潮的重要一笔，而幕后相助的神医郭运厥功至伟。

作者没有交待含章的结局，最理想的自然莫过于和门当户对情意相投的民间科技发明家李知常结为连理，阴阳和合。那才是老隋家彻底的胜利。

在老赵家内部，赵多多纯阳少阴，最终取败于此。赵炳也是纯阳，但他深知“一阴一阳之为道”，很早就“功遂身退”。在连“克”三任妻子之后，接受神医郭运点拨，自知秉性特殊，誓不再娶，而相继以张王氏、隋含章为鼎炉，弥补其阴气。犹嫌不足，更深藏不露，潜心炼养，力求舒阳培阴，刚柔相济。相对于赵多多，赵炳始终追求阴阳调和，他也赖此在历次政治运动中一直化险为夷，稳操胜券。

但赵炳取得阴气滋润，全仗其纯阳素性。他深悉阴阳之道，懂得“规矩”，比如土改时指点赵多多不要急于攻击被政府保护的“开明绅士”隋迎之一家，而要静观其变，等老隋家“气数到了，不用老赵家动手。你让他们自己烂吧”；又比如他用抱朴见素为人质，从隋含章十八岁开始即以“干女儿”名义连续霸占二十年之久，自觉“太过”，只是难以抵挡性诱惑，“没法儿避灾”，继续造孽，静等着含章有朝一日实施报复。面对天地人事阴阳消长之道，绝顶聪明的赵炳束手无策，只能“顺乎自然”。在张王氏眼里他“声威如虎”，在隋含章看来他有一种“无法征服的雄性之美”，但赵炳恰恰因为所秉阳气太盛，很难“从心所欲不逾矩”。

四

如果说隋赵两家强弱胜败乃至整个洼狸镇今昔盛衰处处合乎道家和道教所奉阴阳演化之理，那么在核心人物赵炳一人之身，张炜掌握的道教文化知识更发挥得酣畅淋漓。

赵炳（人称“四爷爷”）说，“万物都分阴阳”，“有阴有阳，相生相克”。这是对《易·系辞》“一阴一阳之为道”基于道教精神的通俗发挥。《易》为儒道共奉之经，历代许多大儒也讲阴阳，但由于儒家重视“修齐治平”之类制度和心理建设，阴阳之道只是其总体理论构造的一环而非主干，再联系赵炳私生活，则可知他这番话主要依据还是民间道教信仰。

第十二章集中描写赵炳日常修道细节，极其生动而周详：以张王氏为赵炳捏背按摩、莳花种草、准备火锅食材供其“食补”导其先；以赵炳的发小、洼狸镇小学校长“长脖吴”与赵炳讨论读书养性居其中；以隋含章和赵炳之间惊人的秘密承其后；最终，当“长脖吴”迷醉地诵读《淮南子·原道训》和《抱朴子·畅玄篇》而赵炳于一墙之隔再次利用隋含章采阴补阳时，整章叙事于渐进高潮之际戛然而止。作者运笔成风，笔酣墨饱，绘声绘色地描写赵炳如何遵循道教方术四季“食补”，“年长不衰，精气两旺，水谷润化太好”，其肥硕壮大的形体在整个洼狸镇无有出其右者，又写赵炳如何和“长脖吴”一道历览古书秘籍，从正统道教经典《淮南子》《抱朴子》到涉及道教玄理和科仪的通俗小说《金瓶梅》《肉蒲团》《西游记》《镜花缘》乃至民间唱本《响马传》①，无书不窥，从中揣摩养生之理，企慕神仙境界，尽享人世的“粗福”与“细福”。

赵炳平日恪守道教方术教训，内练“精气神”，外炼筋骨肉，他“从书中学得了健身之法，每日切磋，烂熟于心。清晨即起，闭目端坐，轻轻叩齿十四下，然后咽下唾液三次，轻呼轻吸，徐徐出入，六次为满，接着半蹲，狼踞鸱顾，左右摇曳不息，如此从头做完三次。此法贵在坚持，四爷爷一年四季，从不间断。”这套炼养之术见于许多道藏秘籍，如相传梁代陶弘景（一说唐代孙思邈）纂集的《养性延命录》“导引按摩篇第五”就有类似的呼吸导引之术，北宋张君房复将此书辑入《云笈七签》卷三十二，文字基本相同。此术民间流传甚广，因地制宜，变化亦多，作者并未点明赵炳所据为何。赵炳和“长脖吴”还“都赞赏一个健身口诀，谨记在心：‘算来总是精气神，谨固牢藏休漏泄。休漏泄，体中藏，汝授吾传道自昌，口诀记来多有益，屏除邪欲得清凉。得清凉，光皎洁，好向丹台赏明月，月藏玉兔日藏乌，自有龟蛇相盘结。相盘结，性命坚，却能火里种金莲，攒簇五行颠倒用，功完随作佛和仙。’”这也是民间流传极广的道教内丹心法。《西游记》第

① 感谢张炜先生见告，笔者方知赵炳、“长脖吴”一起品味的那段黄色小调出自《响马传》。

二回“悟彻菩提真妙理，断魔归本合元神”，代表“三教合一”的“须菩提祖师”夜深人静之时偷偷教给孙悟空的就是这套长生不老的秘诀。[①]赵炳于道教方术可谓广收博采，谨守遵循，目的无非追求“长生久视”与现世威福。

陈寅恪尝论道教之庞杂，“吾国道教虽其初原为本土之产物，而其后逐渐接受模袭外来输入之学说技术，变异演进，遂成为一庞大复杂之混合体”，“而所受外来之学说，要以佛教为主”。[②]赵炳大概还不具备这种学术眼光，其杂学旁收也不限于佛教。用他自己的话说，“天下有用的东西，我们都要。志坚身强，才能干好革命”。在对越自卫反击战烈士隋大虎丧礼上，他甚至还规劝主持丧仪的张王氏“不要太迷信”，否则对英雄不利。可见他所谓“天下有用的东西”范围之广，甚至包括窃取“科学”和“反迷信”之美名而为我所用。实际上，传统道教深信不疑的“长生久视之道”在赵炳这里也已经发生变化，因为他毕竟接受了现代唯物主义和科学常识的洗礼，不会再相信通过“服食”“养炼”之类可以白日飞升的神话，但传统道教那种执著现世并尽可能追求和延长肉身享乐的思想精髓还是一脉相承。

赵炳这位“土改”和“大跃进”期间为全镇“拉车”，“文革”中韬光养晦，改革开放后仍指挥若定，长期幕后把持洼狸镇生杀予夺大权的芦清河地区第一位党员，实乃不折不扣“性命双修”而又杂学旁收的一个在家火居道士。张炜通过赵炳这个人物形象的塑造，不仅生动反映了道教的庞杂，更天才地揭示了民间道教末流和乡村政治、“全性养命”与“革命”的奇妙媾和。

鲁迅曾于 1926 年呼吁中国人应仔细研究“道士思想（不是道教，是方士）与历史上大事件的关系，在现今社会上的势力”。[③]许地山 1927 年撰成《道家思想与道教》，结论也是“中国一般的思想就是道教的晶体，一切都可以从其

---

① 笔者到目前为止尚未查出这套歌诀的原始出处，也未究明其在《道藏》系统中的具体演变，恳望知者不吝赐教。

② 陈寅恪《崔浩与寇谦之》，参见《金明馆丛稿初编》，生活·读书·新知三联书店 2001 年版，第 126 页。

③ 《华盖集续编·马上支日记》。

中找出来”。[1]许地山一九三四年著成《道教史》，开宗明义也说：“道家思想可以看为中国民族伟大的产物。这思想自与佛教思想打交涉以后，结果做成方术及宗教方面底道教。唐代之佛教思想，及宋代之佛儒思想，皆为中国民族思想之伟大时期，而其间道教之势力却压倒二教。这可见道家思想是国民思想底中心，大有‘仁者见之谓之仁，知者见之谓之知，百姓日用而不知’底气概。”[2]三十年代中期陈寅恪也在《天师道与滨海地域之关系》一文中深入探索了魏晋南北朝道教与政治文化之关系。[3]许、陈二氏所论客观上可以视为对鲁迅的一种响应，《古船》则于鲁迅的呼吁发出六十年之后，以文学形式出色地揭示了“道士思想——在现今社会上的势力”。

张炜并未说明赵炳所奉乃道教，也未详究其所属道教之具体门派，其实这正符合道教在世俗民间的真实形态。道教作为中国固有之宗教，据地极坚，构成也至纷杂，从《周易》阴阳八卦、占卜之术到老庄哲学，从原始巫鬼崇拜到先秦阴阳家、兵家、战国秦汉之际的方士、医家乃至正统儒家和佛教，都被汉末（至迟在魏晋时期）获得“清整”而正式成立的道教以及后来极其繁多的门派收入囊中，其经籍科仪浩如烟海，正统《道藏》《续道藏》之外，历代道士之所造作或民间口传更不可究诘。某种程度上，中国文化的主体实在已经都被充分道教化了。“正统”道教可能只盘踞于名山圣地那些“道观”，但鲁迅所谓“道士思想”则弥漫于朝野的日常生活，“仁者见之谓之仁，知者见之谓之知，百姓日用而不知”。论其精神旨归，无非在于不信儒家之天命有常人寿有定，也不信佛教之孽缘前定轮回涅槃诸说，而必欲人定胜天，自力更生，追求长生久视与现世威福。为达此目标，可谓前赴后继，百折不挠，不计成败，不择手段。其优者或有助于社会风教之整饬，或退而隐于岩穴，炼养服食，祈求白日飞升，羽化登仙，或以各种方

---

① 许地山《道家思想与道教》，原刊《燕京学报》，此处引自许地山《道教史》，华东师范大学出版社1996年版，第219页。

② 许地山《道教史》，第1—2页。

③ 该文原载中央研究院历史语言研究所集刊第三本第四分，参见《金明馆丛稿初编》，第1—46页。

式"尸解"以终，比如唐宋笔记小说经常讲述道士死后尸体消失而仅遗其某一用具如手杖，而具体还可细分为"兵解""水解""刀解""火解"之类。至其末流，则大多混迹朝野之间，利用迷信交接权要，蛊惑愚民，或以服食炼养保全"真性"，或以"黄白之术"立致富贵（魔术般将手边任何物件变为黄金白银），或以符咒科仪祈福、求雨、祛病、驱鬼、厌胜，甚至以"剑气"杀人于无形，以房中术纵欲而兼养生——其余种种异想天开忍心害理之事，真是无所不用其极。

赵炳就是这种形态的民间道教末流的一个典型。

五

隋恒德、隋迎之、隋抱朴、隋见素、隋含章祖孙三代的取名，与道家和道教玄理也颇有关系。

"恒德"之名，或取自《周易》"恒"卦"九三变卦"的爻辞："不恒其德，或承之羞，贞吝。"大意是说，人若不能保持德行，就会蒙受耻辱，卜得艰难之兆。邵雍《河洛理数爻辞》解释此卦："凶。得此爻者，须防小人诽谤，争诉之扰。做官的须防被贬。"这也颇符合老隋家在隋恒德一代之后的命运转折，本来受政府保护的"开明绅士"隋迎之不就是被赵多多和赵炳诬陷而不甘其辱吐血身亡的吗？《周易》虽为儒家推崇，但也编入《道藏》而被后世道教尊为经典。《论语·子路》"子曰，南人有言曰，'人而无恒，不可以为巫医'。善夫。'不恒其德，或承其羞。'"孔子以《周易》这句爻辞补充解释"巫医"之事，有学者认为战国时代南方的"巫医"就是相当于北方"萨满"的"南巫"，属于原始道教神职人员。[①]这样看来，"隋恒德"之名实兼有儒、道二教之渊源，而以道教为主。

"引之"之名与道教的关系主要在于"之"字。按陈寅恪《天师道与滨海地域

① 柳存仁《道教史探源——"汤用彤学术讲座"演讲词及其他》，北京大学出版社 2000 年版，第 23 页。

之关系》及1950年发表的《崔浩与寇谦之》两文说法，魏晋南北朝人往往父子祖孙皆以“之”字为名而不加避讳，如《南史·胡谐之传》：“胡谐之，豫章南昌人也。祖廉之，治书侍御使。父翼之，州辟不就。”王羲之、王献之父子也同样以“之”字为名。所以如此，皆因其家族世奉道教，“‘之’字在其名中，乃代表其宗教信仰之意，如佛教徒以‘昙’或‘法’为名者相类”。当然，在《古船》反映的隋迎之生活时代，姓名中的“之”字并不一定像魏晋南北朝那样“代表其宗教信仰之意”，但联系前述作者构思全书时所借用的阴阳转化之理，以及刻画赵炳时所深刻触及的民间道教徒之日常生活信仰，则谓“隋迎之”之名染有道教文化之风习，大概也不算穿凿太过了罢？

“含章”之名出自《易·坤卦六三》：“含章，可贞。或从王事，无成有终。”《周易·象辞》说是“胸怀才华而不显露”。《易·系辞上》说，“古者庖牺氏之王天下也，仰则观象于天，俯则观法于地”，“坤”卦为“地”，故《文心雕龙·原道》概括这两句为“仰观吐曜，俯察含章”，刘勰将“含章”理解为地上一切含有光彩纹饰的动植之物。《周易》为后世道教经典，《文心雕龙·原道》也包含道教（或道家）思想因素，两书所用“含章”，均有内含美质、谨慎处事、外禀光彩纹饰诸义，颇符合隋含章的才貌、性格与命运。她天生丽质，性情温婉和顺，但为了让两位哥哥免受老赵家的迫害，甘愿自我牺牲，忍尤而攘垢，拒绝无数优秀青年的求爱，而被迫暗中做赵炳采补之器达二十年之久。

《古船》描写的芦清河、洼狸镇处于陈寅恪所谓六朝“鬼道”（天师道）势力最大的“滨海地域”。降至唐、宋、金、元、明、清数代，山东滨海一带所出道教领袖人物更指不胜屈。“全真教”创始人王重阳虽生于陕西咸阳大魏村，但金正隆四年（1159）于甘河镇遇纯阳真人吕洞宾授以内炼真诀而悟道出家之后，东出潼关往山东布教，金大定七年（1167）抵山东，先后在文登、宁海、福山、登州、莱州建三教七宝会、三教金莲会、三教三光会、三教玉华会、三教平等会，收马钰、谭处端、刘处玄、邱处机、王处一、郝大通、孙不二为徒。据傅勤家《中国道教史》所引北京白云观抄本《诸真宗派总薄》记载，受元世祖册封的“全真七子”都出自山东

"滨海地区",长春真人邱处机是登州府栖霞县滨都人,长生真人刘处玄是莱州府掖县武官庄人,广宁祖师郝大通、玉阳真人王处一是登州府文登县人,长真祖师谭处端、长玄真人马珏、清净散人仙姑孙不二皆为登州府宁海州人。[①]《古船》作者张炜本人就是长春真人邱处机的栖霞乡党,他在小说中还特地指明长生真人刘处玄是洼狸镇人,又说洼狸镇坐落于东莱子国都城,"事情再明白不过,大家都在'东莱子国'里过生活了"。[②]按隋朝开始以周初即存在的东夷莱国旧名在胶东半岛设立城邑,明清两代正式设莱州府(治所掖县),先后管辖登州、宁海州、平度州、胶州等地,民国二年废府治,1988 年又设莱州县级市至今。我们虽不必因此坐实洼狸镇即刘处玄故乡莱州掖县武官庄,但可以肯定《古船》人物实浸淫于道教文化繁盛之区,隋恒德、隋迎之父子及隋含章之取名深具道教文化渊源,又何足怪欤。

但抱朴、见素兄弟之名,则取自道教奉为经典而实为原始道家哲学著作的《道德经》第十九章"见素抱朴,少私寡欲,绝学无忧。"作者是否要在抱朴、见素兄弟二人身上寄托其接近原始道家的社会理想,遂刻意在他们的取名上与深染道教文化气息的祖父辈有所区别?抱朴、见素起初也延续着祖父辈的命运轨迹而难以自拔,但如前所述,他们最终还是走出了阴阳生克的历史轮回,这是否可以视为他们成功摆脱了笼罩洼狸镇的民间道教文化末流的势力呢?他们之所以能够达到此一境界,是原始道家生活理想的启迪,还是获得了抱朴所谓"净问一些根本"的《天问》以及"和全世界的人一块儿想过生活的办法"的《共产党宣言》的帮助?从小说实际描写看,似乎兼而有之。无论怎样,抱朴、见素兄弟俩的命运最终已经和隋恒德、隋迎之、隋不召迥然不同,尤其抱朴的首先悟道,转变观念,"我不是恨着哪一个人,我是恨着整个的苦难、残忍——我恨有人去为自己拼抢,因为他们抢走的只能是大家的东西。这样拼抢,洼狸镇就摆脱不了

① 傅勤家《中国道教史》,商务印书馆 1937 年版,第 213—216 页,上海书店 1984 年重印。

② 张炜《古船》,人民文学出版社 1987 年版,第 2 页。本文涉及小说原文,均见此版本。

苦难，就有没完没了的怨恨”，更是赵炳、赵多多所无法想象也没从理解的。隋抱朴人生观念大转变可谓“黑暗王国的一线光明”，不再是道教末流的世界观所能范围的了。

抱朴、见素所以能够如此，关键在于他们身上的阴阳二气得到了调和，从而产生先秦原始道家追求的“和气”“正气”“精气”，阴阳不得调和时各种偏激、病变、愁苦、乖戾和灾难由此被克服。王充《论衡·讲瑞》说，“仁泊则戾而少愈，勇渥则狂而无义，而又和气不足，喜怒失时，计虑轻愚”，“西门豹急，佩苇以自缓；董安于缓，带弦以自促。急之与缓，俱失中和，然而苇弦附身，成为完具之人”，好像就是讲抱朴和见素的秉性、体质、性格和命运的前后变化。“儒者说曰，太平之时，人民侗长。百岁左右，气和之所生也”，“圣人秉和气，故年命得正数。气和为治平，故太平之世多长寿人”，“瑞物皆起和气而生”，这几段话皆出自《论衡·率性》，王充似乎把他的“和气”“元气”“精气”说统归于“儒者”，其实他这方面的思想更多来自道家。《老子》讲“万物负阴而抱阳，充气以为和”，“和”就是“道生一，一生二，二生三，三生万物”的第三种“气”。《韩非子·解老》将这比喻为“孔窍虚，则和气日入”。《庄子·知北游》说：“人之生，气之聚也；聚则为生，散则为死。”所“聚”之气也就是“和”，相当于稍后《吕氏春秋·尽数》“精气之集也”。差不多和庄子同时的《管子·内业》说，“凡物之精，此则为生”，“凡人之生也，必以平正”，“精气”“平正”之气（管子又称为“灵气”）是“稷下学派”主要观点，影响极广，屈原《远游》《离骚》等作品中也有充分反映。《黄帝内经》则说，“在天为气，在地成形，形气相感而化生万物”，“人生于地，悬命于天，天地合气，命之为人”，这是老子“道生一，一生二，二生三，三生万物”和庄子“人之生，气之聚也”换一种说法。总之阴阳二气调和才能“生”，否则只有“死”，这是《古船》透过抱朴、见素兄弟所阐发的核心思想。

隋不召自幼不愿承继祖业，浪迹天涯“半辈子”才回到洼狸镇，但仍然不事生产，到处闲逛，宣讲“跟郑和大叔下老洋”的传奇故事。他早年不服父亲隋恒德管辖，老来与整个洼狸镇若即若离，这行径颇似汉光武帝刘秀《与子陵书》中所谓“不召之臣”。刘秀告诉严光，“古大有为之君，必有不召之臣。朕何敢臣子陵哉！”隋不召当然不是拒绝皇帝征召的隐居之士，却算是一个不服管束的“不召之民”。他身上原始道家的精神气质超过抱朴、见素。这是作者在道教空气浓郁的洼狸镇故意安排的流淌着原始道家血脉的一个异类。但至少在小说结尾隋氏兄弟取得粉丝大厂经营承包权之前，无论年轻的隋氏兄弟还是年老的隋不召的原始道家精神都被以赵炳为核心的道教文化势力严重压迫着，难以彰显。

隋不召形象颇为诡异，似乎又并不仅仅为原始道家精神所限。他幼时神秘失踪，年过半百才回到故乡，这属于道教史和记录道流故事的唐宋传奇与笔记小说经常描写的道士成长的典型经历。隋不召也像古代那些故弄玄虚的道士们那样故意隐瞒年龄，在“胡言乱语”中一下子可以回到“公元前四八五年”，与范蠡、邹衍、秦始皇、徐福为伍。他还认定洼狸镇吹笛子的“跛四”就是战国时期齐国的阴阳家邹衍所托生，而秦时方士徐福则是洼狸镇东“老徐家”的先人。作为著名粉丝产地，洼狸镇确实会令人想起徐福故乡黄县(即今龙口市)。隋不召作为“不召之民”，除了具有原始道家不尊王权的“逍遥游”精神，还沉浸在邹衍、秦始皇、徐福等道教前史想象中。他对科学“原理”的推崇，恰如他对神秘的航海技术的吹嘘，都可以视为科学与道术的混杂。其原始道家精神不得伸张，除了客观上处于道教势力强盛地域之外，不也有自身的道教元素在起作用吗?

屈原《离骚》开头说，“帝高阳之苗裔兮，朕皇考曰伯庸。摄提贞于孟陬兮，惟庚寅吾以降。皇览揆余于初度兮，肇锡余以嘉名，名余曰正则，字余曰灵均。”冯友兰认为屈原父亲给屈原取名为“正则”，字为“灵均”，屈原又名“平”，都是根据当时楚国从中原传来的“黄老之学”而设计的“嘉名”。①与此相类似，《古船》中老赵家祖孙三代主要人物也都有这样的“嘉名”，它们或者与“黄老之学”有关，或者深具道教渊源。不仅如此，和屈原一样，张炜也将他根据道家和道教

① 冯友兰《中国哲学史新编》(第二册)，人民出版社 1983 年修订本，第 243 页。

文化背景为人物所取的名字糅合进入物性格的刻画与作品整体的构思里面去了。

六

特别值得一提的，还有十四章专写张王氏奉赵炳之命，为省县两级调查组置办令人咋舌的豪华宴席。由于见素坚持不懈的“算账”，赵多多粉丝大厂的经济问题险些败露，赵炳为了挽狂澜于既倒，临危受命，让张王氏“料理酒席”，以此笼络省县两级调查组。这场戏表面上是张王氏展示其怪异的烹饪术，实际上却是赵炳施展其不动声色的纵横捭阖之惯技。但妙就妙在作者写赵炳玩弄权术在暗处，明处却是张王氏的大操大办，这也可谓“一阴一阳之为道”了，而其中关键并不在暗处的赵炳，而是在明处的张王氏。如果张王氏的“料理”失败，则赵炳纵有三头六臂，也无回天之力了。这一回，张王氏确乎被推到风口浪尖之上，成败在此一举。

张王氏的烹饪术在她由外地嫁到洼狸镇不久教全镇人酿造神秘酱油时就已经牛刀小试过了，但直等赵炳让她取代有名的厨师老韩而为调查组“料理酒席”，才彻底露出她的庐山真面目来，什么“藤上瓜”“一窝猴”“糊涂蛋”“怪味汤”“鸡生蛋”“填鸭子”“家菜苦”“野菜甜”“山海经”“吊葫芦”——一道道异想天开的珍馐美味甚至令当时激烈抨击《古船》历史观的一位左派权威评论家也啧啧称奇：“在《古船》里，对张王氏备办晚宴的描写，是如此精细，如此不厌求详，读到这些地方，人们不禁心里要问：作者是哪里得来这些烹饪的知识的呢？难道他自己也得到名师传授，现在又来传授给我们么？”[①]这与其说是责备，倒不如说是张炜的神来之笔甚至令批评他的人也不得不为之击节称赏。

张炜怎么能够写出张王氏这出戏呢？这确实是个有趣的问题。自古“医”

① 陈涌《我所看到的〈古船〉》，《当代》1988 年第 1 期，第 234 页。

“道”一家，烹饪虽非道教专有，但若说道教文化将中华烹饪术在想象的层面以及实际操作上同时推向极致，也殆非虚语。1926年，鲁迅离开北京之前，曾激于日本学者安冈秀夫《从小说看来的支那民族性》所引英国传教士威廉士(Williams)《中国》(*Middle Kingdom*)一书对中国人的饮食的非议，锐意穷收，想从唐人杨煜《膳夫经手录》中一探究竟。可惜借不到收录该书的清人顾嗣立所辑《闾邱辨囿》，只好作罢，不得已退而求其次，以《礼记》所记“八珍”、唐人段成式《酉阳杂俎》中一张御赐食单、元人和斯辉《饮膳正要》以及清人袁枚《随园食单》为依据，来核实安冈秀夫与威廉士之所言，结果只好承认，中国人在饮食上确实无所不用其极，“全个中国，就是这样的一席大宴会！”[①]鲁迅没有提及的还有宋人陶穀《清异录》，该书于“药品门”外，又设“馔馐门”“薰燎门”，专记奇异肴馔，计列六十三事之多，诚哉洋洋大观。[②]《清异录》和《酉阳杂俎》同属笔记小说，所录又大率道流方术，可见道教对肴馔之用心良苦，一点不亚于道士们之讲究炼丹采药。当然道教方术关于肴馔的描写虚虚实实，颇难究诘。葛洪《抱朴子》和《神仙传》记载许多仙人“坐致行厨”的奇闻轶事，极大地鼓励了后世道教文学对豪华宴席的渲染描写。张王氏早年既充当赵炳的采补对象，又深通按摩、算命、看相(正是她的看相导致了隋迎之的精神崩溃)、交鬼、娴熟地按照道教科条为隋大虎主持神秘丧仪，诸如此类，小说实在写了不少，所以她大概也算得上资深的道姑、女官、道母之类了，宜乎其精于烹饪。小说写她主持那场决定老赵家生死命运的大宴会时不动声色，好整以暇，一直等到客人到齐了，才调动各位帮厨，指挥若定，有条不紊，顷刻间变戏法似地“料理”出令洼狸镇人和省县两级贵客见所未见闻所未闻的十余道山珍海味，不啻为古代道教文学“坐致行厨”故事增添了一个精彩的现代版。

迄今为止，写民间治馔之盛，当代小说还没有能够超过《古船》的，这大概也

---

① 《华盖集续编·马上支日记》。

② 《清异录　江淮异人录》，上海古籍出版社2012年版，第103—114页。

是因为作者深得道教文化之秘而又善于讽刺性地加以挥写的缘故罢?

七

《古船》嘱稿于“寻根文学”未起之先,成书于“寻根文学”发动之后,但略考其所寻之“根”,实为千百年来中国朝野文化实际占主导地位的道教,此诚不啻为鲁迅五四之前在寄好友许寿裳的信中所论“中国根柢全在道教——以此读史,有多种问题可以迎刃而解”[1]下一注脚。

必须指出,尽管《古船》汲取了道家思想,又大量触及民间道教遗风,但它本身并非一部阐明道家和道教玄理的道书,也不是历代深染道教思想的作者们刻意描绘其所见之信仰生活世界的“道教文学”。张炜是“新时期”成长起来的作家,其思想与古代作者毕竟不可同日而语。先秦道家思想,和汉末兴起、尔后一直占据中国朝野文化主流的道教,在《古船》中有清楚区划。作者部分借用了先秦道家(包括被后世道教奉为经典的《周易》)的阴阳演化思想来结构全书,对此并无明显褒贬,却清醒地将民间道家文化末流锁定为贯穿全书的现实批判与历史反思的对象之一,无情地揭露民间道教文化末流如何与时俱进,巧妙地借助世俗政治权力,以权谋、暴力、血腥、色情和各种怪怪奇奇的神秘方技来追求“全性延命”与现世威福,制造各种愚昧、停滞、混乱、残暴和丑恶。对现实和历史的批判反省抵达数千年绵延不绝的道教文化根柢,这是《古船》最值得称道的成就之一。

全书材料堆砌太繁,头绪过于纷杂,但作者心气沉静,笔势若虹,艺术造诣反为日后在心气浮躁中完成的长篇《柏慧》《外省书》《能不忆蜀葵》《刺猬歌》《丑行与浪漫》《我在高原》等所不及。

唯《九月寓言》(作于 1987—1992)以天地阴阳为结构主轴敷衍全书,尚能赓

---

① 鲁迅《致许寿裳》,《鲁迅全集》第 11 卷,人民文学出版社 1981 年版,第 353 页。

续《古船》文脉。作者将《古船》中地质队与洼狸镇之间相斥相引的一条副线引申为《九月寓言》中“工区”与“小村”对垒的主线，展示贪婪暴戾的现代工商科技文明对安宁平和的原始村落文化的灭绝性破坏，以矿藏挖掘造成严重地质塌方导致小村彻底消失为结局，再由此出发，倒叙小村灭绝之前村民们“羲皇上人”般的生活，唱了一曲哀婉激越的地母崇拜的挽歌。但《九月寓言》也抽空了《古船》日常生活和社会历史的繁杂厚实，仅以月夜大地上年轻人的奔跑嬉戏为作者所眷顾的正在消逝的原始道家式生活理想之象征，而以炙烤一切的太阳为作者杞忧的人类贪婪欲望之图腾，后者主导着日益逼近的现代工商科技文明，最终残酷吞噬了“小村”，败坏了大地本身。这就从《古船》沉重写实的一阴一阳的良性转化，演变为《九月寓言》诗意盎然但结局悲惨的阴阳错乱。

《九月寓言》的“代后记”、也是浓缩该书主旨的长篇散文《融入野地》（作于1992）可谓这一思索路向上的巅峰之作。张炜此后兴趣转变，逐渐从他供职山东省档案馆期间（1980—1984）接触的大量地方志材料，以及不知从何种渠道熟悉的原始道家和民间道教文化转向西方现代人文主义思想话语，就像《古船》里终日耽读《共产党宣言》的隋抱朴那样，日趋高明之道，但因为离开了“滨海地域”历史悠久的道家和道教文化传统，似乎终归凌空蹈虚，不复当年之气定神闲、深雄壮大矣。

在“新时期”集体反思的精神氛围中，《古船》虽云据于阴阳之道，却不同于传统的阐道翼教之作。作者以弥漫民间的道教信仰习俗与现代政治狂热的混合为批判反思对象，层层剥开近百年来欧风美雨带来的现代文明话语外壳，露出其固有的道教文化根柢。批判反思的对象之根柢愈坚固，作者思索探询的目光也愈深邃。

从《古船》出发，张炜日后创作分出两支，一则由藏垢纳污的道教文化转为原始道家生活理想（《九月寓言》《融入野地》），以此质疑现代工商科技文明；一则仰仗西方近代文化资源（包括马克思主义、十九世纪俄国经典文学中的民粹主义和宗教受难思想）继续其历史反思，并试图回应九十年代以后中国社会的现实挑战。

前者热烈而哀婉，后者热烈而偏激。

但若论作品的艺术造诣以及将来在文学史上的地位，恐怕都不及《古船》。

八

《古船》的巨大成就也吸引了众多作者竞相仿效。年长张炜十五岁的陕西作家陈忠实就明确承认，他在创作“垫棺作枕”[①]的唯一长篇《白鹿原》时曾以《古船》为师。[②]陈忠实动意写《白鹿原》的1986年正是《古船》冲击波覆盖整个文坛之时。《白鹿原》以白、鹿两大家族恩怨结构全书，颇取法于《古船》隋、赵两家之长期对垒。《白鹿原》虽以最后一代关中儒学传人朱先生和儒家文化践行者白嘉轩为主角，实际描写的却是弥漫民间的道教文化，对此笔者有专文探讨[③]，这里只想指出几点，以见出《白鹿原》借鉴《古船》之多。

赵炳连克三妻，又先后令与之交合的张王氏、隋含章受病，神医郭运说赵炳身有剧毒，“与之交媾，轻则久病，重则立死”，张王氏甚至说赵炳腹有盘蛇，因成剧毒之人，这和白嘉轩连克六妻之后白鹿村人传说白嘉轩男根上长有毒钩，皆如出一辙。《古船》详细叙写全国解放前夕华北农村土改期间民兵和还乡团拉锯战使“整个洼狸镇像一锅沸水”，《白鹿原》则描写“大革命”失败之后，从“农协”和还乡团以暴易暴开始到全国解放，白鹿原始终就像翻烙饼的“鏊子”那样备受磨难，构思造语均非常相似，甚至也都写到了将人从高杆上坠下来的一种特别的惩罚。陈忠实最初还准备仿照《古船》给他的长篇起名为《古原》。[④]这些

---

① 陈忠实《寻找属于自己的句子：〈白鹿原〉创作手记》，上海文艺出版社2009年版，第22—23页。

② 陈忠实、李星《关于〈白鹿原〉的问答》(1993年)，参见《寻找属于自己的句子：〈白鹿原〉创作手记》“附录”，第183页。

③ 参阅拙文《为鲁迅的话下一注脚——〈白鹿原〉重读》，《文学评论》2015年第2期。

④ 陈忠实、李星《关于〈白鹿原〉的问答》，陈忠实：《寻找属于自己的句子——〈白鹿原〉创作手记》，第186页。

都是《白鹿原》深受《古船》影响的地方。

从《古船》开始，长篇小说作者对家族史和地方志越来越倚重，比如紧接《古船》之后问世的贾平凹《浮躁》(《收获》1987 年第 1 期)也有和《古船》极为相似的将家族恩怨和改革开放结合起来的总体叙事框架，甚至内部人物关系也如出一辙。[①]由于时间很靠近，贾平凹受张炜影响的可能性不大，应该是英雄所见略同吧。但是有一点可以说，因为《古船》和《白鹿原》的巨大成功，把家族史、地方志和现实生活结合起来的总体叙事框架已经成为中国当代长篇小说通行的模式之一，屡屡为有志于贡献史诗巨著的作者们所采纳。

赵炳的形象再往上溯，可以令人联想起湖南作家古华 1981 年发表的《芙蓉镇》里那个“运动根子”王秋赦。但王秋赦之于赵炳，“可谓小巫见大巫”。[②]勉强可以和赵炳相匹敌的大概只有河南作家李佩甫 1999 年出版的《羊的门》(又名《通天人物》)中那个手眼通天的乡镇一霸“呼天成”的形象。

浙江籍作家余华《兄弟》下部(2006)写李光头发家致富后大搞选美比赛，似乎脱胎于《古船》中“农民企业家”赵多多从外地聘请“女公务员”招摇过市的情节，虽然被余华加以夸张放大和荒诞化处理，但神情宛在。

即此数点，已足见《古船》影响力之深远。

《古船》的一些具体写法，对后来关注地方志和家族史的长篇小说也有影响。

首先，争夺粉丝大厂承包经营权是全书情节展开的主线，与这条主线有关的细节固然组织得比较严密，但众多人物之间的内在精神联络则比较松散，这主要因为作者以每一章或邻近两章为相对独立的单元，单元内部写得丰满充实，层次分明，而单元之间就难以融会贯通。比如，前述第十二章写赵炳“性命双修”，十四章写张王氏奉赵炳之命为省县两级调查组“料理酒席”，十六、十七

① 参看王彬彬《俯瞰和参与——〈古船〉和〈浮躁〉比较观》，《当代作家评论》1988 年第 1 期。

② 冯立三《沉重的回顾与欣悦的展望——再论〈古船〉》，《当代》1988 年第 1 期，第 221 页。

章写隋氏兄弟一场大争论，十八章写民兵和还乡团以暴易暴，十九、二十章写隋见素上城创业，二十三、二十四章写“文革”中的暴力和“夺权”，都可作如是观。此外，隋不召动辄炫耀他追随“郑和大叔”的子虚乌有的航海传奇，神秘的古船和地下河道的发现，地质队丢失有害的铅筒，李技术员等一帮青年人经常讨论苏美太空竞赛，隋大虎在南疆执行任务时光荣牺牲，科学迷李知常发明变速轮，赵多多聘请风骚的“女公务员”，这些随手穿插的零碎内容，无疑使这种一章或相邻两章集中写一出重头戏的结构模式更加趋于松散。

以一章或相邻两章集中写一出重头戏，也有好处，就是可以充分利用收集到的材料，不怕局部“超载”和混乱，心无旁骛地加以描绘；缺点是许多人物不得不散落于相隔遥远的不同章节，与事俱起，又与事俱去，难以揭示其性格命运的完整性。更重要的，人物之间行动和心理的冲突（尤其隋赵两家历史悠久犬牙交错的精神对峙）无法始终居于前景，而不得不退居幕后，甚至被冲散，冲淡。隋赵两家真正称得上精神的对峙仅仅发生在赵炳和隋含章之间，抱朴见素一直不知道其中隐秘，也就一直居于这场无血的大戮之外。长篇小说内在精神结构关系让位于外在事件演进，精神冲突的紧张随之松懈，原本宽松的结构愈显散漫，这也是后来许多同类长篇小说的通病。

其次，是小说描写对“身体”的兴趣过于浓厚。赵炳壮硕肥大的身体无论矣，以赵炳为中心，全书旋转着洋溢着张王氏、隋含章、赵多多、隋抱朴、隋见素、大喜、闹闹、小茴、小葵、周燕燕、“女公务员”、隋不召、还乡团、民兵、绰号“面脸”的地主——众多人物的肉身和血气。这本来未可厚非，道教文化精髓就是对身体展开鲁迅所谓形形色色“中国的奇想”①，所以将身体置于叙事中心，对深悉道教文化奥秘的《古船》作者而言顺理成章。但过犹不及，尤其身体描写一旦压倒了对人物灵魂的刻画，就很容易变成就身体写身体。这一点《古船》还并不明显，但后来众多仿效者们无疑是变本加厉了。

---

① 参见鲁迅《准风月谈·中国的奇想》。

复次，与身体有关，《古船》影响后来作者的还有另外三点，即性、身体暴力和由身体而来的污秽（或污秽加暴力）场景描写过于频繁。

隋见素与大喜、周燕燕以及赵多多与“女公务员”的性关系，还乡团、赵多多及其扈从“二槐”从四十年代末一直延续到八十年代的主要施于身体的日常暴力和色情，几乎构成《古船》暴力叙述的一条主干，整个第十八章的暴力描写至今可能还无人超过，而最极端的高潮莫过于还乡团将农会主任栾大胡子“五牛分尸”后挑出肝来“炒菜喝酒”，以此壮胆，并对妇救会主任实施轮奸，还当着妇救会主任的面将她的小孩残暴地撕开，以及一个老汉当众从绰号“面脸”的地主身上剜下一块肉来给自己的儿子煮汤“治腰”。

此外污秽场面的描写也是《古船》一绝，比如长久压在隋抱朴心头的赵多多在隋抱朴后妈小茴尸体上撒尿的儿童记忆；比如赵多多自幼就“靠吃乱七八糟的东西长大的，肚里装的最多的野物大概就是蚂蚱”，“三年自然灾害”中更是养成“抹黑吃东西的习惯”，“田鼠、蜥蜴、花蛇、刺猬、癞蛤蟆、蚯蚓、壁虎”，他都敢吃；再比如“文革”期间，造反派为了惩罚“吹牛大王”镇长周子夫，干脆将母牛外阴套在周镇长嘴巴上……

所有这些极端的性、暴力和污秽场面的描写，对《古船》这部专门描写“苦难”的巨著来说，许多地方还是顺乎自然，作者处处有所节制，处理得也颇具匠心，比如写抱朴的后母茴子最后火烧隋家大屋、赵多多在大火中肆意凌辱茴子的场面，乃是为了衬托幕后主使人赵炳的老谋深算与虚伪刻毒，与赵多多的为非作歹明暗相映，共同缀成一幅由赵炳指使赵多多迫害老隋家的“纵奴作恶图”：①“院子里，四爷爷赵炳两手掐腰看着熊熊燃烧的房子，神色肃穆。”有这一笔就够了。但在后来莫言的一系列长篇、陈忠实的《白鹿原》、贾平凹的《废都》、李佩甫的《羊的门》、阎连科的《日光流年》、刘醒龙的《圣天门口》、余华的《兄弟》中，这些内容一再重现，则又是另一种过犹不及的局面了，但追根溯源，还是要

① 前引冯立三《沉重的回顾与欣悦的展望——再论〈古船〉》，《当代》1988 年第 1 期。

回到《古船》。此其流泽孔长，不可断绝乎？

2015 年 1 月 6 日写

附　　记

这篇重读《古船》的文章，拉拉杂杂近两万字，无非想指出，青年时代的张炜在《资本论》、俄国批判现实主义文学的民粹思想（我过去反复提到过）以及有论者所谓原罪和宽恕信念之外，还倾向于原始道家理想，而除了集“医”“道”于一身的郭运，张炜对现代民间道教末流基本持批判态度，尤其对道教末流和现代政治媾和生出的怪胎如赵炳、长脖吴之类更加厌恶和警惕。我认为这是“反思文学”杰作《古船》所达到的最可喜的思想高度，对当下中国思想文化建设也不无启示。

但前几天偶尔走过上海古籍书店，看到张炜新出讲演录《也说李白与杜甫》（中华书局，2014 年 7 月北京第一版），第二讲“嗜酒与炼丹”题下，赫然就有“炼丹与艺术”“现代丹炉”“李白炼丹”“李白与东夷”“东夷与道教”“性”与“命”几个小节，真是如获至宝，急切地站着浏览起来，又用手机拍下相关章节回家细读。

不料细读之后，一则以喜，一则以忧。

喜的是，拙文嘱稿之际，除小说《古船》本文，我对张炜与胶东半岛道教传统的关系没有任何客观材料可以参考。现在他本人出来大讲东莱古国与道教的关系，证实了我的许多猜想式描述。张炜创作《古船》时，确实很熟悉他家乡附近的道教传统及其在当代生活中的流风余韵。在这方面，张炜是有充分准备的。

忧的是，张炜这本讲演录对道教末流未置一词，而专门做翻案文章，全面肯定道教文化本身。他说，“郭沫若在《李白与杜甫》一书中，把李白和杜甫的炼丹、寻仙、寻求长生不老的愿望和行为给予了彻底否定，其实是大可商榷的”，因为现代人以为荒诞不经的炼丹修道其实体现了李白杜甫面对生死问题的“终极关怀”，“人在这些大目标、大思维之下有所行动，自始至终地探索不倦，当然是可以理解的”，“炼丹只可以看作药物合成研究的一个阶段，而不能简单视为古人的执迷怪异之举”，“当年李白、杜甫他们喜欢的‘丹炉’，今天不但没有停歇，而且还利用了现代技术，比古代烧得更大更旺了”。张炜认为，现代中西药和古代炼丹不仅性质上毫无二致，所反映的人类的生死观念也一脉相承，换言之，我们今天仍然活在李、杜乃至李、杜所羡慕的东晋炼丹家葛洪的精神氛围中。这是张炜的结论。

这么说当然也并非毫无道理，但如果我们今天真的仍然活在一千二百多年前李白杜甫的精神氛围，还呼吸着一千六百多年前葛洪所呼吸的空气，那么我们除了理解和同情他们“在这些大目标、大思维之下有所行动，自始至终地探索不倦”之外，是否还应该亮出自己的“终极关怀”？还是我们只能完全赞同一千二百多年之前李杜或一千六百多年之前葛洪的“终极关怀”？这关系到对具有复杂构成和历史演变的道教本身的评判，可以姑置勿论。问题是张炜讲这番话时，对遍布神州大地道教末流的生活形态和精神信仰（当然不一定继续打着道教的招牌）未置一词，似乎完全忘记了《古船》曾经做出的深沉而痛切的反思，不能不令我惊讶莫名。

《也说李白与杜甫》全书我还没读完，不知道张炜在“大目标、大思维”上是否真的发生了大逆转，但拙文发表在即，不允许仔细参详，只好聊记片语，算是为将来继续探讨做个小引。

2015 年 1 月 21 日追记

原载《当代作家评论》2015 年第 2 期

阎连科的《四书》

王彬彬

一

阎连科将自己的长篇小说新作《四书》，印制了“亲友赠阅版”，我有幸得到一册。我想，得到这赠阅版者，人数应该也颇不少，所以我不妨来谈谈读后感。何况我深信，这部多少有些奇特的长篇小说，或迟或早，是广大读者都能读到的。但我先要说一句：这“亲友赠阅版”校对功夫不大到位，错讹处时有所见。

小说的时代背景是 1958 年的“大跃进”和随之而来的大饥荒，地点是黄河边上的一个劳改农场。在这里劳改的“罪人”，原本都是学术文化界的“精英”。当然，小说中没有出现具体的年代，也没有出现“劳改农场”的说法。但这些读者自能明白。小说中罪人改造的地方，叫“育新区”，具体在小说中出现的，则是育新区的第九十九区。小说的叙述，亦真亦幻，高度抽象同时又极其具象，十分荒诞同时又异常真实。小说中人物都没有通常意义上的姓名。几个主要人物依他们先前的某一种社会身份命名。“学者”原来的身份之一是学者；“音乐”原来的身份之一是钢琴家；“宗教”原来的身份之一是基督教徒；“作家”原来的身份之一是作家；“实验”原来的身份之一是实验员……当然，还有一个重要人物，是以其生理年龄命名，这就是九十九区的管理者“孩子”。阎连科别出心裁，把这九十九区一百几十号文化罪人的管理者设置为一个未成年的孩子，这孩子并且是这里惟一的主宰者。

小说以《天的孩子》《故道》《罪人录》《新西绪弗神话》四部分组成，故称《四书》。前面三部分，在小说中交织着出现，构成小说基本的结构方式。最后一部分《新西绪弗神话》，是作为最后一章（第十六章）出现，只有数千字。这四个部分，有三个叙述者。《天的孩子》集中叙述孩子的故事。阎连科没有按照那年代劳改农场本来的“管教”方式来叙述这育新区中统治与被统治的关系。第九十九区像是一个原始部落，而最高统治者孩子，像是一个酋长、一个头人。《天的孩子》的叙述者，身份不明。《故道》和《罪人录》，叙述者都是小说中的作家。作家在小说中是罪人之一，但他同时又是孩子安插在罪人中的耳目，负有向孩子秘密报告众罪人不轨言行之责。《罪人录》就是作家以告密者的身份向孩子打的报告。作家卑鄙龌龊，但又并未彻底泯灭天良。他在以告密者的身份为孩子写《罪人录》的同时，又在以一个“作家”的良知写《故道》，真实地记录这育新区发生的故事。在小说中，学者一直以紫药水写一部书。直到最后一章，读者才知道这部书叫《新西绪弗神话》。小说最后一章的数千字，就是这部书的绪论。学者写的这《新西绪弗神话》，是以随笔的方式表达哲学性思辨。阎连科将这作为最后一章，当然有“卒彰显其志”的意思，是在借小说中人物之手，表达自己的理论思考。《罪人录》在小说中虽多次出现，但每次篇幅都很短。《新西绪弗神话》就只有最后一章的数千字。所以，小说的主体部分，其实是由《天的孩子》和《故道》构成。

据阎连科作为后记的《写作的叛徒》中说，《四书》的封面来自鲁迅《彷徨》的封面，“四书”二字也是从鲁迅的手迹中摘取，并说这是出版者执意坚持的。《四书》封面是整体的枣红色，没有任何图案装饰，正上方竖印着“四书”二字。这两个字确实是鲁迅的字体，但《彷徨》的初版封面，似乎并不如《四书》这样，不知出版者根据的是何种《彷徨》版本。既然阎连科称写作此书的自己为“写作的叛徒”，说明他认为这部小说是颇违常规的。阎连科在后记中说，此书出版前不得不有许多删节、修改。原稿如何不得而知。现在出现在我们面前的“亲友赠阅版”，在叙述方式上，确乎“怪异”，有些不合常规。但我觉得，也并没有“怪异”和“违规”到可称作者为“写作的叛徒”的程度。《四书》并不难把握和理解，也并无明显的阅读障碍。对我来说，它还是好读、好懂的。

二

读小说，我首先关注的是语言。如果语言不好，如果语言没有特别的美感，如果语言对我没有吸引力，什么结构上的突破，什么思想上的创新，都是哄骗人的东西。汪曾祺先生说得好：“语言的粗糙就是内容的粗糙。”也可以说，语言的粗糙就是思想的粗糙。至于语言粗糙而结构精致，那就像用草绳绣花，会是怎样的货色呢？令人欣慰的是，阎连科的《四书》，在语言上有着独特的追求。在我的印象中，阎连科本就是语言意识强烈的作家，一直在寻找一种适合于自己的语言。这是一个作家最可贵的素质。《四书》吸引我读下去的，也主要是语言。小说最先出现的是《天的孩子》。这是开头：

> 大地和脚，回来了。
>
> 秋天之后，旷得很，地野铺平，混荡着，人在地上渺小。一个黑点渐着大。育新区的房子开天辟地。人就住了。事就这样成了。地托着脚，回来了。金落日。事就这样成了。光亮粗重，每一杆，八两七两；一杆一杆，林挤林密。孩子的脚，舞蹈落日。暖气硌脚，也硌前胸后背。人撞着暖气。暖气勒人。育新区的房子，老极的青砖青瓦，堆积着年月老极混沌的光，在旷野，开天辟地。人就住了。事就这样成了。光是好的，神把光暗分开。称光为昼，称暗为夜。有晚上，有早上。这样分开。暗来稍前，称为黄昏。黄昏是好的。鸡登架，羊归圈，牛卸了犁耙。人就收了他的工了。

这样的叙述语言，以一种陌生的力量撞击着我的审美习惯，像一种麻辣食物刺激着我的味觉。这描绘的是一幅油画，“浓油重彩”。这样的叙述语言远离甜俗，也并不能称为高雅，倒是有几分土气。《天的孩子》的叙述者，常常让我感觉到像是黄河岸边的一个老农。句子极短,句号极多,甚至把句号用得违背文法规范,是《天的孩子》基本的叙述方式。阎连科在《天的孩子》这一部分,刻意追求一种生涩、凌杂、峭拔的美学效果。用“粗重”来形容落日的质感,用“一杆一杆、林挤林密”描述落日的光线,都堪称新鲜。《天的孩子》的部分,还有一种特点,就是反复。同样几句话,同样一种意思,往往用短促的语言,反复说,反复表达。短句给人以简洁、急促的感觉,而反复则给人啰嗦、冗杂的感觉。这两种矛盾的感觉同时产生,便使叙述别有意味,或者说,便使叙述有了怪味。再举一例:

> 人就翻地,散在田野。一早起来,人就翻地。吃了早饭,人就翻地。到了午时,人就翻地。排开来,是第九十九区。上边说,把分散在黄河岸上的人、地、庄稼,命为育新区吧。就有了育新。上边说,把区的人、地编排号码,便于改造惩治。天管地,地管人。让他们劳作。人有他人来指派。他人就在此编了一区、二区……直至第九十九区。上边说,这是好的,让他们劳作。可以奖惩,可以育新。就让他们日夜劳作,造就他们。不管他们原在哪儿,京城、南方、省会、当地;原是教授、干部、学者、教师、画家、学府(富)五车,才高八斗,尽皆云在这儿劳作造就,育培新人。三年二年,五年八年,简或一生。

反复是《天的孩子》这部分叙述的常见现象。叙述急促而反复,便如山泉跳跃着向前,却又遇阻而回旋,或者说,像条奔腾的小溪,不停地打着漩涡而前进。《天的孩子》在叙述上还有一个特点,这就是频繁使用三字句和单音词。句子常常短到只有三个字,有时候,竟把一个完整的单句硬从前面三个字处断开,像是在说快板书。至于一字一词的单音词,又往往是名词或形容词的动词化。现在举一个频繁使用三字句的例子:

> 可上边有话说,国家有难了,是被外国人、西方人,勒了国家脖子才饥馑大饿的。国民和国人,都应恨那外国的——西方大鼻蓝眼的。都应为国家——度难把裤带束紧一圈儿。育新区,由每天二两供给改为一两了。孩

子管着粮，每周发一次，一人一牙缸的红薯面，约为六、七两。有这每人每天一两粮，人就饿不死。饿不死，也决然难活成。冷得很，屋里如旷野。风可卷进人的骨髓里。卷进人的心。冷又饿。有人就出来，看那没有光的天。天上只有云，阴的冷，人把所有衣服穿身上。有人披被子，走到哪，都把被子裹身上。因为饿，格外冷。因为冷，格外饿。冷饿到极时，就有人，活过今天不说明天了。明天死，今天也不愿冷饿到极处，把半牙缸黑面取出来，到一个避风无人的地方全煮了。煮成糊，全喝了，用指头去刮碗里留的糊渍汤。又用舌头去舔碗。吃了这一顿，身上暖和了，到来日，别人煮汤他就只能看着了……

三字句的频频出现，使叙述给人以参差感。单音词的经常出现，也产生同样的效果。下面举一个《天的孩子》中单音词的例子：

……天空依然发白光，白里含黄金。暖烫的白，在空旷大地的冬日里，没有风，只有寂的闷。

下面加点的字，都是他人一般不会如此使用的单音词。超短句、三字句、单音词，都是为了让读者产生参差、生涩、凌杂、峭拔和急促的感觉。而之所以要追求这样一种美学效果，显然与孩子这个人物的形象塑造有关。某种意义上，孩子才是《四书》的主人公，才是阎连科最倾注心血的人物。在这个人物身上，寄寓着阎连科的哲学思考，或者说，小说的“主题思想”，是主要通过这个人物表现的。——这个人物形象在当代文学中确实是很独特的。

三

前面说过，《四书》其实主要由《天的孩子》和《故道》两种叙述交织而成。这是两种迥然不同的叙述风格。《故道》是以小说人物作家的口吻叙述的。这种叙述不像《天的孩子》那样怪异，比较合乎常规。但《故道》的叙述语言仍然是精细、考究的，并且也时有尖新之语。粮食生产大放“卫星”的荒诞不经、大炼钢铁的荒谬绝伦、大饥饿中的惨绝人寰，主要是在《故道》中表现出来的。如果说阎连科在这里让我们心灵震颤了，让我们精神恐怖了，让我们痛苦地思考了，这首先是因为他用精细、考究的语言，表达了那种荒诞、荒谬和苦难。粗糙和劣质的语言，是不会产生这样的效果的。

“懊恼厚在脸上，如一块城砖砌在半空里”；“从房里传来累极的鼻鼾声，泥泞泥黄，如雨天滞在土道上的浆”；“他问我时嗓子里似乎有些抖，说话急切，声音沙哑，仿佛是他自己用手把话迅速从他嗓子里扯拽出来”……这一类的语言在《故道》中时常见到。比喻新奇而妥帖，因而十分富有表现力。顺便指出，《故道》的叙述语言虽与《天的孩子》大有差异，但将单音的名词或形容词动词化，却是两部分都常见的。说《故道》的叙述语言精细、考究，并不只是因为时有这类奇句。在总体上，《故道》的语言都是精雕细刻、绘声绘色的。

《四书》中的集中营被称为育新区，即“国家”要在这里把那些罪人改造成所谓“新人”。结果当然适得其反。这些本来的专家、教授，这些本来的文学家、音乐家，这些本来的读书人，在这育新区里，道德直线滑坡，精神迅速堕落。他们身上积淀着的“文明”和人之所以为人的特性，在快速变质。《故道》部分对这一过程有精彩的叙述。由于检举揭发他人有奖，有“重大立功表现”还可以获得自由，“在这育新区，每个人都在等待着检举另外一个人”。《故道》中有对“捉奸”场景的叙述。罪人自然有男有女。男女长期一起生活难免发生私情。而如果捉住正在通奸的男女，就是大功一件。于是，罪人们都渴望着能有一对正在幽会的男女落入自己手中。“在区院的东边围墙下，我俩看到了窝在那儿的一对人，蹑脚过去把一柱灯光突然射过去，看到的却是我们排的另外一对男育新，也猫在那儿捉别人的奸。我们朝围墙后边走，又看到了墙下有人影在晃动，把灯光射过去，竟又看到了三排有个男罪伏在草地上，问说干啥儿？答说听说区里有奸情，希望自己捉到可以立个功。我们三个人一道朝着前边一片树林走过去，人还未到树林边，有四柱灯光同时射过来”，原来这又是一些也在捉奸的人。“那一夜，到月落星稀时，人都有些冷，觉得天将亮了应该回去了。大家都朝区里回，才发现出来捉奸的男罪共有六十几个人，占九十九区一半还要多，最大的六十二岁，最小的二十几，排在一起，队伍长长的，如一条游在夜野的龙。”这样的场景当然未必真实出现过，但它比那些真实出现过的场景更“真实”。

比真实出现过的场景更“真实”的，还有《故道》中作家用自己的鲜血浇灌小麦的场景。这是以第一人称叙述的。为了种植出几株可以晋京献礼的小麦，作家不停地用自己的血为小麦施肥。这一过程叙述得细腻绵密，也读得人心惊肉跳。

> ……我把右手食指上捏着血口的拇指顺便拿开来，让刚刚凝住的血口再次张开嘴，血滴再一次涌在指尖上，滴在水碗里。每一碗水里我都滴入两到三滴血，每一株干叶的麦苗我都浇了两碗带血的水。血滴在清水碗里时，先是殷红一珠，随后又迅速浸染开来，成丝成丝地化在水里边，那碗清水便有了微沉的红，有了微轻微轻的血腥气。我把这血水倒在麦苗周围的浇坑里，待水渗下去，用土把那浇坑盖起来，并用手把浮土拍实稳，使旷风直接吹不到麦苗根部去，麦苗又可以透过那土的缝稀（隙）呼气和吸去（气）。
>
> 第二天，再去观察那两株麦苗棵，黄叶干叶没有了。那两株麦苗的肥壮黑绿比别的土质好的麦苗更为厚实和鲜明，且它的麦叶似乎也有些狂起来，硬起来。别的麦叶都含着隐黑弓状地顺在地面上，可它们，有几片叶子如不肯倒下的铁片刺刺地直在半空间。我知道它们接血了，那血生力了。我就这样侍奉供养着我的麦……

这只是以血浇麦过程中的小小片断。以血浇麦本身固然有震撼人心的可能，但如果叙述得粗糙、平庸，就非但不能动人，反而会让人觉得别扭、矫情。在这方面，阎连科之所以做得很成功，就在于其叙述语言的精细、考究，就在于他把这一荒诞的过程叙述得细腻、绵密，从而使每一个具体情境都纤毫毕现，产生一种直逼人心的“真实”。以血喂养小麦便能让小麦长得异常茁壮，便能让麦粒像玉米粒那么大，这是否有科学上的依据，已毫不重要。这一行为本身已具有象征性。它极其有力地表现了那个时代人们心智上的迷狂、错乱和愚蠢。也可以说,以血浇麦,是对那时代无数迷狂、错乱和愚蠢行为的"概括"和"抽象"。当然不只是以血浇麦这一件事具有象征性。《四书》中捉奸的场景,孩子用奖红花和红五星来治理罪人的方式,以及人们在大饥饿中的种种表现,都具有象征意味。也不仅仅是这具体场景、具体事件具有象征意味,《四书》总体上就追求一种象征性。在一定意义上,阎连科以亦真亦幻的方式创造了一个寓言,以无数真实得令人颤栗的细节支撑起了一个寓言。

四

育新区以"育新"之名,摧毁着人的道德观念,迫使人突破道德底线。当大饥饿来临时,人之所以为人的那份品性便无可挽救地变质。人身上那份人之所以为人的品性,是经过漫长的时间才形成的,要变质,却又快得很。饿上三天、五天,这种品性便可能变为自己的反面。人本来是禽兽之一种。在漫长的过程中,人类身上一点一滴地产生了"人性"。人猿揖别后,人与禽兽之间,便有了一条万里鸿沟。这万里鸿沟一经产生便不会消失,只不过其显示的意义会发生巨变。人们习惯于认为人性——人之所以为人的品性,是会消失的。这种看法其实并不准确。人性一经产生、形成,便永不会消失。在常态中,人性意味着"文明",意味着区别于禽兽的理性、智慧,意味着禽兽所没有的道德禁忌、礼义廉耻。而在非常态中,人性便可能变质。但这种变质,不是变化为"兽性"。当人性变质时,人不是堕落到禽兽的水平,而是一定沉沦到禽兽之下。当人猿揖别后,人要么居于禽兽之上,要么沦于禽兽之下,而决不可能回复为禽兽。离开了禽兽世界的人,永不可能再回到这个世界。所以,变质了的人性,不是兽性,只能称之为"魔性"。当人之所以为人的品性发生变异、走向反面时,人就成了魔鬼。阎连科的《四书》,展示了在惨烈的大饥饿中,人之所以为人的品性如何变异为魔性,人怎样变成了魔鬼。

但《四书》的主旨却又并非在揭示“人性恶”。《四书》毫不含糊地表现了人身上的魔性，但作者更感兴趣的，却似乎是人身上的“神性”。《四书》尽情地写了在特定情境中人所表现出的恶，却又让我们看到这恶中显示着善。年轻美丽的钢琴家，为了得到半个馒头、一把黄豆，不惜向那么肮脏丑陋的男人出卖肉体。然而，她付出了全部的尊严得到可怜的一点食物，却又并不肯全部塞进自己的辘辘饥肠中，总要偷偷塞一部分给学者——自己的情人。“饥饿是可怕的/它使年老的失去仁慈/年幼的学会憎恨”——这是艾青《乞丐》一诗中的句子。饥饿确实是可怕的。它使一个年轻美丽的钢琴家似乎彻底丧失了羞耻感。然而，饥饿的力量却又并非对任何人都是无限的。它能摧毁许多被称为“文明”的东西，但它却无法摧毁一个年轻女人的爱情；它能改变许多被称为人性的东西，但它却不能令一个年轻女人的爱情变质。当女钢琴家木然地向那个肮脏丑陋的男人出卖肉体时，她仿佛从人变成了魔。然而，当我们明白她这样做的目的中也包含着为情人挣一点救命食物时，她的形象又顿时圣洁起来，放射出神性的光辉。

人性变异为魔性，魔性中又有着神性，这种现象在作家这个人物身上也同样发生了。作家负有暗中监视其他罪人并向孩子汇报的使命。学者与音乐的私情就是他揭发的，这使二人遭受残酷的凌辱、迫害。然而，在作家的内心深处，又始终有着负罪感，又有着对自身罪孽的忏悔和对赎罪的渴望。当其他罪人对他施以惩罚时，他没有怨恨，只有心灵的畅快。最后，他竟然烹煮自己的肉，骗饿得要死的学者吃下，并以自己的肉祭奠死去的音乐。作家内心深处的善，还表现在《故道》的写作。当他在写着告密的《罪人录》时，还同时写着记录育新区真相的《故道》，这也是作家的一种自我救赎的方式。

细心的读者会发现，“神”在一开头就出场了：“光是好的，神把光暗分开。”在一开始的时候，我们很容易忽略这样的叙述。读完全书，我才明白，这并非一句随意之语。《四书》中最先出现的是《天的孩子》，《天的孩子》中一开始就有神的光辉。而这孩子，最终也皈依了神。孩子才是阎连科精心塑造的形象。这形象在中国当代文学中显得十分另类。用那样一种怪异的语言叙述孩子的故事、塑造孩子的形象，也是为了叙述语言能与孩子的形象吻合。孩子作为第九十九区的“酋长”，当然也恪尽其政治职守。但是，始终有着一种灵魂深处的善在阻止他走向穷凶极恶。他驱使罪人的方式也十分奇特。每当他需要罪人们配合他的重大行动时，便以自我伤害相要挟。当音乐试图向他出卖肉体时，他在跪着谢绝的同时，仍然让音乐带走一点食物。收缴上来的几册讲述基督教故事的连环画，使孩子走近了基督教的神。最后，彻底觉醒和悔恨了的孩子，把自己钉在了十字架上。——这样的结局理应让我感动。但对我来说，更希望这孩子在现实中以一种世俗的方式为自己赎罪。如果他带领这些罪人走出集中营，冲向检查站，并死在“专政”的枪口下，我会更感动。

原载《小说评论》2011 年第 2 期

与天为徒

——论贾平凹的文学观

栾梅健

在当代文坛上，贾平凹以其朴拙、灵秀、别具一格的艺术风格已然奠定了其不容忽视的文学重镇地位。他的《浮躁》《废都》《白夜》《土门》《高老庄》《怀念狼》《高兴》等作品，以英、法、德、俄、日、韩、越等文字翻译出版了二十余种版本，并获美国美孚飞马文学奖、法国费米那文学奖和法兰西文学艺术荣誉奖；而在国内，也是屡获大奖，广受好评。1978 年，《满月儿》获得全国首届短篇小说奖，1984 年，《腊月·正月》获全国优秀中篇小说奖，长篇小说《秦腔》则获 2008 年第七届茅盾文学奖，而新近出版的多达六十余万字的长篇小说《古炉》，又被众多研究者认为是一部精准描写“文革”十年浩劫的民族史诗。

我们感兴趣的问题则是：贾平凹到底是秉持了什么样的文学观念使其在文学上根深叶茂、长盛不衰？他的文学观念到底包含有哪些具体内容？其形成原因又是如何？

对于这一系列问题的思索与研究，不仅能使我们准确地理解与把握贾平凹文学创作的特点与风格，而且对于我们总结当代文学的创作经验与教训，也都有着重要的指导与借鉴意义。

一

2005年11月，贾平凹在西安建筑科技大学所作的一篇题为“沈从文的文学”的讲演中，他对沈从文这位现代“天才”式的重要作家出现的原因作了如下细致的分析：

> 一、绮丽的自然山水赋予了他特殊气质，带来多彩的幻想。二、民族交混，身上有苗、土、汉的血液，少数民族在长期受压的历史中积淀的沉忧隐痛，使他性格柔软又倔强，敏感又宽厚。三、出身地主豪门大户，经见得多，看惯了湘兵的雄武以及各种迫害和杀戮的黑暗。四、在写作初期受尽艰辛，培养了安忍静虑的定力。①

在贾平凹看来，沈从文的前半生经历完全成就着一个作家的要素。他感到一个成功的作家最主要的必须要有天生的一份文学才能，这份才能不是学校能培养的，它应该是大自然的产物，所谓“绮丽的自然山水”所赋予的特殊气质。他将这归为沈从文获得巨大文学成就的最主要原因。在读《沈从文文集》的感想中，他又说：“文章作得随意如水，沈氏是大天才也。”②

这种对天才式伟大作家应该是感天应地、自然天成的觉悟，在品赏张爱玲的作品时，贾平凹也有着相同的体会。“张的散文短可以不足几百字，长则万言，你难以揣度她的那些怪念头从哪儿来的，连续性的感觉不停地闪，组成了石片在水面一连串地漂过去，溅一连串的水花……也是这般贯通了天地，看似胡乱说，其实骨子里尽是道教的写法。”③他觉得，张的作品言近旨远，举重若轻，从容自在，浑圆老成。所谓“贯通了天地”，也就是认为好文章是天地间早就有了的，妙手偶得，不可强使。甚至，他以略带些神秘色彩的口吻说：“如果文章是千

① 贾平凹《混沌——贾平凹散文随笔集》，湖南文艺出版社2007年版，第117页。

② 贾平凹《做个自在人——贾平凹序跋书话集》，内蒙古教育出版社1998年版，第275页。

③ 同上，第319页。

古的事——文章并不是谁要怎么写就可以怎么写的——它是一段故事,属天地早有了的,只是有没有夙命可得到。"[①]虽有些迷信,不过,他强调的是天道、自然,是他对艺术规律的理解与探究。

对于日本现代著名作家川端康成的文学贡献,他同样也认为是天、地、人的和谐与合一。"玄妙的余韵,幻想的感觉,幽情的哀伤,将四季的山川草木、风花雪月的自然美同人的哀伤、灭亡联系起来,这就是川端了。"情为景生,景为情移,两者互为映衬,互为铺垫,从而自然地达到水乳交融的艺术境界。他进一步分析,认为是川端康成的身世决定了他的文学情绪和基调。孤苦凄凉的经历使川端的性格内向,受尽了人世的歧视,然而他又不愿屈服,因而便只有孤独、虚无、颓废和官能的压抑。"但只有这种人,其内心才最龙腾虎跃,才最敏感,才最神经质,才善于有瞬息间纤细的感觉和细致的微妙的心理活动。"[②]他觉得这种气质的人,表面上是冷漠的,内心是热烈的,让人捉摸不透,表现于文学,必然有一股神秘色彩,变化莫测。这也正同于前述他对沈从文的理解。沈的后天经历决定了他不是个使强用狠的人,不是个刻薄刁钻的人。沈善良温和,感受灵敏,内心丰富,不善交际,隐忍静虑,从而也使得沈的作品具有了阴柔性、温暖性、神秘性和唯美性的特征。在贾平凹看来,这些都是个人与文学自然融洽的结果,也是他们成功的秘诀所在。

在当代作家中,贾平凹是爱好广泛、阅读面广大的一位。少年在家乡时,一段时间,他苦练毛笔字;一段时间,他又背诵唐宋诗词,又手抄《古文观止》,废寝忘食阅读《红楼梦》。在新时期文学之初,他又如饥似渴地关注欧美现代派作品、拉美魔幻现实主义文学和日本的翻译小说。正是在博览群书、细心比照的基础上,他逐渐形成了自己对文学的理解。他在阅读完泰戈尔的《吉檀迦利》后,写下了他的心得:

---

① 贾平凹《贾平凹散文选》,人民文学出版社 2009 年版,第 172 页。

② 贾平凹《贾平凹散文大系》,漓江出版社 1993 年版,第 227 页。

> 泰戈尔之诗文，天地鸿大，不可觅踪寻迹。始信大天才是天之生成，如中国的屈原、太白、东坡。他们天性自在，随物即赋形也。①

天之生成、天性自在、随物赋形，尽管表述方式不一，但其实质就是天道与自然。它们是文学产生的最终原因，也是文学必须努力达到的最高境界。由此，他感叹道："有些东西它不是你主动能改变的。它有时回想起来，是各种因素促成的。它或许可以解释说是一种命运，它不是说你想改变就能改变，那改变不了。它都是天地人三者，各种因素突然凑合在一块儿，它才发生的。"②人生如此，文学也复如此。

在众多天才式大师、文学经典的启示下，贾平凹开始了对自身文学创作的反思，并尝试寻找适合自己的文学之旅。

首先，他发现地理环境是孕育文学作品的坚实基础。在一篇《王蓬论》的作家论中，他在研究后得出这样的结论："大凡文学艺术的产生和形成，虽是时代、社会的产物，其风格、流源又必受地理环境所影响。"③他想起自己的家乡陕南，其山岭拔地而起，湾湾有奇崖，崖崖有清流，"春夏秋冬之分明，朝夕阴晴之变化，使其山歌便忽起忽落，委婉幻变"。④至于在人物方面，"商州多能人，怪人，不安生本分的，俗称'逛山'。'逛山'们经见多，善言词，生性胆大，作麦客可以一把镰刀闯关中，吃了喝了赚了钱，还常要闹出一段风流韵事方得意回去；冬春农闲，当脚夫，八尺长的扁担溜南北，见过老鼠吃猫，见过人妖结亲，每人肚子里都有一本书。那书打开，商州社会无所不有，无有不奇"。⑤如同绮丽的湘西带给了沈从文"多彩的幻想"一样，贾平凹也觉得他的家乡商州给他打开了文学想象的翅膀。"商州是生我养我的地方，那是一片相当偏僻、贫困的山地，但异常美丽，其山川走势，流水脉向，历史传说，民间故事，乃至天上飞的，地上跑的，构成了

---

① 贾平凹《做个自在人——贾平凹序跋书话集》，第272页。

② 贾平凹、走走《贾平凹谈人生》，上海社会科学院出版社2004年版，第11页。

③ 贾平凹《做个自在人——贾平凹序跋书话集》，第232页。

④ 同上，第233页。

⑤ 同上，第249页。

极丰富的、独特的神秘天地。”[①]贾平凹为此兴奋，也为此自豪。他在这里整整生活了二十年。这是一片丰沃的文学土壤。

他喜欢在这片属于自己的文学土壤中搜寻创作的灵感。“当我在乡间的山荫道上，看花开花落，观云聚云散，其小桥、流水、人家，其黑山、白月、乌鸦，诗的东西涌动，却意会而于无言语道出，我就把它画下来……”[②]他在家乡的山水中汲取艺术的养分，并体悟艺术的规律。他在山里长大，山里有什么呢，就是石头。他敏锐地观察到，水是有规律的，而山没有，石头更没有，漫山遍野的，有的立着，有的倚着，仄、斜、蹲、卧，极拙极拙，然而慢慢品之，却能从中发觉大雅，纯以天成，各有各的形象。“小时候读得最多的就是山，就是山上的石头。石头的质感好，样子憨，石中蕴玉，石中有宝，外表又朴朴素素，这影响到我的性格，为人以及写文章的追求。我不喜欢花哨的东西，不喜欢太轻太光滑的东西，我在文章中追求憨，憨而不呆。”[③]后人常用朴拙而灵秀来形容贾平凹的艺术风格，其实这特性蕴含于他家乡的石头中，蕴含于他对家乡自然、风物的体悟与品赏中。

其次，他还发现人的生理条件、家庭背景与个人气质在形成自身文学创作风格时的特殊影响。还是在阅读川端康成时，他就感觉到：“一个作家的哲学思想形成，一方面是因他的身世所致，另一方面是所处的社会的心理状态所致。川端正是如此。换句话说，作家要重视发现自己的气质，同时要研究社会，准确地了解社会情绪、社会心理。”[④]重视发现自己的个人气质与秉性，其实强调的是找寻自己的切入点，以准确地建立起人与天、地的对话关系。他这样描述自己的特殊性格与气质：

> 我这人因生存环境和生理等原因使性格内向，胆怯而敏感，不善交际，一直为人处世伏低伏小。[⑤]

---

① 贾平凹《饺子馆》，新华出版社 2010 年版，第 341 页。

② 贾平凹《贾平凹散文自选集》，漓江出版社 1987 年版，第 605 页。

③ 贾平凹、穆涛《平凹之路》，青海人民出版社 1994 年版，第 31 页。

④ 贾平凹《做个自在人——贾平凹序跋书话集》，第 272 页。

⑤ 贾平凹《饺子馆》，第 362 页。

他在关于《九叶树》致丁帆教授的信中也说:“我知道我有一个很大的弱点,就是敏感而胆怯。这种秉性自然带进我的创作。”[①]贾平凹出身于偏僻的陕西乡下,父亲在“文革”中被打成“历史反革命”,是被打入另册的“可教子弟”,而他身高只有一米六十多一点,长相平庸,在农村劳动时常受人歧视。这种种因素都促使他性格的胆怯与敏感,而同时,也正是在这反压之中他还萌发出一般常人所难以想象的“不可告人的雄心大志”,天生我材必有用。他自述道:“我只有慢慢地调整心理,自然认同了一种平和大度的心理状态,只沉醉一种潜心去写我的文章的境界中去,这种境界很有些旧式文化人的样子。”他觉得:“我的‘不争’转向内力,把完成自己志向的动力转化为平静。我一方面要完成我的志向,一方面清醒认识到我的软弱、好善,是个真正平民,必然有一股文化心理上的乡下人的态度。”[②]在贾平凹眼里,平和大度的心理状态也好,旧式文化人的样子也罢,或者是乡下人的态度,其实都与他的生理、身世与气质有关。

如果说人所处的山川地貌客观环境是一种外在的自然,那么,个人独具的生理、身世与气质便是内在的自然。他声称:“艺术的最高目标在于表现作者对宇宙人间的感应,发掘最动人的情趣,在存在之上建筑他的意象世界。”[③]作者对宇宙人间的感应,就是寻求天、地、人三者之间的和谐发展。他觉得一切优秀艺术的产生,概莫能外。

这是贾平凹文艺观的基石。在这基石之上,他还进一步延伸出对文学创作方法与技巧的认识。

二

贾平凹曾经在多篇文章中谈到他对霍去病墓前那只石虎的艺术赞叹。“……

① 贾平凹《做个自在人——贾平凹序跋书话集》,第 237 页。

② 贾平凹、穆涛《平凹之路》,第 31、43 页。

③ 贾平凹《贾平凹集》,海峡文艺出版社 1986 年版,第 398 页。

其实是一块石头，被雕琢了，守在霍去病的墓侧……风吹草低，夕阳腐蚀，分明那虎正骚动不安地冲动，在未跃欲跃的瞬间，立即要使人十二分地骇怕了！怯生生绕着看了半天，却如何不敢相信寓于这种强劲的动力感，竟不过是一个流动的线条和扭曲的团块结合的石头。”①一个普普通通、浑浑沌沌的石头，在山沟里随处可见，然而被雕塑家随便一凿，就活生生成了一只虎了！对此，他深有感触：“卧虎重精神，重情感，重整体，重气韵，具体而单一，抽象而丰富，正是我求之而苦不能的啊！”②

崇尚天道与自然，便必然摒弃挖空心思的刻意营造之习。貌似缺乏艺术，而真正的艺术就应该是单纯、朴素与自然。在原石之上略凿一些流利线条，便能使虎栩栩如生，这才是艺术的极致。循着这样的思路，贾平凹将目光投向了自然，并在与大自然的对话中，体悟着文学创作的具体手段与方法。

对于故事情节，他从大自然的变化中获得这样的启示：“陕南的地方，常常有这样的事：一条河流，总是曲曲折折地在峡谷里奔流，一会儿宽了，一会儿窄了，从这个山嘴折过，从那个岩下绕走，河是在寻着她的出路，河也只有这么流着才是她的出路。于是，就有了大批游客。”③贾平凹认为，这其实也应该是小说故事情节的参照。“那水流的方式是极像好小说的处理的，在纸上流着流着就突然没有了，原来是潜伏着流入读者心里去了。”④好的小说结构总是自然的，没有定格。有时读者可能认为故事情节还应该继续发展，而它却突然停止了。“我喜欢戛然而止，而留下读者去神思飞扬。或者是，一个完整故事，我只写出一半，暗伏一半。你见过秦岭中的河么，常常是很大的水流着流着就没有了，渗了，变成暗流了，需要走很远一段路后，又冒出来流。”⑤古人文论常言草蛇灰线，伏脉千里，其实也是来自于生活，来自于对自然的体悟。然而，它又不是琐碎，

①② 贾平凹《贾平凹文集》第12卷，陕西人民出版社1998年版，第55—56页。

③ 贾平凹、穆涛《平凹之路》，第70页。

④ 同上，第87页。

⑤ 同上，第86页。

不是杂乱无章，更不是平淡无奇。表面似乎平静，然而深处却是暗潮汹涌。“小时候，我常在这样的湾水边钓鱼，我深深地知道她的脾性：表面上不动声色，内心里蛟腾鱼跃；谁能说不是山中河流的真景呢？湾水并不因被冷落而不复存在，因为她有她的深沉和力量。”①生命之树常绿，而理论总是灰色的。贴近生命，贴近自然，便会获得源源不断的艺术养分，便会拥有永不枯竭的创作才华。贾平凹为此发现而兴奋，也为之充满自信。

在面对有些读者以琐碎与啰嗦来指责长篇小说《秦腔》时，他不为所动，自有其对艺术规律的理解：“这种不分章节，没有大事情，啰啰嗦嗦的写法，是因为那种生活形态只能这样写，我最初的想法就是不想用任何方式，语言啊，哲学啊，来提升那么一下。”②生活形态本身就是平淡的、琐碎的、家常的。而如果硬是要去集中、提炼，设置过多的悬念与情节，到头来反而可能显得虚假与做作，背离了生活原貌。据此，他反复地提醒自己：“不要再去复述一个有头有尾的故事吧，生活是无情节的。戏剧性对于现代人越来越不真实了。”③尊重生活原样，皈依自然本性，在贾平凹看来，应该是一切文学技巧与手法所追求的目标与方向。他这样解释着熊掌雄壮美和鹤足挺拔美的原因：

> 林语堂说过关于熊掌雄壮美和鹤足挺拔之美的话，其雄壮美和挺拔美并不是熊和鹤的追求所致，是生存所致。技巧是随具体内容而来的。越是考虑技巧，越没技巧；越没技巧，其中正有大技巧。④

熊掌雄壮、鹤足挺拔，并不是来自熊与鹤的刻意追求。存在的合理性在于生存，而不是为了审美。推之于文学，如果片面追求文学的艺术性与戏剧性，那么就有可能因背离生活而枯萎。对于他自少年时就喜欢的当代重要作家孙犁的作品，他认为最主要的成功之处也就在于尊重自然，去除雕饰。“好文章好在

---

① 贾平凹、穆涛《平凹之路》，第70页。

② 郜元宝等编《贾平凹研究资料》，天津人民出版社2005年版，第5页。

③ 贾平凹《贾平凹散文自选集》，第567页。

④ 贾平凹《雪窗答问——与海外人士谈大散文》，《散文研究》，河北大学出版社2001年版，第16—17页。

了不觉得它是文章，所以在孙犁那里难寻着技巧，也无法看到才华横溢处。”①这也等同于巴金在晚年所强调的创作的最高境界就是无技巧的论断。贾平凹从对自然与生活形态的观察中，领悟到艺术无技巧的真谛。他充满自信地宣称：“我在写着‘四不像’的文章，我尽量不事嚣张，求朴求素，删繁就简，没想到标新立异了。”②

不过，疑问也随之而来了：原生态的生活样式能否成为艺术创造的摹本？纯自然的对应描写是否会削弱艺术的魅力？简言之，艺术是不是需要源于生活而高于生活？

其实，对于文艺与生活、自然的关系问题，中外文学艺术大师都曾有过精辟的论述。美学家黑格尔说：“靠单纯的模仿，艺术总不能和自然竞争，那就像一只小虫爬着去追大象。”③显然，他并不赞同文艺是自然模仿的说法。法国哲学家狄德罗也说：“自然有时枯燥，艺术却永远不能枯燥……模仿自然并不够，应该模仿美的自然。”④同样，他也认为艺术单靠模仿自然是远不够的。美国当代哲学家奥尔德里奇说得更为直白：“艺术绝对不是人们为了获取镜像而对自然举起的镜子。”⑤而我国现代作家郭沫若表述得则更为形象：“艺术家不应该做自然的孙子，也不应该做自然的儿子，是应该做自然的老子。”⑥

那么，如此说来，贾平凹倾心的皈依生活、自然为最高创作境界的艺术主张和手法，是不是显得过于陈腐、落后、简单与朴素了呢？其实，并非如此。

在《关于写作》的一封致友人的信中，贾平凹如此辩证地阐述了他对文艺与生活、提炼的关系：

> 我主张脚踏在地上，写出生活的鲜活状态。这种鲜活并不是就事论事，虚实关系处理好，其中若有诗性的东西，能让生命从所写的人与事中透

①② 贾平凹《雪窗答问——与海外人士谈大散文》，《散文研究》，第16—17页。

③ 黑格尔《美学》第1卷，人民文学出版社1962年版，第51页。

④ 狄德罗语，转引自《西方美学史》上卷，人民文学出版社1964年版，第264页。

⑤ 奥尔德里奇《艺术哲学》，中国社会科学出版社1986年版，第67页。

⑥ 郭沫若《郭沫若论创作》，上海文艺出版社1983年版，第7页。

出来，写得越实，作品的境界才能越虚，或称作广大。[①]

强调尊重生活与自然，并不是只能照搬照抄，“就事论事”，而是要处理好“虚实关系”，提炼出“诗性的东西”，这样才有可能“广大”，也才有可能写出生活的“鲜活状况”。这应该才是贾平凹主张摹写自然、皈依自然的全面态度。

而且，他对艺术创作最高境界是无技巧的推崇，事实上，也不是一味地否定技巧，完全排斥技巧，而是一种在艺术创作成熟到一定程度以后的返璞归真、老到天成。他曾不止一次说过，谈论一个作家的风格，是必须在这个作家有了大量的作品之后；而讨论作家创作的无技巧，也必须是在这位作家对技巧有过充分的使用与熟悉之后。这正如那句平平淡淡才是真的俗语所说的那样，如果没有经过富贵与奢华，其实是不能够了解平淡的重要性的。

回到贾平凹自身，他也正是在吸取中外文艺名家之长、并曾醉心于创作技巧的追寻以后，才真正实现了对艺术技巧与方法的超越。在《平凹之路》中，他曾详细地谈论过自己对中国文学艺术精神的广纳博采：叹服过先秦的放开与深邃、广博，沉溺过魏晋的随心而述，神采飞扬，对汉唐的雍容与饱满，在一定时期又充满敬意。另外，他还“喜欢过‘性灵派’文人，读过‘笔记小说’，感慨并忘情过元的戏曲和明清的叙事小说”。[②]为此，他深深地感慨：“我写作从开始到现在，吃的百家饭，重要的是，我是吃了饭才长大的。”[③]如果不是深研过中国传统文学的艺术技巧，吃过“百家饭”，那么当他谈论起“去技巧”时，便肯定会是枯燥乏味的。同时，他对于西方的文学、美术作品与理论，也曾同样倾注过满腔的热情。在进入新世纪以后，他曾这样回忆过西方文艺理论对他的启发：“……在二十年前，西方那些现代主义各流派的美术理论让我大开眼界……比如，怎样大面积地团块渲染，看似完满，其实有层次脉络，渲染中既有西方的色彩，又隐着中国的线条，既有淋淋真气使得温暖，又显一派苍茫沉重。比如，看似写实，其实写

① 贾平凹《天气》，作家出版社 2011 年版，第 236 页。

②③ 贾平凹、穆涛《平凹之路》，第 81 页。

意，看似没秩序，没工整，胡摊乱堆，整体上却清明透彻。比如，怎样'破笔散锋'。比如，怎样使世情环境苦涩与悲凉，怎样使人物郁郁黝黯，孤寂无奈。"[①]在此，人们可以清楚地发现，曾几何时，贾平凹对于艺术技巧与方法，曾经是那样地沉醉，那样地痴迷。

在早期的作品中，贾平凹也曾努力地尝试各种不同的艺术技巧，并常常为此陷入苦闷。在他的最初成名作《满月儿》发表获得盛誉后，他对小说中两位主要人物满儿、月儿的处理方式进行了总结："两个人物要揉起来写，以'我'来串线，不要露出脱节痕迹：三个人物，一会儿单写甲，一会儿单写乙，一会儿甲乙合写，一会儿甲乙丙聚写；写一个，不要忘了其他，写两个姑娘，不要忘了'我'这第一人称；尽量做到分分合合，穿插连贯，虚虚实实，摇曳多姿。"这是贾平凹在早期"有意"而为之的典型之作。不过，在隔了一阵后就觉得不甚满意："无论在主题的深化、情节的提炼、人物的塑造上，都明显地暴露了我生活底子薄，思想水平低，文学修养差。"[②]这种对创作不尽得心应手的苦恼，在他 1984 年检视《九叶树》的创作时也常常表露出来："……作品越写越难，越来越觉得对生活的认识上，选材的角度上，人物的体验以及表现的形式上，自己懂得的和积累的知识是太少了，往往读别人的作品，就自惭形秽。"[③]技巧与手法，在贾平凹的早期创作中曾经是那么痛苦地折磨着他，而到后来，他闭口不谈技巧，主张效法自然时，其实，他已超越了这一阶段而进入到化境了。

法国著名雕塑家罗丹说："我服从'自然'，从来不想命令'自然'。我唯一的欲望，就是像仆人似的忠于自然。"[④]很显然，贾平凹在探寻艺术技巧与方法时，崇尚自然、天道、生活形态等，也与罗丹一样，都已脱离其具体的物质形态，而在他们穷极物理之后上升到感天应地、随物赋形的艺术层面了。

---

① 贾平凹《天气》，作家出版社 2011 年版，第 230 页。

②③ 贾平凹《做个自在人——贾平凹序跋书话集》，第 226—228、237 页。

④ 罗丹《罗丹艺术论》，人民美术出版社 1987 年版，第 15 页。

三

特定的文艺观念决定着相应的艺术风格、技巧与手法，同时也影响着作品的价值取向与作家对题材的选择、主题的提炼，并与此共同构成一个完整的艺术世界。

在贾平凹这里，当他逐渐建立起崇尚天道、皈依自然的文艺观时，便自然而然地将自己的创作道路分为前、后两期，并体现出不同的艺术趣味与主题意旨。这个转折的标志，大致是以1992年《废都》的创作为界碑。他在该小说后记《安妥我灵魂的这本书》一文中，做着这样的自我解剖："好的文章，囫囵囵是一脉山，山不需要雕琢，也不需要技巧地在这儿让长一株白桦，那儿又该栽一棵兰草的。"在这时，他对艺术应该是大自然鲜活形态的观念已经成熟。"这种觉悟使我陷于了尴尬，我看不起了我以前的作品，也失却了对世上很多作品的敬畏，虽然清清楚楚这样的文章究竟还是人用笔写出来的，但为什么天下有了这样的文章而我却不能呢?！检讨起来，往日企羡的什么词章灿烂，情趣盎然，风格独特，其实正阻碍着天才的发展。"①这种顿悟，一方面来自于他当时对《西厢记》、《红楼梦》等文学经典的研读，同时也得益于他在人到中年以后对生活与文艺的深层感受。以后，他不断地表述着类似的观点："那时所写的小说追求怎样写得有哲理，有观念，怎样标新立异，现在看起来，激情充满，刻意作势，太过矫情。"②

对于贾平凹的这种转变，雷达在《〈高老庄〉研讨会座谈纪要》中也曾谈道："现在的贾平凹，早已走出故事，走出戏剧，而走向了混沌，走向了日常性，走向了让生活自身尽可能血肉丰满地自在涌动的道路。从《废都》到《高老庄》，贾平凹的小说观念发生了深刻的变化，他实现了对现有小说范式的大胆突围，形成

---

① 贾平凹《贾平凹散文选》，人民文学出版社2009年版，第172页。

② 贾平凹《天气》，第229页。

了一种混沌、鲜活而又灵动的，具有很强的自在性和原在性的小说风格。”①可谓是颇得要领的见解。在中国当代文坛上，贾平凹的这种艺术观是独特的，也是深刻的。

适应着崇尚天道、皈依自然的艺术主张，接踵而至的首要问题便是：到底从何处能源源不断地获取创作的灵感？并能永葆艺术的青春？对此，贾平凹的回答是坚定的，也是明确的，那就是自己的故乡，就是自己虽非出身于那里，但却曾经长期地生长在那里、并曾感同身受地体悟过的那些地方。

在中国当代文学的发展历程中，深入基层、熟悉生活、体验生活，曾经是相当长一段时间中人们对作家提出的要求。社会生活是文学创作的唯一源泉，这是中外文艺理论所反复推证的真理，贾平凹自然对此也是心悦诚服。不过，他所主张的熟悉生活，并不同于走马观花的新闻采访，也不等于蜻蜓点水式的有组织的作家采风。他觉得作家能够汲取艺术养分的生活，应该是烂熟于心，曾经浸淫其中并长久沉潜下来的个人所独具的艺术领地。他认为：“深入生活必须是充满激情的，情是深入的基础。作品的产生，是一种生活积累的爆发，更是感情积累的爆发。怀着一种激情到生活中去，观山则情满山，观水则情满水。”②情感的产生往往并不能通过短时间的接触而产生，它必须是你长期生活于此，然后才能爱恨于此、悲观于此。他并不排斥深入生活。他觉得：“要真实地反映社会、时代、人生，要写出大的真正有分量的东西，就应该跑更多的路，见更多的世面，接触更多的人和事，哪个优秀的作家又不是如此呢?”不过，他反对的是：“现在有的领导并没有关心到创作的实质问题，只会说‘深入生活’，为了不犯错误反复念一套老经。现在，连有些作家都不知道‘深入生活’是何物了。”③深入生活并没有错，关键的问题是哪里的生活能够激起你的情感，激起你的爱憎，激起你的创作才情？

① 《小说评论》1999年第4期。

② 贾平凹《贾平凹散文自选集》，第577页。

③ 贾平凹、穆涛《平凹之路》，第50—51页。

在与散文家穆涛所做《七日谈》的对话时，贾平凹深切地表现出一个作家的“根据地”对其创作的重要性。福克纳有他的约克郡纳帕塔法寺，老舍有他那残缺不整的北京城旧址，孙犁有他的白洋淀，而沈从文则有他那绚丽而神秘的湘西。他感到，作家的双脚只有先踩在一片根据地上，然后才会有心灵的高遥飞翔。

基于这样的考虑，他在创作中长期坚守两块阵地：“一是商州，一是西安，从西安的角度看商州，从商州的角度看西安，从这两个角度看中国。”[①]商州是他童年与少年生活的故乡，而西安则是他成年以后一直工作与生活了几十年之久的地方。他感到：我在这里一天所获得的感受要抵得住去别的地方十天乃至一个月的。因为这里是他心灵的根据地，是他的精神家园。例如商州，他常常回去找寻创作的灵感。他开始一个县一个县游走，每到一县，先翻县志，了解历史、地理，然后熟人找熟人，层层找下去，随后跑到某乡、某村和某某人家。而这样深入下去的结果，总会使他了解和获得许许多多的信息，唤起自己久违的记忆，激发起自己难以抑制的创作冲动。这种发现使他惊奇，也使他越来越明白一定要结束创作上的“流寇主义”，一定要找到一块真正属于自己的能够让创作根深叶茂的根据地。我们觉得，这种对创作之根的清醒认识与不懈坚持，正符合了艺术创作的科学规律，也进而使得贾平凹成为当代文学中的文坛常青树。

找“根据地”，打深井，有时也很容易有偏于一隅、井底之蛙之嫌。当一个作家执著地将目光专注于投射到某一个固定的、熟悉的地域时，常常是有可能一叶障目，不见泰山的。对此，贾平凹难得地保持着清醒的认识。早在二十世纪八十年代中期，他在一篇《王蓬论》的文学评论中就指出：“流寇政策的教训又使一些作家退守于原地的圈子里。写农村而目注于一村一镇，写农民混同于农民，便又导致了就事论事的桎梏里。出身于农民可以是农民作家，但不可以是

① 贾平凹《天气》，第 197 页。

作家的农民，也即农民意识的作家。”①当时，远在南方的作家孔捷生邀请他到广州去访问，他满怀憧憬地答应了：“……你要我到广州作一次旅游，我是极需要去了，去走走看看，再猛回头来看我们的商州，那是会穷极物理的。”②有“根据地”而又不囿于根据地，注意与根据地外的对照、比较，不仅开阔了视野，而且对自己熟悉的领地也看得更清楚、更准确了。

“根据地”在地域上是有限的，在人物、事件和故事的产生上也往往是日常的、琐碎的，可能常常缺乏惊心动魄的历史变动和波澜壮阔的宏伟画面。然而，贾平凹并不认为这是作家取材时的缺憾，可能反而是更为准确与真实的文学世界。他这样总结着我国现代以来的文学经验与教训：“现在从出版者、写作者到读者，对文学的观念分化为多种多样，最基本的还是五六十年代的看法，时代的镜子呀，社会的记录员呀，人民的代言人呀，文学的几大要素呀，典型环境中的典型性格呀。这种对文学的看法，形成集体无意识的东西。”③他觉得，回首“四人帮”粉碎后的几十年文学历程，其实是一步步从政治宣传品中获得文学自身属性的过程。同时，他也感到其惯性依然强大。他认为在中国现当代文学史上，一直存在着两类作家：

> 一类是紧随政治的，也不论这政治的含义如何，喜欢所谓大的题材，热衷表现反映时代精神的，这类作家和作品一直受到重视，给予评价甚高；一类是相对而言疏于政治的，在艺术规律上更讲究，想象力和感觉或许更好一些，这类作家和作品虽然有时被认为是好的，但排名绝不在前头。④

他认为，数十年的文坛，题材决定着作品的高低，过去是，现在变个法儿仍是，从此走红过许多人。而有些作家，像沈从文这样的，所有的文字都能透露出细腻的东西，但这类文学常常不是主流。他感到，中华民族可能是经历了过多的苦难，导致了中国人的政治情结，对于文学，多赋予了文学以外的东西。“以

①② 贾平凹《贾平凹序跋书话集》，内蒙古教育出版社1998年版，第232、243—244页。

③ 贾平凹、谢有顺《贾平凹谢有顺对话录》，苏州大学出版社2003年版，第55—56页。

④ 贾平凹、穆涛《平凹之路》，第16页。

我的兴趣，我不会也不愿成为第一类，他们的题材其实并不大，反映的并不深刻，他们没有托尔斯泰的那种胸襟和见识，更多的存在着功利和肤浅。他们可以是斗士，但文学的成就不会高。”①他觉得这些作品常常以文学去演绎历史，对应历史，因而无法建立起在一个时代一个社会的大背景下虚构起的独立世界。第二类作品可能也存在格局不大的可能，然而感情是真实的，艺术是饱满的，其寿命也会更长些，不过在当下却总是难以获得充分的肯定。他为此常常沮丧：我们难道真的应该被称为是琐碎的作家吗？

日常生活是琐碎的，相对狭小的“根据地”也难以常常上演激烈的历史变幻与社会传奇。不过，这才是历史的真相，社会的本来状貌。贾平凹坦言：“文学是难以摆脱政治，恰恰需要大的政治。”②他并不反对政治，也认为文学应该有益于世道人心，有益于人性的自然生长。他看不惯的是将文学等同于宣传，刻意作势，虚情做作，或者为了迎合政治，臆造一些假、大、空的文学幻景。

本于自然，源于自然，尽管可能缺少一时的喧嚣，然而却能赢得读者长久的景仰与尊重。

四

在当代文坛上，贾平凹是对语言极其重视的一位。他认为：“不管你写小说还是写散文，语言是第一的。就像一个人一样，别人能对你一见钟情，首先是你的形象呀。文学就是语言的艺术。”③他又说：“衡量一部作品，主要看心灵方面的东西和文字方面的东西，心灵的东西是在文字背后，是渗透出来的。”④精神、心灵的东西，还是要通过文字来表达，来呈现，足可见文学语言在贾平凹心目中的

① 贾平凹、穆涛《平凹之路》，第 16 页。
② 贾平凹《天气》，第 242 页。
③ 贾平凹、谢有顺《贾平凹谢有顺对话录》，第 241 页。
④ 同上，第 164—165 页。

重要性。在早期初学创作时，他还曾有过许多采集语言的小本子，把一些好听的民歌的曲谱以数字形式在绘图纸上标出，分析平仄节奏，以增强对语感的认识。

那么，什么才是好的文学语言呢？这又与他崇尚自然、天道的文艺观相融合。他说："语言，世上一切声音都是上帝赋给各个物体的，它和各个具体的生命有关。"①"我认为能准确地表达情绪的就是好语言，它与作家的气息相关，也可以说与生命有关，而不在于太多的修饰。"②他将语言与生命相连，便与自然画上了等号。它不是随意的附庸，而是生命机体的原有属性。

为此，他反对文学语言上的无病呻吟、矫揉造作。"或许你是习惯了，用赫然的口气，用赫然的文字，请问，你有赫然的寓意吗？赫然的寓意往往产生于极平易的事物里。你知道吗？"③对于有的小说作品常常缺乏韵味，他这样进行着反思："小说是一种说话，散文是一种沉吟。有的小说为什么没有散文耐读，问题就是不从容自然地说话，还是在'做'文章；散文篇章短，易从容心想，小说篇幅一长，要'做'就难以不露败相了。"④做作就是违背自然，就是没有从容自在地让人物说话，这样的小说自然就不能成为上品。在对文学经典大师的研读中，他也发现，为着情绪选择自己的旋律，而达到表达情绪的目的，正是朱自清散文情长意美，正是孙犁小说神清韵远的缘由。由此，他还明白老舍写文章为什么要对旁人反复吟咏，柳青的文章为什么有些句式颠三倒四。他相信，语言的功能是表现情绪的，节奏把握好了，情绪就表现得准确而生动，这样的文学作品就会散发出浓郁的艺术汁味。

基于这样的认识，他开始摸索自己的语言风格，探求能够完美表达自己情绪与节奏的语言特点。自然，他又从故乡山川风貌中获取了灵感：

> 商州是一块极丰富的地方，它偏僻却古老，清秀又粗犷，文明与野蛮，

① 贾平凹《关于语言——在苏州大学"小说家讲坛"上的讲演》，《当代作家评论》2002年第6期。
② 贾平凹、谢有顺《贾平凹谢有顺对话录》，第165页。
③ 贾平凹《贾平凹散文自选集》，第569页。
④ 贾平凹、穆涛《平凹之路》，第59页。

> 进步与保守，发达与落后，在这里有其斑斓的色彩……所以在具体的描绘上，就得同时相应地寻出其表现方式和语言结构。①

贾平凹相信一方水土养一方人，十里风俗不同，五里腔调就变，他的语言特点自然应该与他生活了整整二十年的故乡有关。他自述：“我的作品外人总产生这样的感觉，一是觉得语言有质感，有特色，一是有人说我古文底子好，夹杂了古语。其实，我是大量吸收了一些方言，改善了一些方言，我语言的节奏主要得助于家乡山势的起伏变化。”②在贾平凹的心中，家乡山势的起伏变化是他语言质朴而灵动的最主要原因。而小说中的那些古语，也并不是故意去学古文，而是直接运用了方言，在他家乡，民间的许多方言土话写出来就是上古雅语。他还举例道：“我们日常说的‘招呼’一声，在我们那里说‘言传’，一个人叮嘱一个人说：‘把孩子抱上’，我们则说‘把娃携上’，粗话中的‘滚开’，我们则说‘避’……”③贾平凹十分熟悉这些方言土语，发现不但不生僻，而且十分之雅，于是注意收集运用，从而使他的语言形成了既古又今，既雅又俗的特殊风格。

如《废都》中的一段：

> 西京东四百里地的潼关，这些年出了一帮浪子闲汉，他们总是不满意这个不满意那个，浮躁得像一群绿头的苍蝇，其中一个叫周敏的角儿，眼得身边像做官的找到个晋升的阶梯，像发财的已经把十几万金钱存在了银行，他仍是找不到自己要找的东西，日近黄昏，百无聊赖，在家闷读罢几页书，便去咖啡厅消费。消费了一通，再去逛舞场，舞场里就结了一个美艳女子，以后夜夜都去，见那女子也场场必至。④

这段文字平直，近乎口语，然而却颇具质感，令人惊奇。“浮躁”本是一形容词，而在这里作动词，以比喻像一群绿头苍蝇的闲汉，又是贴切不过。而整段看来，酷似明清话本风格，散发出浓浓的书卷气息。

---

① 贾平凹《贾平凹序跋书话集》，第238—239页。

②③ 贾平凹、穆涛《平凹之路》，第44—45页。

④ 贾平凹《废都》，北京出版社1993年版，第9页。

又如《古炉》中的一段：

> 树下圪蹴着一堆人，有田芽，有长宽，有秃子金，还有灶火和跟后。热得能褪一层皮的夏天过去了，冬天却是这般的冷，石头都冻成了糟糕，他们是担尿水给生产队搅和了一堆粪后就全歇下了，歇下来用嘴哈着手。太阳虽然还在天上，却是一点屁红的颜色，嘴里哈出的热还是一团一团白气，每个嘴都哈了，白气就腾腾起来，人像揭开了锅盖的一甑粑包谷面馍馍，或者，是牛尾巴一乍，扑沓下来的几疙瘩牛屎。①

"圪蹴"是一形容词，在现代汉语中也较为生僻，然而却是贾平凹家乡的土语，用在这里格外形象、生动。而"糟糕"，现在一般人认为是不好，坏了的意思，但在这里，贾平凹还原本来面目，赋予新意，语言陡然活了起来。而整段文字则动静分明，色彩鲜艳、利落有致、气韵生动。

看贾平凹的文字，既有现代意识，又有传统气息，还具民间味道。重整体，重混沌，重沉静，憨拙里的通灵，朴素里的华丽，简单里的丰富，达到了语言大师的境界。看似拉拉杂杂，混混沌沌，有话则长，无话则止，看似全没技法，而骨子里还是蛮有尽数。

有人可能认为，当他沉醉于从家乡、从民间、从古语中寻找文学语言的源泉时，可能自然会难免陷于保守主义和民粹主义的泥沼之中。这其实是种误解。贾平凹曾细细研读过博尔赫斯、马尔克斯、略萨、乔伊斯等人的作品及语言形式，他觉得这些外国作家颠覆了我国传统的叙述方式，使文学更具有动感，获得了更大的精神空间。然而，语言又是相对于每个具体生命的。当每个生命都呈现出各自不同的生命特征时，他们的语言自然也就会有不同。所以，他认为《高老庄》《土门》等是出走的人又回来，因而才有那么多来自他们世界之外的话语和思考；而《废都》，"因为我写的是一群男男女女的日常生活，一切要平实，语言也不用任何人为的修饰，不需要任何主观性和感情色彩，就像日常生活是无序

---

① 贾平凹《古炉》，人民文学出版社 2011 年版，第 4 页。

的、随意的一样”。①因而，在语言上并不存在所谓的保守主义和民粹主义，关键则是在于是否把握住了节奏？是否准确地表现了情绪？或者从根本上说，是不是出自生命本来的声音？

2005年，当我请贾平凹为复旦大学中国当代文学创作与研究中心题词时，他沉凝许久，写下了“与天为徒”四个大字。其实，崇尚天道、皈依自然、把握艺术的原生状态，并不仅仅是他对我们文学评论者的期许，而且也是他本人在长期创作中慢慢领悟、体察与尊奉的艺术观念。

原载《当代作家评论》2012年第6期

① 贾平凹、穆涛《平凹之路》，第4页。

鲜血梅花:余华小说中的暴力叙述

倪　伟

在谈到三岛由纪夫的写作与生活时,余华写道:

> 写作与生活,对于一位作家来说,应该是双重的。生活是规范的,是受到限制的;而写作则是随心所欲,是没有任何限制的。任何一个人都无法将他的全部欲望在现实中表达出来,法律和生活的常识不允许这样,因此人的无数欲望都像流星划过夜空一样,在内心里转瞬即逝。然而写作伸张了人的欲望,在现实中无法表达的欲望可以在作品中得到实现。当三岛由纪夫"我想杀人,想得发疯,想看到鲜血"时,他的作品中就充满了死亡和鲜血。①

倘若如余华所说,弥漫在三岛由纪夫的叙述中的死亡和鲜血,是出于他"对死、对恶、对鲜血淋淋的迷恋",其叙述因而以一种令人惊栗的美丽歌颂了死亡、丑恶和鲜血,并最终"混淆了全部的价值体系",那么余华自己的创作中曾一度喷涌不绝的死亡与鲜血又该如何看待呢?他对暴力、死亡、鲜血的梦魇般的叙述,是否与三岛由纪夫的充满激情和力量的叙述一样,也表达了对暴力和死亡之美的无法遏制的渴求?

对于自己在潮湿的阴雨绵绵的南方写下的那些关于暴力和死亡的故事,余

① 余华《我能否相信自己》,人民日报出版社1998年版,第85—86、151—153页。

华曾不止一次地解释说：这些故事叙述中的死亡和鲜血，与他在医院里长大的童年经历有关。几乎每天都要目睹鲜血和死亡，这种特殊的锻炼使他在面对它们时，心情变得异常平静。在失去亲人的哭声里，他甚至还感受到一种“疼痛无比的亲切”①，从而了悟到这一切就是生活本身。正是这种童年经历使得死亡和鲜血在多年以后，洇化、渗透在像布一样柔软的稿纸上。

余华的解释似乎还不能令人信服。直面鲜血和死亡时的无惧，并不构成反复叙述暴力的动因。鲜血和死亡只是暴力的呈示方式或结果，而非暴力的成因。对暴力的叙述关涉的应该是隐藏在暴力背后的心理的、文化的或是现实政治的内在支配力量，而在此方面，余华却是语焉不详。但是余华的解释毕竟也指出了叙述暴力的真实动因实际上来自于记忆。正是对暴力泛滥的“文革”年代的记忆，使得余华的笔端有意或无意地流泻出波涛汹涌般的暴力。在《我最初的现实》这篇自传性文章里，余华谈到了大字报对他产生的深刻影响。在书籍极端匮乏的那个年代，街道上的大字报成了他惟一感兴趣的读物。那些充斥着恶毒的谩骂、造谣中伤、编造的色情故事甚至下流的漫画的大字报，使他对人的想象力以及诸如虚构、夸张、比喻、讽刺等文学手段有了最初的感性认识。颇具反讽意味的是，正是在大街上，在越贴越厚的大字报前，余华开始喜欢文学了②。对于余华来说，大字报的意义显然不止于提供了对一些基本“文学”手法的感性认识，更重要的是它直接催发了他对暴力的认知和想象。这些早年记忆当然并不仅属于余华个人，也是一个时代、一个民族的集体记忆。而正是这些记忆构成了余华的“现实”，并直接导致了他与现实之间的紧张关系。余华对暴力的叙述因而在某种程度上深刻地揭示了中国社会和历史中无处不在的暴力现象以及暴力的深层精神结构和运作机制。

在展开具体的分析前，有必要先就余华的“现实”观略作探讨，因为余华对

---

① 《我能否相信自己》，第151—153页。

② 同上，第210页。

现实的独特认识,在很大程度上决定了他想象和叙述暴力的方式。"现实"一词对余华有着异乎寻常的重要意义,从某种意义上说,他的全部创作都可以归结为对真实的现实不懈探询的努力。余华把现实区分为两种:一种是作家生活中的现实,它"是令人费解和难以相处的"。蜂拥而至的丑恶和阴险,使任何一个优秀的作家在面对这种现实时,都很难消除内心的愤怒和敌对的态度。[①] 另一种现实则是博尔赫斯和布尔加科夫们所展示的那种现实,这是一种"真正意义上的现实,这样的现实不是人们所认为的实在的现实,而是事实、想象、荒诞的现实,是过去、现在、将来的现实,是应有尽有的现实"[②]。换言之,在余华看来,真正的现实不是一个个具体事件的堆积,而是隐藏在纷繁零乱的事件背后的关系结构,这种关系结构既对应于特定时代的社会结构,同时也是人类的基本精神结构或是生存境况的折射。因此,真正的现实在时间和空间上又都具有无限的广延性,其意义决不会只局限于某一特定的社会和时代。而从另一方面看,这种现实虽然是实存的,但又不是自动呈现的,它需要作家运用想象力去捕捉,并转换、提炼为一种精神性结构。所以,现实本身也必然会打上作家个人的精神印记,从而打开一扇通往作家内心的暗门。

一旦把现实视为潜藏在具体事件背后的关系结构而非事件本身,对现实的叙述就变成了关于现实的寓言。正是在这里,余华的创作与传统的现实主义文学划开了界限。他所关心的并不是日常生活中的表面上的真实,而是这些表象后面的关系和结构。余华对暴力的叙述尽管表面看来是难以置信的,但又绝非荒诞无稽的幻想,它以一种极端的方式凸现或是放大了在日常生活中随处可见的暴力以及暴力构成的动力学,其现实的真实性是不容否认的。简而言之,对暴力的叙述实际上证明了一个事实,即暴力是最重要的一种现实。对暴力的叙述也因而成为一种寓言,其寓意指涉的不只是暴力本身,而更是指向了人的精

① 《我能否相信自己》,第143—146页。

② 同上,第76页。

神结构和社会历史结构。

《现实一种》即比较充分地展现了余华关于暴力的思考。这是一个非常残忍的故事,其阴郁和冷酷达到了令人窒息的程度。小孩子皮皮无意中犯下的一次“过错”打开了一道闸门,在冷漠和荒芜中郁积得太久的暴力终于如洪水般倾泻而出。死亡和阳光在连绵不绝的阴雨之后联翩而至,暴力的激情出演仿佛成了一个盛大的节日,给平常滞闷得发霉的日子涂上了艳丽的光彩。然而,山峰有力地落在妻子身上的拳头却暗示了,向死亡飞升的暴力尽管辉煌无比,但它仍旧还是平日里忍气吞声的那个暴力,它只是作为一种变体,在某个瞬间获得了灿烂的绽放。暴力作为生活世界中的一种现实,与人类本性中的暴力本能不无关系。不懂事的皮皮无师自通地知道,暴力可以满足自己的愿望,尽管他并不知道自己加诸小堂弟的是一种暴力行为。小堂弟嘹亮悦耳的哭声所带来的快感并非来自哭声本身,而是因为这哭声的迸发是他一次又一次努力行动的成果,它证明了皮皮自身的力量。在此,暴力成了确证自我力量的方式和手段。“懂事”的山峰和山岗的杀人,同样体现了暴力的这一作用。他们并非在狂乱的心态下失手杀人,山岗更是为杀人作了精心的安排,可见推动他们杀人的力量不仅仅是丧子之痛,而且还有一种强烈的报复意识。这种报复意识既源自于内心的欲望,也受到了外部压力的催迫。山岗在目睹儿子惨死后,竟然像是无动于衷,这使他的妻子感到愤怒不已,叱责道:“我宁愿你死去,也不愿看你这样活着。”山岗妻子的看法代表了一种常识性的观点,即面对加诸己身的暴力决不能示弱,必须用暴力还击暴力,这样才能维护作为一个人特别是男人的尊严。这说明暴力倾向作为一种植根于人内心之中的结构性因素,还不能仅仅视为兽性的遗留。它也得到了人类社会里某些古老的行为规范的有力支持,而且在现实生活中还具有一定的社会性功能。“以血还血、以牙还牙”的暴力报复不仅是社会所默许的,也是社会在某种程度上暗中予以鼓励的。事实上,以暴制暴向来就是人类所能采取的最基本的暴力防范措施。小说最后三节令人震惊的叙述,更是把对暴力的思考从个体精神心理结构引向了更加广阔的社会历史层面。

行刑的喜剧性场面,让人禁不住想起鲁迅的《药》和《阿Q正传》,但是这里显然已没有启蒙者的哀痛和悲愤。同样是描写杀人示众和茅草般遍地生长的看客,鲁迅认定凶残和冷漠是出于国民的愚昧,是人性的堕落与扭曲,而余华则认定这一切根本就是人之本性的一部分,公开行刑作为一种暴力狂欢的形式,不过是人的根深蒂固的内在暴力倾向在社会制度层面上的结构对应而已。小说最后对尸体解剖过程的不乏幽默然而却冷酷无比的叙述具有更强大的冲击力,叙述的暴力在此揭示了一个令人深感困惑的问题,即究竟应该如何来界定暴力?暴力之为暴力难道仅仅是由其行为方式所决定的?显然,按照社会的一般规范而言,医生解剖尸体,无论其场面有多么血腥,都不能被认为是暴力行为,然而正如余华的叙述所表明的那样,令人心悸的"科学"的态度,却在事实上构成了对肉体的亵渎。在科学神圣的外衣下,掩盖着的仍然是触目惊心的暴力,惟一的区别就在于这种暴力是被制度所认可的因而是合法化的暴力。这就暗示了暴力的存在其实是无处不在的,除了那些昭然若揭的暴力之外,还有更多的无形的暴力掖藏在社会结构的每一个角落、每一处皱褶中。

在此问题上,《河边的错误》揭示得更为充分些。疯子屡次在河边以同样的方式杀人,这一暴行固然令人发指,但疯子毕竟不具备理性主体的资格,无法对自己的行为负责,因此其暴行令人震惊的程度其实远不如那些在日常生活中常演不衰的暴力。对在自己身边日复一日地发生的暴力,人们早已习以为常,以致这些暴力几乎完全被忽略被遗忘了,就仿佛它们根本不曾存在似的。疯子在精神病院里接受电疗的次数远远超出了他的生理负荷限度,差一点为此送了命。在他被送回去等死,看到围上来的人群时,惊恐得竟然像鸭子似地低叫起来。然而,极具讽刺性的是,任何一个精神"正常"的人都不会认为这种强迫电疗是一种暴力行为,因为在这种制度化的暴力行为背后有一整套强大的科学话语作为支撑,其权威性是不容置疑的。余华不仅指陈了日常生活中的隐形暴力,还进一步探讨了暴力得以畅行无阻的种种原因。疯子杀人可以说是么四婆婆调唆的结果,正是她平日里纵容甚至暗中鼓励疯子毒打自己,才助长了疯子的暴力倾向,并终于使自己成为第一个被杀者。需要指出的是,么四婆婆的受虐倾向不能简单地视为一种精神变态,恰恰相反,这种貌似变态的行为却真实地反映了么四婆婆内在的精神和心理需要。在长期的孤独的孀居岁月里,么四婆婆遭到了几乎是镇上所有人的漠视,没有人关心她的生活、她的情感需要,人们甚至都不知道她的真实姓名。么四婆婆成了一个丧失身份的人,一个没有任何意义和内在深度的虚幻的影子。但疯子却赋予了么四婆婆作为母亲和妻子的双重的身份感以及现实感。对么四婆婆来说,疯子的毒打不仅使她异常真实地感受到自己肉体的存在,而且也让她想起死去的丈夫。在捉迷藏似的躲避中,在身体激动地喘息和呻吟之际,么四婆婆在恍惚的幻觉中找回了自己丧失了多年的妻子的身份。这就难怪么四婆婆每次把疯子领到屋里,都要关紧门窗,不许外人打扰,而且在挨打之后,脸上竟会洋溢着幸福的神色。么四婆婆的例子虽然比较特殊,但是她那种精神和心理需要却具有一定的普泛性。这使我们有理由相信,暴力的存在有着双重的意义:对暴力主体而言,暴力行为或是确证了自我的力量以及对暴力对象所拥有的不容置疑的权力,或是表明了自己追求进而拥有某种权力的权利与需要;而对暴力对象尤其是那些孤弱无靠的人来说,对一定限度内的暴力的承受,虽然不免要忍受皮肉之苦,但毕竟也能在消极的意义上起到某种类似于自我确证的作用,质而言之,即暴力使那些原先飘浮在社会关系结构之外、身份模糊之人,得以重新返回到坚实、具体的社会关系之中,并由此而获得某种身份感。因此,暴力在某种意义上可以说是对匮缺的填补,而正是这种结构性的匮缺与需要构成了暴力长久不衰的内在的精神心理基础。

在我看来,《河边的错误》里最精彩的部分是对暴力与权力话语之间的合谋共生关系的揭示。马哲枪杀疯子,当然也是一种暴力行为,但它却能获得人们的理解和同情,因为用一般的道德伦理来衡量,这种暴力可以被认为是为民除害的“善行”。马哲本人显然也认为自己的行为虽然不合法,却更合乎常情事理,因此在枪杀疯子之后,他丝毫没有犯罪的负疚感。这与许亮似乎是过于神经质的罪恶感形成了有趣的对照。许亮的绝望在于他的幻觉屡屡成真无可辩驳地证实了自己内心潜伏的暴力倾向，所以尽管自己并没有真的杀人，但对他来说这已并不重要，意念的存在已足以证明行为终究是不可避免的。和马哲不同的是，许亮无法为自己找到可以信服的理由，或者更准确地说是一套话语，所以他只有怀着对人性的绝望自寻死路。对暴力的惩罚是无可逃脱的，但马哲决没有想到，惩罚最终会以一种极其荒诞的方式降临到自己头上。为了逃避法律制裁，他迫于局长和妻子的压力，只得在心理医生面前默认自己是个疯子。疯子角色的这一戏剧性易位解构了此前叙述的合理性，在剥除了"正义"话语的遮蔽之后，马哲的杀人和疯子的杀人便不再有任何区别，其暴力的本相因此而暴露无遗。更耐人寻味的是"科学"话语对马哲的似乎是可笑的宣判，它表明权力话语中所包含的暴力是一种更为严重的暴力，这不仅表现在它自认为是不容置疑的，而且也因为它对个体造成的精神性伤害比之于肉体性的伤害要更为深刻也更为长久。或许可以这样来表述暴力与权力及权力话语之间密不可分的共谋关系：暴力是权力和权力话语得以维系不坠的主要手段之一，也即是说权力和权力话语本身即包含了暴力的内核；另一方面，权力话语又为现实中横行的暴力提供合法性依据，从而遮掩了现实中的暴力。正是暴力与权力及权力话语之间存在的这种共谋关系，使我们可以通过对暴力的分析来描画出一张社会现实生活中存在的权力关系结构及其话语实践的地形图。

由此，余华对暴力的思考最终落实到了对现实社会中存在的权力关系结构的批判性反思上。我们注意到，在余华那些充满暴力和血腥的故事里，依然徘徊着其早期创作中的一个基本主题的影子，即孩童世界与成人世界之间的对抗与冲突。在这些故事里，孩童总是最容易也最先成为暴力的牺牲品，他们的死亡成为引发一连串暴力事件的导火线。这又一次暴露了余华内心一个非常顽固的看法，即认为相对于孩童世界而言，成人世界是更为混乱、邪恶的，它所奉行的一套道理和准则更是不足为信。然而值得注意的是，在这些故事里，沦为暴力牺牲品的孩童也不完全是纯洁无辜的。《现实一种》里皮皮的麻木与冷酷，

《难逃劫数》里那个打着手电窥看他人隐私的男孩心理之阴暗，以及《河边的错误》里被杀的男孩的虚荣，都表明孩童世界和成人世界并非代表着纯洁与邪恶之间的截然对立。事实上，在孩童的天真无知里也还包含着一些邪恶的因子。总之，孩童世界和成人世界之间的关系实际上要远比人们所想象的复杂。一方面，孩童是成人施暴的对象，因为成人可以不费吹灰之力地在孩子身上获得权力欲的满足。而愈是像《在细雨中呼喊》中的孙广才这样的成人世界里的弱者，他对孩子的施暴倾向就愈加严重。从另一方面看，孩童世界也在复制着成人世界的权力结构关系，这使得暴力在孩童们中间也成为司空见惯之事。从很小的时候起，孩子们就知道暴力能为自己争取到相应的权力，因此只要有机会，他们便不惮于展示自己残忍的勇气。《在细雨中呼喊》里高举着菜刀和镰刀无畏地扑向强横的王家兄弟的孙广平和孙光明，凭藉的当然不只是一股血气之勇，也还有一丝狡黠，他们小小年纪便已领悟到获取权力的奥秘就在于以更强大的暴力制伏暴力。势单力薄的鲁鲁常常遭到同学们的围攻和殴打，更是表明暴力已经扩散、渗透到孩子们中间。在成人暴力的耳濡目染下，孩子们早早地受到了足够充分的训练，在他们步入成年之后，暴力的施用已不再是需要习得的能力，他们将会把暴力看得如同饮水吃饭那般稀松平常，并娴熟地掌握暴力运用的艺术。正是通过这种方式，暴力形成了强大的自我再生产的机制，而建立在暴力基础之上的社会权力关系结构也因而得以一代代地承袭、延续下来。在我看来，《在细雨中呼喊》最成功的地方，还不在于它如何真实地描绘了在那个年代里普遍存在的暴力现象，而是在于它对孩童世界里的暴力现象的描述呈示了暴力得以延续的再生产机制。或许正是这个原因，《在细雨中呼喊》尽管笼罩着童年记忆特有的温润光泽，但骨子里那股悲观绝望的情调依然是难以驱散的，因为暴力的长存使我们不无绝望地意识到社会的权力关系准则及结构实际上是绝难打破的。

余华对暴力的着迷，当然并不完全是因为暴力提供了一个批判、反思现实的绝佳的观照点，暴力本身所具有的魅力也起着不容忽视的作用。他曾坦言：

“暴力因为其形式充满激情,它的力量源自于人内心的渴望,所以它使我心醉神迷。”[①]对暴力形式的迷恋,使余华在描写血腥和死亡的场面时,禁不住会以一种超然于外的欣赏的眼光来打量、甚至于以华丽的语言来不厌其烦地精描细写暴行的血腥场景。《古典爱情》里,当柳生来到菜人酒店的内厨门口时,恰逢店主和两个伙计迎面而出:

> 一个伙计提着一把溅满血的斧子,另一个伙计倒提着一条人腿,人腿还在滴血。柳生清晰地听到了血滴在泥地上的滞呆声响。他往地上望去,都是斑斑血迹,一股腥味扑鼻而来。可见在此遭宰的菜人已经无数了。

这个细节场面虽然恐怖,但叙述语言的舒展平缓以及对声色的过于冷静的讲究,却使叙述丧失了必要的内在紧张感和心理冲击力,因此除了强烈的视觉形象外,它似乎并没有提供更多的内涵,在《一九八六》里,余华对暴力行为和场景的描写更是达到了令人吃惊的地步。对疯子自残行为及其暴力想象的细致密集的描绘成了这篇小说中最引人注目的部分。我们不妨在此摘引一个片段,来看看余华是如何饶有兴味地描绘血腥的暴力的:

> 破碎的头颅在半空中如瓦片一样纷纷掉落下来,鲜血如阳光般四射。与此同时一把闪闪发亮的锯子出现了,飞快地锯进了他们的腰部。那些无头的上身便纷纷滚落在地,在地上沉重地翻动起来。溢出的鲜血如一把刷子似的,刷出了一道道鲜红的宽阔线条。……一只巨大的油锅此刻油气蒸腾。那些尚是完整的人被下雨般地扔了进去,油锅里响起了巨大的爆裂声,一些人体像鱼跃出水面一样被炸了起来,又纷纷掉落下去。他看到半空中的头颅已经全部掉落在地了,在地上铺了厚厚的一层,将那些身体和下肢掩埋了起来。而油锅里那些人体还在被炸上来。他伸出手开始剥那些还在走来的人的皮了。就像撕下一张张贴在墙上的纸一样,发出了一声声撕裂绸布般美妙无比的声音。

---

① 《我能否相信自己》,第 162 页。

这个片段虽然是疯子的暴力幻想,还不是实实在在的暴力行为,但正因为它是一种幻想,所以才更能显出余华对暴力形式是何等的迷醉。在血肉横飞的字里行间,我们读到的与其说是惊心动魄的恐惧和哀痛,倒毋宁说是一种豪华、奢侈的感官享宴。飞在半空中的头颅,阳光般四射的鲜血,如尘埃般扑落、堆积满地的肢体,以及帛布一般的人皮,所有这些意象在此都被抽离了实在的意涵,而仅仅成为在幻想中飘浮不定的字词。对暴力幻想的叙述因此令人吃惊地转变成了一种彻头彻尾的叙述的暴力。在《内心之死》里,余华详细地讨论了陀思妥耶夫斯基在《罪与罚》中对拉斯柯尔尼科夫杀人过程的叙述,他特别指出陀思妥耶夫斯基"噩梦般的叙述几乎都是由近景和特写组成,他不放过任何一个细节",而且还"以中断的方式延长了暴力的过程"。我们虽然无从得知余华在写作《一九八六》时,是否曾经想到陀思妥耶夫斯基"噩梦般的叙述",但他对暴力的叙述显然是经过精心考虑的。对暴力行为逐格慢镜头似的细致描绘,对血腥场面浓墨泼彩般的渲染,使暴力以巨大无比的力量站立起来。然而,倘若说陀思妥耶夫斯基对暴力的叙述像噩梦一般缠人,余华的叙述就未免显得太单薄了,尽管他在叙述上使出了双倍的力气。叙述暴力的关键其实并不在于如何淋漓尽致地描写暴力行为本身,而是要揭示暴力的精神现象学,即暴力产生的精神根源以及由此造成的精神心理后果。换言之,叙述的力量来自于对暴力行动中的人物的内心心理及精神世界的令人信服的分析和刻画,而不是暴力本身的残酷程度。陀思妥耶夫斯基之所以成功就在于他对暴力叙述过程的拉长决不是任意的,而是有着非常精确的计算,因此他的叙述才能始终保持一种近乎疯狂的强大力量。作为一个好学且经验丰富的作家,余华对这个道理不会不明白,问题在于他对暴力本身的迷醉使他无法完全控制自己的叙述。尽管从表面上看,余华的叙述显得非常冷静、克制,遥远的叙述距离让人觉得仿佛一切都已牢牢地控制在他的掌中,但是叙述距离的远近和控制叙述的能力并不是一回事。在余华貌似冷静的叙述中,你依然可以发现许多不够冷静的地方,尤其是当他叙述暴力时似乎是身不由己的沉溺,使叙述逸出了应有的控制范围而变成了一场语言的狂欢。激溅弥空的鲜血仿佛幻变成漫天飞舞的梅花,在陶然自醉的语言摇篮里,暴力令人恐惧、窒息的力量被充分地稀释了,在暴力瞬间迸发出的灿烂光华的逼射下,我们已无法看清在它背后徘徊的幽影。

当然,正如余华所说,暴力的迷人还不仅在于其形式的充满激情,而且也因为暴力体现了一种力量,而这种力量又源自于人内心的渴望。在此需要进一步追问的是,这种内心的渴望究竟渴望的是什么?《朋友》这篇毫不起眼的小说,或许能给予我们某种启示。在余华关于暴力的创作中,这几乎是惟一一篇有着温暖、明亮的情感色调的作品。小说叙述了两个男人在经历一番恶斗之后成为惺惺相惜的朋友的故事。故事本身并不重要,值得关注的倒是叙述人——十一岁的男孩"我"在叙述中流露出来的情感倾向和心理反应。昆山是一个可以借钱不还、拦路抢人香烟的十足的地痞,"连婴儿都知道昆山这两个字所发出的声音和害怕紧密相连",可"我"却强调大家其实都喜欢昆山。尽管"我"没有明说大家——或者干脆说"我"为何会如此喜欢这样一个明明可恨的人物,但从其后的叙述中我们不难找到答案。当昆山靠在桥栏上一边吸烟,一边大口吐着痰时,他那种大大咧咧的样儿,还有他脸上像是风中的旗帜一样抖动的肌肉,他厚实得连刺刀都捅不穿的胸膛,以及他的腿和胳膊,都使"我"为之入迷。显然,真正让"我"着迷的是昆山的蛮悍之力,而正是这种力量使昆山能够在镇上享有某种特权。接下来的叙述则更具有说服力:

> 这是一个让我激动的中午,我第一次走在这么多的成年人中间,他们簇拥着昆山的同时也簇拥着我。……那时我从心底里希望这条通往炼油厂的街道能够像夜晚一样漫长,因为我不时地遇上了我的同学,他们惊喜地看着我,他们的目光里全是羡慕的颜色。我感到自己出了风头。

在"我"稚气的骄傲里包含着的正是对权力的渴望,尽管"我"对此还缺乏充分的自我意识。其后,"我"学着石刚的样儿提着湿淋淋的毛巾,在一帮同学的簇拥下,在学校的操场上走来走去,寻找挑衅者。那段日子之所以如此美好,就因为对成人暴力行为的模仿使“我”迅速地在自己的世界里确立了权威，可见欢乐和陶醉都来自于权力。因此，如果说暴力的力量源自于人内心的渴望，那么这种渴望实际上就是对权力的渴望，因为权力是能够证明自我力量的最有效也是最有力的手段。

几乎可以肯定，这个故事来自余华的真实记忆，“我”的视角和余华本人的童年记忆大体上也是相吻合的，至少叙述中散发出来的那种情感是真实的，因为在《在细雨中呼喊》里，我们也能嗅到同样的情感气息。正是在这里，我们可以清楚地看到一个时代的精神特征如何凭借着记忆渗透到人的思想血液之中，潜在却有力地支配着他们的想象和情感体验方式。众所周知，“文革”十年是一个充满混乱和暴力的时代，无论是对掌权者还是对夺权者来说，暴力都是惟一的选择，也是必然采取的方式。“革命无罪，造反有理”的口号表明，暴力的合理性和合法性都已深入人心。这直接导致了暴力在那个年代里的泛滥成灾。暴力在挣脱外在的法律制度和内在的道德律令的双重束缚之后恣意地喷涌勃发，这虽然会给社会带来无穷的灾难，但这种激情四溢的喷涌本身却是美丽壮观的，而且它给人带来的某种尽管虚假却极具迷惑性的解放感，也是一个规整有序的社会所无法比拟的。或许部分地是出于这种潜在的意识，余华才要那样强调“文革”时代尽管是一场灾难，但同时也是一个不平庸的时代，并为自己曾经在这样一个不平庸的时代生活过而感到庆幸。①

为此而感到庆幸的或许还不只是余华一人，而是囊括了整整一代人。所以，当我们在莫言、苏童乃至王朔等一大批作家的作品中，读到那么多的暴力以及对暴力的抚爱和赞美时，似乎就不会再感到惊诧莫名了。对于他们这一代在“文革”中长大的人来说，对暴力的记忆是如此之深刻，以致暴力已经牢固地黏附在他们的语言和思维之中。在他们追忆往昔时，夹杂在纷乱的记忆里的暴力便油然散发出迷人的芬芳。童年记忆中灿烂的阳光和阳光下的暴力无可救药

---

① 《我能否相信自己》，第231页。

地融会在一起,这给他们作品中的暴力叙述染上了一种暧昧不明的色调。①

而从这一代作家的暴力叙述来看“文革”时代的精神印记还不只是体现在对暴力的叙述常常会失去控制而演变成一种叙述的暴力,已经消融、沉积在作家的思维方式之中的暴力,常常以连作家自己都觉察不到的方式浮现出来,这种潜在而活跃的暴力才是更为令人不安的。《一九八六》作为余华暴力叙述的巅峰之作,在一定程度上可以证明我们的担忧也许并不完全是空穴来风。这是一个关于集体遗忘的故事,很多地方都带有启蒙主义的痕迹,这使我们可以轻而易举地把它直接接续到八十年前的一些启蒙主题之上。曾是中学历史教师的疯子是以被人们遗忘的记忆的化身出现的,他用自己的身体把包括“文革”在内的中国几千年来充满血腥暴力的历史重新“书写”了一遍,但是除了他的妻子以外,几乎所有的人都误读了这种鲜血淋漓的“书写”,这似乎是一场深刻的悲剧。然而,需要仔细分析的也许并不是这种“书写”的效果与影响,而是“书写”本身。疯子的自戕实际上包含着两种角色的奇妙重叠,他既是受刑者,又是行刑人。事实上,除了最后的“车裂”之外,在其余的时间里疯子显然不认为自己是真正的受刑者,在他对自己的身体实施一轮又一轮的酷刑时,他在幻觉中始终是以执刑者也即暴力主体自居的,正是生杀予夺的权力幻觉补偿了肉体的痛楚,并使他体验到了极度的快感。因此,疯子的暴力指向的仍然是外在于己的对象,而他自己的身体不过是充当了暴力的虚拟对象而已。可见疯子表面上的自虐其实仍然是一种施虐。疯子的暴力幻想更是无可辩驳地证实了“书写”暴力背后的暴力:

他感到自己手中挥舞着一把砍刀,砍刀正把他四周的空气削成碎块。他挥舞了一阵子后就向那些人的鼻子削去,于是他看到一个个鼻子从刀刃

① 暴力之所以会在八十年代文学尤其是当时所谓的先锋文学创作中成为一个反复涉及的主题,除了和这一代作家的早年记忆相关外,也与八十年代特殊的社会文化状况有着密切的关系。原有社会结构的裂变,思想文化传统的破弃和再造,话语权力结构的重组,这些都构成了文学创作中蜂拥而出的暴力叙述的一个不可忽略的背景。这一复杂问题需另文探讨,本文暂且略过不表。

> 里飞了出来，飞向空中。而那些没有了鼻子的鼻孔仰起后喷射出一股股鲜血，在半空中飞舞的鼻子纷纷被击落下来。于是满街鼻子乱哄哄地翻滚起来。“劓!”他有力地喊了一声，然后一瘸一拐走开了。

疯子对暴力的身体性“书写”不但没有从根本上消解暴力，反倒以一种吊诡的方式证明了暴力因其根植于人对权力的渴望而拥有的永久存在的合理性。在此，对暴力的批判竟然以一种令人意想不到的方式隐蔽地复制了暴力，而在我看来，它所隐含的危险比之于对暴力的遗忘，似乎要更为严重，这才是最令人深感不安的地方。正是在类似这样的罅隙里，暴力在倏尔之间呈露了其盘根错节、庞大无比的结构体系，而人们平常所关注和谈论的肉体的暴力其实不过是这一庞大结构的顶端，或者说是其浮表的展露而已。在肉体暴力背后绵亘不绝的是更为严重、更为惊人的精神的暴力和思想的暴力，这些精神层面上的暴力构成了肉体暴力的坚实的根基。暴力的这种结构性存在提醒我们：对暴力的分析和批判必须从肉体暴力层面深入到对更为隐蔽且异常顽固的精神性暴力的揭示和批判上，也即要揭开暴力的深层精神结构；而尤其需要指出的是，对暴力的叙述、分析和批判本身也必须保持一种高度自觉的警惕，惟其如此，对暴力的批判才不致畸变为批判的暴力。

原载《当代作家评论》2000 年第 4 期

如何重新讲述一个时代

——关于三部知青小说

黄德海

作为一个时期的知青历史已经过去三四十个年头了，知青文学早已蔚为一个当代文学上的大类，数量和类型都多到足以让人瞠目。数量不必说了，随便找一本研究知青文学的著述，挂一漏万的参考书目都多到惊人，用汗牛充栋来形容都显得不足。从类型上看，文革期间即开始的知青文学创作，既有对知青战天斗地的歌颂，也有对时代伤痕的各种抚慰，还有青春无悔的赞歌，更有以知青时期为范限的爱情纠葛、社会反思，连知青返城后的生活、他们此后的奋斗或屈辱之路，都有相应的作品填补了空白，甚至对此一时代的探险猎奇、鬼马搞笑也陆续出现。这么说吧，关于知青生活的各个地域、各类人物、各种事件，都有一些作品矗立在那里，关于这个时代，基本的素材早已用过，显见的空白已经填满，不少写作者自身也觉得自己关于这一时期的经验和情感已被掏空。如此情势下，一个作家还要重新讲述这个时代，如果不是才尽之后的自我重复，就一定是对以往密密匝匝的作品还不够满意，要用自己的作品参与一次人数足够众多、几乎难以胜出的竞争。

为了避免在一个如此艰巨的挑战面前含糊其辞，不妨把这个竞争的难度说得明确一点。在一个时代结束三四十年之后，即便是亲历者，又如何能保证经过了记忆淡忘的此时书写，会比此前的写作更鲜活，更准确，更有冲击力？在如此众多的控诉或赞颂之后，如何能保证一个新作品在相似的方向上走出一条独特的路？在数量和类型已如此丰富的作品面前，我们如何确认一部新的创作不是积薪，只占了后来者多读多看的便宜？要回应这些问题，后来的写作者必须有新的视角，新的思路，或者无论新旧的洞见，否则免不了被嘲笑为重复或模仿。这是写作者必须面对的挑战，也是一部可能的优秀作品的机会。对准备迎接挑战的作者们，我们不禁期待，他们不会因时光而淡化了时代的鲜活性，却有随时间而来的别样认知，并能够把这些认知以小说的方式表达出来。

近年的知青小说中，就个人阅读所及，即将谈论的三个作品，分别提供了对一个时代的独特观看视角，各有其颖异之处。

一

更的的《鱼挂到臭，猫叫到瘦》给人一种奇怪的感觉，不用说对古典和世俗的随手拈来，对当时流行语的截搭用、反讽用、调侃用等各种花样，连小说的节奏、气息、味道，都仿佛不是现代的。作品仿佛是古人所写，带着一种话本小说的独特韵致。更为古怪的是，作为小说主角的知青阿毛，也不是以往知青小说中那种城里人到乡下的格格不入，而是学会了地方的乡音，懂得那里的礼俗，甚至还因为对乡村的熟悉当上了队长。更为关键的是，小说的主题看起来也似乎不是对知青生活的感慨、叹息或反思，而是一长段的、与当地居民密切生长在一起的生活。稍微读得仔细一点，会发现这本小说牵动人心的是一种不太容易定义的男女之情，有一种情欲萌动的暧昧在里面。在当代严肃小说里浸泡久了的读者不免怀疑，这样一本不正经、好戏谑、情爱观古怪、道德感含糊的小说是从哪里来的？对一个已经被无数历史著作和小说作品确认的艰难时代，用这样的方式面对是不是有点轻佻？

人的记忆或者人对过往的想象有非常强的挑选能力，尤其在面对一长段时间时。在与过往有关的小说里，漫长的十年、二十年最终会被记忆和想象筛选得只剩下几个特殊的情景、特殊的情节，十数年的光阴在书中不过是匆匆一瞬，难免高度压缩，极度跌宕。如此高度精炼下，环境会突出，性格会鲜明，情节会集中，调子会高亢。但这样的浓缩也带来了相应的负面结果，生活即使在极端条件下也自我维持的舒展和从容消失了，时间和情节的节奏会不自觉地进入特定的轨道，删除一切旁逸斜出的部分，剩下的只是公式化的起伏，人物也被挤压得瘦骨伶仃或极度亢奋，鲜明倒是鲜明，却少了些儿活人的气息。或许写作者可以辩称，从漫长的岁月里提取典型写进小说，不正是艺术上的删繁就简？问题是，写作者拣选出的运动起伏，并非完全出于自觉的观察，往往是把不同时期发生的事情调换编年，赋予统一的历史顺序，纳入一个话语权拥有者后置设定的历史分期。不妨说，以往关于知青的小说，往往落在一个早已被清晰规定的时间起伏框架里，这个时间段从何时开始，到何时结束，知青在什么时间受苦遭难，什么时间苦闷无奈，以至什么时间满怀希望，都被后来规划的各个时段界限锁闭在里面——不管是怀念还是反思。

与此相应，很多知青小说中的人物，仿佛早就知道了（即便隐隐约约）一条厄运结束的红线，跨过这条红线，前途将一片光明，那些在作品里早逝了的亡魂，无非是不幸没有等到厄运结束的一刻而已。《鱼挂到臭，猫叫到瘦》在时间感受上与这类知青小说有较大的差异。在这本小说里，作为知青的时段，不再是一个封闭的系统，也不再有封闭时间内规定性的情绪起伏。主人公阿毛和其他知青，并不像此前知青作品中那样满怀希望，小说中的他们置身一个没有确定未来的当下，前途未卜，命运叵测，并不知道在此间的生活是否会继续下去，继续下去又会怎样。曾经的城市生活更是遥不可及，只有无尽的时日铺展在眼前，自己却没有一点主动权，他们能做的，只是无奈地等待生活回到常态。这样无奈的等待却也有意外的收获，就是以往小说中人为垒出的时间堤岸消失了，绵延的生活之流开始无拘无束地流淌，一个生动的世俗空间浮现出来。

除了要着意表现农村生活的愚昧或优美，以往的知青小说往往把笔墨集中在或大或小的知青群体身上，此外的生活世界，仿佛只配做背景、当陪衬，与知青的精神、思想或生活世界很少相关——除了照指示向农民学习或向农村握有实际权力者献媚。《鱼挂到臭，猫叫到瘦》却把知青和农民放在一起写，他们生活在同一个世俗世界。这世俗世界不可避免地屡经斫伤，被当时的社会改造弄得清汤寡水，“原来唱山歌是民俗文化，民俗的东西终归离不开男女之间那点好事，何等生动活泼。‘文化大革命’，上面规定不准再唱男女那件事情了，经常做做倒还是允许的。男女那件事只准做不准唱，山歌就不知道唱什么了”。但这个世界因为建立在具体的世俗之上，并没有因为这些改造和限制而完全丧失生机：带荤的山歌不准唱了，人们还是想方设法过足嘴瘾；道德纯粹的要求处处可见，坤生并没有停止“摸亲家母”；扫四旧令行禁止，王小福老婆仍持续做了一段时间“仙人”……小说里的男男女女，不限于知青，都有他们基于欲望和本能的表达，打架、偷窥、发花痴，即使用革命语言包裹起来，仍透出内里世俗生命的顽韧。

书中写得最风生水起的，是阿毛与小美头、心妮的情爱故事。不管照现代小说以来的哪个谱系看，这个情爱故事都有点邪性，既不符合革命加恋爱的知青与农村女青年结合模式，也不是阳春白雪样干净纯粹的柏拉图式爱情。写的是偷情，却也没有先锋试验或现代意识借此展开的人性勘探在里面，有的就是与欲望相关的情爱，男女之间并不在此之外要求更多的什么。小说里不只是阿毛与农村女性的情爱，与这些情爱故事相伴的，还有阿毛与同为知青的唐娟娟之间共历的那个时代的典型爱情，他跟蒋芳萍、蒋芝萍姐妹的朦胧情感。尤其是与蒋芝萍两小无猜又情窦暗生的关系，惊鸿一瞥，便足惊艳：“蒋芝萍把袜子也蹬掉了，阿毛抓住了她的光脚。阿毛捉牢一看，这是多么秀气粉嫩的一只脚，雪白的脚踝、玲珑的脚弓、深凹的脚心、五个肉滚滚的脚趾。阿毛一时有些恍惚，不仅身体有了些不安分的感觉。蒋芝萍好像也感觉到了什么，任凭阿毛捉住她的脚，不再使劲挣扎了。阿毛握住这只脚，小心翼翼抚摸了几下，轻轻松开了手。”

小说里的这种情爱或爱情故事，不含明确的道德判断，时代的肃杀之气没有完全取消其间的活力，正人君子们的所谓“礼”也没有管到他们头上，有一种放浪的恣意生长其中。跟现代小说的任何类型相比，这样的爱情故事都显得太过简质了，未免让人觉得检讨不深，挖掘不够，对人心的透视未尽全力。不过，更的的或许并没想在这个方向上与现代小说竞争，他所写的，是那个在社会改造的高强度挤压中仍然葆有活力的世俗世界，不再只是社会运动的附带部分，不再为社会大潮的升沉起伏背书，而是朗然显出自身的样态来，不复杂，不深刻，却有着自为的勃勃生机。这个生机勃勃的世俗世界，正是传统小说最动人的部分，也就难怪我们会在《鱼挂到臭，猫叫到瘦》中领略到话本小说的韵致了。

这个自为的世俗当然没有摆脱当时的基本社会状况，人们依旧挣扎在生存的边界线上，并且逼仄到几乎只剩下这点情爱的进退曲折，能折腾出的也不过是有关欲望的小小波澜，虽显现了世俗自为的顽韧，却也透出挣扎的可怜。但相比于其他小说中人物被社会运动挤压到只剩下政治属性，这点边界线上的自为状态，差不多是个宽阔的世界了。这世俗造就的宽阔世界，可以让知青在回顾漫长的乡下岁月时不只剩下一条单向的时间轴线，自己或充当时代升沉的浮标，或扮演逆流而上的英雄，标示出时代的无情或雄伟，而是拥有一方安顿自己身体、欲望和精神的弹性空间，将青年时期的艰难和无奈清洗干净，在回忆里明亮地再生。

二

相比更的的《鱼挂到臭，猫叫到瘦》，韩东的《知青变形记》既没有标示出自己独特的时间感受，也不对生机勃勃的自为世俗空间感兴趣，他小说中的知青时代，与以往此类小说中写到的并无大的不同，甚至因为采取的写作方式极像传统的现实主义小说，情节又怪诞奇异，简直让人怀疑这本书是他对自己早先“虚构小说”宣言的一种背叛——是“如实”反映知青时代的生活吗，那岂不违背了他不做忠实反映生活的“镜面小说家”的宣言？是在知青的平常生活之外讲述奇异的故事吗，那岂不违背了他不追求离奇反常的“传奇小说家”的宣言？当韩东在《我为什么要写〈知青变形记〉》中宣称，“趁这一茬人还没死，尚有体力和雄心，将经验记忆与想象结合；趁关于知青的概念和想象尚在形成和被塑造之中，尽其所能乃是应尽的义务”。我们几乎要怀疑，那个不关心宏伟的题材和时代，也没有用小说改造世界的雄心的韩东，正在全速离开自己曾经的追求。

《知青变形记》最显而易见的情节结构，似乎也印证了上面的推测。知青们从南京到插队所在地老庄子，跟当地居民渐渐熟悉，罗晓飞和邵娜谈起了恋爱。风云突变，因知青与工作组的矛盾，工作组挟私报复，又因同为知青的大许诬陷，罗晓飞被强加了奸污母牛、破坏春耕的罪状。天外横祸，范为好误杀了弟弟范为国，村里人决定瞒天过海，让有罪的罗晓飞代替范为国，并让他连为国的媳妇继芳也接受下来。最终，罗晓飞在社会身份上完全成了范为国，知青变形完成。公权私用，告密揭发，欲加之罪，夹缝求生，无奈变形，差不多可以从中辨认出知青小说的经典情节模式，似乎没什么可以让这本小说从众多的作品中脱颖而出。

不过，复述上面的情节时，显然忽视了一个对小说写作来说非常重大的问题——就像卡夫卡的《变形记》必须写得让人相信，在一个虚构的世界中人可以合理地变成甲虫，《知青变形记》也必须让读者相信，作为知青的罗晓飞如何克服了对新身份的排异反应，顺理成章地变成了一个完全不相干的人。与此同时，小说还必须说明，为什么村里人会容忍范为好杀人，还接受了罗晓飞这样一个（可能）带有污点的人，继芳为何也不对此事提出异议。相对于上面那个显而易见的经典模式，声称自己的小说暗含着“如果……”这样的句式，致力于发掘生活“多种的抑或无限的可能性”的韩东，要把这个怎么看都属荒诞不经的故事，分解成一个一个连绵的细节，把显见的荒诞消融在合理的叙事之中。

《知青变形记》把一个大的荒诞故事化为无数合理情节的核心，是生存。范为国死的时候，罗晓飞正被工作组审讯，罪状有可能被坐实，判刑的可能性极大。这时有人给出一个脱罪的机会，罗晓飞接受，在情理之中。而村里人和继芳接受罗晓飞的原因，则在范为好恳求罗晓飞答应顶替范为国时说出："她男人死了，你这一走，我就要被抓去抵命，这家里老的老，小的小，没个男子汉（村子里对男人的称呼）可怎么活啊……"后来罗晓飞办理返城，范为好因杀人消息透露被捕，村里人让罗晓飞把一家六口，包括为好的媳妇和两个女儿全带走，原因是，"没有男人撑门面，队上也养他们不起"。这一点由生存而来的推理，罗晓飞也心知肚明。继芳因怕他被人认出，劝他不要给队里干活了，在家里忙就行，他回道："等忙完这一阵再说吧。队上救我也不是白救的，是要把我当个人用的。"与此事相关的双方，同意和接受的逻辑，均建立在求生的基础上，不免让人感叹，当时的政治和经济生活贫薄到了怎样可怕的地步，连如此荒唐的方案都只好全盘接受。不过，逻辑的自洽也好，感叹的真实也罢，都只证明了叙事的合理，还不能说明小说自身的特殊。知青小说中的故事，不大多是生存引起的吗？甚而言之，大部分小说中的故事缘起，不都跟生存有关？《知青变形记》里的生存，有何特殊之处？

或许可以打个比方。以往小说中的生存，大多是动物性的，对抗、攻击、胜利，战斗、失败、妥协，与天斗，与地斗，与人斗，与自己的心理斗，终于分出胜负或两败俱伤。《知青变形记》中的生存，更像是植物性的，不强调进攻，却自有一股郁勃之气，见到泥土松散就扎根，见到阳光缝隙就往上窜，一旦遇到障碍，却也知道婉转曲折地回避或平心静气地接受。这种生存并非宁为玉碎不为瓦全，而是韧而且强的屈伸，随时寻找生存的缝隙，一有机会就伸展开去。人与生存互相障碍，也互相适应，慢慢地就生长在了一起。罗晓飞有回城的机会，却准备放弃，以往对生活没有任何怨怼的继芳不依不饶，"这么多年了，我们罗家受了多大的委屈，总算等到这一天了！"继芳的表现让罗晓飞惊讶，她不是在范为国死后很平静，此后也一直安安顿顿地过着自己的日子吗？失去一个男人，又得到一个男人，有什么委屈可言？当然有委屈。范为国死后，为了生存，继芳没有别的选择，只好选择跟罗晓飞假扮的为国一起生活。但被社会运动挤压得狭窄的生存空间一旦开阔起来，继芳看到了名正言顺跟罗晓飞生活在一起的机会，立刻把自己的生存能量集聚起来，要把开阔出来的生存地带填满，郁郁勃勃地生长。这种植物性的生存一直保持着完好的弹性，并未对再次变得狭窄的生存空间恶意相向。罗晓飞回城的事因重重阻碍没有办成，并可能因牵连旧案被投入监狱，继芳说："那就赶紧住手吧。也是怪我不好，不该让你上南京的。"听不出任何失望。看起来开阔的空间一旦被证明失效，伸展行为即刻停止，这就是植物性生存的顽韧弹性了。罗晓飞本人对范为国身份的接受和不接受，他内心的平静和不平静，也都在生存给出的空间里蜷缩伸展，并没有要激越地逃离这个范限。

这个生存的范限，老庄子的媳妇继芳懂，外来户罗晓飞懂，老庄子里大部分人当然也懂。这植物性生存的弹性，却也不止表现在个人身上，而是绵延在整个乡村世界的结构里。这个乡村世界在当时刚性的社会翻覆之中，自觉地维持着生存法则的稳定性，并变通地形成了与显在的权力结构相异的隐性结构。"福爷爷是老庄子上的长辈，虽说成分是富农，但在村上极有威信。"村上本来有显性权力系统内的书记礼贵，但这书记仿佛虚君共和里的君王，只负责仪式性的虚应故事，与社会的刚性因子周旋。阶级成分有问题却不怒自威的福爷爷，才是老庄子事实上的决策者，他可以一言成事，一动止谤。村里人自也懂得他的分量，除了在少数刚性权力要求的情况下接受批斗，福爷爷的富农身份极少被提到。从小说中可以看出，为了维持乡村的生存之需，福爷爷每每要根据实际情况做出决定，必要时甚至牺牲自己的利益。让罗晓飞假扮范为国，正是福爷爷的主意。在这个乡村的隐性权力结构中，福爷爷是历代乡村植物性生存智慧的继承者，他不会（也无法）与显性权力结构直接对抗，只勉力在其间撑出一方稍微阔绰的生存余地，在艰难时世里维持着难得的弹性，形成一种减震效应，不致让上层权力的失误直接给乡村带来毁灭性的冲击。这个建基于生存的隐性结构有自己的传承方式，大有上古的禅让之风，福爷爷告老后，不是福爷爷的儿子礼寿，而是此前的书记礼贵成了他的继承者。

韩东曾在《小说家与生活》中强调，他所说的生活，不是具有时代特征的时髦事物，不是具体的知识和生活常识，不是别人拥有的生活，也不是“更多的生活”，它是常恒的、本质的，是你不得不接受的那种，是每个人都不得不经受的命运。这每个人不得不接受的命运，却不是每个人能天然领会的，所谓“百姓日用而不知”，人们每天见到，却往往视而不见或看不清晰，当然也不是小说家俯拾即得的。好的虚构作品是一种发现，有了这个发现，原先隐而不彰的命运、潜在运行的世界才豁朗朗显现在眼前，我们看到的时候，不禁恍然，哦，原来如此——就像《知青变形记》里这不以对抗而以伸展为目的的植物性生存。

三

在完成与知青有关的小说《日夜书》之后，韩少功写了一个小册子，《革命后记》。在这本小书的“前言”里，韩少功解释了书名：“据不同的定义，这本书的书名既可以读为‘革命后/记’，即记‘革命后’，不过是一个局外人和后来人的观察；也可以读为‘革命/后记’，即后记‘革命’，是一位当事人的亲历性故事——这取决于人们是否把后半场（文革之后的三十多年）算入‘革命’。”把这意思挪用到《日夜书》上，大概可以说，韩少功的这本小说既是后记“知青”，也是记“知青后”，书中交替出现的知青和知青后时代，正像日夜的交替，流转中，一个完整的历史时期缓缓浮现出来。

不过，完整肯定不是一个形容《日夜书》的准确词汇，乍看起来，《日夜书》有那么点漫不经心的意思，小说情节断断续续，对人性的勘察也往往半途而废，甚至有的人物也会从小说里凭空消失，更不用说书中大量出现的中断小说故事连续性的议论了。习惯了情节紧凑、人物关系明了的小说，会觉得《日夜书》的故事交替得有些频繁，人物关系处理得有点芜杂，读起来劳心费力，像苏东坡的读贾岛诗，“初如食小鱼，所得不偿劳”。对韩少功这样一个极其重视知青时代的成熟小说家来说，写出这样一本明显给读者设置了阅读障碍的小说，或许有更深的用心在里面？

把知青和知青之后的时代作为一个整体来写，在数量极大的与知青有关的小说里，算不上罕见，甚至可以说是一个自然的选择——一个时代结束，知青们当然要返城，要迁移户口关系，要处置自己在乡村的爱情和友情，要重新适应城市生活，要奋斗，要沮丧，要结婚生子，要劫后再生，要夺回失去的青春，要补偿丢失的十年(甚至更多)……这一切真真实实地发生了，也确有书写的必要。不过，这类小说聚焦的大多是人生得失、命运叹息，读多了不免会生出一种怀疑：这就是知青和知青后生活的全部？知青生活于其中的世界是自洽的，他们的存在并未扰动这世界的一切？甚而言之，经历过苦难、此后也求生为艰的知青，在一个时代里只扮演了被动的角色，一脸无辜的表情？如果我说，《日夜书》有效地祛魅了知青的无辜，让他/她们与知青和知青后时代生长在了一起，会不会显得有些刺激？

现在已是垂垂老者的知青，当年上山下乡的时候，是处于青春期或青春期刚过的青年人。不管哪个时代，青春期及之后的一段时间都是思想、情感、行为方式起伏巨大的转换时期，“在这个阶段，那些传统事物看起来都很无聊，而所有的新鲜事物则富有魅力，人们可以称之为‘生理嗜新症’”。这一症状冲击着旧有的秩序，“赋予那过于僵化呆板的传统文化准则一些适应能力”。紧接在这生理嗜新症之后的，是对传统之爱的复活，这一现象被称为“迟到的顺从”。按康拉德·洛伦茨在《文明人类的八大罪孽》中的说法，生理嗜新症与迟到的顺从一起，“将传统文化中那些明显过时的、陈旧不堪的、不利于新发展的因素淘汰掉；与此同时，仍将那些重要的、不可缺少的组织结构继续保存下去”，人与其生存的世界达成了新的适应协议，也完成了各自的更新。在人生的这一时期，社会传统越是多层级、有差别，就越容易疏导或束缚青春期极端的破坏能量，社会与人的相互适应也就越平稳。

不幸知青并未遇到这样一个相对健全的社会，他们的青春激情被牢牢压扁在一个向度单一、层次单薄的社会传统里，生理嗜新症无从缓解，迟到的顺从却不得不提前到来。两者的错位和纠缠经过时间的酝酿发酵，会变换出各种花样，用不易觉察的方式在一个人青春已逝之后顽强地表达出来。《日夜书》中的小安子（安燕），最大的梦想是“抱一支吉他，穿一条黑色长裙，在全世界到处流浪，去寻找高高大山那边我的爱人”，她“在高高的云端中顽强梦游，差不多是下决心对现实视而不见”。返城之后，没能在农村实现梦想的小安子抛夫别儿，远赴国外，打捞自己未完成的浪漫。书中的思想者马涛，一心扮演先知，始终视自己“是一个属于全社会的人”，觉得一己的生死存亡关系着中国思想界的进步或倒退。“文革”结束后，因系狱未能全力施展拳脚的马涛去了美国，把与前妻所生的女儿马笑月留给国内的亲人，继续自己思想先知的流亡之旅。不光以上两位，书中永远长不大的姚大甲，对性别差异敏感度极低的马楠，古板的蔡海伦，甚至爱国的非知青贺亦民……坐实了看，不过是生理嗜新症与迟到的顺从延后的变形发作。

这个延后的发作是一种生理或心理的补救效应，整个青春被按在非自由选择时空里的知青，原不应受到责怪或质疑，甚至应该被同情。但把这延后发作带来的后果一并考虑进去，事情就变得不是那么容易判断了。《日夜书》中出现了少数几个知青子女，安燕和郭又军的女儿丹丹以快乐为旨归，以消费为目标，几乎成了小太妹。马涛的女儿马笑月，因为接纳她的三个家庭教育方式全不相同，孩子无所适从，又因工作的不顺利而对社会愤愤不平，后来吸毒，持枪，最终跳入天坑身亡。不光这两人，在《日夜书》的世界里，几乎所有涉及的知青，都没有一个在通常意义上称得上正常的后代。这种近乎残酷的“无后”状态，当然可以便利地归为社会系统的失败，但知青本身对责任的排拒，恐怕也起着非常负面的作用。甚至可以说，知青在延后完成自己青春期补偿的同时，也不自觉地丢弃了教育后代和重建社会传统的责任。于是，可供知青后代们选择的社会传统仍然极其狭窄，不过从此前政治导致的狭窄，变成了后来加入经济之后导致的狭窄。

或许这里不得不澄清一个由来已久的误解。我们在谈论社会传统的时候，往往觉得它是固有的，仿佛一直在那里等着一代一代生理嗜新症发作者来反抗，并最终迎来一代又一代人迟到的顺从。其实并非如此，社会传统本质上是一种创造，就像儒家学说或基督训导是创造一样，社会传统有赖于一代一代人将其创造出来，这样才给了后来者逆反或攻击的机会。对社会传统的创制或创造性的阐释，是每一代人的责任。创造或阐释出来的文化系统越宽厚，越有活力，后来者反抗的空间就越大，其危险性就越小，人与社会形成的新适应协议也就越生动多彩。否则，反抗单一褊狭的社会文化传统，反抗者本身容易变得跟它同样单一褊狭。不管是知青面对的当年社会对传统的有意改造，还是他们后来不自觉地放弃重建社会传统的责任，二者导致的后果是，《日夜书》中的知青和他们的后代，面对的是虽不同却同样褊狭的社会文化传统，他们能选择的反抗空间同样有限。正是从这个意义上，或许可以说，《日夜书》中的知青被动地和他们经历的单一褊狭时代形成了共谋关系，没有谁可以在纯粹的意义宣称自己无辜。

我当然不是在向知青问责，没这个必要，也没有这种资格，何况一个人的成长也不会完全遵照推理的逻辑，知青后代中就有郭丹丹那样较为成功的自我调整。提到这个，想说明的只是，《日夜书》写出了知青及知青后生活的一个侧面，这个侧面把知青从单纯的时间概念中打捞出来，如实地看取了它如何与我们现在面对的一切有关，又如何与我们置身其中的生存和文化结为一体。或许，韩少功这些思考会提示我们思考一些此前被忽视的问题，从而跟我们这个时代及此后的发展一起生长，缓慢地改变社会传统的样态。

关于知青时代，一直有人慨叹，相比于多数人看来苦难、沉重、无奈或一些人眼中英勇、壮阔、激越的时代，华语文学还没有写出一部足以与之匹配的作品。其实，不是人们经历了一个独特的时代，就必然应该产生独特的作品，而是有了一部好作品之后，那个时代的独特才彰显出来。说得确切些，一个时代的独特是在不断的重新讲述中被发现的，并不天然存在。人们对伟大作品的期待、期许和渴望，等“那一个”作品出现了再赞叹、颂扬、“发现”不迟。在此之前，不妨先静下心来，一起思索已有作品所能提供的、引人深思的一切。上面谈论的三个作品，在我看来，都各有自身对时代的独特观察角度，丰富了阅读者对知青时代的综合印象，甚至在某种意义上拓展了我们对人心和人生的认识，从而以其特有的风姿，加深了人们对一个特殊时代的认知程度。

原载《上海文学》2014年第10期

新变与青春

创世与灭寂

——刘慈欣的宇宙诗学

严　锋

步入21世纪，中国文学呈现出多元重组的震荡格局。主流文学分化转向，世代断裂，而类型文学则遍地开花，蔚为大观。其中，科幻文学走势强劲，大有重现20世纪80年代辉煌之势。其领军人物，便是来自山西娘子关发电厂的刘慈欣。这位被粉丝们亲切地称为“大刘”的电脑工程师，连续八年获得中国科幻最高奖项“银河奖”，其最新作品《三体3·死神永生》更是一个月内销售突破十万册，打破了中国科幻小说的最高纪录。刘慈欣的世界，涵盖了从奇点到宇宙边际的所有尺度，跨越了从白垩纪到未来亿万年的漫长时光。他的作品既有惊人丰富的技术细节，又蕴含着深切的现实观照与人文情怀。从文学语言与技巧手法上来看，刘慈欣是一个深具浪漫气质的古典主义者，但其思想却具有惊世骇俗的前卫性。如果我们把他的作品放到一个更大的谱系中来观照，会发现他与主流文学处于既延续又悖离的微妙复杂的关系中，而这些关系又恰恰对我们理解中国现代文学的特质、困境及其未来走向，提供了重大的启示。

一、从启蒙到超启蒙

从一开始，刘慈欣就被人视为硬科幻的中国代表。这是一桩吃力不讨好的活，在微小化、朋克化和奇幻化的当今世界科坛，相当不与时俱进。但他仿佛是下定决心要为中国科幻补课一般，执着地用坚实的物理法则和潮水一般的细节为我们打造全新的世界。这些世界卓然成形，栩栩如生地向我们猛扑过来。

如果我们在刘慈欣全部的作品中寻找核心词汇的话，“宏”必是其中之一。这不仅是字面的，比如他创造了一些独有的名词：宏电子、宏原子、宏聚变、宏纪元，“宏”更代表了一种大尺度、大视野的宏大视阈。刘慈欣偏爱巨大的物体、复杂的结构、全息的层次、大跨度的时间。从表面上看，这样的描写是为了制造“震惊”的效果，从心理上彻底征服读者。但是，在一个“躲避崇高”和消解宏大叙事的“小时代”，刘慈欣如何能够反其道而行之，重建崇高美学？在对传统的回归、潮流的反动和对读者的迎合之外，他又注入了何种新质，提供了怎样的新视野？

最早吸引我的刘慈欣作品是他的中篇小说《乡村教师》，这也是刘慈欣自己最偏爱的作品之一。一个极度贫困山区的平凡的乡村教师到了肝癌的最后时刻，他用微弱的生命的最后一点余烬，给小学生们上了最后一课，他想努力再塞给孩子们一点点数学知识，哪怕这些知识很可能对这些孩子的将来不会有一点点作用。这难道不就是刘醒龙《凤凰琴》的翻版吗？

突然，出现了这样的文字：

> 在距地球五万光年的远方，在银河系的中心，一场延续了两万年的星际战争已接近尾声。那里的太空中渐渐隐现出一个方形区域，仿佛灿烂的群星的背景被剪出一个方口，这个区域的边长约十万公里，区域的内部是一种比周围太空更黑的黑暗，让人感到一种虚空中的虚空。从这黑色的正方形中，开始浮现出一些实体，它们形状各异，都有月球大小，呈耀眼的银色。这些物体越来越多，并组成一个整齐的立方体方阵。这银色的方阵庄严地驶出黑色正方形，两者构成了一幅挂在宇宙永恒墙壁上的镶嵌画，这幅画以绝时黑体的正方形天鹅绒为衬底，由纯净的银光耀眼的白银小构件整齐地镶嵌而成。这又仿佛是一首宇宙交响乐的固化。渐渐地，黑色的正

方形消溶在星空中，群星填补了它的位置，银色的方阵庄严地悬浮在群星之间。

这后面的转折绝对是大家难以想象的。这个乡村教师的最后一点徒劳而可悲的努力，最终拯救了人类。他那卑微的生命，融入了一个在时间和空间上都极为壮阔的太空史诗。而这个教师的意义，也被发挥到了一个广袤的宇宙的尺度，一个在非科幻文学作品中难以企及的尺度。

我们一眼能够看到这其中的启蒙主题。事实上，无论是五四的启蒙运动，还是"文革"后的"新启蒙"，科学都在其中扮演了重要的角色。这跨时代的两场启蒙，都遭遇了危机与挫折。对前者而言，是"救亡压倒启蒙"。对后者来说，事情更加复杂：市场经济、消费文化、知识分子的边缘化，乃至西方知识界对启蒙的批判，都扮演了推手的角色。从 20 世纪 90 年代以来，中国文学作品中的启蒙主题，逐渐隐去。在这样的背景下，刘慈欣再回启蒙现场，意义非同寻常。

当然，我们也可以说刘慈欣和那些消解启蒙的人一样，都是企图超越启蒙。不同的是，他的方向恰好相反，因为这不仅仅是老调重弹，更把启蒙的意义超拔到不可思议的高度。2007 年中国国际科幻·奇幻大会期间，在女诗人翟永明开办的"白夜"酒吧，刘慈欣和著名科学史家江晓原教授之间有一场十分精彩的论辩。刘慈欣的旗帜很鲜明："我是一个疯狂的技术主义者，我个人坚信技术能解决一切问题。"①在全世界敢这样直接亮出底牌的人不多，在中国就更少。刘慈欣举了一个例子：假设人类将面临巨大灾难，在这种情况下可否运用某种芯片技术来控制人的思想，从而更有效地组织起来，面对灾难。江晓原则认为脑袋中植入芯片，这本身就是一个灾难，因为这会摧毁人的自由意志，带来人性的泯灭。所以科学不是万能的，不是至高无上的，更不能解决所有的人类问题。

其实类似的论辩在中国早就有了。1923 年 2 月 14 日，张君劢在清华园作

---

① 刘慈欣、江晓原《为什么人类还值得拯救》，《新发现》2007 年第 11 期。

“人生观”的演讲，认为人生观是“主观的、直觉的、综合的、自由意志的”[①]，而科学是客观的、分析的，所以无论科学怎么发达，都无法解决人生观的问题。此论一出，立刻遭到丁文江、陈独秀等人的迎头痛击，想那正是高举“赛先生”的时代，怎容得所谓“玄学鬼”的胡言乱语？从前看这段公案的时候，我对人单势弱的张君劢颇多同情，而对满口时代强势话语的丁、陈等人侧目以视。作为一个长期饱受人文主义思想熏陶的人，我也本应毫不犹豫地站在江晓原教授的一边，对刘慈欣的科学主义倾向大加挞伐。但是，刘慈欣看似极端的“科学至上”和“唯技术主义”的旧瓶子里面，其实已经装了很多的新酒。

刘慈欣所说的科学，是指一种更高级、更综合、更全面、更未来的科学。事实上，今日之科学，已非旧日之科学。近年来，随着脑科学、基因工程、进化心理学、量子物理学、宇宙学等尖端学科的进步，精神、人性、道德、信仰这些原先是哲学家、伦理学家、神学家、艺术家的专属论题，正日益受到科学家的强烈关注。彼携利器而来，科学会成为认识与解释世界的通用话语，乃至元话语吗？在一个碎片化的时代，传统的人文知识都在不断地分化消解，放弃全局性的视野，变得日益局部化。唯有科学，却开始呈现宏大叙事的渴望，或者说正在走向总体性。

我认为，科幻小说在中国的再度复兴，与这股强势的科学话语有着密切的关系。几年前我在评价刘慈欣的小说时说：“这个人单枪匹马，把中国科幻文学提升到了世界级的水平。”[②]现在我想进一步补充的是：他不是一个人在战斗，他的背后有一个强大的话语场域。启蒙式微之时，又恰逢科学强势之日，这种反讽式的情境，再融入一个对中国来说还未充分发展的文学类型——科幻小说，其间的张力，我以为恰恰是刘慈欣小说爆发式流行背后不容忽视的重大动因。他站在一个难得的位置上，从科学的角度审视人文，用人文的形式诠释科学。

① 张君劢《张君劢集》，群言出版社 1993 年版，第 96 页。

② 刘慈欣《流浪地球》，长江文艺出版社 2008 年版，第 3 页。

他超越了传统的道德主义，以惊人的冷静描写人类可能面临的空前的危机和灾难，提出了会被认为是极其残忍的各种解决方案，但是我们将理解他对人性的终极信念。

二、从英雄到超英雄

刘慈欣的宏大美学，落实到人物身上，就是他作品中的英雄群像。从《乡村教师》中的乡村教师，《球状闪电》中的林云，到《三体》三部曲中的持剑人，他们以舍己而救苍生的姿态出现，挺身反抗命运的暴虐，最终改写历史。这在晚近的中国文学中又堪称异数。在一个所谓的“后新时期”，凡人登场，英雄凋零，日常生活叙事渐成主流，英雄成为反讽与戏拟的对象，或蜕化为反英雄。主旋律文艺中即使依然在力推传统英雄形象，但也流于空洞僵化。在这样的非英雄化的背景之下，他笔下的英雄形象却赢得读者的广泛认同，这其中的契机为何？

刘慈欣的英雄，是一种跨历史的奇异复合体。在他们的一些人身上，依稀可以看到传统革命英雄人物的特征气质。这其中表现得最为明显的是《三体2·黑暗森林》中的章北海。这是一个具有钢铁意志的中国军人，他对未来具有深邃的洞察力，对自己的使命具有坚强的信念，为实现目标不屈不挠，甘愿牺牲。从这些方面来说，他是从卢嘉川、李玉和到杨子荣的一系列传统革命英雄在太空时代的变体。刘慈欣无疑是具有某种革命英雄主义情结的，他说：“在过去的时代，在严酷的革命战争中，有很多人面对痛苦和死亡表现出惊人的平静和从容，在我们今天这些见花落泪的新一代看来很是不可思议，他们的精神似乎是由核能驱动的。这种令人难以置信的精神力量可能来源于多个方面：对黑暗社会的痛恨、对某种主义的坚定信仰以及强烈的责任心和使命感等等。但其中有一个因素是关键的：一个理想中的美好社会在激励着他们。”①

---

① 刘慈欣《理想之路——科幻和理想社会》，《星云》2001年第1期。

但是我们再仔细看一下，这种英雄的变体还是与传统革命英雄有关键性的差异，那就是刘慈欣提到的“平静和从容”。事实上，传统革命文学中的英雄并不那么淡定，他们往往语调激昂，情绪高亢，热血沸腾，而这些情感化的心态在刘慈欣那里几乎了无踪迹。他的英雄几乎都是冷酷英雄。章北海在判断人类在与三体人的战争中必然失败后，就开始精心策划他的太空逃跑计划。这种逃跑比正面抵抗更艰难，更需要坚忍不拔的毅力。在此过程中，他必须直面无边的黑暗，忍受绝顶的孤独。他还必须不动声色地除掉一切挡在前面的障碍，包括无辜的战友。

这种情感的零度，其实也是从 80 年代的寻根文学、先锋文学到 90 年代的新写实小说的核心叙事风格。像汪曾祺和阿城这样的作家，已经开始远离五四文学和革命文学中的激情，以平和克制的笔调展现人物的命运。在杨争光和余华的作品中，叙事者不动声色地展现残酷的人生，呈现出“无我”的境界。而刘震云和池莉等人的新写实小说，则是以看似麻木的态度，将生活中的死水微澜的状态冷静展现。

把刘慈欣放到“文革”后文学的这一冷酷叙事的脉络上，初看起来仿佛风马牛不相及。论者多认为刘慈欣深具古典主义和浪漫主义雄浑瑰丽的特质。他自己也认为深受俄罗斯文学的影响，“我整个语言风格，就是俄罗斯文学那种很沉甸甸的、很土里土气的，而且很粘滞的那种语言，追求一种质感”①。但是，在华丽的细节和繁复的铺陈造成的厚重感之上，依然有着刘式的精确、冷静与超然。在《三体 1》中，有一个骇人的屠杀场景，叛军乘坐的“审判日”号被看不见的纳米线切割解体：

> 审判日号开始散成被切割的四十多片薄片，每一片的厚度是 0.5 米，从这个距离看去是一片片薄板，上部的薄片前冲速度最快，与下面的逐级错

① 黄永明《每一个文明都是带枪的猎手——专访科幻作家刘慈欣》，《南方周末》2011 年 4 月 20 日。

开来，这艘巨轮像一叠被向前推开的扑克牌，这四十多个巨大的薄片滑动时相互磨擦，发出一阵尖利的怪音，像无数只巨指在划玻璃。这令人无法忍受的声音消失后，审判日号已经化做一堆岸上的薄片，越向上前冲得越远，像从一个绊倒的服务生手中向前倾倒的一摞盘子。那些薄片看上去像布片般柔软，很快变形，形成了一堆复杂的形状，让人无法想象它曾是一艘巨轮。

刘慈欣的冷静与上面提到的其他新时期作家不同，更多地来自一种技术化的倾向。科学本身就是"零度"的，当冷静的科学理性与热烈的人文关怀叠加在一起的时候，它们并不相互取消，而是相互激荡，形成更为丰厚的复调之声，这也是刘氏美学的核心所在。

再回到"白夜"酒吧。在争论到白热化的时候，刘慈欣指着身边的《新发现》女记者，问江晓原："假如人类世界只剩你我她了，我们三个携带着人类文明的一切。而咱俩必须吃了她才能生存下去，你吃吗？"[①]这是一个富有启示性的问题，也是刘慈欣作品中的英雄不断面临的抉择。刘慈欣几乎是"残忍"地把他们推到那些极端的场景，让他们面对世界的终极困境。在疯狂的"文革"时，人性最沦丧时，我们可以向外星人发送信号，向他们求救吗？这是《三体 1》中叶文洁面临的难题。《三体 2・黑暗森林》中，罗辑冒着毁灭人类的危险，在太阳周围布下足以发布三体星系坐标的大量核弹，以此威胁阻止三体人的入侵，这样做是道德的吗？我们看到，从这里开始，刘慈欣已经远离了传统的革命英雄主义，开始走向黑暗的宇宙之心，却依然可以听到遥远的革命精神的回响。因为，为了总体而牺牲个体，为了目标而不择手段，这依然可以视为过去的革命逻辑的极端展开。

也正是在这个意义上，英雄成为超英雄。他们必须具有超人的意志，超人的智商，超人的手腕。他们拯救的甚至不是一个国家，而是整个地球，甚至整个

---

① 刘慈欣、江晓原《为什么人类还值得拯救》，《新发现》2007 年第 11 期。

宇宙。如果说，狂人在中国文学中是从鲁迅那里开始出现的，那么，超人则是从刘慈欣那里开始的。

这样的超英雄既不是天生的，也不是一次性的完成。在这些超英雄身上，也依然有着反英雄的影子。林云是个任性偏执的姑娘，罗辑是个不学无术的浪荡子，程心是个优柔寡断、菩萨心肠的琼瑶式人物。成为英雄甚至不是他们的本意，关键在于他们偶然被卷入世界的危机，危机背后是宇宙的逻辑。当宇宙在他们面前徐徐展开，人类一下子显得那么渺小，他们的悲欢离合那么地微不足道。

这是中国文学中罕见的视角。也正是在这个意义上刘慈欣对被奉为金科玉律的“文学是人学”的说法提出了质疑：“在文学史的大部分时间里，人类文学其实一直在描述人与大自然的关系，而不是人与人的关系。各民族古代神话中神的形象其实是宇宙的象征，而其中的人也不是真实历史意义上社会的人。文学成为人学，只描写社会意义上的人与人的关系，其实只是从文艺复兴以后开始的，这一阶段，在时间上只占全部文学史的十分之一左右。所以，传统文学给我的印象就是一场人类的超级自恋，文学需要超越自恋，最自觉做出这种努力的文学就是科幻文学，科幻文学描写的重点应该是人与大自然的关系，科幻给文学一个机会，可以让文学的目光再次宽阔起来。”①

从五四的感伤主义到革命的浪漫主义到20世纪90年代的新写实主义，这不也正是一个努力超越自恋的过程吗？刘慈欣带着他的宇宙视阈，为这个趋向增添了独特的维度。

三、超越宗教

当刘慈欣把目光投向宇宙深处，他同时也就引入了信仰的问题。他的作品

① 刘慈欣《重返伊甸园——科幻创作十年回顾》，《南方文坛》2010年第6期。

中有丰富的宗教指涉与隐喻。他甚至直接使用“上帝”“神”这样的字眼，但其意义却与传统的宗教有很大差别。刘慈欣是一个坚定的无神论者，他所说的“神”，通常就是指文明层级高于人类的外星人。这些“神”掌握着人类难以企及的梦幻科技，可以穿越时空，操控物质，甚至生死而肉骨，仿佛具有神一样的能力。那么，这种“科学神”与传统的神有什么样的区别呢？

与基督教宣扬的“神爱世人”截然相反，这些“神”毫无爱人之心，他们视人类如草芥。在《吞食者》中，高等文明吞食帝国的使者大牙干脆毫不客气地把人类称为“小虫虫”，并计划把人类作为家畜圈养。他们也会给人类创造一个相对宽松的饲养环境，听听音乐，吟诗作画，但这只是为了确保人类肉质的鲜美。

这是一幅异常黑暗的宇宙图景。刘慈欣告诉我们，宇宙深处没有一丝一毫拯救的希望。在《三体2·黑暗森林》中，他别出心裁地设想了一门“宇宙社会学”，设定两条宇宙公理：“第一，生存是文明的第一需要；第二，文明不断增长和扩张，但宇宙中的物质总量保持不变。”这两条公理可以视为达尔文“物竞天择，适者生存”的进化理论的宇宙版本。在更加宏观的尺度上，在其展开过程中，就其淘汰的规模而言，宇宙进化论远比达尔文版更加惊心动魄。“神”那种“毁灭你，与你何干”的漫不经心的态度，直刺建立在长期的人类中心主义之上的自恋情绪，也呼应着“天地不仁，以万物为刍狗”的东方世界观。

刘慈欣小说中经常出现类似末日审判的场景，审判过后人类无一升入天堂，而是集体面临地狱的命运。《赡养上帝》是他把“上帝”表现得最仁慈的作品了。“上帝”们在创造地球和生命之后，经过漫长的岁月，其文明也衰落老化，不得不降临地球，向人类乞求庇护和赡养：“我们是上帝，看在创造了这个世界的份儿上，给点儿吃的吧——”人类一开始还善待创造了自己的“上帝”，但发现他们毫无利用价值后，便数典忘祖，犹如虐待老人的不孝子孙，令“上帝”狼狈而伤感地离去。这部引人发噱的恶搞小说，充分体现了刘慈欣幽默的一面，但却更是以科幻的形式，用另类的上帝形象，呼应了尼采“上帝已死”的宣告。

那么，在刘慈欣的宇宙中，就留不出一丝信仰的空间了吗？并非如此。

我们看到，在他的小说中，还有一种神的隐秘形象，那就是——人类自己！《三体3·黑暗森林》中的程心，是一个善良柔弱的普通女子，她被命运一次次推到力不从心的位置：替人类选择命运。不幸的是她一次次地没有能够保护人类，而促成她失败的原因，恰恰是她对人类的爱。因为她的失败，地球沦陷，人类惨遭三体人奴役，程心因伤心自责而双目失明，并自我放逐，作为赎罪。而正是在漫长的救赎中，程心不仅拯救了自己，也拯救了人类。小说明显地把程心塑造成某种意义上的圣母，而她怀抱婴儿的形象也强烈地暗示了这一点。但这个圣母，并非天定。程心自己说："我要对相信上帝存在的人们说，我不是它选定的；我也要对唯物主义者们说，我不是创造历史的人。我只是一个普通人，不幸的没有能够走过一个普通人的生活道路。"

这是一条内在的超越之路，颇有些内圣外王的中国意味。但是刘慈欣并没有简单地把爱、善、责任视为包治百病的灵丹妙药，而是将其视为一个艰难曲折、甚至是充满失败的过程。在这条道路上，只有经过炼狱的灵魂才能得到真正的拯救，这是人之上升的唯一途径。人性即神性，人是人自身的救主。

在外部的宇宙中刘慈欣也预留了信仰的空间，这不是某个人格化的"神"，而是宇宙本身。在一篇名为《SF教——论科幻小说对宇宙的描写》①中，刘慈欣写道："宏伟神秘的宇宙是科幻小说的上帝，SF教的教义如下：感受主的大，感受主的深，把这感觉写出来，给那些忙碌的人看，让他们和你有同样的感受，让他们也感受到主的大和深，那样的话，你、那些忙碌的人、中国科幻，都有福了。"SF是科幻小说的英文简称，在这里，刘慈欣把科幻小说的意义推到一个信仰的高度。在许多小说中，刘慈欣格外钟爱"流浪"这个意象。当然，他小说中的流浪也是在宇宙的尺度上进行的。《流浪地球》是当地球人发现太阳即将爆炸后，把整个地球改装成一艘巨型飞船，离开太阳系去寻找自己新的家园。在《赡养上帝》中，"上帝"劝告人类早日离开地球，否则难逃灭顶之灾。在《三体3·死神

① 本文发表于网络：http://sfers.cn/forum.php?mod=viewthread&tid=55&page=1&authorid=1。

永生》中，程心更是流浪到宇宙与时间的尽头。在这里，流浪是向外寻找宇宙，从中发现与拓展人类生存的意义的核心象征。加上人的内在的自我完善，这正是一个宇宙版的内圣外王之路。再加上科幻小说这一本质上也是创造的诗学空间，我们就获得了一个刘慈欣式的三位一体。

当然，这只不过是幻想，只不过是神话。可是，说到神话，这难道不正是我们这个时代的奢侈品吗？系统性的史诗与神话一直是中国文学的弱项。在遭受后现代文化的洗礼之后，我们的作家更如获至宝，把缺失视为强项，鄙视宏大叙事，消解终极追问。我珍视刘慈欣的作品，也因为他逆流而上，发扬理性主义和人文精神，为中国文学注入整体性的思维和超越性的视野。这种终极的关怀和追问，又是建立在科学的逻辑和逼真的细节之上，这就让浩瀚的幻想插上了坚实的翅膀。

当尼采向世界发出"上帝已死"的宣告，一些价值解体了，但另一些依然存在。旧的神话消失了，新的神话依然在不断诞生。人类从来没有停下追赶神话的脚步。我们惊奇地发现，在一个崭新的世纪，无尽的宇宙依然是无尽的神话的无尽的沃壤，而科学与技术已经悄然在这新神话中扮演了越来越重要的角色。刘慈欣对宇宙结构的想象，已经开始涉及时间的本质和创世的秘密，但看得出他是有意与西方的神话保持距离，走一条新的中国神话的道路。这是前所未有的工作。关于宇宙之始、之终、之真相。他猜了，他想了，他写了。至于这是否正确，这已经不重要了。虽说人类一思考，上帝就发笑，可人类如果不思考，上帝连发笑都不屑。

原载《南方文坛》2011年第5期

文学更新与知识更新

——谈姚伟的《尼禄王》，兼谈新世纪的先锋文学

刘志荣

亲爱的 K：

这两年所读的中国小说中，我最愿意向你推荐的是一位尚无多少人知道的年轻作家姚伟的小说《尼禄王》（“小说前沿文库”，新世界出版社 2010 年 10 月版）。如果我的判断没错——我相信时间会证明我的判断没错——这绝对是一部天才之作，不论是其中展现的惊人的想象力、对叙事的精心经营，还是展现的学识的广博和洞见的丰富，以及关注的问题的核心和重要，在整个现代中国文学中都是特出的，而不仅仅局限于当下的青年文学领域。尤其值得强调的是，它也向我展现了现在的年轻作家的另外一面，即他们之中，仍有人在关心那些一直纠缠和困扰着人类的核心问题——这在无论何时都是一种罕见的品质，出现在当下年轻人的笔下尤其让人惊喜，而况姚伟的表现，无论放在哪个时代哪个国度都可以说是天才和优异。我甚至想说，这部小说标志了现代中国文学诞生以来一种全新的趋势，这种趋势把自己的想象力和问题意识深深地植根于人类最深刻的文化传统之中，完全可能改变现代文学和传统决裂所带来的庸浅和浮薄——尽管现在这种趋势只是初露端倪，但种种迹象已经表明，它终将在今后几十年间形成潮流，蔚为大观——如果把姚伟的《尼禄王》看作这种趋势的第一个开端，这个开端这样优异，实在让人觉得可喜。与此相反相成的，是这部小

说在叙事形式上的先锋和探索，那样有趣、熟练、成功，让人觉得那种深刻的关怀、洞见和问题意识，只有通过这种复杂的形式才能成功地表现出来，基于人类文化传统的深刻的问题意识和极为先锋的文学形式在这里实现了奇妙的联姻，显示出小说的形式实验和营求绝不仅仅是夸耀和装饰，如同它所展现的学识和洞见也不是。

有关尼禄的故事，即便在中国，受过教育的读者也都会略有所知。这位罗马帝国有名的皇帝，在历史上成了一个凝固的形象：弑母、杀弟、灭师、在罗马城纵火……几乎成了西方历史上最有名的暴君（其形象类似于中国的桀纣），而由于其对基督徒的大规模迫害，又被后来的基督教会看成是“反基督”形象的第一个显形。但这种刻板化的叙述，其实在历史学家——尤其是现代史家那里，也有不少的争议，现代史家的意见，尚不足以为尼禄之恶做辩护，也不能推翻历来习传的尼禄作为恶的形象的代表，但可以提醒我们考虑问题的复杂性，从而或者更能使得我们回返到历史情境中，去具体地理解此种恶何以竟然能够那样地形成。

在阅读姚伟的《尼禄王》的过程中，我曾特意找来英国传记家韦戈尔的《罗马皇帝尼禄》（王以铸译，“新世纪万有文库”本）一书比照着来读。韦氏属于为尼禄辩护的一党，在他笔下，尼禄几乎被描绘成了一个不见容于罗马社会的艺术家和悲剧英雄——韦戈尔的观点和先入之见，本身带有现代人的预设和偏见，尤其可能把现代英国文人憎恶维多利亚时代保守的社会和道德风气的倾向，代入对历史的解读之中，但他搜集和排比了不少资料，这些材料本身可以促进我们的思考。韦氏笔下的罗马帝国，统治阶层争权夺利，热衷于各种阴谋诡计，社会风气和政局变化错综诡异、暮雨朝云，尼禄的各种恶行，并非全然出于乖戾的个性，而本身就是当时的局势和习见的争斗的一部分——从旁观者的眼光看，不得不说，落入这种局势，本身就是最大的不幸，而如何避免陷入其中，本身需要极高的福德和智慧。

换个视角，从当事者的角度看，则既已陷入其中，贤德和务实的君主，他们的作为应该多多少少可以缓解此种局势，如果做不到，也不应该使之恶化，再退一步，他们最少应该养成谨慎的品性，这样至少可以做到全身而退——如果连这种起码的品性也不具有，处于危险的中心，恰恰无限放大了他们陷入悲剧命运的可能。所以，与韦戈尔不同，我不会认为尼禄是无辜的，尼禄本人的性格和作为，当然得为他的命运及历史形象担负责任。尼禄的表演人格，出于他本人强烈的艺术家气质——这二者经常是相辅相成的，尤其在二流人物那里——恰恰是他在统治后期陷入困局的最重要原因，与中国历史上的许多类似统治者相似，他们都未能处理好政治与个人的激情和热望之间的关系。其次，尼禄的悲剧命运涉及“诸神之争”（不同文化和生活方式之间的争斗），他却对此似乎一点没有意识——他发自内心地崇拜和热爱希腊，热衷于在罗马引进乃至强行推广希腊的文化和生活方式，却没有自觉到已经触犯了罗马的传统和习俗（nomos），或者出于他不可救药的傲慢和自大，他以为可以掌控此种触犯的后果，从而为所欲为——最终，他的所有努力，都成为罗马帝国中坚阶层眼中的丑闻，从而难以避免走向覆亡的命运。

姚伟的小说，不同于韦戈尔的传记，他一开始就没打算依据史实还原尼禄的历史形象，而是迅疾地进入虚构和想象领域，涉及和关注的，是具有普遍性的主题——这些主题，通过“谬悠之说，荒唐之言，无端崖之辞”错综迷离地表现出来，涉及他对人类生存和历史中的重要问题的认识，可以说几乎是把他青年时期（30 岁之前）思考的精华，全部倾注到这部 14 万字的小说中，使得这部不算长的小说，竟然部分地带有百科全书的性质。姚伟的朋友曾把这部小说和尤瑟纳尔的《哈德良回忆录》相比，我想他可能得到过这部书的启发，但在基本气质上，这部小说和《哈德良回忆录》不同：尤瑟纳尔致力于用自己一生的经验，还原罗马贤德君主、同时也是斯多噶派哲人哈德良的政治经验、人生阅历和内心世界，姚伟则从尼禄的传记借来一点由头，以天马行空的幻想重构了尼禄的生平，并和各种假托的东西方古书和现代文献的片段互文，表现他对人类的致命困境和艰难问题的思考，气质上有点接近塞尔维亚作家米洛拉德·帕维奇的《哈扎尔词典》——尽管他没有采用辞典小说的形式，但荒诞离奇、恍惚迷离的想象和叙述，以及文本之间频繁和互相抵消的互文，以及在这种互文中表现出来的对于人类重大问题的关切，在气味上却与《哈扎尔辞典》有非常相通的地方。书中这些重要的关切、问题和洞见，都被用文学的形式表现得非常深刻和有趣，以至于会让你觉得，文学化的形式，才是最恰切地表现这些问题的方式。

从我的阅读感受看，小说中最深刻的关切在于恶的根源问题。这种关切内在于小说的基本结构之中。我们这位作家具有天马行空般的想象力，小说的主体线索部分，是尼禄用第一人称口吻所写的回忆录，但叙述者在《楔子》（出版时因为考虑不周被删去了）中说：这份回忆录，出于一位二战之中被迫为日本军国主义者服务的医学博士的梦境——“在梦中他时而是上帝的仆人撒旦，时而又是几万年里各个王朝的暴君……投生过不同的时代和国度，获得过几百副相差悬殊的身躯。凌晨惊醒时，他忘记了自己的姓名和相貌，极度的恐惧促使他用颤抖的双手抓住了一面镜子。镜中人的容貌和表情使他大声尖叫之后摔倒在了地上……陷入了长久的昏迷。”此后，“心理学家利用催眠术诱使他讲述了那个无比漫长的梦境。可惜这个梦还没来得及讲完，医学博士就因身体过度衰竭而死去。”——小说的主体部分，显然就出自对这个噩梦的部分记录，其余附录的片段，则出自研究者、收藏者和整理者夹贴和补充的大量古今东西著述片段，出于梦境的回忆本身就匪夷所思，收藏者和整理者甚至也会对记录进行涂改，这显然进一步加强了这部小说类似于“写在羊皮纸上的笔记”的性质。医学博士咽气前的最后一句话，似乎是神灵在对死者宣谕：“你在增加邪恶方面一直很出色……为避免你在自己的业绩面前过于骄傲，我现在带你离开这里。”——显然是暗示死者及其在不同时空的转世，乃是恶魔的化身，非但令在场的人深感震惊，也给整部小说思考和想象的基调，带上了一种沉郁的色彩。

如你所知，有关恶的根源问题，这是人类最深刻的哲学和宗教都不得不涉及的问题，然而，亦如你所知，种种思考，迄无结论，人类一思考，不但上帝，乃至高于我们维度的存在者——假如有的话，都会发笑，显示出它也许就是我们陷于二元对立式的此世生存——亦即我们的政治社会存在的基础——的根本属性之一，然而，虽然不可能得出答案，对之的持续关注、解析和思考，却也许就是对之进行抵抗和消解的道路之一。放弃对之的关注和思考，始终是危险的，它会让我们误以为现世社会是完满的，从而放松对危险的警惕，或者以为这种完满是可能的，从而在对之的疯狂追求中陷入可怕的境地，如那句著名的格言所说，通往地狱的道路，由天堂的砖铺就——尽管，毫无疑问，通往地狱之路，当然首先由地狱本身的砖铺就；也毫无疑问，只有在认识到这种根本性的缺陷和根本性的不可能之后，一定程度上对之的改善，一定程度上的善治，或者终究还是可能的，乃至终究还是值得追求的。有关恶的起源，小说中也有种种有趣的思考和叙述：有的接近于诺斯替主义的不完美的德穆格，融合了希腊和希伯来的叙述，让人发笑（PP32—34）；有的近于印度神话，把造物者想象为一个戏耍的孩童（P37）；有的把人世的不完善委诸于“泥土的过错”（P192）；有的则近于黑格尔的“恶的辩证法”式的诡辩（PP192—198）……如同现实世界对这一与人类处境有根本性关系的思考一样，迄无结论，并且，在小说之中，它们都出于人物的讲述或幻觉，又被置于各种引文之中——引文的出处也颇为可疑：如第一个解释乃是尼禄之母阿格里皮娜在被毒死之后，愤怒地向朱皮特质问时朱皮特不动神色的回答——整个故事则据称来自于大史学家李维的后人编著的据说曾被教廷列为禁书的《异闻录》；第二个解释则据称来自于凯撒在雅典学院的第一届开学典礼上对贵族学生讲话时引用的据说是他最钟爱的哲学家阿那克西曼德的话（事实上，古希腊似乎只有赫拉克勒斯的残篇中说“时间是戏耍的顽童”——我们这位作者或者是在故弄狡狯，或者则是明显的误记），整个故事则来自于据说是 16 世纪的英国探险家在那不勒斯挖出的《恺撒传》比流传版本多出的四页之中；第三个和第四个解释则据称来自于尼禄服用巫师的药丸自杀后的两个怪梦，前一个据说是造物主之言，后一个则出自撒旦之口——但甚至他自己在梦中也怀疑“是撒旦把自己伪装成上帝，又把自己的影子伪装成魔鬼”（P198），而整个小说中讲述的尼禄的故事，如我们所知来自于《楔子》中所说的那份不无问题的手稿，而手稿则来自于医学博士诡异的梦境……层层的引用使得每一种论述的来源都不无疑问，而它们互相之间的抵触则消解了每一种论述可能的定型，我们的这位小说家具有渊博的学识，但他显然也明白，“人类一思考，众神就发笑”，不过，虽然如此，他应该也明白，对之的关注和思考，也许就是对之进行克服的道路之一——他的讲述姿态本身，就已然流露出此中的信息。

我们的叙述有滑向严肃的危险，我得赶紧给你声明，这首先是一本非常有趣的小说——尽管你知道，对我们这个时代汲汲于此的“有趣”此种品性，我向来评价不太高，但我还是得承认，对于各种层次的读者来说，这部小说都是一部颇有趣味的小说。你可能从前面的叙述中，对此书的有趣已经有所领略，但我要向你说，它本身要比你感觉到的还要有趣得多。我们这位作家，有一种对于寓言、野史、笔记、伪经和魔幻现实主义的深入骨髓的热爱，所以，小说几乎每一页，都充满了匪夷所思的想象和异想天开的细节，此外，竟然还处处充满切身的感受和非同寻常的洞见！小说表面的情节线索——尼禄的生平——本应该是历史的，但实际上很快就滑入了虚构和想象之中，历史和文学，事实和神话，在这里本身已经形成了奇妙的纠缠，每一章后又有若干补充，每个补充都讲了一个奇妙的故事，摘自于作者虚构的遗失的西方和东方古今文献（主要是据称遗失或重新发现的西方古书），它们和正文，以及它们相互之间，形成有趣的呼应、对照、反驳和纠缠，从而使得小说的结构本身，变成了一种叙述和意见的迷宫——作者的感慨和洞见，就隐没在这种呼应和对照、混乱与纠缠之中，也时时从中浮现出来，它们并非毫无遮拦地直射而出的光线，而是经由片段、碎片折射出的反光，心明眼亮的读者不难发现其中端倪，粗心大意的读者想来也会觉得有趣。

“伪书”和引文的迷宫，本身已是一种当代世界上作家们广泛运用的艺术技巧，但运用得巧妙和得当与否，还是会显示出作家不同的才情，而能做到每一页的叙述，都有若干叫人击节称赞之处，则尤其显示出一种非学习和模仿所能的天才——碰到天才，你总是愉悦的。话说回来，天才当然是有趣的，但也不能将才能全部用在玩笑上，知道何者最为重要，那也是天才的表现——假托的文本是否有讨论的价值，有趣之外，是否栩栩如生、能够给人恰如其分的“实感”非常重要，其次则在于是否涉及那些对每一代人来说都是至关重要的核心问题，否则，读过后置之一笑即可，和我们自身又有何关系呢？

小说中尼禄的回忆，阅读起来有一种奇异的现实感，一位二十一世纪的中国青年作家，能够如此栩栩如生地揭示一位一世纪时古罗马帝王的内心世界，本身就说明了一种难以置信的才能——他笔下的尼禄，软弱、迷惘，也不能说没有自己的追求，却总是堕入命运的迷途，正是一个自以为承担了重大命运却始终力不从心、时时堕入迷途的软弱凡人形象，作为一个文学形象本身可以说十分成功，而更为要紧的是，小说在对尼禄命运的叙述之中，时时会显示出对一些极其重要的问题的关切。

以小说的第二章为例，这一章叙述的是尼禄的爱情和教育，事实上牵涉到政治家的教育——爱欲与政治的问题。尼禄在小的时候总是梦见自己的前世——一位有着忧郁命运的少女安提戈涅（并非索福克勒斯的安提戈涅，而是一个同名的少女，她的父亲因为崇拜索福克勒斯，以其名剧中的女主人公为她起名），对梦境的迷恋使他终日沉浸在对死亡的想象之中，十四岁时，他的母亲让一名巫师走进他的梦中，安提戈涅便从他的梦中彻底消失了。在雅典学园学习时，尼禄碰到一位少女，长相颇似他梦中的女子，这个少女在智力和精神上也恰和他相配，他们陷入了一段很深的恋情。有一天，这位女子突然消失，尼禄陷入苦苦的相思，颇感命运的无常，在相思之苦中把梦里安提戈涅的故事编成了一出悲剧《名剑记》，摘得戏剧节的头奖，但在戏剧节最后一出以波斯女王为素材的悲剧结束时，他发现扮演女主角的演员就是他曾经的恋人，但当他上去相认、一诉相思之苦时，女子却充满疑惑和嘲讽地冷冷问他：“我认识你吗？”尼禄陷入痛苦的黑暗之中，感到“自己进入了一座命运赐予的迷宫，这里没有路标，有的只是漫无边际的黑暗”，觉得“处身的世界从根本上是神秘而不可理喻的，包括人所遭受的黑暗。”（P54）假使小说只描述了这么一个故事，仍可说是精彩，但并没有特别出彩之处，我们的小说家的惊人之处是把这个故事纳入为尼禄的教育（雅典学园的政治学教育）的一部分，纳入到美与德性、政治和爱欲、灵魂与命运等的讨论之中，使得爱情故事与古典政治哲学的难题联结起来。

小说后面的情节显示，尼禄的爱情悲剧，原来是雅典学园最难通过的一门考试，答案从他的养父克劳狄乌斯提供的雅典学园前任园长塞诺芬尼给他的好友塞涅卡的一封信中得到揭示：雅典学园历任园长都认同"美学是政治学的基础"，"对美丽事物的研究与依赖能培养出人对秩序的热爱。最高明的美学教育会让学生将来治理国家时，能把国家与他日夜注目过的美人联系起来。""然而令人惊奇的是，此种教育方式尽管也培养出了日尔曼尼库斯那样的伟大人物，但更多的是提比略和卡里古拉那样的暴君，以及拉乌尔和多密提乌斯等臭名昭著的地方总督。"（PP56—57）——提比略曾颁布法令将全国身体肥胖的人收监治罪，卡里古拉曾在梦中得到惊人的神曲，却要按照乐曲治理罗马，他"想象好了乐曲里每一个音符所代表的人的样子，并按照这些样子选拔官吏"（P58）……而他们都曾是学园最好的学生。鉴于雅典学园前几任园长，在教育方式，尤其是政治学的教育上，遭遇到的惨败，塞诺芬尼"决定为政治学的学生新增一门课程，这门课程包含在美学的学习过程之中。其目的是让具备政治家潜质的学生获得磐石般稳固的毅力和判断力，而不会受到各种幻觉的干扰……被这门课程毁掉斗志的学生，我们把他看作缺乏政治家的天赋。我们将暗暗告知其保护人，勿使其从政。"（P60）由于在他看来，"爱情作为人的幻觉的集合，是一个政治家首先应当克服的。因此我们秘密决定让最有政治家潜质的学生都不自觉地陷入美妙的爱情，然后再让那位女子突然消失。当然，为了增加爱情的痛苦，我们有时也会安排该女子重新在他面前出现，但要装作从不认识他。"（P60）

塞诺芬尼添补教育漏洞的良好愿望（当然是虚构的，但问题本身有其重要性）是否能如其所愿，小说中尼禄的命运已经做了说明，终其一生他非但未能摆脱幻觉的干扰，也饱受虚无和无聊的侵袭，显然说明教育的问题从来是个难题，而培养政治家的教育，乃至教育者本人的教育，古往今来，都是难中之难，历来东西哲人对之殚精竭虑，但阅读历史就知道成功者极少，失败者则比比皆是，教育者最好把困难设想得大一些，而不要希图任何简单的解决方案。政治家的教育问题，以及牵涉到的政治和灵魂、政治和爱欲、政治和德性的问题，正是古典政治哲学关心的核心问题：小说中尼禄进入雅典学园学习政治学，第一堂课就是塞涅卡（就是历史上鼎鼎大名的斯多噶派哲学家塞涅卡，尼禄的老师，后来牵涉到与尼禄的权争之中——据说曾图谋取尼禄而代之——因而被赐死）讲授的《美与德性》，一开始就涉及到“对美的事物的认识与热爱是否能促进德性”的两难问题，这个问题牵涉到希腊的教育理想，实际上也牵涉到现代教育的根本问题，而德性是否可教，历来争论不休，如何在两难之中摸索一条中道，取决于教育者本人的智慧和修为——我们得老实承认自己并不具备此种能力，故此愿意提醒自认有此能力者更为谨慎地面对其中的困难。在涉及此一难题时，小说中虚构的塞涅卡的演讲，引入了毕达哥拉斯对“命运”的思考：

> 毕达哥拉斯年轻时曾幻想用数来概括世间的一切事物，包括人的命运。但他最终放弃了这一打算，并在晚年一再嘲笑年轻时的自己。
>
> ……
>
> 毕达哥拉斯晚年时完全抛开了对数学和几何学的研究，他的所有智慧都被命运的难题劫持。幸福或不幸，智慧或愚蠢，美貌或丑陋，理智或放纵……这些主宰我们道德生活的事物，看起来完全依赖神对人类命运的分配。如何让分配到糟糕命运的人依然心甘情愿地遵循美德，这是命运之神布下的最大难题。据说晚年的毕达哥拉斯极度忧郁，因为他发现自己的智慧在那道难题面前过于渺小。尽管如此，毕达哥拉斯最后还是给出了一种关于命运的伟大学说。……(PP42—43)

我们的小说家在写下这段话时一定犹如神助，因为其中最关键的那句话可能涉及了某一方面的根本问题——尽管，历史上的塞涅卡本人，毫无问题并未参透与服从命运之神的秘密，而且，毋庸说，问题虽然被显现了出来，如何解决，却几乎是不可能的——除了少数走上热爱和追求智慧与美德之路的人之外，几乎不能指望大多数人在他们认为被分配到的“糟糕的命运”面前“心甘情愿地遵循美德”（方今之世尤然）——虽然，相对来说，比较好的教化也许确实可能使得大多数普通人不那么愤懑暴戾，从而走上更好的增加德性和改变命运的道路，但这显然也是“不可必”的事情，而如何不太人为地增加命运分配本已的不公，则显然是更加现实、也更值得警惕和关注的问题。至于历史上毕达哥拉斯提出的解决方案，如你所知，就是希腊版本的命运轮回说，此一学说的确有劝人向善的作用，但它到底是一种“高贵的谎言”抑或另有所见，判断其真相完全超出了我们的能力范围，所以最好闭口不谈。

有关教育的问题已然是一个难以解决的问题，有关人才选拔的问题，更是难中之难，古往今来东西方几乎都没有完美地解决这一难题的法子——当然，一些常规的经验性方法还是能起到一些作用，但每种方法都有其无法解决的弊端，而如何解决担纲者或决策者本身的选择问题，则更是本质上没有完善的办法（有些朋友以为已经找到完善的方法，在我看来似乎根本还没有看到困难所在，尽管某些方法的确可能弊端更小一些）——这使得我们人类的命运，事实上不可避免地陷入到机运、偶然、激情、欲望——根本上来说则是“共业”——等等的摆弄之中。你知道柏拉图曾有过“哲人王”的思想，然而，经历过一番实际经验折腾的柏拉图，在晚年却是用双重否定的方法来表述这个思想的——除非热爱智慧的人做王，或者出于某一种偶然的原因，王者本人成了热爱和追求智慧的人，否则人类就没有办法摆脱被奴役的命运（柏拉图的《第七封信》。我据记忆引述，准确表述你得查核原文。）——那是非常悲观的看法，不再是他早年时代强烈的肯定性的主张，但这里有着经历实际经验折腾后的洞见——必须感谢我的老师向我介绍和解释此段话，他让我保留了对柏拉图的明哲的印象，尽管也曾未能抵抗“叙拉古的诱惑”，柏拉图到底还是一位了不起的热爱智慧的人。

回到对《尼禄王》的讨论，我们这位小说家显然也看到了这种困难，所以小说中在涉及这一根本性的困难时，几乎是讽刺性地列举了各种教训，有时甚至运用了近乎狂欢化的笔法（主要集中在小说的第四章）——例如，尼禄的养父克劳狄乌斯为了选拔“毅力超群的智士”，采用的方法竟然是广场上公开的“食粪比赛”（和附录的其敕令中不无明智的论述形成尖锐的讽刺）；卡里古拉“担心聪明人会掏空帝国的国库，因此主张由一些智识平庸的人来治理国家……下令搜集各国最低俗的学说，然后汇编成册，以其蓝本出题考试来选拔官吏”，并且同时引进两种平庸却矛盾的思想，“应试者必须熟记两种学说，但对于二者的矛盾却不许过问”，这样培养出来的官吏才会驯服地服从“圣断”（P131）；希腊某小岛“所有居民都是酒神的信徒，因而他们的官吏都通过饮酒比赛选出”（P113）；埃及的某个附属国，选拔人才则都是通过“吵架比赛”（P113）……尼禄本人看到了所有这些方法的弊端，“苦思冥想要为罗马找到一种最完美的人才选拔制度”，然而，他虽然废除了克劳狄乌斯的“食粪制”，想出的法子却是“交配比赛”，自称通过比赛的男子“无疑兼具坚毅和节制这两种罕见的政治美德”（PP114—115）——这些方法如此荒唐胡闹，读者读到这里会忍不住笑出声来，然而，苦涩的是，阅读历史你就会知道，这些荒唐的做法在人类行为中并非没有根据。我们的小说家显然并非不了解那些行之有效的常规方法，但可能看到了人类的愚蠢、荒谬，所以要用笑声来表达出这种根本上的困境。此外，他当然也看到了对这种困境不进行抵抗和克服、放纵自己低劣品性的糟糕后果，如书中描述的迫害贤才、任用庸人的以利亚古国被幽灵诅咒落入庸政流行的命运（P160），以及“掌握权力的人仅把权力用于自我放纵及挥霍无度”的岛国方丈“长年陷于战乱和杀戮”（P226）。

亲爱的K，尽管上面的问题非常严肃，但你想必也已经看出，有趣和笑声贯彻在这本小说中——如果讨论得太严肃，那不是小说的责任，而是我这个不称职的介绍者的个性的原因。我敢向你担保，这是近些年来我读到的最为有趣的中国小说，我们的作家出于天性是个《天方夜谭》和《聊斋志异》的爱好者，所以小说中充满了各种匪夷所思、令人解颐的故事：像罗马艳后的头发在死后变成了黑草原，其中出没的虱子后来成了以血为食的猛兽；像尼禄在雅典学院学习的竟然有一种“灵魂盗取术”——主要用于“爱情和权力的争斗”；像一个用秘术制造出可以长出美人脸蛋的果实、最后却死于她们口水之下的“园艺师”；像阿格里皮娜作为女王统治罗马时，把热爱宠物的天性用到治国之中，下令国民崇拜五仙；甚至还有据称“出自13世纪朝鲜作家金生水的笔记小说《东方奇观》”中有关“瀛洲三岛”上的三个国家误读经典进行统治造成的混乱；像泄露造物的秘密的科学家在梦中遭遇到的刑罚……甚至还有穿越，譬如尼禄东征以利亚古国时的奇遇……我们这位作家具有天生的异想天开的才能，虚构的胆子也特别大，例如尾声中附录的片段中竟然杜撰了爱因斯坦和尼采的情书：在爱因斯坦致玛格丽特的书信中讲述了一个噩梦，梦中他幼时的朋友约瑟夫·卡夫卡(因为他刚读了弗朗兹·卡夫卡的小说，这个同姓的人就来到了梦中，而且带着几分那位作家的信息)，因为失恋对人类绝望和出于感性主义者(一译“审美主义者”)希图壮观的虚无主义性格(一般认为正是在罗马城纵火的尼禄的性格本质——尽管罗马大火的原因现在史学家争论纷纭)，竟然企图用原子弹毁灭地球；尼采给莎洛美的信，则如同以往地再一次抨击了庸众时代思想的错乱(尤其是大学里的)——想必你也会有同感……我们这位兴致盎然的虚构专家有时候也会陷入深刻的忧郁之中，借用尼采和爱因斯坦之口说出的现代世界“渐进的野蛮”进程和现代人类饱受“虚无主义”的折磨，这些可能才是他最深的关切……此外，小说中那本流传于东西方、但从来没有得到过正确解读的神秘的书，给拥有它的每一个人都带来了厄运，尼禄的祖辈(包括裘利斯·凯撒)以及尼禄本人，就因为牵涉到此书而在不同情况下死于非命……好了，我已经剧透得太多，就不要再剧透了，精彩的地方还更多得多，但种种有趣之处需要你自己的阅读去体验，种种深刻之处也需要你自己去破译，我只能告诉你，那本神秘的书本身是一本杰出的书(也许杰出到世间不一定有人能够恰当解读)，而小说家的设想本身是个天才的设想(尤其是让它从来没有能够得到正确解读)，也可能是小说最深刻的主题……那本书的书名叫《王术》……

亲爱的K，信已经写得很长，而且也耽搁了很长时间，去年十月下旬我在三峡的游轮上就开始给你写这封信，但是中间因为种种打扰而中断了，直到最近假期里比较清净，才得空续写——现在在中国大学里，经常会处于各种莫名其妙的打扰之中，我已经尽量避免各种奇怪的干扰，但还是经常难得安宁，当然自己也有责任，需要调整——你也知道，有点价值的思考和写作都需要一点专注(这也是我未给你草草回信的原因)，有点新的发现和想法则需要一点空闲和放松(我希望今后能够有幸得到更多的自由研读时间)——我注意到姚伟这本书的重要性就是在前年的假期中，天气很冷，不适合外出，才得空闲读，这样先在豆瓣上看到这本书的“楔子”，开始也以为是一本普通的书，读下去才了解到它的非凡。亲爱的K，我们中国从来不缺少天才，这一次希望会——我想一定会——有好的发展，尽管这本书本身已足够优秀，任何作家写出这么一本书都应该感到骄傲，而作家本人还年轻，还有很长的路和无穷的可能……

姚伟不是孤单的一个人，和他一同出来的，还有一批作家，我是特意找来收入“小说前沿文库”中的《尼禄王》实体书时，才注意到这一情况的。这个文库我已经读了几本，认为是近几年最值得重视的一套原创文学书，我们的批评界一点反响都没有(除了丛书作者们的一些朋友，只有作家老邱华栋为此套文库写了个短评)，令人觉得怪异——个中原因，我也能猜到二三，但不想多说，好在好书本身会凭着它们本身的素质在时间的淘汰中胜出。

姚伟的《尼禄王》，和“小说前沿文库”，让我想了很多。我首先看到了我们的批评界、媒体和读者们的目光短浅，还有业已成为我们这个时代标志的庸俗、势利、浅薄……但在这里，我实在不想讨论时代流行风气，而是想提出一个远更值得思考的问题，就是“文学更新”和“知识更新”的问题——经由近三十多年的知识积累和知识更新，这已然是一个摆在我们面前需要思考的刻不容缓的问题。我并不是在重提八十年代有人提倡的“作家学者化”(那在我看来本身就是混淆了概念的假问题,况且“提倡”这种做法本身就很有问题,没有效果也属理之必然),而是看到知识的更新和积累,必然会带来“系统质”的变化;我也并不是在忽视经验的重要性——你知道我一向强调“实感经验”的重要;更不是否定前辈们的成就,乃至认为他们已经“过时”——如果竟然有这样动机不明的传言,请一定替我辩白——你知道我一向尊重前辈们的成就,对他们评价甚高,而且自认一直并且现在也还从他们的工作中受益。我想讨论的,其实是一个自己在阅读中感受到的本身非常严肃的问题,就是“经验本身引出的问题,经常不能由经验本身来解决甚至解析”——我们的优秀作家们也常常会遇到这个瓶颈,他们经常会描述到种种苦难和困惑,然后没法解析,从而非常遗憾地未能再上出一个层次,看到更加深远的风景,而这些问题和困惑,本身其实是人类古往今来普遍的困惑,所以需要沟通人类“大文化”的传统进行感通和清理,局限于自己的经验或者民俗层面的“小传统”,不但没法解决、甚至没法感受到问题的核心所在,这些其实也就牵涉到知识积累、更新和不断学习的重要性的问题——这对于任何层次的写作者,其实都非常重要。

我也知道,“文学”和“学问”是两条路,而且,自古以来就有一派诗人、作家反对“学问”对“文学”的“污染”,我承认那也是一条路,并且真正的天才凭借自己的直觉也未尝不能上升到文学的最高层次,但不可否认,通常来说,非同寻常的洞见和眼光,还是和学问、知识的积累乃至知识结构的改变有关——犹如爬山,只有爬到更高的地方,甚至去爬迥然不同的山峰,才能看到更加广阔和更为不同寻常的风景——总不能说,文学和洞见、眼光也没有关系吧?经过一个贫乏和荒芜的时代之后,近三十年的知识更新和积累,至少让我们认识到了人类文化传统的重要性(并且也很可能会在中国催生一个新的文艺复兴),写作者沟通这一传统,感受人类古往今来普遍的困惑、问题、思考和经验,很可能会导致中国最优秀的作家们写作境界的普遍提升——这一提升在我看来尚大有空间——所以,你不难明白我关注这一问题的原因。类似于《尼禄王》的作者这样的作家，在求学时代就接触到最好的文化传统，并且本身在思考和感受方面都很有天分，在其初试啼声的处女作中就已经在思考和表现那些至关重要的核心问题，而且表现得那样生动、有趣和成功，当然让人看到了这一改变和提升的一线亮光。

我也知道，单纯知识性的写作可能会导致的堆砌和冬烘，但至少在这部小说中，我看到的并不是如此。“小说前沿文库”的编者也已经注意到“知识背景”和“知识结构”的改变，对文学带来的可能的新变化，譬如他在《出版说明》中说，新的知识背景“构成他们写作小说时最坚实的一部分，那种纯粹想依靠讲故事获得小说成就的时代已经一去不复返了”，“创作主体的身份和知识结构已经发生了巨大的改变，所以，他们创作的文本也已经和前辈所走过的路表现出了巨大差异”（《出版说明》，P1），可能由于不太恰当地强调了这些作者的“身份”，所以这套丛书也在网上引起了一些不必要的争议，但我以为问题本身是重要的，需要也值得深入研究和讨论。

“小说前沿文库”已经出了十多种，我翻读的印象，作为尚未引起关注的“新世纪先锋小说”的代表，非常值得重视，粗粗印象是其中像霍香结的《地方性知识》、张绍民的《村庄疾病史》、河西的《平妖传》、梦亦非的《碧城志》，都值得重视，并且非常可能是杰出的作品，其他书则还未及看，但其中肯定也有不少惊喜——如果称为“先锋文学的第二波”，它们和上世纪八十年代“先锋文学的第一波”相比，有实质性的改变，也有实质性的内容，但等我慢慢读后再和你交流吧。至于近来之所以会重视“先锋文学”，你大概已经知道一半原因源于我对现在平庸、势利、怠惰的文学趣味的不满，另一半原因，则出自对文学分层和为当下备受冷落的文学探索鼓劲的考虑，因为写得已经很多，权且抄录我在一次会议上的一段发言以作结束，读后你就会很清楚我的意见：

> 中西小说的起源都很卑微，但在近代以来的西方，小说日益成为作家探索社会现实和人类处境的一种工具，作家也厕身于知识分子之列，在思想和艺术上都有关注和探索文化前沿的使命，所以严肃小说也成为人的高

层文化生活的一部分——我们的现代文学，接续的其实是这个传统，虽然它经常不一定达到它本应达到的层次。

亲爱的K，已过子时，夜阑人静，寂无人音，只听得见远处遥遥的车流声，写完这封信，我心里很安静、愉悦，想你也在这个新春的日子，感到岁月的生机和美好。

我们再聊。

Z，2014/2/8，未始学斋

原载《文学》第三辑，上海文艺出版社2014年版

韩寒们的文艺生活:评《独唱团》

张芙鸣

把“PARTY”译成“独唱团”,韩寒们太有才了。

这一命名确立了一种关系:个性化、离心状态与集体性、凝聚力的对峙与融合。韩寒复数的形成,再次提醒评论界,“八零后”的文艺生活已成为当代文化中的一种方式,一种特征,并且是文艺青年生活质量的标志,他们正通过文学媒介产生互动,参与文化实践的公共形式,释放集体影响;与当下主流文艺杂志不同,《独唱团》通过韩寒个人的影响力来表现年轻文学的共同形式与多样特征。他们之间既出于显明的特定意图走到一起,又呈现彼此不同甚至完全对立的风格,这构成一种张力关系,体现出“八零后”作家在共生与共享中创造独特性的欲求。

一

据天津华文天下图书有限公司官方统计,《独唱团》于 7 月 6 日上市第一天,全国销售已超过 10 万册,截至中午 12 点,卓越亚马逊第一批 3 万册订货已销售一空,当当网当日下午加货 5 万册;北京地区实体书店的 2.5 万册在上市 20 分钟内抢购一空;7 月 6 日当天,《独唱团》被经济观察列为网荐书榜第一名;在其后连续几周的《新民周刊》畅销书排行榜中,《独唱团》排列首位。更让人吃惊的调查数据是,在参与《独唱团》调查的网友中,年龄在20—50岁之间的人群占90%,且70%的网友希望能从杂志中看到针砭时弊之作。[①]这些数据说明,《独唱团》的市场效果,并非非理性,多数读者是具备理性能力的,他们希望能通过文学的方式认识和分析一种年轻写作和他们的文艺生活。

《独唱团》所组织的创作使"八零后"不仅是一个代际涵义,更成为自觉的反叛性文化观念和思维方式的表征。韩寒们并不像有些评论家所批评的那样,缺乏社会生活体验。相反,我认为他们对生活的"体验性"比前辈作家更强。生活于他们不是素材,不是文字描述的对象,而是切切实实的"心灵体验"。他们作品中的"生活性"和"社会性"是如此生动和饱满,并且值得庆幸的是,他们没有把社会想象成是由各种力量组成的上层建筑,没有过早地使灵动的思想陷入理性捆绑,而是以感性的审美关怀关注着周遭冷漠且沉重的世界,在实感经验中逐步确立属于他们这代人的理性关照方式。《独唱团》正是同类之间出于"特定意图"的默契集合。作者们以自由、边缘、流浪的姿态,来完成对抗体制的共同指向。

把《为了破碎的鸡蛋》一文作为本刊的重要文章,显示出韩寒们与村上春树之间的心有灵犀。"假如这里有坚固的高墙和撞墙破碎的鸡蛋,我总是站在鸡蛋一边。"村上把高墙作为体制的别名,他说:"体制本应是保护我们的,而它有时候却自行其是地杀害我们和让我们杀人,冷酷地、高效率地、而且系统性地。"[②]村上春树一直写那些远离制度、弱小而边缘的人物,他们以温柔、自由的状态完成富有超越性的对抗,这些人物无论被遗忘到何种程度,无论被挤压到何种地步,都能以"绝对自我"的形式富有兴致地生活,给"存在"一个实在有趣的"意义"。村上春树这一"超越论式"的主体性正是他抗拒体制的武器。所以,村上是个"彻底的个人主义者"。他讨厌所有束缚个人自由的东西——讨厌日本中小学整齐划一的校服,讨厌强迫学生做同一种运动的体能课,讨厌使得员

① 数据见《出版参考》2010年7月下旬刊,第27页。

② 林少华《为了破碎的鸡蛋》,《独唱团》第一辑,书海出版社2010年版,第15页。

工不忙也必须装出忙的样子的公司，讨厌指手画脚自命不凡的官僚机构，讨厌“网无所不在”的资本主义体制。他认为个人很容易在这一体制中“作为无名消耗品被和平地悄然抹杀。”①“鸡蛋撞墙说”中的反叛表达和弱势声音，在“八零后”这里获得了本土式主动而强烈的回应：罗永浩在《秋菊男的故事》中就写了这样一个脆弱的鸡蛋与森严的高墙相对抗的故事：“我”在韩国人办的三育学校受到学费欺骗，为了讨个公道，一级一级去反映情况，结果市教委、法院、民事诉讼立案庭都对此等“鸡毛蒜皮”的屁事“置之不理”，我找到公安局的李神探，他神情凝重地出来把我拽到他的办公室，说“我操，你不想活了！”——和所有体制内谋生的人一样，他会把做这类事情直接看成是自寻短见。没有一种机制、规则或场所能让“我”诉说冤情，讨回公道，即使是那些土地被强占、媳妇被强占的载道怨声，他们也未必不和我一样，上诉不了了之。以成长中正义感、道德感受挫来唤起阅读同情心，这是“八零后”作家书写现实的开始，而本文作者正视自我身心培育和直面现实的勇气，则延伸了他对现实的想象力和自我认识的深度，正如作者自己所说：“在 1995 年的中国，在人口不到 30 万的边陲小城 Y 市，一个决定用法律手段解决这类问题的小伙子，是一个了不起的年轻人。”②

北山的《你们去卅城》，韩寒的《我想和这个世界谈谈》都写到色情服务领域。他们以极其克制的反讽修辞和公正的态度解释这个行业：这个“野火烧不尽，春风吹又生”的产业，有时是一个城市的文化标志，经济支柱，比如，南方的小城卅城。这里的桑拿行业是龙头产业，有严格的公司化管理和 ISO 服务标准。行业在严打整顿之后，同样面临产业整合的困境，“强者更强，弱者淘汰”，“跟国企兼并是一个德性。”③在写到男人与技师（性女郎）的关系时，北山和韩寒都拒绝狭亵与玩世不恭，充满理解与同情，并呈现自觉的反思能力。他们把性关系的双方写成具有平等人格的人，大家都有一种类似鸡蛋似的脆弱和无助，

① 林少华《为了破碎的鸡蛋》，《独唱团》第一辑，第 15 页。

② 罗永浩《秋菊男的故事》，同上，第 11 页。

③ 北山《你们去卅城》，同上，第 65 页。

当人不能以“人”的尊严对抗那些非人的体制时,只有依偎在一起,共同坚守柔弱的自尊,这不失为一种深刻的指向。韩寒们以“八零后”无所顾忌的反讽、机智和俏皮的“感觉”表现出强烈的对抗性突围,他们对这个特殊领域中生存与制度、压制与反抗关系的触动,比前辈作家都要大胆、敏锐,这说明他们与生活的联系更加广泛,并竭力建立一种模糊、开放、超越性的话语系统,以挣脱“终极话语”的体制性桎梏。

二

如果没有文体的自由想象与原创意识,像《独唱团》这样的文艺杂志很难激发超越前辈的阅读激情。这里所指的“文体”是八零后写作的整体性形态而暂时忽略个人的文体稳定性。自上世纪八十年代以来,中国作家的文体解放一直落后于思想解放,即使在先锋文学中,那些先进的意识总也没有找到与之相应的持久的叙述体系,致使当代文学在腾飞的好时机似乎缺少一股飞翔的力量。如果八十年代的徐星、刘索拉,九十年代的马原、余华等人的文体探索更持久、深入、执着一些,或许新时期以来的文学整体上前进的步伐更快,距离世界文学的轨道也更近。事实却是,依赖于社会整体性的思想变革往往发生得容易些,而依赖于作家个人意志的变革总是那样谨小慎微。那些成长于八十年代,在当下构成主流作家的写作,他们内心始终有种担心,担心一旦脱离一种固有的(包括他们自己制定的)叙事秩序,一旦脱离故事、情感、人物这些传统的小说机制,写作就会丧失安全感,作家们无意中形成了创作上依赖普遍性的趋同“体制”,这种体制正是在长期缺乏想象力的故事化结构中形成的。实际上,它是对生命自在逻辑的蔑视。喜欢村上春树的读者们并不是被他的文学才情所折服,而是被那富有创造性、温顺而公正的文体所吸引,他主动摆脱那些道德政治关系,突出个人主义“存在”的价值,读者完全能够找到作者对文体的感觉。而正是他轻松、自由、超脱的叙述姿态,才使得威严耸立的高墙体制产生被悄然瓦解的危机。

“八零后”作家的生活环境本身就是文体方式。写作、流浪、音乐、恋爱，他们尽可能制造与自由文体相适应的生活行为，以便在文体实践中完成自我实现的需求。虽然《独唱团》作者的水平参差不齐，有对立的风格，也有相同的追求，既有像周云蓬、韩寒、老王子这样注重“风格”的反讽建构，也有像今淇《一如玫红色的蔷薇之于夏日》那样单薄的“自叙传”表述，杂志在文体选择上极力避免同质化倾向，注重个性的意义，有意制造娱乐化效果，这正是《独唱团》和主流文艺杂志的区别。韩寒将文学性与娱乐性结合起来，把新闻纪实、读者对话也作为叙述文本，故意消解“统一性”，有意混淆文学真实与现实情境的界限，这正是主编韩寒“来源于生活，并不高于生活”的一贯主张的体现。

周云蓬的《绿皮火车》是个人旅行纪事，而作者本人是个盲人。可以说，所有的“纪实”都带有幻想性的悲壮。对于超越视觉的经验世界的重构，凸显出作者有一副健康自如的灵魂，而他行走和流浪的主体性也令人产生尊敬；老王子的《合唱团》是民工阶层的自我认识和自我抒情，对于“我”和“哥哥”这样漂流到南方来的底层打工族来说，“我们会背唐诗”是对付那个看似高深世界的武器，那个世界正在以金钱和故作姿态的“品味”瓦解着底层人的自尊；负二的《电击敌不过催眠》用荒诞的经历写了青年妄想删除负面经历的迫切性，事实上，成长中的无助、焦虑、迷茫是永远无法删除掉的，每一个年轻的“我”都想改变生活世界，可最终被生活改变。

这些年轻的作家大都在试图创造“反讽性”表述，他们在尝试使用尽量个人性的词汇描述一个他人世界，以此完成某种超越。“反讽性”叙述的运用，在每一次文体创新时总会自然而然地发生。反讽或许可以定义为“从不把你真正的意思说出来”，尼采在提到反讽想象时称之为“对所有价值的再评估”，把它作为人类不断“成为自己”的手段。①反讽话语虽然具有模糊性、不确定性，但具有鲜

---

① (英)奈杰尔·拉波特、乔安娜·奥弗林《社会文化人类学的关键概念》，华夏出版社 2005 年版，第 181 页。

明的冲破固有话语禁锢的冲动，或者说它是改变文化的新的行动。作为一种态度，它在认识自身，发现个体中体现出反思性，如果历史本身证明“时代的反讽”是重复出现的，那么文学上的反讽叙事将具有不断的价值再认识的空间，反讽构建将是作家必要的使命。

“八零后”作家们对现实生活的“彻悟”与反讽，显示出他们比以往作家的心理早熟。在被社会彻底“规范”之前，他们的警觉与抗拒式写作，是成长的纪念，也是推动文学进步的重要资源。

韩寒辍学之后，主动站到现行教育体制的对立面，以反教育的姿态开展文化活动，写作、办刊、赛车、唱歌，成为具有鲜明“当代性”的文化青年，他对边缘的、底层的、原创写作者的认同，显示出文学悲天悯人的特质与情怀，正如有研究者所说：“文化的本性是普通平常的社会生活，而不是故作姿态的贵族和伪贵族做派。”[①]辍学者、流浪汉、打工仔，他们都有自己的经验世界和文化身份，将他们的叙述纳入文学评论，这正是文化本身的“民主性”表现。

原载《文艺争鸣》2011年4月号上半期

① 陆扬《文化是一种生活方式》，《文艺争鸣》2010年第9期。

张悦然的“文学性”

李丹梦

张悦然小说的不同凡响处在于她对“文学性”的执着与探索。与韩寒、郭敬明等人的“偶像”做派迥异，共同出道于“新概念作文大赛”的张悦然在成名伊始，便立志做一名“青年作家”，甘愿接受“纯文学”的检验。这种自我设定与期许在很大程度上影响到张悦然后来的创作。最明显的表现是，在商业化的诱惑与写作之间，张悦然竭力维持着文学的超然与平静，她的日常行止是低调的，但对文字的考究和洁癖却始终如一。虽然一直面临生活经验匮乏的怀疑与局促，但迄今为止，张的创作并未明显露怯，小说的笔法与布局日趋老到、冷酷。在富有张力与可塑性的青春调色板上，张悦然呈现了她对“文学性”的感知、择取与综合，而“成长”的冲动和隐秘需求也一并在其中落实、完成，以一种看似不及物，实则纠结缠绕的，极为“文学化”的方式。

在进入张悦然的“文学性”之前，先讨论一个“现实性”的问题。这在张悦然的创作中是个敏感而不讨好的词。熟悉张悦然的读者想必同意，张小说的动力机制在于幻想，诚如作者在《誓鸟》后记中坦承的：“我是呓人，卖梦为生”，对经验的忠实书写非其所长。从一开始，现实便被小心翼翼地隐匿或悬搁起来。张悦然善于营造（亦很享受）那种在梦幻中被抛掷出去的飞翔、迷离、恣肆与疼痛的感觉，很难索清这些感觉的生活源头。就张悦然而言，她本能认定和追求的“文学性”应该是一个与现实对峙的东西。然而吊诡的是，当她把小说的虚构和想象力发挥到极致，力图挣得其文学的唯一品格时，这种书写姿态已深深嵌入了当下文化的惯性与逻辑中，一种带有社会公共症候的言说方式。

不少研究者曾以弗洛伊德的“白日梦幻者”来解释张悦然，但这一提法其实并不准确。与白日梦幻者截然不同的是，张悦然的幻想叙述在最终走向上并非致力于内在压抑的补偿或满足，恰恰相反，我们看到的是心灵的受挫（譬如孤独）在极度变形后一次次地被维护、固着与强化。作者主观上并不愿改变自己，更无明确的理想目标，梦幻之于张悦然就像是一出精心设计的自我戏剧或假面舞会。在此，梦幻成为虚构的同义语，一个不无理性的实践行为。梦境的传奇与迷失的外观跟文学的诗性、歧义（即文学性）绞缠、混同起来。邵燕君曾指出，张悦然梦幻忧伤的叙述乃是被同龄人风格逼迫的结果①，这可能有些苛责。一般认为，一个作家初出茅庐的作品是较少伪饰的，它更多地源于天性，而非比较、甄别后的产物。张悦然的作品从一开始便如梦如泣，让人深思的是这种梦幻叙述背后的伦理与技术支撑。

作者曾说：“我不是一个会贴着地面走路的人，写着写着文字就会飞离现实本身。当然想象的东西太多，有时候会影响连贯性，这是一个问题。叙述的连贯，叙述的缜密是非常重要的。”②显然，她并没有把脱离现实太当回事，现实可分解、化约为具体的叙述技巧来解决。这种“理直气壮”的、惯性式的幻想虚构，我以为跟新媒介的触染熏陶有关。特别是网络虚拟空间在年轻一代中的普及与渗透，给梦幻和虚构赋予了如同基本权力的内涵。在虚拟空间中，我只对自己负责，与他人或现实无干。张悦然的创作“天性”中便含有上述因子，包括她在作品中刻骨铭心的孤独意识，也是如此。以往我们总以为这是独生子女政策的“副作用”，包括作者也这样解释，却忽略了电子媒介的鼓动。麦克卢汉曾说

---

① 邵燕君《由“玉女忧伤”到“生冷怪酷”》，《南方文坛》2006 年第 5 期。原文如下：“‘忧伤写作’的兴起本身就是对‘阳光写作’和‘叛逆写作’的整合和转化，转化的方式恰恰是回避它们所直面的校园生活，遁入奇境奇思。”

② 韩寒、何员外等《青春作家创作心得：那么红》，http://vip.Book.sina.com.cn/book/chapter 3828421358.html。

媒介是人的延伸,究竟是延伸还是异化,颇可商榷。只要大体浏览些网络空间(如论坛、博客等),便不难体察这是一个滋生孤独、自恋的良好场所,一个责任与现实感稀薄的地带。而张悦然的叙述在此合上了时代的节拍。读她的小说,会联想到网络上业余短片中充斥的一个经典镜头:××盯着电脑发呆、出神,他已全然分不清现实和虚拟的界限。在《水仙已乘鲤鱼而去》里,主人公璟的一段内心独白可视为张悦然的夫子自道:“孩子,你的妈妈是个女作家,以杜撰故事为生。……然而她的故事却没有一个是真的。她把别人的故事当自己的,她把自己的故事当别人的,因此她写别人故事的时候潸然泪下,然而过自己的生活时却麻木迟缓。”质言之,虚拟的世界成为了摆脱现实压力和困境的避难所。在张悦然一代的身上,我们能隐隐感受到未来文学发展的一种趋势:21 世纪的中国文学将和目下的电影与电视一样,成为巨大的人类梦幻的加工厂。

张悦然也许没有意识到,沉湎于故事,用虚构来屏蔽现实的举动,其实建立在对市场社会价值、逻辑的默契与认同上:当货币和财富的增长愈来愈成为社会公有的评判标准时,一切都在可量化中贬值了。没有什么能像货币一样畅行无阻,作为精神活动的文学尤其如此。在市场交换的背景下,文学的“有限性”变得如此触目,它曾有的公众影响力已成明日黄花。就此而言,对梦幻的持守这一文学姿态从一开始便是相当“本分”而不具想象力的。跟 90 年代初兴起的“个人化写作”不同,它不存在对 80 年代共名写作的文学意识形态(一个明确的目标)的反拨。更近的参照:如果说卫慧、棉棉等人还抱着对市场试图利用的“异己”心态,那么到了张悦然这里,市场原则,包括与之相应的眼球经济、图像化审美,已内化为个体的常识。虽谈不上恪守或献媚,但作为市场经济条件下成长起来的既得利益的获得者,对此大多兼容并包,缺少必要的辨识和省察。也是,人为什么要跟自己过不去呢?

在张悦然的小说中,“青春”是个甚为关键的字眼。虽然写的并非切实的青春事件,但那抒情绵密的笔调,对爱和永恒的希冀,以及诡奇的忧伤、残忍和坚执却完全是青春式的:任性、刺激而不留余地,有种撒娇、脆弱和矫情的气质。

我们通常会以年龄的阶段划分来指示和命名青春，但这实在是个误导。作为一种情感状态或感悟世界的方式，青春很可能贯穿一个人的一生，只要他愿意。张悦然的青春就比较持久。直接描述青春有些难度，我们通过列举一些与它相对的词汇来感受一下它的轮廓：理性、智慧、圆融、伦理、道德、常识、谦逊……不难发觉，张悦然的“文学性”便是建立在对上述词汇的遗忘、冒犯或挑衅上的。比如，女人不检点，丈夫便带着年幼的女儿以海葬的方式将其了断，自始至终镇定安详，全然不顾此举可能会给女儿带来的负面影响，但女儿竟也出乎意料地冷血、刚强（《船》）；女孩为了赶赴约会，居然杀死了父亲，以他的血充当口红，来妆点苍白的嘴唇（《小染》）。这类情节在张悦然的创作中并非个案，且有愈演愈烈之势。如《红鞋》《右手能干的事很多》《好事近》，等等。这已不是通常的青春叛逆了，由于给不出一个说得过去的人性理由，便只剩了徒然、凝滞的叛逆造型，做得唯美而顽强。追求陌生化、独异性成为其间的“意识形态”。似乎越是违反常伦，触犯禁忌，其唯美、诗性便越是纯粹而有力度，创作主体也越发是个人的。这一看似荒诞的逻辑或许能在青春期特有的标新立异（包括对极致、深度、独立及成熟的渴望）中得到释解和“原谅”，而它跟市场条件下对差异的强调与喜新厌旧的原则也颇能相通、相融。很难讲这是老练抑或稚拙，真诚还是作秀，青春的本性就在于它的混杂、震荡与无序。旺盛躁动的生命能量左冲右突，却极难找到真正能休憩和依附的港湾。话说回来，如果真的找到了，张悦然的文学旅程或许也就结束了。在她的笔下，“文学性”与青春期的个性标举是纠缠在一起的。犹如一个巨大的黑洞，“文学性”将主体吸附裹挟其中；后者在一种近乎冒险、充满变数的体验里，几乎失控。那“是一只你根本握不住的弹跳不止的脉搏，不知道该如何安慰，如何平息。但我喜欢看它的姿态……”①

莫言曾指出，张悦然创作吸收的资源相当庞杂，能在其中看到西方艺术电

---

① 张悦然《十爱·自序》，作家出版社 2009 年版，第 5 页。

影、港台言情小说、世界经典童话及日本动漫等多重因素的影响。①但总体说来，我以为张悦然的作品乃是青春亚文化与全球化的市场逻辑及新媒介伦理彼此激发的产物。有明显的后现代的模仿、拼贴意味，我们在其中看不到多少主体的抵抗。例如，她的小说中经常出现教堂（如《毁》《樱桃之远》等），但其作用仅仅是瓜葛着慰藉与拯救的空洞符码，一个不无时尚的点缀，作者并没有真正切入、实行的意思。那蜻蜓点水的采撷与大胆集凑，的确潇洒而富有“才情”。凭借天赋的语感，张悦然已能调配和驾驭多种口吻，但她的内心依旧漂泊、荒芜。面对信息社会多方涌入的文艺资源及纷扬缭乱的思潮格调，张悦然其实并不具备消化的能力，她唯一和最大的能事就是用青春期特有的迷惘、忧伤将它们竭力涂抹、统一（生涩、破绽自然难免，《红鞋》之类的怪异作品便是捉襟见肘、统一失败的产物），并试图以多方元素的加入来把她的忧伤、迷惘宝藏起来，将其经营得精致、华丽而富有层次。那频频出现的冷漠、残酷和暴力，便是这种层次和皱褶的体现，仿佛“变脸”式的修辞。在张悦然的作品中待久了，有时会失去耐性。忧伤啊忧伤，忧伤的背后是什么？

张悦然说过：“其实我只是在长大，只是长大的过程太平淡和乏味了，所以我无端地忧愁。”②这也当是她选择文学的动因吧，即用小说的方式把“长大”重新制造出来，赋予它光鲜的“第二次生命”（Second Life，一个通过虚拟身份、改头换面而获得乐趣的网络游戏的名字③）。可惜作者并不十分清楚长大的内涵，从一开始，她的文学之旅就跟智慧与圆融（成熟的重要标志）背道而驰。就其作品的精神内核而言，她对青春的刻画和成长的理解老实说不比同龄人的“扮酷”高明多少。张悦然喜欢构思极端的、一根筋式的人物，认为“人在这种状态下是

---

① 莫言《樱桃之远·序言》，春风文艺出版社2004年版。

② 别晓燕《忧伤的呓语》，《青年思想家》2004年第1期。

③ Second Life 2003年在美国首发，类似的游戏后来如雨后春笋般涌现于互联网上。玩家可以把自己的游戏人物装扮成任何自己觉得有个性的样子，比如超人、怪物或者就是真实的自我，让他们共同建立自己的城市。张悦然的写作与之类似。

很美好的”①。其中的原因除了叙述中便于操作之外，我以为亦有自身不甘平庸的寄寓。较之日常生活中的软弱与世故，这也许是一种模糊的勇敢行为或者英雄伦理的宣喻？一方面是渴望长大，一方面却又要以类乎弱智的方式迁就文学，问题究竟出在哪里？

一言以蔽之，张悦然一直在逃避自我。她的小说遍布疼痛、残忍和精致的感觉，但这都是在将自我情绪“对象化”或“镜像化”（包括梦境）后的一种平面、细节上的附着与丰蕴。我欣赏着镜中的自己，希望它再光亮迷人些，更富于变化些……就这样不自觉地身陷其中。我被自身创造的镜像囚禁，竟遗忘了对镜子面前那个本真的、此在（人）的存在领悟。这种自恋、漂移的书写是张悦然创作的致命伤。人有点自恋本来无可厚非，但在写作中若不加警觉会形成极大的遮蔽。自恋视角中的呈现永远是“合理化”的表白、宣泄与抒情，它们偏执而优美。

以《誓鸟》为例，它是张悦然迄今为止最漂亮的作品。曾有人从记忆和女性情爱观的角度来评述它，在我看来，《誓鸟》的主题既非关爱情，也不是直接的记忆，它更像张悦然写作状态的隐喻告白，经由一种文学化的、传奇叙事的方式。春迟的失忆对应青春的迷惘，而她倚靠听取贝壳中储藏的记忆来重构过去的痴顽举动，亦跟作者在幻想虚构里充实自我的做法相类似。春迟的记忆一再受阻，贝壳中引出的历史（小说里通过小字体标示出来）就像网络链接中的跳跃闪现的空间，斑斓错杂，缺乏逻辑，春迟找不到自己的位置，如同失去了历史方向、找不到历史坐标的一代人。《誓鸟》写得唯美异常，缺点是头重脚轻、虎头蛇尾。春迟付出了如此高昂的代价（刺瞎双目，拔去指甲，甚至不惜牺牲所有爱她的人）仅仅是为了证实一句谎言？这让我们对春迟的寻觅产生了怀疑，包括张悦然的写作，它的意义和价值在哪里？难道文学仅是提供极致体验的吗啡或者其

① 参见张悦然新浪访谈视频，http://www.56.com/w87/play_album-aid-1694636_vid-MTcyMTQzNDI.html。我们发现，“美”或“美好”是张悦然在访谈中使用频率极高的一个词，它几乎成了她的终极伦理和万能挡箭牌。

他一次性消费品吗？本来，春迟行为与效果间的殊不对称是张悦然反思自身写作的一个绝佳机会，但她却在对所谓美（“文学性”之一）的惯性沉迷中翩然“着陆”。小说的结尾依旧称春迟是“天底下最富有的女人”，这种煽情的、故作深沉的肯定着实让人不快。春迟的悲剧不在于骆驼的欺骗或遭受的凌辱，而恰恰是她的执着、愚痴与自欺欺人，这也是张悦然写作的症结所在。当她把文学的诗性、审美与文学的认知、救赎功能截然分离、对立后，她标举的美变得虚弱而轻浮。这种写作方式在当下其实极为普遍，它跟社会弥漫的娱乐至死的情绪不无关联。所谓玩的就是心跳，绝不寻求救赎恰恰是文学延续的力量，系文学（技艺）职业化的标志与保障。在此，我们再次感受到了青春的固执与软弱。

我以为，困扰张悦然的真正情绪本是一种朴素的人生无常感，但她却从未直面过它。张悦然的表达与智力徜徉、搁浅在青春自恋式的矫情、游移与避重就轻里。应该到了捅破青春面纱的时候了。

原载《南方文坛》2011 年第 1 期

短篇小说与长篇小说

——以几位年轻小说家为例

张定浩

引　子

1993年的《读书》杂志刊发过王蒙的一篇文章，《长篇小说与短篇小说》，漫谈两种小说形式的不同：长篇小说（novel）和短篇小说（short-story）的差别不单在篇幅上，更在于本身不同的性质；长篇小说更依赖生活经验而短篇小说更考验写作技术；长篇如宏伟建筑而短篇如轻灵的歌；急切向前的生活和刊物都需要快速反应的短篇杰作而文学史似乎总在渴求严肃郑重的长篇经典，等等。即便在二十年后的今天看来，这篇从自身经验出发的文章所揭示出的在两种小说形式之间的诸多纠葛、矛盾乃至疑惑，依旧没有得到很好的解决，越来越多的年轻小说家既写长篇又写短篇，他们有着似乎更强烈自觉的体裁区分意识，但或许也因此陷入更深的断裂之中。

阿乙：写作带来的对生活的敌意

《下面，我该干些什么》是阿乙的第一部长篇，和《罪与罚》相仿，这部长篇的灵感来自一则同学杀人的简短社会新闻，但和《罪与罚》不同，它很长时间以来只是一个文学爱好者的练笔，并无可奈何地停留在大量资料收集和凌乱草稿中，之后，在向陀思妥耶夫斯基致敬的虚构道路上蒙受挫折的作者，转而改写短篇，写自己难以忘怀的警察经历和小镇生活，并获得了出人意料的成功。

在阿乙最好的一些短篇小说中，有一种极其严峻的诚实，这种诚实往往迫使作者变得生硬和斩截，无论是对待生活还是对待写作，然而，就是在这样的生硬斩截中，一些司空见惯的虚伪崩毁，一些对生活和写作同样有害的陈词滥调也奇迹般得以避免。比如《毕生之始》。它由从A至M的十三小节速写片断构成，讲述一个少年无聊的一天。“无聊”，大概是现代小说开掘出的一个专利母题，进可以触及人生乃至文艺最惨烈的真相，退亦可以作为窥视社会思潮和时代病症的窗口，但通常情况下，在很多现代小说家的笔下，体验、背负乃至抵抗无聊的主体，是成年人，当他们把无聊发挥到极致之际，又转而会凸显某种存在主义式的英勇行为——因为取消了普遍的意义，他们反而将自己从对其他事物的依赖中解放出来，生活或许因此能够像对待少年哈克·贝利芬那般再次焕发光彩。然而在阿乙这里，无聊的生活，其真相是一片不能划分结局或开端的混沌，所有的成年人和少年人都匍匐其中。

> 我在煤炭公司的木靠椅上坐了很久，我让风从西服宽大的袖口和领口钻进去。后来我还在这艰难的环境里，蜷缩着睡了很久。我十三岁，或者十四岁，还要活六十七年或者六十六年。这是比较乐观的估计。（《毕生之始·M》）

“艰难”这个词在这里乍一看有点突兀，不太像少年人的口吻，但或许也因此更为本真，它不再背负任何精神意义，就是指向此时此刻不会变化的木靠椅和大风，是一个还不太娴熟于词汇运用的早熟少年对自我处境敏感且诚挚的表达，他尝试在这样的环境中睡着，以此度过无聊的时间。“人生是艰难的”，抑或，“生活是无意义的”，类似这样的话，出自一个成年人之口还是出自一个少年之口，以及出自什么样的说话时机，给人的感觉会完全不同，《毕生之始》中有阿乙对人世最痛彻心扉的洞见，即“生活的无意义”并不单是那些优秀的生命行至某一中途的意外发现，而就是大多数生命从一开始便走上的道路。

“生活，绝大多数时候是无意义的。长篇小说模仿生活，而短篇小说是骨感的，不能东拉西扯，它是浓缩的艺术”。英国小说家威廉·特雷弗说道。在阿乙这里，“生活的无意义”这个主题犹如刀锋，把他的短篇小说斩削得骨感四溢，但随之而来的一个悖论在于，“生活的无意义”并不等同于“生活”，当他希望像对待短篇小说那样，把对“生活的无意义”的揭示作为一部长篇小说的全部意义，势必只能造就出一种骨瘦如柴的、虚假透顶的长篇小说，或者说，一种因为充斥了某种“无意义”的意义而变得骨瘦如柴和虚假透顶的生活。

在《下面，我该干些什么》的前言里，他谈及重新拾起这部被废弃长篇时的生活状态，“我想从头来过，而生活中别的事情也按照它的轨道运行过来，挤作一团。在祖母下葬的同时，我按照父亲的要求，购买新房，准备结婚。而因为写作所带来的对生活的敌意，我与女友的关系其实已走到尽头……”

令我惊讶的，不是一个写作者对生活的敌意，而是这种敌意被如此自然顺畅地表达，仿佛是理所应当的，仿佛是一个写作者无需反思的宿命。而事实上，对“生活的无意义”的认识，和对生活本身的敌意，其实有可能是两件彼此矛盾的事，前者或许能令人更为清楚地生活，而后者却只能迫人设想一种虚假的生活。《下面，我该干些什么》写的就是一个对生活充满敌意的人，以及他设想出来的一种虚假生活。按照作者自己的说法，“小说的主人公在被无聊完全侵蚀后，再也找不到自振的方法，因此杀人，试图赢得被追捕所带来的充实”，“在杀那个漂亮、善良、充满才艺的女孩时，他考虑的也是技术，因为杀掉一个完美的人，会激怒整个社会，进而使追捕力度增大”，作者认为，他因此“创造了一个纯粹的恶棍”，而这种创造本身，已超越了善恶，是一种“艺术的姿态”。

这是一套近乎完美的逻辑，它甚至可以视作阿乙小说美学的自白书。杀人者和写作者，他们的动机都出于要摆脱生活的无聊，他们的技术都在于如何找到整个社会的痛点，他们的成就，都来自于一种前所未有的创造性。然而如何理解艺术中的“创造性”？仅仅是一种诸如设想第一次有人这么干的惊奇感吗？关于暴力和血污如何转化成震撼人心的艺术，哈罗德·布鲁姆曾经就科马克·麦卡锡的《血色子午线》说道，“它的暴力，没有一件是无缘故的或多余的”，但对阿乙来讲，谈论必要性似乎成为一件荒诞的事，因为“没有理由”已成为最大的理由，逻辑的反转已代替了真实的生活，对生活的敌意也随之转化为对写作的刻意。倘若说这种刻意，在写作短篇小说时还有可能呈现为某种精巧，那么，在写作长篇小说时，势必造成一种捉襟见肘的尴尬，以及伪善，这或许是力求诚实的短篇小说家阿乙没能想到的结果。

张怡微：压路机与小提琴

迄今为止，二十几岁的张怡微已经出版过六本小说集（三本长篇三本中短篇）和一本散文集，并在沪港台三地的报刊上持续写评论和随笔，其创作力之丰盛和多面，令人赞叹。

《你所不知道的夜晚》（以下简称《夜晚》）是她最近的长篇，在这本书的末尾，附有一篇散文《大自鸣钟之味》和一个短篇《呵，爱》，我喜欢那里面有一种相当坚定又自如的语调，与其说是什么“清新哀伤”，不如说，是动人的凛冽，用词行文有英气，却不扎人，因为里面还有孩子般柔弱的根茎，像一个人在清白的月色下沉着又轻快地走路，对于那些正在一点点逝去的事物和美，满怀留恋，却绝不耽溺。短篇小说《呵，爱》写一段没头没尾的高中往事，郑小洁带同学艾达回家玩，这是她第一次带男生回家，发生了一些事情，在当时未必能算得上是爱，也许只是少年人对性的好奇天真，连初恋都算不得上，但隔了很多年的辛苦路回望，却比任何可以言说的爱都更难以忘却。小说最后写长大后的郑小洁回忆和男友分手前的一段对话，他们一起去看她去世的父亲，回家以后她对他讲起小时候父亲央求母亲不要离婚，她当时和母亲站在一边，不理睬父亲。

我问:“你觉得我爸可怜不?”

他说:“我也很可怜啊! 我不想也那么可怜呀!”

其实我觉得他一点也不可怜,他顺手拿走了我全部的第一次,最后还同我分了手。很难说我没有难过吧,可难过又有什么用呢?

我们最后一次做爱是在一年以后的夏天,两罐冰镇的啤酒下肚,地上全是化开的凉水。

“还有多久啊?”我小声问他。

“快了。”他喘息着回答。

那一瞬间我还是挺难过的。因为我想到了艾达……

我读到它们的时候,就想到作者在一篇写宫本辉的文章里面说过的话,“他把爱的狼狈与悲伤写的如冬寒一样具体,袭入感官的角角落落”,她这样称赞自己喜爱的别的小说家,其实她自己就已经如此。这是非常了不起的风格。

相对于附录里的短篇,《夜晚》这个长篇小说,给我的感觉就稍嫌平淡。而这种平淡因其短篇的精彩衬托,就更显得意外。在《呵,爱》中,也许因为第一人称的关系,叙述人和主人公很自然地合为一体,坚定明确地存在着,我们是从郑小洁的视角慢慢了解一切,一切叙述也都是生长自郑小洁的感官和心灵;但在《夜晚》中的第三人称叙述中,不可避免地,主人公和叙述人是分开的。其实小说叙事学发展到今天,大概各种各样的叙事方式都被小说家穷尽过了,所以也不存在孰优孰劣,只有一个是否适合自己的问题。作者在序言里也说,“我的写法,似要消耗太多人情世故,而我的年纪,恐怕又实难消化厚重的生活容量”,我觉得她这句话说对了一半,《夜晚》选择的近似于古典半全知视角的第三人称叙事方式,的确是对作者是否具有人情世故方面洞见的考验;但另一方面,一部好的长篇小说,却不单单依赖于作者对生活容量单打独斗般的消化体悟,因为在一部好的长篇小说里我们期待看到的,并不单单是叙述者一个人的睿智,如果那样,小说如何和哲学抗衡,我们读长篇小说,是希望看到无数的和我们不同的人的真实生活,希望理解世界如何在这样不同的人的视野里以不同的方式相继展开，并以此更好地认识自己的生活。尤其是全知式的叙事视角，它企图要立于纸面的，就不单单是一个主人公的存在，而是一群人的存在。作者曾经撰文称赞英国小说家威廉·特鲁弗，能够“让那些人物尽自己的本分”，但在《夜晚》中，那些人物都没有机会尽自己的本分。

《夜晚》中，有一些生动的细节，却淹没在叙述人过多的议论中，并使得人物自己活动的空间相对变得很小；它有一丝说故事人的腔调，但故事却大多支零破碎；似乎是成长小说，但刚刚见识到人世的惨烈就草草收尾；《夜晚》整体的感觉，就好比主人公茉莉挂在墙上的那把琴，作者站在墙前，努力向对这把琴好奇的听众们叙述这把琴应该呈现的种种音色，叙述其可以表现的音乐的丰富曲折，却不曾把这把琴从墙上取下来，随意地拨弹一番，让这把琴自己发声；《夜晚》中不曾有一个人物像郑小洁一样，随随便便地在那里不管不顾地自说自话，却让听到的人无比动容。

维克多·雨果曾经高度推崇过司各特的小说。他说，在司各特以前的小说家一般只会运用两种彼此相反却同样单调的创作法，一种是书信体，一种是叙述体。进而，他谈及叙述体的缺陷，“叙述体小说家不会给自然而然的对话、真实生动的情节留出一定的地位；他必然代之以某种单调的文体上的起承转合，这种起承转合好像是一个定型的模子，在那里面，各种最为相异的事件都只有同样的外表，在它下面，最高尚的创造、最深刻的意图都消失了，如像坎坷不平的场地在压路机下被碾平了一样”。他因此称赞司各特给小说带来了新的可能，即兼具戏剧性和史诗性的、情节概述和场景描写相结合的新形式。

整个十九世纪小说的主流都没有彻底离开过雨果所阐述的小说美学，到了二十世纪，尤其是加西亚·马尔克斯的《百年孤独》之后，一切似乎就又都改变了，叙述体卷土重来，但这并不意味着雨果的批评就失效了，因为在新一代擅长叙述体的小说家那里，其实并没有压路机的位置，替代它的，是轻盈、自由、富于幻想和怀疑精神的小提琴。

鲁敏:象征的危险

鲁敏是这几年颇受推崇的一位女作家。她的小说很好读,因为她是用苏北女孩过日子的态度在经营小说里的日常世界,处处仔细、实在、清爽。她曾说,如果反思文革,写上山下乡,写中国乡村,她并没有把握可以写得好,她们这一代人拥有的只是八十年代以来的日常生活,自己为什么不能先把它们写出来,写得好一点,写得多一点呢?作为小说家,这样的认识素朴而明智。我比较不以为然的,是那些纷纷把"描写日常生活"这顶帽子送给鲁敏的评论家们,那意思,好像是说,还有不描写日常生活的小说。

小说家之间的区别,不在于是否描写日常生活,而在于如何面对和处理日常生活。我总觉得鲁敏在处理日常生活时,有点像一个化学分析师。在长篇小说《百恼汇》里,她曾企图把日常生活千百种烦恼提炼成标本,再放在一个大家庭的容器里,看看这些烦恼的混合与碰撞,会产生出什么样的反应。而在最新出版的短篇小说集《九种忧伤》里,她似乎是要反其道而行之,她要做的实验不再是化合,而是提纯。

"给一本短篇小说集起名是一件很难的事;"毛姆在《木麻黄树》的序言里说道,"想避重就轻,就不妨拿第一个短篇作为书名,但那样会欺骗买书的人,以为手里拿着一本长篇小说;一个好的书名应该关涉到书中的所有篇什,哪怕是隐约的关系。"1962年理查德·耶茨《十一种孤独》出版后,被誉作纽约的《都柏林人》,这两部杰出的短篇集,连同毛姆的《木麻黄树》,其实从书名的精心选取上就可略见其相近之处,即试图通过散点透视的方式来观察某类人群,进而以集腋成裘的方式令一种统摄性的视域呈现。如今,鲁敏写下《九种忧伤》,或许也有加入这个序列的愿望。

《九种忧伤》里有八个短篇,每篇描绘的都是一两个偏执型的"病人",比如《不食》中的秦邑,从对垃圾食品的厌恶直至对正常饮食男女的拒绝,最后以身饲虎;《谢伯茂之死》中,一个沉湎于给虚构友人写信的中年男人,遇到了一个执意要找到这个虚构收信人的临退休邮递员;《铁血信鸽》里沉迷于养生保健的主妇,和她那个在唯唯诺诺中期望像信鸽一样飞翔的丈夫;《字纸》写一个从小因为匮乏而敬畏字纸的乡下老汉,面对新时代出版物的丰富,从欣喜满足到无所适从;《在地图上》里那个跑火车的邮件押运员,迷恋于地图和对地图的虚构……关于这部短篇小说集所指为何,鲁敏自己曾经在接受访谈时也有过交待:"这个集子里八个人物,似乎都是某种意义上的'病人'。在我们的生活里,总有房子、钱、车子、工作等有形的物质困境,但更多的是看不见、说不清的精神困境。这正是都市化生活的衍生物,跟灰色空间有关,跟紊乱的节奏有关,跟一波波的公共事件有关,跟社交的假面方式有关,跟道德和伦理危机有关……压抑下人性诉求与伸张,有时就会呈现出这种病态与暗疾。"

对于理解这些短篇合在一起所企图呈现的要义,这段作者的自我表达已足够清楚明白,甚至是过于清楚和明白了,我由此也得以验证一种阅读时迥异于我之前提到的那些短篇小说集的感觉,即《九种忧伤》中的这些小说是如此的相似,虽然人物各异故事各异,但它们所呈现出来的最终面目,竟像是经过同一道流水线工序修理整肃过的合格产品,它之所以合格,只是因为符合作者先验的设想。在《九种忧伤》中,作者的寓意,成为一种不断被展示、被析出的东西,它轻易就可以被辨认出来,而不是深植于小说内部不可分离。通过将故事置于刻意为之的极端化境遇之中,通过将人物的病态暗疾无限度地夸大,宛若化学提纯中常见的高温高压,一些事先期待的单纯物,在作者外力的催化下被析取出来,而这种单纯物,比如说"精神困境",在作者心目中,随之就被视为当下人生的象征。

这种用小说来析取象征的方式,至少对短篇小说而言,是危险的,因为相较于长篇小说,短篇小说没有足够的时间和空间来遮掩、容纳、承受象征,短篇小说必然是突如其来的,因此象征也难免会非常显眼,以至于有理念先行的虚妄。而所谓"以小说之虚妄来抵抗生活之虚妄",这句鲁敏被广泛引用的话，其实很容易变成一句自我逃避的托辞，因为无论在小说中还是在生活中，对虚妄的认识程度，首先来自于对真实的认识，来自于对无法阐释无法析取的困难的认识。

黎紫书：当短跑选手立志去跑马拉松

2006 年，久别文学评论界的程德培在《上海文学》杂志上露面，和张新颖畅谈当代文学诸种问题，其中提到长篇小说和短篇小说的现实关联："这么多年来有一个无形的规矩，作家成长阶梯是从短篇小说入手。把短篇当作创作的初级阶段。短篇写好了，写中篇，最后要著作等身了，写长篇。几乎每一个作家的创作道路都是那么过来的。……这是一个很大的毛病。一种无形的压力和潜规则，不管是什么样的作家，你最后要著作等身你就要写长篇，这就造成了一些本来不适合马拉松的运动员去跑马拉松了，百米跑拿了冠军就去练长跑了。"

2010 年，马华女作家黎紫书的第一部长篇小说《告别的年代》在台湾出版，两年后内地简体本出版，在后记中，黎紫书给自己抛出一个问题，作为一名惯熟于短篇小说的写作者，何以立志要写一部长篇小说？"毕竟我心里明白，作为小说写手，以我浅薄的人生阅历和学养，以及我那缺乏自律与难以长期专注的个性，实在不适宜'长跑'……说来这像是我们这一代的小说写手潜意识里为自己设定好的一场马拉松。不啻因为写小说的日子长了累积的经验丰富了，身边便会有人提醒你该尝试写长篇，也是因为时候到了但凡严肃的写手总会对自己的写作产生疑虑，便会想到以'写长篇'来测验自己对文学的忠诚，也希望借此检定自己的能力，以确认自己是个成熟的创作者。"

内心的压力和外在的潜规则，无形的规矩乃至对文学的忠诚，对写作已有的自信以及进一步滋生的怀疑，都似乎在起着一种合力，将小说写作者往长篇小说的道路上驱赶。黎紫书的短篇写得并不坏，甚至可以说很有魅惑力，新近出版的《野菩萨》收录其多年来的十三部短篇，基本可视之为小说风格最集中的呈现。同名短篇《野菩萨》，以一个中年妇女阿蛮的意识流回忆为主线，带出隐伏在平淡生活下的无限辛酸和倔强，华人社会与马来政府曾经的对峙，其内部的无休止倾轧，混迹黑道的年轻人，湿粘无解的爱欲，更有阿蛮和自小双腿残疾且又早逝的胞妹之间恒久的情意，这一切，像是从回忆之海中随手捞出的藻类，在鲜腥芜杂中却有整个海洋的气息。小说集最后一篇《未完·待续》，以第二人称写小说和现实之间的纠葛，有长篇《告别的年代》残存的影子，其中有一段写“你”在父亲去世后，读其留下的某女作家七本小说时的感觉，竟像是作者对自我小说风格的准确认知：

> 女人的文字质感浓稠，叙述的调子缓慢而黏腻，描写的文字远比叙事的文字超出太多，仿佛你看的不是书，而是许多张油漆未干的静物画。那样的文字让人读着呼吸困难，它们串联起来，水草似的蔓蔓而丛丛，每一行字宛若章鱼的腕足伸张，缠上你，抓攫你的意志和心神。

对于短篇小说，这样的风格自成一家，像印象派的油画，然而倘若以类似的风格去堆砌出一部长篇，就好比用印象派的画法去绘制西斯廷教堂里横贯天顶的壁画，难免会让观者厌倦，让绘制的人也吃力万分。《告别的年代》中有无数生动的描写细节，却没有一根强有力的叙事主干，作者对长篇小说所谓厚度和广度的追摩求索，对所谓后设、元小说、多线、多重视点等诸多小说技巧的纷繁运用，造就的，却是一个类似俄罗斯套娃之类的玩具，打开一个缤纷绚丽的木娃，是另一个缤纷绚丽的木娃，直至最后，在一个个空心木娃的深处，藏着的，是一个实心的却小之又小的核。

在《告别的年代》之前，黎紫书写的全是短篇，当她吃力地完成这第一部长篇并获得诸多意外的荣誉之后，她却卷土重来再写短篇。《野菩萨》中收录的小说涵盖了写作长篇前后的两批作品，显然后来这批作品更为成熟、自由，那里面似乎有一个终于熬过一场马拉松的短跑选手，重回百米赛道时的心情。

结　语

将长篇小说和短篇小说的差异展现为类似英文里 novel 和 short-story 这样的体裁区分，并赋之以截然不同且能依样施行的特征，这是令人一目了然的，却也有将一个原本张力十足的复杂问题简单化约的嫌疑，从而消解了那种正是在矛盾中才不断滋生的创造力。比如，仅仅从词义上，英文里的 novel 虽然和法文里的 roman 互译，但意思并不完全重合，后者本身还有“传奇故事”的意思，这就和 story 已经暗通声息；另外，我们习惯称之为中篇小说的东西，曾在法国和意大利最为盛行，法文里叫 nouvelle，意大利文里叫 novelette，在词根上可以看到和 novel（长篇小说）的关系，但在汉语习惯里，中篇小说却时常是跟短篇小说归置在一起的。又比如，写作《汤姆·琼斯》的菲尔丁，并没有用英语里现成的 novel 或 romance 为自己的作品命名，而是代以一种新的称呼：prosai-comi-epic writing（散文的、喜剧的、史诗的写作）；而热爱小说的罗兰·巴特并不喜欢 roman，他试图要写出的长篇小说是 romanesque（小说式的断片）……

前文讨论了中国当代同时致力于长、短篇写作的四位年轻小说家，他们的风格各异，但在他们的长篇小说与短篇小说之间，却似乎存在一种相似的断裂，这种断裂并非源自他们对这两种体裁差异的一无所知，而在于他们对这种差异过于简单的处理和追摹，以及随之而来的对自我的丢弃。

契诃夫一直想写出一部长篇小说，他曾经在给友人的信中表示：“只有贵族才会写长篇小说。我们这班人（平民）写长篇小说已经不行了……为了建筑长篇小说就一定得熟悉使一大堆材料保持匀称和均衡的法则。长篇小说就是一座大宫殿，作者得让读者在这宫殿里自由自在，而不要像到了博物馆里那样又惊奇又烦闷。”我们作为后来者，当然知道长篇小说在贵族时代过去之后并没有消失，它一直在以新的样貌出现。然而契诃夫的这番话依旧珍贵，它体现了一个小说写作者的诚实，他认识到时空与自身的限制，并忠诚于这种限制。我们并没有看到署有契诃夫名字的长篇小说。而对黎紫书来说，完成一部长篇小说的愿望胜过了能否写出一部完美长篇的疑问，像一个短跑选手对马拉松终点充满偏执狂似的渴望，最终，这位职业短跑选手如愿以偿地站在了业余马拉松的跑道上，和一群同样业余的爱好者拥挤在一起。

当初，那个“像傻鸟一样站在文学之外”（《灰故事》再版序）的阿乙，不经意间开辟出一块文学荒地，但他并不满意于自己的园地，他觊觎加缪和陀思妥耶夫斯基的庄园。类似的文学野心或者说欲望，还出现在文中未及专门讨论的另一位小说家阿丁身上。在长篇处女作《无尾狗》中，阿丁展现了其统驭纷繁经验的叙事能量，以及感受和捕捉各种芜杂且易飘逝的人类声音的能力，但在随后出版的短篇小说集《寻欢者不知所终》里面，他像是换了一个人，开始迷恋于种种现代短篇小说标签上印有的技巧实验，于是，一个热爱青年塞林格、对生活的粗糙和丰满具备足够感受力的长篇小说写作者，在着手短篇小说的时候，旋即就企图摇身成为博尔赫斯式的投身于幻景的智者。

曾经，带着一种成熟的美学观，傅雷盛赞张爱玲的中篇小说《金锁记》，也因为这种美学观，他严厉批评她的长篇小说《连环套》。这几乎影响了后面数十年对张爱玲小说的判断，即中短篇优于长篇，但张爱玲自己并不买账，曾作文反驳，并以晚年的三部长篇做出实际回应。早早成名的张怡微熟谙张派小说，写作短篇时也有着相仿的凛冽，只是，当她着手写作长篇《你所不知道的夜晚》时，似乎却不能像张爱玲那般坚定地拿出自己一以贯之的小说美学，她像一个好学生应付大考那般，屈从于现有的长篇美学习惯。

当福楼拜向屠格涅夫讲述《布瓦尔和佩库歇》的创作计划时，这位年老的大师建议他从简、从短处理这个题材，因为这个故事只有在很短的叙述形势下，才能保持喜剧效果，长度会使其变得单调、令人厌倦乃至荒谬。但福楼拜并没有听从，他解释道：“假如我以简洁、轻盈的方式去处理，那就会是一个多少具有些精神性的奇异故事，但没有意义，没有逼真性，而假如我赋予它许多细节，加以发挥，我就会给人造成一种感觉，看上去相信这个故事，就可以做成一件严肃、甚至可怕的东西。”昆德拉在《帷幕》中给我们讲述了福楼拜的这个故事，他同时提及的，是卡夫卡的《审判》，昆德拉说，卡夫卡在这里有和福楼拜一样的志向，他想要“深入到一个笑话的黑色深处”。唯有深入到未知的深处，才会有一些新的、真实的东西升起。与此相反，在鲁敏的《九种忧伤》中，那些精心设计的象征并没有继续生长，发挥，没有继续向严肃的、逼真的乃至于可怕的深处迈进，作者仅仅满足于使象征停留在某个简单可辨的效果上，她满足于用短篇小说惯熟的方式来处理据说是分配给短篇小说的题材，全然没有想到那其实是“没有意义”的。

历史不停在重复，但艺术永远只保留新鲜的创造。

我们需要看到，很多关于小说的文论著作，从卢卡契、E.M.福斯特到巴赫金乃至昆德拉，实质上都是来自对长篇小说的阅读和思考，但同时，诸如契诃夫、卡夫卡、博尔赫斯等短篇小说家，并不因为文体的差异就被排除在这些文论引发的美学认知以外。当亨利·詹姆斯在诸多长篇小说的序言里思考他那个时代的小说艺术之际，他同时还是一系列杰出的中短篇小说的作者。人们又该如何区分乔伊斯、卡尔维诺、波拉尼奥、科塔萨尔笔下那些缤纷肆意的长短篇？或许还是波拉尼奥的一句比喻相对准确，他说长篇小说和短篇小说是一对连体婴儿，就像生活与诗的关系。

“我相信任何短篇都可以改成长篇，任何长篇也都可以缩成短篇，或一首诗。”乔伊斯·卡洛尔·奥茨说。在长篇和短篇之间，没有单一的差异，有的只是多重的差异，这差异，最终，与外在的流行标签无关，和写作者对小说乃至自我的诚实体认有关。小说是什么？这个问题在严肃的小说家那里，最终会转化成一个古老的追问，我是谁？

原载《上海文学》2013 年第 10 期

有风自南：葛亮论

金　理

一

《谜鸦》是葛亮的成名作之一，致敬希区柯克，同时也混合着爱伦坡的风味。类似题材往往是在理性无法诠释的疆域内渲染超自然的神秘力量，葛亮高明之处在于，"大胆"地将感染弓形虫病的医学解释引入文本，但科学与理性的到场并未拂去读者心头的宿命与惊悚。"假如一个作家具有足够深刻的洞察力，那么任何人物都会表现出复杂和偏颇性"①，而辩证之处在于，小说对反常甚或疯狂人物的呈现，应当超越特殊的病例分析报告，而洞察到具有普遍意味的生命真相。我对《谜鸦》略感不满的地方正在于，葛亮是在近乎抽象而封闭的视角内观察"魔怔"个案，而没有在纵深的时空环境和社会结构中照见身份认同错置的诱因。

从这个意义上来说，《退潮》提供的阐释意味似乎更丰富。如果要标明该篇在文学史上的谱系，首先会想到的参考坐标是施蛰存的《善女人行品》，同样关注衣食无忧的中产阶级女性在日常生活虚饰下所压抑的力比多与神经质。更有趣的对比或许来自刘呐鸥。"他的下巴很尖，狐狸一样俏丽的轮廓，些微女性

① 布鲁克斯、沃伦《小说鉴赏》，主万等译，世界图书出版公司 2006 年版，第 141 页。

化。嘴唇是鲜嫩的淡红色，线条却很硬，嘴角耷拉下来。是，他垂着眼睑，目光信马由缰。他抬起头来，她看到了他的眼睛，很大很深，是那种可以将人吸进去的眼睛。……她禁不住要看他。”葛亮这样描述“她”窥视下“他”的形象，很容易让人联想起刘呐鸥笔下的“摩登尤物”，只消置换安·多尼（Ann Doane）以下这段关于“尤物”论述中的性别所指，即可稳妥地移用于《退潮》：尤物是“一个散发着某种无边际不安的，预示着认识论创伤的人物。她最令人震撼的特性也许是，她永远不是她所表现的那个人。她所携带的威胁不是完全易辨的、可预见的或可把握的”①。刘呐鸥热衷的典型情节是：一个男性叙述主人公追逐摩登女子，但总是以失败告终，先前被对象化的女子才是游戏最终的赢家。尽管发生了性别置换（有趣的是葛亮依然将被窥视的对象“他”的外貌作女性化处理），但葛亮与刘呐鸥的共同点在于，他们颠倒了经典论述中关于主动/窥视主体与被动/窥视客体②的分立，葛亮甚至有意通过“他不卑不亢的对视”、后视镜中逼视的目光来混淆认知和欲望投射的方向，以此抽空了“她”不停地“禁不住要看他”而积聚起的主体性能量，为最终“他”的反制和“她”的幻灭作足了铺垫。不过，葛亮终究无心于刘呐鸥般的、流连于灯红酒绿的笔触，而从光怪陆离的城市景观内收进人物的心灵。由于身份特殊性（“大陆新娘”）所自然导致的委屈与悲愤，在日常理性的状态下压抑着她的身心渴望，这一渴望在阴差阳错的瞬间得以发泄，似乎是身份趋近“空白”的时刻赋予了她某种自由。然而反讽的是，她醒来后却发现身、物皆被洗劫一空。葛亮冷静地为身份重构的困厄提供了寓言。

在葛亮初期的作品中，《物质·生活》是近乎“向左走向右走”的都市浪漫小品，《私人岛屿》受到不少人赞誉，其实类似题材在安妮宝贝笔下会得到更纯熟的演绎。我更感兴趣的，倒是《无岸之河》与《德律风》。

---

① 转引自李欧梵《上海摩登》，毛尖译，北京大学出版社2001年版，第231页。

② 参见劳拉·穆尔维《视觉快感和叙事性电影》，收入《外国电影理论文选》（下），李恒基、杨远婴主编，生活·读书·新知三联书店2006年版。

《无岸之河》以青年人的视镜观察知识分子的中年危机，然而小说反映的那种绝非刀山火海般峻急、却身陷人事环境中撕拽纠缠而终至艰于呼吸的滞重，其实如标题所示夏加尔的那幅名画一般，接通的是人类的恒常处境，几乎每个人、每代人都会沉浮或挣扎于这条“无岸之河”中。比如，老婆为儿子入托而“折腾”，马上让我想起了多年前“小林”们（《单位》、《一地鸡毛》）的遭际。不同的是，当年“小林”半夜起来看场球赛直播都遭致老婆一顿叱责，而葛亮笔下的李重庆可以在客厅洋洋洒洒地写稿，“竟有些汪洋恣肆的意思”。当年刘震云把知识分子从形上的玄思中一把拽出来，扔进生活的“一地鸡毛”，也正是“一地鸡毛”围困中的溃不成军反证了先前精神资源的贫乏、虚幻与不可恃。今天葛亮执着而不乏善意为知识分子保留了一方精神苏息的空间，不过问题也出在这里。李重庆和日常生活的关系若即若离，恰似他和神秘女子，“他的唇快要触碰到她的舌的一刹那，倏地弹开了”。叙述者也在确保主人公和生活、和周围世界的“弹开”：同门里“坚持逢年过节去看导师”的就他一个；同事在评职称时大作手脚他不为所动；老婆为了儿子入托找后门，李重庆“不言语，让女人自己去折腾吧”；末了面对诱惑时还能在意乱情迷的那一刹那坐怀不乱……就像小说暗示的，“李重庆突然想起，今天是鬼节”，周围都是浮尸游魂而举世皆浊唯他独清。我的疑问是：凭什么、为什么只有他享受了道德豁免权、确保自外于污浊环境的人格清白？由此他冷眼旁观的群鬼般的浮世绘，多大程度上贴近生活真相？进而，在缺乏投入生活的热望的前提下，与生活建立的关联，会否流于一种形式主义（比如李重庆和导师的交往）？别误会，我并不是要将这个“独善者”拉进天下乌鸦一般黑。我担心这份置身事外的从容，可能又是一种幻想；以李重庆为代表和生活世界构成的关系，较之以往只是退守，而非“对决”，其间少了直面和反思的力量。小说“写一个年轻大学教师的浮生六记”，作者是偏爱笔下主人公的，“这个人是个适可而止的人，对人的欲望是一点点，所以他容易满足”①。

① 葛亮《小说说小》，《青年文学》2008年第11期。

然而,这个人的"清白"与"自足"往往是靠抑制投入生活的热望、或如以赛亚·伯林所谓"退居内在城堡"而换取的:"我希望成为我自己的疆域的主人。但是我的疆界漫长而不安全,因此,我缩短这些界线以缩小或消除脆弱的部分","退回到我的内在城堡——我的理性、我的灵魂、我的'不朽'自我中,不管是外部自然的盲目的力量,还是人类的恶意,都无法靠近。我退回到我自己之中,在那里也只有在那里,我才是安全的。……借助某种人为的自我转化过程,逃离了世界,逃脱了社会与公共舆论的束缚;这种转化过程能够使他们不再关心世界的价值,使他们在世界的边缘保持孤独与独立,也不再易受其武器的攻击"①。李重庆显然是个善良的人,我对这样的人物还吹毛求疵,原因也在这里:他并未建立与生活世界诚实的联系,暂且不说"转化"了知识分子对世界的责任,即便对自我主体的认知,也还欠缺一份"反身而诚"的省思。"企图'逃避'世界的虚华琐事,以便在与世无争的孤独中安享平静的生命,这种感伤主义—田园式的愿望是虚伪的和错误的。这种愿望的基础是一种暗自的信念:我之外的世界是充满邪恶和诱惑的,而人本身,我自己,是无罪孽的和善良的……然而实际上,这个恶的世界就包含在我自身之中,所以我无处可逃……谁还生活在世界中和世界还生活在他之中,谁就应当承担世界所赋予的重担,就应当在不完善的、罪孽的、世俗的形式中活动……"②以"我自己,是无罪孽的和善良"的信念和眼光来看待周围人事,无可避免地会觉出"无聊"、"浅薄",无可避免地会将个人的存在从其置身的世界中、从其与周遭事物的交互关系中抽离出来……而实际上,"今天和当下的事业以及我对自己周围人的关系,是与我生命的具体性,与生命的永恒本质相联系的"。所谓"生命的具体性",并不是抽象出"一尘不染"的"自我",而是指一个生气淋漓有着生存欲望、无法将之从所置身的周围人事的复杂关系中抽离出来、转而在"不完善的、罪孽的、世俗的形式中"建立意义源头的现

---

① 以赛亚·伯林《两种自由概念》,《自由论》,胡传胜译,译林出版社 2003 年版,第 204、205 页。

② 弗兰克《精神事业与世俗事业》,《人与世界的割裂》,徐凤林、李昭时译,山东友谊出版社 2005 年版,第 254 页。

实个体。同时，正因为置身在一个广袤无边的生活世界中；所以这一生活世界，反过来提供给个体生长与自我更新的力量，成全主体反省自身和实现自身，通过不断更新与丰富而获得存在的意义与可能。由此想来，“无岸之河”的标题看似悲观，却不妨视为警语，正如俗谚所云“在水中才能学会游泳”，尚未在泥沙俱下的生活之流中找到安身立命之据时，先舍掉不敢入水的清白，更抛去先行登岸的幻想吧。

《德律风》讲述十九岁进城青年与声讯台接线小姐的故事，两人素未谋面（工作地点一街之隔，“她”曾经隔窗“看过去”，保安队的列队中“有一个瘦高的男孩子”，短暂的一瞥，也只是“相逢不相识”），情节的动力源和结合点就在电话，“德律风”取自小说中这一关键物件的英文（telephone）音译。这个译法当然不源自葛亮，晚晴报刊上早就以此来直译“通过电信号双向传输话音的设备”；葛亮独抒新机之处，在于赋予“德—律—风”这一译词“形神俱善”的演绎，试逐一析解：首先论“德”。作为中国思想传统中的基本范畴，“‘道’乃从天地万物之共同之本始或本母上言，即自天地万物之全体之公上言；‘德’乃从道之关联于分别之人物言”①。“道”犹如经验世界中万事万物的价值、正当性的终极源头，“德”是“道”这一超越世界赋予具体个人的品质、特性。然而我们现在处于超越世界被去魅、解体的世俗时代，“德”与“道”的关联已断裂。小说中的这对男女，从与传统家族、地方的共同体关系中剥离出来，孤独地面对整个世界，小说写的正是原子化的个人在偶然间、借用特殊的交往方式（电话）相拥取暖。偏偏小说中的“他”是一“有德之人”，持守信念、和周围世界格格不入，“他”通过电话给“她”讲解电视节目，“每到出现类似三角关系或者第三者的情节时，他就会表现出难以克制的愤怒，骂骂咧咧起来。小满的解说是事无巨细的。在电视新闻与电视剧之间，有许多的商品广告。他会跟我描述他所看到的图像，然后在末了

① 唐君毅《中国哲学原论·老子言道之六义贯释上》，引自韦政通：《中国哲学辞典》，吉林出版集团2009年版，第575页。

加上一句点评:都是诓人的”,可见这是一个质朴地残存着与超越世界的关联的个体,但恰恰是这一个独特个体在“德”已普遍失“律”的环境中被吞噬了。其次论“风”,《诗大序》从“风”字本义,将诗三百中的这一部分与风化、风刺相关联,小说中发生在声讯台和娱乐城间的活剧,不啻一幕谏诫。此外,儒家推重德必出于本性①,偏又是唯一一个“天性自然”的小满,最终被文明世界的法律所惩戒,这又是一重讽刺。其实今人对国风的理解,一般遵从朱子的解释:“风者,民俗歌谣之诗也”(《诗集传》),“风则闾巷风土、男女情思之词”(《楚辞集注》)。小说中电话里的窃窃私语,正是起于民间素朴的“风”。它们忽断忽续,当然不是黄钟大吕的“时代主旋律”,莫说声音和电话时常被打断,即使人的命运在急遽转换中也身不由己;但这两位平凡男女的对话却又若远若近、余音不绝,艰辛中的互相安慰,本就深沉而感人肺腑,何况接通的还是千百年来地久天长的心弦:“君子于役,不日不月”“行迈靡靡,中心摇摇”“肃肃宵征,抱衾与裯”……纵有时代之隔,但离家的无奈、挣扎在生活边缘无有穷尽的艰辛、独自品嚼的苦痛,何有二致?再次,“凡民函五常之性,其刚柔缓急,音声不同,系水土之风气,故谓之风”(《汉书·地理志》),小说中驱遣方言活灵活现,还特意拈出“电影话”和念信时“有的话,写得出,却念不出来”的细节,兴许正是在表现语言与“风”的关联。还有,小说以男女二人的电话通话为核心,各自经历只是略为延展,并无纵深的篇幅以供创作者闪转腾挪。而从“记事”而言,进城打工仔的挣扎与覆亡在类似题材(所谓“底层文学”)中已得到过度演绎。《德律风》最打动人心的,却是由电话组织起的日常事件和通话过程中突然跃出的瞬间情感体验,比如“依赖”——“有时候小满说累了,就把电话话筒放在电视机旁边,让电视的声响尽可能地传进我的耳朵。这时候,我听到很小的咀嚼的声音。”歌唱瞬间感受的抒情诗,这原是《诗经》在中国文学开端之际奠下的底色吧。

葛亮初期的这些中短篇,大致给我以下两个印象:首先,作家的专业精神已

① 参详钱穆《灵魂与德性》,收入《晚学盲言》,广西师范大学出版社2004年版。

经在其创作中初露头角:《德律风》中小满写信劝乡下的妹妹继续学业不要急于外出打工:“哥不是跟你说好了,等有钱了以后咱把后山缓坡的地承包下来,种上山楂。然后在村里开工厂,做山楂糕,销到省里去,销到外国去。咱娘的手艺就给留下来了。对了,咱家的农药用完了。哥跟农业站的大李说好了,给咱留了两罐,你去跟他领。还有麦种,别贪便宜跟赵建民买。听人说,他那个有假。农业站的贵,可是有个靠,到底是政府的东西。还有,你跟娘说,针线盒子底下,压了去年收夏粮时候打的白条。去跟何婶问问,看乡里今年有没有啥说法。”葛亮并无乡间生活的丰富经验,但以上这段说话的腔调,以及语言所反映的特定生活境遇中的心态、理解力和思维惯习,无不拿捏得当。这还只是练笔阶段,却为他日后的创作打下了坚实地基。如何为《朱雀》这般浩大的历史画卷中故事的可能性提供逻辑感和说服力,更能考较作家的专业精神。大到南京城的地理沿革、国民政府“新生活运动”中的灭蝇、文革期间巨幅宣传画上由哪些国家的人民组成“全世界阶级兄弟心心相印”;小到哈迪逊大楼底下一张飘到叶楚生脸上的传单纸、艰难岁月里的持家细节(绑了棉花球的筷子,往油瓶口“码一下,在锅里走上一圈”)……无不安排得有板有眼。

其次,据云朱天文曾笑说葛亮有颗“老灵魂”,王德威也指出《谜鸦》之类的作品“颇能让我们想起三十年代上海新感觉派作家如施蛰存的《梅雨之夕》《魔道》”①,方家之言,此之谓也。青年作家都必须面对如何处理断裂和延续的问题。一方面是刺穿主流文学坚固的肌体并在其“井然有序”的内部引起震撼;另一方面,异质性的因素终将回复到文学传统的脉络中,此时就应容纳昆德拉所谓“小说精神”的“延续性”:“每部作品都是对它之前作品的回应,每部作品都包含着小说以往的一切经验。”②与同代作家相比较,葛亮在初期的写作中完成的主要是后一方面的工作。以其个人而言,葛亮是世家子弟,一招一式法度谨严,

---

① 王德威《归去未见朱雀航——葛亮的〈朱雀〉》,作为“序言”收入《朱雀》,作家出版社 2010 年版。

② 昆德拉《小说的精神》,董强译,上海译文出版社 2004 年版,第 24 页。

家学、师承隐然可辨,却让人更多期望眼前一亮的新意。读完《谜鸦》等篇之后,我在等待一部神完气足的作品。

二

“最早写小说时,我比较重视所谓‘戏剧性’元素的存现。并且,对于实验性的写作手法,也有付诸实践的愿望。这些都是形式层面的东西,甚至我有篇小说,标题叫做《π》,可以说,是对这一时期写作取向的概括:未知,开放,交错,无规律,是我当时对文学乃至生活的认知。到了《七声》,首先我在文字审美方面有了新的转折。这也决定了我叙事的态度,更加接近一种真实可触的、朴素的表达。”[①]为什么到了《七声》阶段,一个一度热衷于戏剧性、形式实验的作家开始变得“素面朝天”?

读者都会觉得《七声》是部“自传”或“准自传”,我想葛亮不会否认这样的说法。写自己的家庭、成长环境,成长路上遇到的人和事,他们往来于毛果的生活,一方面见证着毛果的成长,另一方面,毛果又以“一双少年的眼睛”记录一切的变化与沧桑。葛亮写过一篇谈读诗的短文:少年的时候,很爱泰戈尔《飞鸟集》的辞句,精简与朴素,“意境却说不出的阔大”,成年后,也读诗,“这时的诗歌已渐渐成为多元与纷扰的意象,有许多的精彩,让人应接不暇,但同时,也会迷失其中”[②]。以此来参照《七声》的写作即可知,回到“真实可触的、朴素的表达”并不只是外在叙事技巧上的关怀,而是寻向自身时的“复得返自然”。文学作品并非“如是我闻”的实录、并非经验的透明呈现,不过《七声》确实有着更为根本、内在和诚恳的精神需求,走到这个阶段,温习个人生命发展路途中的历史和现实。一个 30 岁上下、虽已发表了不少作品而备受瞩目、但“文学地位”还有待进

① 葛亮、张昭兵《创作的可能》,《青春》2009 年第 11 期。

② 葛亮《路过尘世》,《读书》2009 年第 4 期。

一步确立的青年人，却写出一部自传，我想到的是《从文自传》①。二者不能硬相比附，互通之处在于：通过对过往纷繁经验的重新组织和叙述，通过追索生命的来路、尤其是周围的人和事在这一来路上投射下的光影，来塑造、确立起“自我”。当然，这个“自我”并非一劳永逸地完成了，还要去应对各种烦恼和挫折，但至少《七声》为可以触摸的将来（生活和写作两方面）作好了准备。对于很多青年作家来说，当他/她攘臂争先地冲出起跑线老远的时候，还没有、或无意于尝试上述“寻其所自”的工作。

今天不少青年作家笔下的自我形象往往显得很单薄，当然这一“单薄”是历史性的“单薄”，伴随着“总体性社会”的解体，在当下世俗生活中，人不仅在精神世界中与过往的有生机、有意义的价值世界割裂，而且在现实世界中也与各种公共生活和文化社群割裂，在外部一个以利益为核心的市场世界面前被暴露为孤零零的个人。不过除开外部原因之外，自我形象的单薄、狭隘、缺乏回旋空间，也与写作观有着莫大关联。葛亮对此是有自觉的，在一次访谈中被问及“当代中国青年作家身上最缺乏的东西是什么？”葛亮的回答是：“我们生长在和平的时代，是值得庆幸的事。但同时，生活难免被格式化与狭窄化，这对人生观念的影响也不可低估……写作既为表达自己，更是为一己之外的所在。”②卢卡契曾揭示一些文学“否定历史采取两种不同的形式”：“其一是主人公紧闭在本人的经验范围之内。对他来说——显而易见不是对他的创造者来说——除自身之外没有任何先在的现实作用于他或承受他的作用。其二，主人公本人没有个人历史。他是‘被抛到世间来的’：毫无意义，神秘莫测。他并不通过接触世界而有所发展；他既不塑造世界，也不为世界所塑造。”想一想我们今天的小说创作，其中充斥着多少“紧闭在本人的经验范围之内”“没有个人历史”的主人公啊。也许正是面对这样的困境，雷蒙德·威廉斯才重申“体现在伟大传统中的

① 对《从文自传》的理解，可参照张新颖《沈从文精读》“第一讲”，复旦大学出版社 2005 年版。

② 葛亮、马季《一均之中，间有七声》，《大家》2009 年第 3 期。

现实主义”的一个“检验的准则”:“具体地表明从思想到感情,从个人到社会,从变动到安定之间的生气勃勃的相互渗透关系。”①一均之中,间有七声,“他们在我身边一一走过,见证了岁月的变迁。我愿意步履我的成长轨迹,用一双少年的眼睛去观看那些久违的人与事”②,葛亮以这种方式敞开自我,与“有意义的他者”不断对话、同忧乐、设身处地思考对方的处境,由此记录、也促成“生气勃勃的相互渗透关系”。

细察这组“有意义的他者”形象,无不是普通人,从底层市民到打工者、上访者、偷渡客、妓女、小贩……他们有各自的隐痛、在生活的波折中浮沉,也在瞬间迸发出人性辉光;他们有性格缺陷,却都兢兢业业地去承担自己的责任,这个时候,任何平凡人的生命都会禀有一种不平凡的庄严。葛亮倾听着他们的悲喜投入洪流时激起的细微声响,小弦切切,自然比附不得黄钟大吕,“他们的声音尽管微薄,却是这丰厚的时代最为直接和真实的见证……这些人‘正是行走于街巷的平凡英雄’,他们的伤痛与欢乐,都是这时代的根基,汇集起来,便是滚滚洪流。”③《七声》中写到不少手艺人,泥人彩塑、木匠活计,民间所谓“一技之长可以防身”,不是文人雅士“无用大用”的艺术。所以当爸爸看到泥人尹摊子上的货品,不由赞叹“这是艺术”,尹师傅却“沉默了一下,手也停住了。说,先生您抬举。这江湖上的人,沾不上这两个字,就是混口饭吃”。手艺是切身的,天天上手,内在于日常生活,是一个人与世界最基本的打交道方式。也藉此方式置身在日常世界中,养家糊口之外,同时得到自身应对命运的、不息流转的力量。由此手艺紧密附着于百姓日用,又多少含有安身立命的味道了。所以手艺与艺术其实也有沟通,投入的都是制作者有情的生命全体,如沈从文所说:“看到小银匠捶制银锁银鱼,一面因事流泪,一面用小钢模敲击花纹。看到小木匠和小媳

① 乔治·卢卡契《现代主义的思想体系》,雷蒙德·威廉斯《现实主义和当代小说》,参见《二十世纪文学评论》(下),戴维·洛奇编、葛林等译,上海译文出版社 1993 年版,第 201、352 页。

② 葛亮《七声》“自序”,作家出版社 2011 年版。

③ 葛亮、马季《一均之中,间有七声》,《大家》2009 年第 3 期。

妇作手艺，我发现了工作成果以外工作者的情绪或紧贴，或游离。并明白一件艺术品的制作，除劳动外还有个更多方面的相互依存关系。”①葛康俞先生是著名的艺术史学者，葛亮几乎每部创作都不忘题献给这位祖父，自小耳濡目染，我想他肯定体贴得到沈从文的意思。除开泥人尹、于叔叔之外，我们切莫忘了《朱雀》中出场不多的“关键人物”洛将军原也是位手艺人：

> 将军说完，打开一只精致的工具箱，取出一把锉刀，在小雀的头部缓缓地锉。动作轻柔，仿佛对一个婴孩。
>
> 铜屑剥落，一对血红色的眼睛重见了天日，放射着璀灿的光。
>
> 将军长舒了一口气，说，这对红玛瑙，是我满师那天，亲手镶上去的。

这是《朱雀》曲终奏雅的一段感人文字，全篇主旨和盘托出，其中何尝不流淌着沈从文所谓“相互依存关系”呢。

把《七声》理解为“自传”，问题又随之而来：作为传主的毛果，何以竟是小说中一个串场人物，非但戏份不足，而且在其余一干人物过目难忘的形象衬托下，毛果却显得性格寡淡、面貌苍白。不妨以《阿霞》中一个细节为例。阿霞久未露面，“又过去了一年”，阿霞弟弟有天打来电话有事请托，毛果顺便问及——

> 你姐姐怎么样了？
>
> 他说，结婚了，男的也是个脑子有病的，跟她很般配。
>
> 我有些错愕，说，你姐对你很好，你怎么这么说她。
>
> 他冷笑了一下，说，好？我怎么没觉得。别人家里人都会给小孩作打算，通路子，我家里的就只会给我找麻烦。

叙述及此已经无法再延展，你能想见电话那头毛果此刻的反应，必然是无语、无言以对。《阿霞》的广受赞誉，可能也出于无意中与那时蔚为壮观的“底层写作”一拍即合。我对这个概念不甚了解，经常在脑海中浮现的，却是这部小说多次渲染的“我”被“围观”的情形：工友们看着“我”，阿霞更是目光“一路逼视”，经常

---

① 沈从文《关于西南漆器及其他》，《沈从文全集》(27)，北岳文艺出版社 2002 年版，第 22 页。

“定定地看我”,“大而空洞的眼睛却是要将我吸进去一样”,“我”被看得心生“恐惧”“心里发毛”,终于一路发展到阿霞弟弟的“冷笑”……整篇小说,在“逼视”与“冷笑”之下,“我”不由显得无言以对、苍白无力。历来中国的知识精英习惯于居高临下的审视,遇到围观的情形,反思的也只是围观者的“麻木不仁”。我经常会提到的例子是茅盾的《虹》:“有一天从学校回家,梅女士瞥见什么书报流通处的窗橱里陈列了一些惹眼的杂志,都是‘新’字排行的弟兄。封面的要目上有什么‘吃人的礼教’等类的名词……”这是非常典型的“五四”时期知识青年的长成,梅女士一方面热烈地追求新知,一方面“向四下里张望,心里鄙夷那些昏沉麻木懒惰的同学”,而她现在终于从这样的国民群体中超脱了出来……当梅女士们张望周围依然“昏沉麻木”的群众时,她使用了一种双重作用的“眼光”,这样的“眼光”不仅发现了周围“愚弱的国民”,也重塑了超然其上的“自我”,进而赋予这一“自我”假想的领导权。这样的“自我”往往陶醉于“独自觉醒”的优越感,从《无岸之河》中李重庆所建立的与生活世界的关系可知,李正是梅女士们的后代。重大的例外来自鲁迅的《祝福》,“她那没有精采的眼睛忽然发光了”、“眼钉着我”,而“我很悚然”、“背上也就遭了芒刺一般”,“吞吞吐吐”之后“匆匆的逃回”。当面对祥林嫂的逼视与追问之时,“我”先前想必如梅女士们一般的优越感和领导权刹那间崩塌,然后只有“踟蹰”、中断……现在我们遇到了毛果,这是又一次有意的沉默,有意裸露的空缺,文本的未经讲述和人物的形象苍白,恰恰意义重大。

要理解此处“苍白”的意义,还必须结合《七声》中的相关内容,其中渗透着新的时代因素。不妨从毛果的家世说起。父亲是高级工程师,母亲是大学教授,家里茶几前挂着倪元璐的山水;“我”自小上的是“从中班开始上英文课”的重点幼儿园(注意不是现在而是 1980 年代初期);大学毕业去实习,“爸有个同学老刘在台里做副台长,去了就把我安排到新闻部”,且可以不遵守实习生把收到的红包交给老记者的惯例,因为主任说了:“你的我却不敢要”,“你是刘总的人”……最重要的是,毛果的父母经常为周围人“排忧解难”,有时甚至给周围人的生活带来巨大转变:比如,当爸爸出面之后,安原先勒令退学的处分被改为留校察看;为于家子女办借读,其中儿子长大后“偷了人家几枚教练弹”而触犯刑律,“爸爸赶紧托了关系,请了人”,过了两天人被保释出来;于守元想开个书报亭,邮局在该地区网点“代理位置正是空缺的”,恰巧爸爸“有个朋友在邮局”,“想法一说,两下都是爽快人,当时就把合同签了”;尹师傅的摊位遭人捣乱,附近派出所王所长又“恰巧”是爸爸的票友,于是被毛果拉来伸张正义;还给尹师傅牵线搭桥建起工作室,“于是过了些时候”,尹师傅在“南京城最早期的高档楼盘”买了房……兴许接下来这几个细节更不为人所注意:妈妈送了两条丝巾给于家女儿,“燕子十分欢喜”,“妈妈一时受了鼓舞,又回了房去,拿出一件雪花呢的大衣来,说,燕子,这个也送给你妈妈啦”,然而燕子却“脸红了,嘴里吞吐着,突然说,阿姨,这衣服太过时了”……还有一次在于家作客,于叔叔拿来“大块卤得鲜红红的肉,他切下一块来塞到我嘴里”,“我连连点头。于叔叔就说,是狗肉,很鲜的”,顿时,妈妈神色“变得很紧张。因为这种肉,是在我们家日常食谱之外的。她连忙问,干不干净啊?”……这显然是两个出人意料、尴尬的时刻,呈现出“亲密无间”底下的某种裂缝,进而将父母的“无所不能”“排忧解难”拖入了充满自反性的视域中,我以为这些细节中包涵着毛果以及作家的诚恳与反思。

《七声》中的毛果很容易被理解为一个“取景器”,由“我”的视野管窥天地万物,然而读者在关注“镜像”和“镜外的世界”时,往往忽略了“取景器”本身的质地与意义。我们必须把上述那些内容包容进去,重新理解毛果形象的苍白。实则这里形象的苍白并不是空无,而是面对“逼视”和“冷笑”时思维停顿的一刹那,其中却有丰富的内容:为什么“我”的父母总是“乐善好施”“排忧解难”且屡屡奏效?这是否已然揭示在今天中国,不同群体在表达和诉求自己利益的能力上显然存在的巨大差异,强势群体的各个部分不仅已经形成了一种比较稳定的结盟关系,且具有相当大的社会能量,对整个社会生活辐射重要影响(所谓“赢家通吃、包打天下”)。“我”的家庭和父母为人正直、善良,却无疑属于强势群体一方。“我”又显然“命定”地继承了上一代所提供的、在社会结构中的位置;在“我”眼前展开的是一幅中产阶级式的理想、伦理以及生活方式的甜美画面。身处这一位置,当面对阿霞弟弟为代表的弱势群体的野心与冷笑时,“我”几乎无力回应:能够以何种态度面对逼视呢?“我”有资格去“批判”阿霞弟弟对自身欲望和利益的追逐吗?如果可以,这种批判应当建立在什么样的资源之上?迎着他的“冷笑”,“我”又能提供何种针锋相对、另辟新路的人生逻辑?即便退而求其次,“我”还能拥有《无岸之河》中李重庆那份置身事外的余裕和清白吗?正是因为上述一连串的内心纠结暂时无法清理、排解,所以毛果的外在形象必然呈现出苍白。阿霞的弟弟诚如论者所言是“一个充满欲望野心的当代版于连”①,然而新意不在此处,我们必须把目光倒转,结合上述追问,重新理解在阿霞的“逼视”与弟弟的“冷笑”之下,“我”的“恐惧”“心里发毛”和“觉得自己好像前世亏欠了她”……

毛果未必能自外于支配性的社会结构和意识形态,但是在犹豫、困惑之后,他终于有了行动,当阿德受伤休克时输入自己的血(《阿德》),从此,他者的苦难里有了“我”的一份承担。《七声》中有不少上述象征性的节点,在讲述“我”的成长与“有为”。这是葛亮的又一处贡献,我们终于看到了一个不断自我质疑而又具备能动性的青年。今天不少作家所想象的青年主体几乎都是静止的,比如在郭敬明的小说里,资本体系的评价逻辑已经坚硬地充斥每个角落。一个“诸神归位”、“历史终结”的时代,对于年轻人来说,选择哪条路已经不是问题,问题是在这条路上走多远、挤掉多少人、超过多少人。举目所见都是价值观稳固、静态而不再成长的“奋斗者”,而绝少村上春树所谓“可变的存在”,“价值观和生活方式尚未牢固确立”,“精神在无边的荒野中摸索自由、困惑和犹豫”。②在今天的社会里,一个目标明确而眼神冷酷、如阿霞弟弟一般的“奋斗者”,或者一个绝望到

---

① 韩少功《葛亮的感觉》,作为“推荐序”收入《七声》。

② 村上春树《海边的卡夫卡》“中文版序言”,收入《海边的卡夫卡》,林少华译,上海译文出版社2010年版。

“出门即有碍，谁谓天地宽”的被压服者，都无心于毛果式的苍白、以及这份苍白中的自省，更无心于自省后的“有所作为”。这是今天我们缺乏真正意义上成长小说、教育小说的原因，因为“‘教育小说’，顾名思义，首先来源于作者的这样一个基本观念：人决不是所谓‘命运’的玩具，人是可以进行自我教育的，可以通过自我教育来创造自己的生活，来充分发挥自然所赋予他的潜能”①。

不断地敞开自身，与“有意义的他者”进行对话，在他者目光的逼视下停顿、进而自省，也在这自省中获得“自我教育”、向上成长的力量。在这个意义上，《七声》这部中短篇小说集其实可以视作一部长篇成长小说，而主人公，正是那位面貌苍白却内涵丰富的毛果。

三

“在意识深处，南京是我写作的重要指归。我初开始写作的时候，就想写一本关于南京的小说。我对南京有一种情感的重荷，仿佛夙愿。当我写完了《朱雀》，在心里几乎等同于完成了一桩债务。”②对于葛亮而言，《朱雀》无疑是一部“不得不写”的作品。“诗人可以通过一个地方进行不同凡响的描述来‘占据’一个地方”③，这在中国文学史上具有悠久的表现传统，延及当代依然不绝如缕。据说刘禹锡写下“潮打空城寂寞回”“朱雀桥边野草花”这组《金陵五题》，竟然还在他本人游历南京之前。可见“对空间进行想象的诗意占有”这一传统既是浪漫的遐思，其中又不乏野心。现在，葛亮要在纸上矗立起一座他的城池。

葛亮对这座城市也确实动情，“《朱雀》之前的写作，更近似一种准备。我始

---

① 刘半九《绿衣亨利》“译本序”，收入《绿衣亨利》，凯勒著、田德望译，人民文学出版社 1980 年版。

② 葛亮、张昭兵《创作的可能》，《青春》2009 年第 11 期。

③ 宇文所安《特性与独占》，《中国“中世纪”的终结：中唐文学文化论集》，陈引驰、陈磊译，生活·读书·新知三联书店 2006 年版，第 25 页。

终在寻找,哪一种‘回家’的方式是真正恰如其分的”①。探索一座城市,一方面是进入未知之地的幽深内部,去主动身受和体验震撼、惊异、愉悦与沮丧;另一方面,又“必须警觉、长于反思,不断把现象界中的破碎体验与心中关于城市的地图联系起来。这张地图,也许是在探索前得到的,但在探索的过程中又需要常常进行调整和纠正”②。调整、纠正的对象之一是由形形色色的传奇、传统所织就的“联想之网”。有学者曾以晚明之南京图像为据,考较“南京作为一个城市在时人心中的特殊”,关于这座城市的想象既独树一帜又源远流长,“当苏州仍是清雅脱尘的太湖水乡,杭州不离景致优美的西湖风光时,南京已是红尘俗世,已是一个立足于现世、欢乐繁荣的城市”③。覆盖在这座城池之上的“联想之网”实在太悠久、太绵密:秦淮风月、笙歌夜饮、甲第连云、选色征歌,还有“二水中分白鹭洲”“乌衣巷口夕阳斜”……然而南京千年以来,又和“亡国”意象发生紧密联系,逸乐之都一晌贪欢的背后,反复演绎“南朝自古伤心地”。在《朱雀》从民国到千禧年的时间跨度内,也迭现着沧桑变故。葛亮在香港写南京,抛却几分“只缘身在此山中”的熟稔;又特意虚构出生于苏格兰的华裔青年一双外来者的眼睛,尽量以“陌生化”的视角小心翼翼探入城市的腹腔。“他茫茫然地点了头,她说,那好,跟我走。他就跟着她走。”《朱雀》的第一幕故事,袭用了惯常的模式:外来的年轻男子,被陌生的城市所引诱(此时城市具备典型的性别构形:一个神秘不可知的女子),在探险中体验快慰与幻灭。“城市不只是一个物理结构,它更是一种心态,一种道德秩序,一组态度,一套仪式化的行为,一个人类联系的网络,一套习俗和传统,它们体现在某些做法和话语中。”④尽管“他”是“外来”的,然而当许廷迈开始习得“大萝卜”等当地民谚俗语时,无疑也在进入

---

① 葛亮、张昭兵《创作的可能》,《青春》2009年第11期。

② 张英进《中国现代文学与电影中的城市》,秦立彦译,江苏人民出版社2007年版,第1页。

③ 王正华《过眼繁华——晚明城市图、城市观与文化消费的研究》,《中国的城市生活》,李孝悌编,新星出版社2006年版,第38页。

④ 张英进《中国现代文学与电影中的城市》,第4页。

“心态”“道德秩序”“习俗和传统”等编织的“联想之网”中。相反，“她”带着“他”在明陵的碑石上大行云雨之乐，简直放肆，却恍若仪式一般，粉碎着外来者的传统“联想”，而粹取出对城市的纯粹体验。葛亮用感觉和观念、经验和反思的辩证视野，来搭建他的“城之像”，更以此来观察沧桑变故底下人的承受力，“人在不同的时代压力之下，包括常态的和非常态的，会有一种什么样的反应与取向”①。

说到人物，毓芝、楚楚、程囡母女三代人其实讲述着同一个“关于宿命的故事”，“她们是朱雀之城的女子，注定惹火上身”，“身覆火焰，终生不息”②，耽于感伤、情欲的煎熬，固执、认定的事情绝不肯轻易回头，并无主动挑衅的企图却又每每“咎由自取”般触碰到每一时代的“底线”。与毓芝等三人以及作为意识形态象征者的赵海纳相比，最让人过目难忘的其实是程云和：治世或乱世都处变不惊，识大体，谙熟世故的智慧，又保持最基本的做人的良善、悲悯。云和包容了各种肮脏污垢，但却护佑着身后世界的清白，同时自身发出一道粼粼的光泽：在艰难而肃杀的岁月里，她能为楚楚打出香甜的九层糕，也能端来让赵海纳潸然泪下的松鼠鱼。在云和身上，几乎所有普通人性的因素如羞耻、自尊、道德、欲望……都淡出，个人归化到一个大的道德范畴里去，这正是民间的真正精魂与力量所在，“这种力量犹如大地的沉默和藏污纳垢，所谓藏污纳垢者，污泥浊水也泛滥其上，群兽便溺也滋润其中，败枝枯叶也腐烂其下，春花秋草，层层积压，腐后又生，生后再腐，昏昏默默，其生命大而无穷……大地无言，却生生不息，任人践踏，却能包藏万物，有容乃大”③。云和起于秦淮旧院，在教堂被日本人发现，掳去三天，其间折磨可想而知，想不到的却是她竟从血泊中站起，“形象依然齐整”“从车上走下来，有着万方的仪态”……这盈盈而起的，正是民间生命

① 葛亮、马季《一均之中，间有七声》，《大家》2009 年第 3 期。

② 王德威《归去未见朱雀航——葛亮的〈朱雀〉》。

③ 此处借陈思和先生对《扶桑》中人物形象的评价。参见陈思和《人性透视下的东方伦理——读严歌苓的两部长篇小说》，《谈虎谈兔》，广西师范大学出版社 2001 年版，第 216 页。

力的绵长，及至末了主动赴死，也是为了护犊，延续生命的精血。如果说城市与人可以互为映照，那么挑出一位作为这座城市的代言，你会选谁？在象征符号的意义上，是朱雀见证了宿命的因缘与轮回；可到底是谁在救赎历史混沌与风雨如晦？某种意义上，毓芝、楚楚、程囡母女三人与云和恰好形成对位：前者是朝朝暮暮花开花又落，而云和洗尽铅华后化作一抔春泥；前者又仿佛江水流不尽，蜿蜒多姿；而云和是水中的石，承受着冲击，时或湮没不见，但她坚韧，进而规范着水流的方向，是不绝长流中“人生安稳”的基石。

南京是千年古城，却不是树静风止的寂灭，莫说从后现代漫漶出去而淆乱了边界，其实历来承受着外来力量的碰撞、磨砺。毓芝、楚楚与程囡，宿命般地都跟外来者纠缠不清，大概正是要表现“空间的辐辏力量”和城市经受的考验力度。在身份、种族的冲突中描写爱欲和死亡，让人想起施蛰存《将军底头》，其实《朱雀》对“界限”的冒犯更上层楼，程囡与龙一郎相互产生致命的性吸引力，已濒临隔代乱伦的边缘，还是借王德威的话说，“南京的‘谜底’深邃不可测”。

要探测这深邃的谜底，必须经营长程的历史视野、做足细致的资料准备。第六章一段写云和：

> 在行李中找出自己的琵琶，调了弦。过了这些粗日子，早没了指甲，就又翻出一副赛璐璐假指甲戴上，弹起一支《昭君怨》。弹了一段，自己觉得太悲，就又换了一首。她是什么都记得。就这一曲，当年绝倒了秦淮两岸。多少权贵千金一掷，就为了她程云和的一曲《夕阳箫鼓》。这琵琶亦是矜贵，面板是上好的兰考桐木，象牙山口紫檀背，是个年老恩客的赠与。这客风雅，说“琵琶幽怨语，弦冷暗年华”，这家传的琴，在家里闲着，不如奉送佳人是正相宜。一同赠了一本乐谱，沈肇州编的《瀛洲古调》。

这一路写来，器物与出典左右并进，且与人物经历、心理相配合，自然嵌入行文之中，既见出作者的功底与积累，又无生造炫学之态。作为后来者，葛亮确实只能依靠历史材料来进入历史空间，我觉得他的尝试有意义，不在于同龄人大多沉迷于当下经验而他却经营起跨度六十余年的长卷（题材向来不能决定文学的成败），也不在于一般年轻作家只能调动红酒、咖啡、名车等时尚元素（其实这些葛亮也在行），而他却对古色斑斓的器物、舆地、典章制度如数家珍（即便凭借这些接续上历史脉息，也未必就能为小说增色）；而是通过熟悉这些材料，“遥体人情，悬想事势，设身局中，潜心腔内，忖之度之，以揣以摩，庶几入情合理”①，由此建立起基本的历史想象力。“了解史料的东西对我而言是一种情境元素的建构，而不是一定要把它作为写作的直接元素放在里面。对一个东西足够地了解，情境建立起来时，你就像那个时代的人一样，所以写任何一个人都是一种非常自由的状态，不需要考量他符不符合，而是他作为一个人物在这个情境里是否成立。我不会特别想他的细节：生活习惯，衣着，待人接物的方式是不是那个时代的，因为到后来就自然而然了。”②葛亮这番话是见道之语。任何得自史料的记载与细节都无法作为外来的“素材”或“点缀”，直接进入小说以强化所谓“真实性”。作家必须通过熟稔与揣摩，获致一种历史想象力，将外在的材料“揉碎”，内在地为写作建立起历史情境，王德威先生说得很到位：“召唤一种叫做‘南京’的状态或心态。”③这种想象力，以赛亚·伯林谓之“一种移情地理解异己的历史情景、价值和生活形式之‘内在感觉’的能力：对一种既定境遇的独特风味及其各种潜在可能的感知”④。当然，葛亮目前离上述化境还有一段距离（显证是他在小说中偶尔按捺不住跳出来对城市精神作陈述，其实原该化到人物与情节之中自然呈现，如盐入水），但显然是走在正途上。

想必很多读者会有同感：《朱雀》写几代人的爱恨交织，平心而论，抗战、反右、文革中的几幕悲喜剧，以及人物、人性在特定历史情境中的展开，每每予人

---

① 钱锺书《管锥编》（一），生活·读书·新知三联书店 2001 年版，第 317、318 页。“遥体人情”云云自是“史家追叙真人实事”的方法，但钱先生特为指出，“盖与小说、院本之臆造人物、虚构境地，不尽同而可相通”。

② 《葛亮：我要在纸上留下南京》，《经济观察报》2011 年 5 月 24 日。

③ 王德威《归去未见朱雀航——葛亮的〈朱雀〉》。

④ 艾琳·凯利（Aileen Kelly）《一个没有狂热的革命者》，《以赛亚·伯林的遗产》，马克·里拉（Mark Lilla）等编，刘擎、殷莹译，新星出版社 2006 年版，第 16 页。

“似曾相识燕归来”之感，基本没有逸出惯常认知的轨道，还是笔触对准当下时挥洒自如。不过话说回来，当下生活写得精彩，诚非无源之水，我们看到下游的水流飞珠溅玉、气势不凡，因为葛亮早就为源头、流程作出细致勘探。比如，雅可和其周围人物的放浪形骸，正是秦淮逸乐的流风余韵；有着南京血统的异乡人许廷迈最后返回，与古钟楼照面而立，“却觉得心底安静”，这一段则暗示传奇背后的“岁月静好，现世安稳”；而程囡经营的地下赌场、李博士的红杏出墙，转又提示生活寻常的表层下永远暗流涌动。“这城市的盛大气象里，存有一种没落而绵延的东西”，城市的精神内核，一并体现于王谢堂前和寻常百姓的饮食起居、言谈举止、民俗风习之中，有损益，又不绝如缕，并不会随改朝换代而断裂。恰似小说末了朱雀那对红玛瑙的眼睛，终归铜屑剥落，重见天日；它见证了几代人的聚合流离，又终于涅槃再生如“一个婴孩”，“放射着璀灿的光”，阅尽沧桑而历久常新……

四

设若我们熟悉柳宗元的《钴鉧潭西小丘记》，“得西山后八日，寻山口西北道二百步，又得钴鉧潭。西二十五步，当湍而浚者为鱼梁。梁之上有丘焉，生竹树。其石之突怒偃蹇，负土而出，争为奇状者，殆不可数。其嵚然相累而下者，若牛马之饮于溪；其冲然角列而上者，若熊罴之登于山”，柳宗元显然陶醉于其间，“予怜而售之。……即更取器用，铲刈秽草，伐去恶木，烈火而焚之。嘉木立，美竹露，奇石显。由其中以望，则山之高，云之浮，溪之流，鸟兽之遨游，举熙熙然回巧献技，以效兹丘之下”。不寻常的地方在这里：柳宗元起先被小丘的天然魅力所吸引，但在买下小丘之后所做的第一件事是清扫与打点。宇文所安提供的解释是：“他得清扫这个地方，来表明它已归自己所有，把自然与人工结合起来。柳宗元对于‘占有’本身，对于他有权规划这一空间、把它打上自己的印记这一事实本身，感到其乐陶陶。”[①]柳

① 参见宇文所安《特性与独占》，《中国“中世纪”的终结：中唐文学文化论集》，第26—28页。

宗元甚而突发奇想，要将小丘移到京都去，把占有物向他人展示，“以兹丘之胜，致之沣镐鄠杜，则贵游之士争买者，日增千金而愈不可得”。文学自然离不开精心的策划与虚构的展演，在其“诗意占有”的城池内，作家是享有规划权的主人。不过我想作家应该明白在自然与人工之间有着辩证而丰富的层次：二者既相合又相离，相合时纵使相得益彰，相离时肯定有“只取一瓢”、不及其余的可能；“嘉木立，美竹露，奇石显”在柳宗元看来是人力施于其上之功，然则这在多大程度上是“巧夺天工”，多大程度上是“刻意求工”呢；柳宗元初见小丘发生的是野生动物的联想，“若牛马之饮于溪”“若熊罴之登于山”，这是随物赋形，而“把它打上自己的印记”之后再回顾，大自然转化成了“为主人献艺的表演艺术”，这多少有点“曲意逢迎”的味道；还有，所谓“其乐陶陶”，到底出于静默的欣赏，还是“想象的占有”，抑或“是把占有物向他人展示”……幸好葛亮是明白的，《朱雀》“后记”最后一句话写：“始终需要心存感恩的，是这城市的赋予，在我尘埃落定的三十岁。”驻笔之时，他想到的是“城”对“我”的“赋予”，并非“我”对“城”的占有，就仿佛回到柳宗元与小丘劈面相逢时“争为奇状者，殆不可数”的惊喜，回到葛亮流连于古城闾巷间初心萌动的那一刻……

近年来，葛亮在两岸三地频繁获奖，声誉鹊起、一片叫好声中，勤奋的写作者不妨驻足思考：是找到了文学的普遍价值？这种“普遍”与一己创作的独异表达如何构成辩证？抑或在各种写作元素的博弈中检寻到了最具通约性的符号？葛亮是有慧心的写作者，我想他能处理好几者的关系。

极喜欢陶渊明的四言诗，“有风自南，翼彼新苗”。读到同代人中青年作家的出手不凡，有时就会想起上面的句子，清风从南方吹来，禾苗欢欣鼓舞，一片新绿起伏不停；也算是私心里表达的期望吧，期望永远有机会见证这气象中的阔大、平和与新机勃发……

原载《当代作家评论》2013 年第 1 期

当代文学生态中的两种“青春”书写

——以《上海宝贝》和《1988 我想和这个世界谈谈》为例

李　一

在本文的理解中，自“五四”新文学以来的中国现代文学，始终有两种“青春”书写。一种是沉溺于青春自身的自我书写，我们可以把它称之为常态的青春写作，它焦灼于青春这一特殊的生命阶段所遭遇的身心困境，在不同的历史时期分享着相似的写作题材，通过个体的青春情绪和经验，折射具体时代有关青春的社会处境。另一种则是将“青春”社会化，它有意识地用青春作为一个视角去讨论具体时代的某种问题：青春本身的生命能量与常态的社会秩序要求相悖，如用“青春”作为角度，社会势必呈现出诸多不和谐的画面；同时，青春本身所具有的解决问题的能力很弱，它常常是以破坏作为对问题的解决，所以某种意义上这种书写具有“先锋”的性质。

20 世纪以来的中国现代文学中，后一种先锋性的青春书写是大宗：它或可追溯自梁启超的《少年中国说》，从鲁迅的《狂人日记》到 1920 年代《莎菲女士的日记》，再到 30 年代巴金的激流三部曲、40 年代《财主底儿女们》、50 年代《组织部新来的青年人》，再到 80 年代，有一条看似清楚的历史线索。以至于从晚清传来的这条青春的声音洪流压抑了另一种有关青春的自然书写。回溯我们的文学史，受某种时代共同话语的影响，现代文学中很难找到青春的自我呢喃声音，似乎所有有关青春的描述、表达都被钉在了家国的意义层面之上。社会话语对于青春的捆绑，一方面给予青春前所未有的现实地位和正面能量，另一方面也束缚、修改了青春的自在状态。尽管剥离了具体社会历史环境的青春是不存在的，但当社会主流意识放松对青春的关注和着意之后，青春的自在状态仍然会有本能的声音发出来。

一

常态的青春写作正是在社会话语释放了对于青春的意义捆绑之后，鲜明地出现在 90 年代的创作中，尤以卫慧的《上海宝贝》为代表。中国的传统文化讲求连续和延续，它小心翼翼地呵护着一个生命链条，在这条文化生命链上，青年是被训练以接续家族血缘和社会文化链条的对象，除此之外，没有其他的社会意义。现代文化在对这一传统文化链条断裂的过程中，发现和开拓了“青年”，使得“五四”新文化中出现了历史的“新青年”。从此开始，文学中“青年”俨然成了一个时代希望的象喻。很难说，在一个高度象喻的历史时代书写中，“青年”能够完全脱离这种文化意义的束缚，即便是张爱玲的《金锁记》这种现实文化指向不强的作品，其长白、长安的塑造，仍然可以在这一“青年”文化话语中得到解释。这种关于青年的文化隐喻甚至在十七年文学、文革文学、80 年代文学青年的忏悔、寻找声音里，都具有强大的阐释能力。可是当历史以“一地鸡毛”的“新写实”告别了 80 年代之后，文学中不仅找不到文化对于“青年”的意义捆绑，也找不到其他明确的现实解释。此时从象征地位上走下的“青年”，在其回归自然的过程中，甚至走向了历史的反面：它以幼稚、冲动为本质特征，沦为稳定社会秩序中被讨伐的对象。青年从文化象征高坛落到现实写作靶子的变化过程，交织在一种新的稳定社会文化秩序的形成过程中，在当时显得异常含混、模糊、暧昧。《上海宝贝》的出现，不自觉地回应了这一历史时段。

主人公倪可是一个令人不安的角色。她毕业于名校，曾经有着体面的记者工作，甚至还出版过小说。这原本会是一个被肯定的、被羡慕的女孩子，她还可以找一个收入稳定、仪表堂堂的男朋友，最后过上衣食无忧的体面日子，走一条让所有旁观者都放心的人生道路。倪可却辞职、离家，在一间咖啡馆做了服务员，她还找了一个自身充满了问题，且对外部生活毫无兴趣的男朋友同居。阅读的不适感来自哪里？

这种不适感放回到中国现代文学历史中，显得很突兀。无论是在虚构作品《莎菲女士的日记》里，还是讨论史实的学术著作《中国现代作家的浪漫一代》（李欧梵著）中，倪可都应该是被期待，甚至是被效仿的时髦年轻人。在历史的参照中，她身上理应带着一个时代对于未来的翘首企盼。倪可放弃和摆脱了的是一种既定社会秩序对人的规划和束缚，她要进行一种寻找和建立，这种行动的欲望与20世纪上半期中国追求家国现代的焦虑情绪相吻合。倪可带来的阅读突兀将历史与此时互为镜照，发现此时走向了历史的反面。所谓的“不适感”出于倪可的青春行动失去了历史合法性和主流社会价值支撑，仅从个人生命层面，在具体的时代里，去分配青春给予生命的多余能量。

当外部的文化象征不再能够统摄“青春”，“青春”势必需要面对它在中国20世纪文学中业已形成的惯性表达和此时的无所指称问题，也即重新寻找自我表达的合理性和正当性。《上海宝贝》之所以成为“青春”失去合法性之后的代表作，是因为它呈现了90年代青春表达被迫从社会话语视角退回到自我探究这一过程中的最后一搏即“性”，如小说中主人公倪可的男朋友天天性障碍；叫飞苹果的漂亮男子性向偏女性；一方面是不和谐的夫妻生活从内部最终瓦解了倪可表姐建立在大学恋情基础上的看似完美的婚姻，另一方面艺术家阿Dick通过性激发了表姐的爱情，二人最终过上了真正幸福的日子；曾经深陷绝境的少女马当娜用性摆脱父兄的家暴，最终从妈妈桑变为隐匿在城市里的年轻富孀；也是性，让倪可沉迷于有家室的德国男人，一次又一次地背叛天天等等，性成为了小说中所有人物的最重要表达，通过它作者试图从人物现实表面的物质生活进入为现实所遮掩的幽闭、混沌、痛苦的精神黑洞。如把《上海宝贝》对性如此绵密的关系解释视作为20世纪中国文学中青春从非常态转向常态过程中的最为越轨的抒情，那么性与青春到底有着怎样的关系，它在青春的文学表达中，占有什么地位？

性在这部分文学中代表青春所具有的强大的生命能量，此时的能量超出日常生活所需，造成某种余裕。这部分余裕的能量在传统文化链条中向来是被压抑、控制和转移的，20 世纪初当历史解开对青春的束缚、训导、规约之后，青春被文学化地进行了现代修辞，转借塑造成为一种颠覆力和建设力的文化代言，原本的自然性状被修改，进而压抑了青春自身丰富的表达向度。从生物学的角度，青春时期所谓余裕的生命能量是大自然赋予个体生命最正当的繁殖力，它在这个生命阶段成熟，一旦成熟它随即具有了来自大自然的合法性。生存作为丛林中最高的律令，它本身包含着繁殖，二者是生物界一切道德法规形成的基础。可事实上，人类社会在其悠久的历史中，所奉行的却是长者制，尤其是在经验和智识越来越重要的历史时期里。也就是说，在从丛林中走出的人类社会里，青春形成一种文化的悖论：一方面它合乎自然，另一方面它不合乎历史。所谓的悖论在人类社会的历史发展中，虽是常态，但其在某些历史节点上，存在例外。

而这些历史的节点，对人类社会这个肌体而言，其性质如基因的突变。我们可以从两个角度参考细胞的基因突变：一种即每个细胞中的基因或是受到外界的干扰或是自身的分裂带来突变，这种突变在肌体中将遭遇类似免疫功能上的筛查，进行来自肌体的自然选择；另一种则是发生在遗传的过程中，父母双方的基因通过交换和重组带来突变。后一种即遗传学的视角认为：一方面，基因突变是自然选择，无所谓好坏，只在于适应自然与否；另一方面，突变是有代价的，它的结果有可能因为不适应自然而被残酷淘汰，但与此同时，它也是生命进化的唯一希望。①如视人类社会为一个大生命体，它同样需要面对体内的基因突变，那么每一代青春就是它的一次基因突变。它同样具有两种观照的视角：一

① 参见 S. L. 埃尔罗德，W. 斯坦斯菲尔德《遗传学》，田清来译，科学出版社 2004 年版。

种是在一种稳定的生命状态中，人类社会如其个体一样，强调肌体的筛查功能，警惕肌体内部的基因突变所可能带来的社会不稳定状态；另一种则在人类社会的发展角度，即它的整体性推进希望又只能在这一次又一次的基因突变里，尽管它是有代价和风险的。这个比拟所要讨论的问题是，青春和社会的关系特别像肌体与它基因突变的关系：在社会历史性发展大于稳定的时期，青春就像遗传学上讨论的发生在遗传过程中的基因突变，它是生命演进的唯一希望；在社会稳定时期，青春只是常态肌体生命中的基因突变，是需要被肌体免疫功能筛查的对象。如果我们将前一种角度称作为生存性的突变，后一种称为发展性的突变的话：

在中国现代家国的构筑历史中从鸦片战争，到甲午海战，再到整个 20 世纪上半期的中国社会中，青春偏向于发展，当时的社会需要打破其常态的、既有的稳定结构，借用青春的自然生命能量去创造和建立新的稳定结构。从 20 世纪 60 年代后期的知识青年上山下乡至今，青春在前一个被发现、被创造的历史线索上，展示了其被规训、被重组，而后再次回归到一个逐渐形成的稳定社会文化结构里的社会文化心理发展轨迹。

《上海宝贝》这里所讨论的正是青春合自然而不合历史的悖论难题。当这些余裕出来的能量不被社会文化需要时，它还有什么文化意义？我们可以用另一个图来解释性对于青春生命的这种稳定文化结构上的挑战：

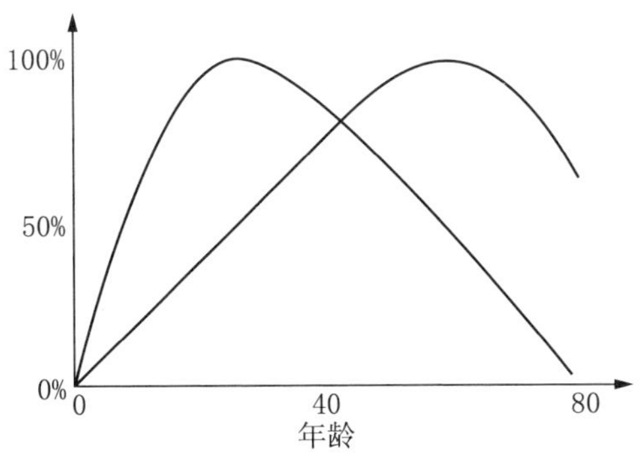

从自然生命力的角度来看，人生有如一条抛物线，而其中的青春时期在生育能力(或者说性的能量)已处于抛物线的顶点，随着年纪的增大，这个能量沿着抛物线递减。可在一个稳定的社会文化结构中，青春时期的生育能量并不对应社会文化中资源的最大占有，后一占有程度随着个体生命呈现一条倒钩。如图所示，横坐标代表自然生命点(单位为岁)，纵坐标则表示能量在整体中所占有的百分比。抛物线的图显示，人在自然生命 20 岁左右到达生命能量的顶峰，而它所对应的社会资源占有程度相对较低。相对应的社会资源占有最多的时候，自然生命大概在 50 到 60 岁时期。两条线所交叉的位置在 40 岁左右，其意味着自然生命到了 40 岁才与他的社会资源占有能量相交。整个青春时期其自然能量都超过现实的社会资源占有，其中又以 20 岁左右最为严重，它造成了能量上的闲置。青春书写就是要通过呈现时代如何安顿这部分能量而折射具体时代的精神密码。

时代对于这部分能量的安顿又是通过文学中具体的人物实现的，所以青春文学的核心在于排遣和转移这部分闲置的能量，这对 90 年代中后期的《上海宝贝》提出了挑战。《上海宝贝》之前，几乎所有涉及青春期性苦闷的作品，都可以瞬间将这种生理性的苦闷转嫁于精神上，且精神上有所投靠，有所解决和升华，如 20 年代郁达夫的作品和 80 年代张贤亮的作品。可历史到了 20 世纪末，青春没有了依托，它重新成为基因突变中被严密筛查的对象，所以在性的问题上，小说必须对此时“无用”又“旺盛”的性做出处理。《上海宝贝》在这个问题上，呈现了一代青年无名的焦虑。

就如小说开头所写的：“每天早晨睁开眼睛，我就想能做点什么惹人注目的了不起的事，想象自己有朝一日如绚烂的烟花噼里啪啦升起在城市的上空，几乎成了一种我的生活理想，一种值得活下去的理由。”没有什么明确的诸如家国等大概念可以给此时的青春以攀附或者拒绝，它唯一可以抓住的只是对平庸的抗拒。什么是平庸，又为什么需要抗拒，这些都需要写作者去解决。《上海宝贝》对这些问题勉为其难，将其归之为本能的不满和寻找，最后小说里的年轻人，都没有找到一个可以安抚他们灵魂的精神世界，不仅如此，现实世界也给他们提供不出什么精神性的答案。以王安忆的《启蒙时代》作历史的对比，《启蒙时代》中所描述的那些文革中的年轻人，他们在那样一个时代里，仍然是有所依靠的：无论他们曾经因为是革命的力量而被需要，还是革命之后被“放逐”（小兔子语），他们确实拥有过自己的时代，并且这个时代隐约有一个彼岸可以渡他们（第四章）。从此岸到彼岸，青春建立了一代人的精神世界，无论那个精神的世界是否完整，那些年轻的生命，多多少少得到了某种庇护，那些青春带来的余裕能量在里面有所消耗，并且得于这种精神的力量，青春最终安稳地度过，甚至形成有关青春的认识。“舒拉这孩子，真是的！像她这样年龄的孩子，总是那么执着地奔跑，就像前途有什么确定的目标似的。南昌抹了一把脸，羞怯地笑了。”他们是骄傲的。可是《上海宝贝》的时代里，年轻人就没有这种精神性的庇护。没有本来也不是问题，问题在于，不接受。结果天天死了，倪可对天发问“我是谁”。不知道来处，看不到未来，当青春的合历史性被取消之后，它的合自然也似乎不存在了。“我是谁”可以看作是常态青春书写对于自己的意义追问。

二

与《上海宝贝》相对应的是，韩寒的《1988 我想和这个世界谈谈》，面对同一个文化语境，它们采取了截然相反的想象性表达。韩寒是一个无意于讲故事的写作者，出于这个原因，他的小说不好读。但韩寒所具有的洞察力，一种来自黑夜里的黑色的眼睛，却又是大多数流连于小说写作的年轻人所没有的。这样奇怪的一个对应，使得韩寒的《1988 我想和这个世界谈谈》冲破了时代文化的茧，生成了一种本文所论述的新的、非常态的青春文学。

所谓非常态的青春文学，如前所述，它产生于当时特有的社会历史文化所形成的青春希望象征，当它产生之后，又长久笼罩于社会文化的主流声音之中。现代文学的历史没有给我们提供——一种没有主流文化价值支撑的非常态的青春表达以作参考。《1988我想和这个世界谈谈》的出现从这个方面来看，具有重要的文学和历史意义。它表明一代青春终于在历史的线索上，从社会的文化象征与自我的青春躁动，走出了一条新的、以青春书写社会的文学道路。它没有一个已然的社会话语作为支撑，它也无意于青春内部的诸多小情绪，它有兴趣的是通过这个时代的青春去认识这个时代。也就是说，与《上海宝贝》相反，《1988我想和这个世界谈谈》不是要通过外部的社会认知而实现青春的自我认知，而是要通过青春对社会的认知，认知社会。

某种意义上，《1988我想和这个世界谈谈》像一部观念的小说，它用各种观念勾起一代人的集体无意识，以此编制小说的情节。这样的艺术手法帮助作者瓦解时代业已形成的巨大文化茧，重新叙述历史。

为什么是"1988我想和这个世界谈谈"？1988首先是一辆报废车。我想和这个世界谈谈是从丁丁哥哥开始的故事。在"我"的童年成长里面，丁丁哥哥是榜样和偶像。榜样是被塑造的，被肯定和希望的。偶像与个人有关，是自我选择的结果。在"我"的童年中，二者重合在丁丁哥哥身上。可是，有一天丁丁哥哥要出远门了：

"丁丁哥哥在春天收拾好所有的行囊，握着一张火车票向我告别。"

"丁丁哥哥说，我要去北方。"

"丁丁哥哥说，我去和他们谈谈。"

"丁丁哥哥唇边露出微笑，急切地说，这个世界。"

"如果丁丁哥哥还活着，现在应该是38岁？39岁？40岁？"

由此推测，丁丁哥哥是70年代初生人，在他十八九岁的时候出走。"1988"与"我想和这个世界谈谈"对于丁丁哥哥的故事来说有着时间上的复指关系，也有着历史的暗喻关系，曾经的丁丁哥哥的"我想和这个世界谈谈"就像那辆报废车，除此之外还与讲故事的"我"有关，对"我"来说那段历史就是1988这辆曾经报废又再次被改装的车，"我"将接着那段青春历史，重新来一次我的"我想和这个世界谈谈"。所以2010年的故事实际上从这里开始。

那么丁丁哥哥是青春的、历史的英雄吗？在“我”生活的大院子里，除了作为大众榜样和个人偶像的丁丁哥哥，还有普通人如临时工哥哥。临时工哥哥和丁丁哥哥的关系在于现实逻辑和历史真相之间的隐喻：临时工哥哥在 80 年代后期被以偷窃为名投入高墙，但我知道事实上事情是丁丁哥哥干的；我是唯一的参与者和见证者，我却因为丁丁哥哥是我的偶像，况且临时工哥哥本来也不是榜样，所以选择默认甚至一度相信现实的逻辑判定即只有像临时工哥哥这样的人才会是罪犯。一旦当“我”具有了真正的辨别和反思能力，丁丁哥哥的英雄传奇就会被瓦解。

“我”又是谁？“我”为什么叫他们为“哥哥”？丁丁、临时工被叫做哥哥，是指他们一代青春之后，还有“我”这一代青春接续，他们是我们的前辈，是认知、学习的对象，我们才是真正的故事主角，所以“1988 我想和这个世界谈谈”最终是有关我们青春的故事，这个故事以丁丁哥哥他们已然的历史为起点，重新开始。在我们的故事里面，不仅丁丁哥哥的英雄传奇被有限度地推翻，“我”还继续审视我们青春的成长根基：作为另一个自在的镜照是大院里叫 10 号的男孩，他曾经是我们同代人眼中的斗士，原来我们成长中最为钦佩和羡慕的人和事全是由谎言构成的对现实的夸张扭曲。

“我”又是如何一步步地走向“1988 我想和这个世界谈谈”的故事，继续哥哥们被历史尘封了的青春故事呢？“我”先是充满理想地成为一名新闻从业者，试图用无冕之王的力量摧毁世间那些隐秘的黑暗地带，接着才知道这不符合现实。然后是爱情，美丽的姑娘梦想着有朝一日成为荧幕里的明星，最终裹挟于多重谎言，离我而去。理想和爱情的不顺遂与现实有关，更为重要的是这些经历背后“我”的成长有关。这里的成长是，先天的对于事物善恶、真伪辨别与后天的概念认知和社会模仿之间的角逐。教育某种意义上保护了先天的认知能力，虽然不是通过知识。“我”发现了“谎言”，所以“我”没有办法在现实的逻辑中实现概念中的理想和爱情。

可见的所谓知识和经验解决不了问题，韩寒就让“我”出去走走，不期然地遇到点奇人异事，好像是《西游记》里的唐僧，光自己资质够了还不行，得有点乱七八糟路道上的奇人相助方可。“我”首先遇到的是一个妓女。后来发现这个妓女非常了得，她是一个孕妇，生育和养育腹中的不知父姓的婴儿是她人生最重要、最快乐的事情，她为此有了一系列的天真的打算。妓女这个角色特别像一个反面书写的启蒙者：她轻松将社会最后的一层温柔面纱撕破，她迫使“我”不得不去承认我一直在逃避的东西，如前女友实则是风月界的头牌，社会以谎言为基石，甚至“我”本身就是谎言的一部分等等。她特别像但丁的贝亚特里斯。她也是皇帝的新装里那个无知无畏的小孩。所有真正残酷性的东西，在这里，反而以一种朴素的、真实的面目呈现出来。“我”，1988，妓女，妓女腹中无父的婴儿，四个生命一路向西，接应“我”朋友的骨灰盒。这个朋友，也许就是临时工哥哥，也许是丁丁哥哥，也许是其他人，但他一定与青春有关，也与这辆叫1988的车有关。

结局是“我”辗转收到了妓女送来的婴孩，然后带着这个小孩真正上路。韩寒笔下，似乎这个小宝宝是这个时代的希望。可是它是如蚌壳里的珍珠一样光洁亮丽吗？它的母亲是个妓女，父亲是个隐藏起来的嫖客，就连抚养它的我也有污点（我参与过丁丁哥哥的偷窃，我和丁丁哥哥都是某种意义上的逃犯）。然后，韩寒的光亮就在这里，他看到了这个时代可能的希望，并且意识到，希望不是从天上掉下来的，相反它只能从我们这个时代的泥沼里生长出来，更重要的是，它的生长，你我都有重要责任。

对此可以做一个来自时代书写的横截面对比。贾平凹在《秦腔》也写到一个婴儿，并且也在这个婴儿身上做了某些文化情感上的隐喻。它是清风街上金童玉女夏风和白雪的后代，它本是这条老街上此时代最灿烂的希望，可它却没有肛门。对此，这个时代不得不给它插上一条管子，再用现代医学给它开刀和治疗，以改变上天原本对它的命运设定。这个婴儿的未来是什么？贾平凹已毫无信心，甚至可以说作家在文化的意义上创造了这个没有肛门的婴儿，然后将它抛弃了。在贾平凹看来，某些东西是在以非常丑陋、可怕的现实走向死亡。

写作者似乎站在了一个高地，他在俯视，在悲叹，毫无办法。可是《1988我想和这个世界谈谈》里，没有一个地方可以让作者逃避，他就在这个时代的洪流里，时代里的所有恶都是他生命的来源，时代里的一点点善因也只能靠他去争取，他本身就是时代的一部分。

几乎整个20世纪中国现代文学，某种程度，可算是阳刚派的风格，它的主流是男性对于世界的观点和话语。这种来自于历史的文学性格和品质，决定了作品中的女性是男人世界的某种情感寄托，进而形成一种知识分子（男性）与女性的精神定势书写。就如贾平凹，明显从《浮躁》开始，他的大篇幅小说中必然会出现一个抽象化了的女性形象，如小水、如白雪、如带灯，这些女性形象与写实无关，她们展示的是知识分子内在精神世界中的一种需要。再如上文所提到的张贤亮，有关其《绿化树》曾经引发了评论界的争鸣，其中黄子平的文章中提到了马缨花作为“我”的感性世界的存在。①也就是说，文学似乎形成了一种知识分子自我精神建构的书写传统，即女性是力量的来源，是希望的载体。②韩寒某种意义上在《1988我想和这个世界谈谈》中接续了这种知识分子精神写作的传统。

为什么是一个妓女？她似乎天然就是要来这个时代生下一个婴儿。或者我们可以从此理解为，这个婴儿父系的血缘缘此不仅仅是某个个体的，而代表一个时代的。时代则是凡圣同居，鱼龙混杂。所以某种意义上，从她站在旅馆的窗户上为“我”挡光开始，圣母的形象似乎来临。这部小说始终纠合着两条线

---

① 黄子平《我读绿化树》，《沉思的老树的精灵》，浙江文艺出版社1986年版。

② 这个问题复杂而有趣。或许它可以找一个轻松的入口，如侯孝贤的《美好时光》从青春和百年历史的展示的维新青年和青楼妓女情感等，无意展示了从古代开始中国读书人与风尘女子之间重要关系。所谓的风尘女子这个说法不准确，更为客观地是指一些不严格限制在具体时代严格伦理道德约束秩序的女子们，所以可能有妓女，有女仆，也有被主流排斥的普通下层女性等等。她们释放了具体时代的伦理道德，反而呵护、激发、滋养、镜照困在这个伦理道德秩序中的读书人或者说士人、知识分子的内心世界。更重要的是，她们身上可能隐藏着现实时代被遮蔽的光。与外在的知识分子张扬的行动和情感相比，这个隐秘的女性世界在知识分子的书写中从来都充满生气、力量，它是一种更为厚重的存在。不仅如此，她们总是能在最关键的问题上，最紧张的精神心理时刻，给予知识分子助力。这样的书写从晚清到今天存有一条文学的线索。

索：现实的和精神的。现实的故事展示世界的无序、生活的无奈，以及社会弱势群体对于生活的渴望，以"婊子"和"戏子"尖锐地刺向现实大地，掀起和谐的遮羞布。精神的故事属于韩寒真正的艺术创造，它由1988、妓女、婴儿所组成，他们陪伴叙述者"我"，西行逆向，对这个糟糕的此时有所作为。

最后一个问题就是1988，一辆报废车。对它可以有多种理解，但诚如丁丁哥哥不是英雄，历史的1988也失去了它的时代。而此时"我"接续他们的车，接着他们的路，继续自己走下去。这种接续，又因为它是报废车，而变得更加艰难。上一代青春到底留给后一代青春些什么，很难说清楚，只是丁丁哥哥当初是用一种理想，去跟他们谈谈，而"我"的行动不再是青春层面的理想和冲动，而是因为现实中这个婴儿，婴儿不得不让"我"去真正地关心未来世界。所以，这里不仅出自于青春的冲动和理想的鼓舞，还有我作为一个"父亲"，带着现实的历史遗留，带着精神上所找到的希望，为了新一代人的明天，将"和这个世界谈谈"。因此才有1988这辆被改装过了的报废车，它身上有着上一代人的记忆，某种意义上它是一种精神的传递。然后因为是一辆被他们改装过了的报废车，"我"对它的理解和驾驭，就具有了创造的性质。所以1988某种意义上预示着它是一个历史的终点，也是一个新时代的起点。"我"就站在这个点上，撬开历史，创造未来。一个世纪的青春书写到了这里，再也不是冲动的儿子们进行鲜血的反抗，而是父亲这样一个社会责任的承担者寻找时代的新机，就此中国现代文学终于铁树开花。

以上对于小说故事情节的梳理还不完整，这与小说的叙述结构有关。诚如前文所述，韩寒的这部小说，取代细节，它用的是观念构筑情节。与此对应，小说不在线性结构有所结论，而是通过大大小小的同心圆，寻找一个离心的力量。这个离心的力量让"我"能够走出社会已然的历史和现实，能够从一代人的洪流中站出来，跟这个世界谈谈。背负多种隐喻的报废车1988、妓女、婴儿某种意义上都参与了这种"出走"的离心力。

青春具有向死的特质。某种程度上它在生命能量的方面已达到了一个极点，所以在这个点上很易于走向生命的另一个极点——死亡。《上海宝贝》里那些为人所诟病的诸如CK内裤，OB卫生棉条或可解释是年轻人对于活着的一种日常理解。都市人类生活在各种符号之中，他们正在被取消了与大自然的直接关系，诸如土地的劳作，甚至阳光和四季。这种“被取消”尤以年轻人为胜。与“衣食劳作”的隔阂，要求符号必须产生能够近似土地之于农人的意义。《上海宝贝》中的绝望，在其之后的青春大军中被消遣了。更主要的是，此时青年人的价值观念里面稳定压倒了一切。因为追求稳定，所以才出现了这个时代中有关青春爱情的诸多故事，诸如婚恋观里对于房子的要求，公务员的热考，异地恋不是因为情感的淡漠而是因为求生的压力分手，高富帅、白富美、屌丝和屌丝的逆袭等等。《上海宝贝》与《1988我想和这个世界谈谈》从这个层面来说，具有先锋的性质：一个从青春出发，最终回到青春的问题上，一个从社会发问，最终指向社会的问题上。它们都是用“成长”的母题，通过青春无法逃避的痛感来探索具体的/抽象的问题。“青春”本身盈余的生命能量，自然会造成对一种稳定结构的冲击和破坏。两篇小说都是借助于这种破坏，对一种大结构动摇一下，以创造裂缝，进而寻找被遮蔽的光明。

原载《文学》2014年春夏卷

路　内　论

康　凌

首先是时间。

“那是九十年代初的事情”(《少年巴比伦》)、“一九九一年，我十八岁”(《追随她的旅程》)、“时至二〇〇一年”(云中人)、“一九八四年照相馆开张”(《花街往事》)①，翻开路内的小说，我们总是很快就能遭遇这些关于年代的后设符号，和它们不厌其烦的重复。它们标定了故事发生的背景，粗暴地架构起主角的个人故事与其时代之间的(无)关系，提示着读者写作/阅读时间与故事时间之间的距离，以及由这一距离所构建的隐秘联系。更重要的是，它们标示出一个身处这一年代之外/后的观察/叙述者的存在。对于写作本身而言，这些年代符号由此成为一种机制，使得叙述得以在第一人称视角与全知视角之间悄然滑动，这一双重视角的叙述机制创造出一种书写上的自由：故事的主角既为历史所囿，感受到线性故事时间所给予的种种限制与无奈，同时又似乎拥有了跳脱历史，并且反身把握、评论，历史的能力——但是，这一第一人称叙述者/全知叙述者/作者的三重主体，与历史又构成了什么样的关系呢？他依旧处于历史之中

① 本文所引路内文本均来自如下版本，下文不再重注：《少年巴比伦》，重庆出版集团 2008 年版；《追随她的旅程》，中信出版社 2008 年版；《云中人》，浙江文艺出版社 2012 年版；《花街往事》，《长篇小说月报》2013 年第 2 期。需要强调的是，本文对路内的分析基本上是围绕前三部长篇展开的，《花街往事》是否，以及在多大程度上能被纳入这一论述，还需要进一步的研究。

吗？他是否在时间之流中构造出了一处空无（void），以安顿自己的位置？这究竟是一种对历史的超越，还是被历史所放逐，抑或历史本身的终结所造成的结果？对于本文而言，揭示这一形式的作用与来源仅仅是第一步，我更为感兴趣的问题在于，这一形式构造是如何可能的？

卢卡奇在讨论小说形式时曾说道，“形式上所要求的内在意义恰恰产生于对缺少内在意义的毫无顾忌的彻底揭示”[①]。同样的，对于时间符号的不断申述，或许也正是因为时间本身已经失去意义，因为个人在时间中的失落与疏离，因为他/她已经无法与历史发生有意义的关系，构成有意义的整体。也只有在这时，一种新的小说形式才获得可能，它既在尝试化解匮乏，修复整体，同时又是对这种匮乏与破碎的最彻底的揭示。在这个意义上，本文并不意在对路内的小说做出周到的评论，毋宁说，路内的文本提供了一个契机，使我们得以尝试重新打开小说形式与历史经验的关系，并去追问：我们如何表达、书写 90 年代[②]的历史感觉？文本在历史规定与个体自由之间，呈示出了怎样的辩证法？如何看待它的可能与限度？这些问题，将是我们理解路内及其文体形式的关键。

为 90 年代赋形

世纪末的华丽转瞬即逝，从今天来看，90 年代的激变非但没有为个人带来更多的可能性，恰恰相反，随着时间的推移，社会结构的日渐固化，反而造就了更严重的板结与沉滞，个体的参与、成长空间愈发狭小、逼仄。这一现实不仅引发了对 80 年代，乃至更早的时代的想象的乡愁——人们认为，当时的人们依旧保有历史参与的可能——同时也改变了对 90 年代的书写方式。身处历史加速

① 卢卡奇《小说理论》，燕宏远、李怀涛译，商务印书馆 2012 年版，第 64 页。

② 在这里，我用“90 年代”指称广义的，从 89 年之后一直到现在的历史时段，在我看来，支配着这一历史时段的历史动力基本上是相同的。

过程中的张皇失措，逐渐演变成了一种被悬置在历史之外的焦虑（如朱文），以及试图消除这种焦虑的尝试。宋明炜在考察了几位“七十年代出生作家”之后发现：

> 无论是那种追求特立独行的表达之下实际揭示出来的自我的脆弱，还是对成长体验的叙述中透出的精神取向上的迷惘感受或世俗化倾向，其实都正表明这一代作家在主体力量方面的匮乏与困厄。与之相关的，是主体在对现实的反应中自主性明显弱化，认同感逐渐增强，两者的关系处于相互整合之中，而不是主体自觉疏离出来，形成独立的个体存在。这多少是有些令人吃惊的。因为假如认可这一代作家正处在、特别是成长在一个多元化的社会文化空间里，按道理来说，他们似乎更能相应地确立一种完全的个人立场，他们的生存体验也应更有利于保持一种自觉的主体力量。但从目前的创作实绩来看，事实却好像并非如此。①

这一观察非常准确，然而，认定作家们“成长在一个多元化的社会文化空间里”，理应“保持一种自觉的主体力量”，则似乎显得过于乐观与仓促。在我看来，他们的写作恰恰反过来证明，90 年代的历史变动并没有提供真正多元的社会空间，世界非但没有失序，反而被一种更为清晰的秩序所支配与笼罩，从而不断地侵袭、取消有意义的主体行动的空间与可能。曹寇的《挖下去就是美国》②叙述了一个“我”买凶杀害妻子的外遇对象，并将尸体掩埋的简单故事。它的有趣之处在于，整个小说的叙述都笼罩在一种置身事外的戏谑口吻之下，不仅“我”与妻子王丽的恋情无法带来激情（“一切都是循序渐进、按部就班，及至最后般配地站在那个台子上。”），王丽的出轨也没有唤起“我”的愤怒（“这件事情本身与这件事情发生的经过和他们所置身的环境一样，都是自然的。”“真的，我这么说出来，并无嫉妒和愤怒。”），甚至最后的凶杀所导致的情感波动，也迅速

① 宋明炜《终止焦虑与长大成人》，《上海文学》1999 年第 9 期。

② 曹寇《挖下去就是美国》，《越来越》，吉林出版集团 2011 年版，第 41 页。

消失在“我”对于学校制度的啰嗦的算计里(“上班迟到一分钟扣五毛钱,迟到五分钟扣十块,如果迟到半个小时,则算作旷工半天,扣五十块。”),像是庸常生活中的一件小事一样草草而过。

在这里,推动故事前进的力量不再是“我”在生活中的遭际与情绪,而是一种仿佛笼罩在生活之上的无名的力量,用文中的话说,“那就是这既是社会秩序,也是自然规律,没什么好质疑的。”不论是“我”的婚姻、王丽的外遇,还是“我”的杀意,似乎都是这一“秩序”所派定的,是所有的社会规则与潜规则的“自然”产物。在它的支配下,即使最为激烈的、极端的杀戮行为,也无法真正触动这一秩序:在小说结尾,“我”路过掩埋尸体的地点,此时,“那群老头老太也像平时一样准时出现,他们排列整齐的队列,在民族乐曲的伴奏下,缓缓地打太极拳。”

“秩序”的支配,取消了主体与其行动之间的有意义的关联,也就是说,主体被悬置在生活、历史之外,生活、历史事件无法对主体造成冲击,主体也无法借由自己的行动为生活、历史赋予意义,因为任何行动的意义都已经被“秩序”所给定,留给主体的,是一种被遗落在历史之外的生命之轻。《云中人》里,挚友齐娜横死,凶手未知,“我”和老星却开始事无巨细地排布每个熟人的作案动机,乃至推演可能的手法,直到“我”突然问道:“老星,难道齐娜死了我们就一点都不难过吗?”①

这一发问所指向的,正是个体与自身所处的现实生活之间的断裂。在这里,我们又一次遭遇到了置身事外,好友之死不再是一种创伤体验,而是成为技术性的分析对象,成为外在于生命体验的中立事件——或者不如说,是主体自身被放逐到了“实人生”之外,失去了获取意义感的通道。《少年巴比伦》中的“我”反复申述这种无处安放的飘浮感,“那些实际的时间与你所经历的时间,像

① 路内《云中人》,第278页。

是在两个维度里发生的事情。”①“究竟该去做什么，究竟该洗心革面成为什么样的人，这些都找不到答案。”②“去哪里这种问题是不能想的。”③“这种生活不是我要过的，但我应该有什么样的生活，自己也不知道。”④“我也不明白自己为什么活着，如此荒谬地，在这个世界上跑过来跑过去。”⑤

这种失落、疏离、架空、迷茫、游移、荒谬、麻木成为路内、曹寇、阿乙等一批作家的90年代书写所呈现出的基本历史感受，他们的写作常常选择“城镇”作为故事开展的媒介，借由这一都市与乡村之间的暧昧空间，来铺陈、把握一种新的90年代经验。有批评家将之命名为“无聊”⑥，这当然是准确的，但需要辨析的是，这种“无聊”绝不能直截了当地被等同于对生活“真相”的发现，而是一种特定主体—历史关系的产物，它不是无所事事，而是事件意义的空洞化。路内的文本，也正由于其为这种90年代精神状态与历史感觉的赋形所作的努力，而获得了其在当代精神史上的位置。⑦

新“零余者”：撕裂的主体

《少年巴比伦》里有这样一个段落：路小路去找白蓝，白蓝不在，他决定等她回来，这时路内写道：“我就这么独自坐着，坐了很久。我总觉得自己需要去想一些问题，严格地说，是思考。我现在三十岁，回望自己的前半生，这种需要思考的瞬间，其实也不多，况且也思考不出什么名堂。我的前半生，多数时候都是恍然大悟，好像轮胎扎上了钉子，这种清醒是不需要用思考来到达

---

① 路内《少年巴比伦》，第2页。
② 同上，第127页。
③ 同上，第171页。
④ 同上，第214页。
⑤ 同上，第271页。
⑥ 陈晓明《无聊现实主义与曹寇的小说》，《文学港》2005年第2期。
⑦ 李伟长《作为观念史的路内小说》，《上海文化》2012年第5期。

的。每次我感到自己需要思考，就会找个安静的地方坐下来，并不指望自己能想出什么好办法，有时候糊里糊涂睡着了，有时候抽掉半包烟，拍拍屁股回家。”①

这样的段落，几乎是典型的“路内时刻”，在现实事件之后，紧随着一个或是抒情，或是反讽的声音，在这里，主人公突然打断了线性时间进程，进入一种顿悟(epiphany)的状态，意识到在熙熙攘攘的生活进程中，自身的深刻的无力与迷茫。这种无力并非来源于具体的事件，而是疏离出具体的生活内容，对生活整体的反观与感受。在这种顿悟状态下，总是存在着两个主体，两个“我”：一个在具体的线性故事时间中随波逐流，另一个则在时间进程之外，时时返顾、戳穿前者的无力。②这一结构我在之后还会进一步讨论，在这里我想强调的是，即使意识到了生活的无力，故事中的人们也无力改变现状，所有试图重新把握、改变、进入生活的行动，最后几乎都遭遇失败乃至嘲弄。糖精车间里的焦头，考出了各种各样的证书，却依旧无法离开原来的岗位，只能眼睁睁看着没有电工证的“我”通过关系调入电工班。管工班的长脚，偷偷复习功课想参加成人高考以改变命运，结果复习资料被一把火烧掉，想要辞职，却不知道要去哪里，“长脚说不出来，我们也说不出来”③。六根想跳槽去台资企业，结果被保安一顿暴打，从此“我们都断了去三资企业的念头。无处可去也是一种快乐，还是老老实实拧灯泡吧”④。锅仔的创业成为全校的笑话，齐娜和小广东上了床，却依旧没有去成德国公司。生活一开始就给每个人规定了位置，无法改变。《少年巴比伦》里的“我”进工厂，是父亲的安排与疏通，做学徒工，是因为学历不够，调入电工班，又是家里的疏通打点，想做营业员，却因为商场要招美女营业员以提升销量而破灭。生活的当下与未来，都已经被种种力量和秩序所规定、限制，抹掉所有的

① 路内《少年巴比伦》，第 115 页。

② 周鸣之在《云中人》中也观察到了这种二分，见周鸣之《触及存在的方式》，《上海文化》2012 年第 4 期。

③ 路内《少年巴比伦》，第 171 页。

④ 同上，第 175 页。

偶然，仿佛按照既定的剧本搬演自己的人生，“我会和她们一起进入无耻的中年，过过干瘾，死猪不怕开水烫的样子”①。

生活的每一步都埋伏着命定的道路，“眼前的世界是一团浆糊，所有的选择都没有区别”②。通常用来把握外部世界的资料也统统失效，《追随她的旅程》中的老丁，始终试图用自己的知识与经验来为“我”提供指导与帮助，然而，他对文革暴力的讲述并没有阻止暴力的再次发生，“老丁的意思是要我们把命运掌握在自己手中，但是，假如是有人用枪指着你的脑袋，或者是指着你身边人的脑袋，这时，选择逃命也不那么丢人吧”③。他借给“我”读的书，最终也化为灰烬。他几乎成为一个不合时宜的人，成为“史前”生活方式的可笑的标本，与当下周遭的世界格格不入。与之类似的，是《云中人》里夏小凡喋喋不休的犯罪学知识，所有分类、数据、理论的叙说，与其说是为了解决现实中的失踪与凶杀，不如说，是借由对知识的不断重复，来掩饰自身的无能为力。这种无能为力，造就了路内所说的“按键人”：

> 我一直认为，世界上有一种人叫做“按键人”，他不谙控制之法，他只有能力做到表面的掌控，将某种看似正义的东西作为自己的理由，充满形式感却对程序背后的意志力一窍不通。④

尽管在小说中，这样一段描述仅仅是对某种变态心理的归纳，但在我看来，这个意象不啻为一种普遍精神状态的隐喻：时代以脱离人们掌控范围的方式运行，现有的知识与经验早已失效，对生活的掌控不过是一种幻觉，是无能为力之后的自我安慰，而这又恰恰是我们唯一所有的东西，我们只能借助这种幻觉来获取意义，每个人都是“按键人”。

这样一种荒诞感绝非来自于抽象的形而上学思辨，在路内的反讽与戏谑

---

① 路内《少年巴比伦》，第42页。

② 同上，第7页。

③ 路内《追随她的旅程》，第326页。

④ 路内《云中人》，第97页。

背后，始终隐藏着真实的社会讯息。《少年巴比伦》里，从进厂、做学徒、调岗、到进车间，路小路的命运自始至终与戴城糖精厂这一国企的转轨过程联系在一起，下岗、转制、减员增效、买断工龄，作为底层工人，他几乎近身目睹了工人阶级被历史所抛弃的整个过程，“上三班是傻子，下岗也是傻子，两者对我而言没什么区别”①。《追随她的旅程》中，路小路再次踩上了国企扩建的步点，工业园区在城郊乡镇的兴起、拖欠农民工工资、工人与国企干部的暴力冲突，乃至整个社会阶层的重新分化（“工农兵当然是傻逼，这人人都知道。”②），和由此带来的特权与屈辱。《云中人》的主角，则被设定为计算机专业的学生，而“计算机是我们时代唯一的荣光”③，整个时代“挟带着教改、转制、地价暴涨以及远在互联网一端的IT业兴起，滚滚而来，不可阻挡。二十一世纪劈头盖脸出现在眼前”④。此间的城市改造所带来的大面积工地不仅为学校的犯罪与凶杀阴影提供了具体的原因，其本身的躁动不安，也构成了整个故事的叙述基调。

可以说，路内笔下的人物始终出现在历史剧变的舞台中央，作为泱泱底层的一员（普通工人、技校学生、扩招后的大学生），去领受所有的时代疼痛。小噘嘴掉进八十度的沸水，厂里却只愿意赔她一台旧空调，杨一最终回到戴城卖农药险些丧命，齐娜惨死，夏小凡被遣返。历史以普通人的尊严为代价高歌猛进，这种镀金马桶式的运动撕裂了普通人的历史感觉与存在样态，造就了一种新的“零余者”的出现：他们“在”这个社会中，却又不“属于”这个社会——这里的不属于与其说是主动的逃离，不如说是被动的放逐。历史的运动既以他们为基础而展开，又似乎与他们毫无关系。他们既被卷入时代的浪潮，又无法在其中通过自身的行动来改变自己的命运，获取自身的价值。他们无法逃离被秩序规定

① 路内《少年巴比伦》，第205页。
② 路内《追随她的旅程》，第7页。
③ 路内《云中人》，第5页。
④ 同上，第14页。

的命运，又无法在这一命运中找到意义。他们作为客体成为社会的一部分，无法逃离，又作为主体被驱逐出历史运动之外，难以进入。新“零余者”是一种持续的分裂状态。

新“零余者”的浮出地表，标志着郁达夫在《沉沦》结尾处以国族的富强来拯救个体的零余状态这一方案已经彻底失败。这一方案几乎支配着整个中国的现代性进程，然而，90 年代的经济转轨所带来的巨大的国家财富积累，非但没有使人们从必然王国迈向自由王国，反而重新制造出了新的零余者，新的主体空洞与撕裂。《追随她的旅程》中，前进化工厂的劳资科长李霞向路小路描述未来戴城工业园区的美好前景，但在后者听来，“这些事情都不关我屁事”①。尽管他们同属于化工厂的成员，但态度的判然二分却清晰地标定出两者主体位置的不同，后者已经无法从集体事业的承诺中获得意义。《少年巴比伦》中，路小路到工厂报到，从劳资科的窗口俯视工厂：

> 我的视线越过她，朝窗外看去，我发现劳资科简直就是一个炮楼，正前方可以远眺厂门和进厂的大道，左侧是生产区的入口，右侧是食堂和浴室。在这个位置上要是架一挺机枪，就成了奥斯威辛的岗楼，或者是诺曼底的奥马哈海滩。这个位置实在是太好了，是整个工厂的战略要地。很多年以后，我遇到个建筑设计师，他向我说起监狱的设计，最经典的是圆形监狱，岗哨在圆心位置，犯人在圆周上。这种设计方式非常巧妙，没有视觉死角，而且犯人永远搞不清看守是不是在看着他。一说起这个，我就想到了化工厂的劳资科，我虽然没有见过圆形监狱，但我见过劳资科，确实很厉害，没有人能逃过他们的眼睛。②

不用援引柄谷行人关于风景的讨论我们也能看出，此处对工厂地景的重构，绝非对现实的客观描摹，相反，它来自于新“零余者”的特定“视点”，指涉着

① 路内《追随她的旅程》，第 184 页。

② 路内《少年巴比伦》，第 34 页。

这一视点背后的主体位置与结构。尤其是当我们将其与1949年之后关于“工厂”的文学描述相比较[①]，其颠覆性更是显而易见。从这一视点出发，劳资科本应具有的，与工人生活、与劳动事业息息相关的内容被剥离出去，转而成为工厂的岗哨，成为圆形监狱的中心。这样一幅福柯式的图景，暗示着工人在工厂权力运作中的客体地位，他们不再是工厂、劳动、劳资科的主人，而是工厂所监视、规训的对象。劳动失去尊严，重新变成异化劳动；工厂成为集中营，成为抽象的权力的化身；工人成为单个的犯人，失去了——比如，作为一个阶级——参与、推动历史运动的能力，也失去了由此而来的意义感。历史继续前行，个体却日益飘零。

这样一种历史感觉，正是《云中人》开篇的歌词所指的方向：

But I'm a creep, I'm a weirdo.

What the hell am I doing here?

I don't belong here.

主体再也无法找到进入现实的路径，无法体验到存在的实感。对自身的现状深刻不满却又无力改变，只能面对着懦弱无能的自己发出“I don't belong here”的喟叹。在这里，又一次出现了两个“I”，一个作为creep的自己和一个向着这种状态发问的自己。“I don't belong here”的低吟回环，不断强调着主体与现实的根本撕裂，和造就这种撕裂的90年代历史。

个人—历史的整体性关联不复存在，这一状况几乎宣告了成长小说的终结。假如说成长小说以个人与历史之间的有意义的互动——与社会事件的遭遇带来了个人的成长，个人的成长又推动了进一步的社会参与[②]——为基本定义，那么，被逐出历史的零余者们，则彻底失去了成长的可能与空间。青春被分

---

① 对此一时期的工厂描写，以及其中工人的主体位置的分析，可以参考陈思和：《如何当家？怎样做主？——重读鲁煤执笔的话剧〈红旗歌〉》，《中国现代文学研究丛刊》2011年第4期。

② 路遥的《平凡的世界》，几乎是这一类小说的最后代表。关于其主角孙少平与其历史之间的“同时代性”，参金理《在时代冲突和困顿深处》，《历史中诞生》，复旦大学出版社2013年版，第96页。

裂为一个完成着秩序所派定的任务的肉身，和一个无法在这些任务中找到意义，却又无处可去的灵魂。“这种青春既不残酷也不威风，它完全可以被忽略，完全不需要存在。”①

但是，“不需要存在”的青春，依旧需要讲述，即便是讲述它的无意义。如果说成长小说既是一种历史哲学及其小说类型，又是一种小说的形式构造原则，那么，当这一原则被 90 年代的历史所废除，当“人类最终一事无成的可能性，不得不作为基本事实被接受下来”②，我们要怎样继续讲述青春，讲述个体的遭际，如何重新创造一种小说形式，来表述这一分裂与空洞？

“诗意的世界”：构造法与修辞术

不得不谈到王小波。

路内对王小波的继承是毫无疑问的。作为一代人的小说教父，王小波不仅需要——如许多学者已经做的那样——在“文化现象”的意义上加以把握，在我看来更为重要的是，他的文本为表达 90 年代的经验提供了一种基本形式，这一形式有效地切中了人们的历史感觉，从而被不断地模仿与沿袭。在《万寿寺》中，王小波对这一形式提供了一个经典的表述：“一个人只拥有此生此世是不够的，他还应该拥有诗意的世界。”③

这句广为流传的格言所呈示的主体结构，恰是我们上文所讨论的分裂的主体：肉身所在的此生此世和灵魂所在的诗意世界。在小说中，它常常被形式化为现代人生与古代故事的并置，并借由王氏特有的修辞方式来回穿梭。由此，他在一个乏善可陈的世俗人生外重新打造出了一个具有审美深度的主体。然而，尽管在上文中我们不断使用“主体”这一概念，但它绝非不言自明

① 路内《少年巴比伦》，第 55 页。

② 卢卡奇《小说理论》，第 55 页。

③ 王小波《万寿寺》，《王小波文集》第二卷，中国青年出版社 1999 年版，第 258 页。

的存在，仍须强调的是，这一审美主体是特定历史哲学下的一种"发明"，是现实人生的失败的结果，是个人—历史整体性碎裂之后的产物。对于 90 年代的零余者而言，个人的现实历史不再能够提供"故事"(如成长小说所做的)，此时，审美主体的发明，为作者提供了一种新的形式，使他们得以重新整合现实经验的碎片，现实历史退到幕后，审美世界颠倒为新的总体，新的构型原则，新的小说形式。

总而言之，现实主体在 90 年代的破碎与撕裂，造就了以抒情与反讽为主要特点的审美主体的诞生，后者是前者的历史产物，是前者的颠倒的呈现，同时也是拯救前者、重新打捞意义的一种尝试。王小波是这一形式的发明者，而王小波体的长盛不衰，"王门走狗"的代有其人[①]，则是这一历史感觉的普遍性的证明。

回到路内。

曾有人指出路内在一些段落上与王小波的相似[②]，譬如在《白银时代》中，王小波曾写到学校浴室的使用规定："周一三五女，二四六男，周日检修"，"这个规定有个漏洞，就是在夜里零点左右会出现男女混杂的情形。"正是这个漏洞，导致了"我"和老师的相遇。路内的《云中人》里，也写到了一间"每周一、三、五归男生用，二、四、六归女生用"的学校浴室，同样在非常规时间去洗澡的齐娜，在那里遇上了一个偷溜进来的装修工。

相似本身并不重要，重要的是，为什么这样的细节是值得反复书写的？在我看来，"规定的漏洞"指向了一个日常秩序失效的时刻，而正是这样的时刻，提供了"诗意世界"展开的契机。不论在诗意世界中将要发生的是浪漫还是荒诞，它都将是脱离日常秩序之后的产物，是一个审美主体的自我展开。[③]

---

① 近期同样以王小波体书写工人生活的，还有房伟的《英雄时代》。

② http://book.douban.com/subject/10508054/discussion/53967892/。

③ 这种结构在近年的作品中常常可以看见，譬如张楚的《七根孔雀羽毛》中，对与日常生活无关的几根孔雀羽毛的凝视，成为主体的唯一的诗意时刻。《收获》2011 年第 1 期。

与王小波不同的是，路内并没有在现实生活之外构造一个古代世界来安放这一审美主体，相反，他将这一审美世界拼合进了线性历史进程之中，本文开头所提到的第一人称—全知双重视角，正是这一拼合的结果。这一叙述方式具有三个几本特点：第一，《少年巴比伦》开头，张小尹便对“我”说：“路小路啊，你说说你从前的故事吧。”①《追随她的旅程》开头：“这是一个关于寻找的故事。”②《云中人》的结尾：“这是我对咖啡女孩讲的最后一个故事。”③可以说，路内始终为小说的主角安排了一个故事中人/故事讲述者的双重角色。这一角色使得叙述者能够自由地打断线性时间进程，以诸现实社会中的事件为契机，展开主观的审美维度。第二，叙述始终保持主观视角（《花街往事》的客观视角仅仅存在于第一章，就迅速换回了主观视角），使得小说的进程不会为客观社会历史本身的逻辑，为故事发展的线性逻辑所左右，从而遵循审美主体自身的逻辑。第三，如果说成长小说的时间进程，是以个人—社会的共同发展为方向，以两者的互动事件为内容，那么，这里的文本则预设了一个“寻找无双”式的目标，它是一个悬置的目标，一个空洞的时间终点，一个有待设定方向的箭头。尽管《少年巴比伦》和《追随她的旅程》被列为“追随三部曲”，尽管《云中人》中，寻找小白是贯穿始终的线索，然而，与其说这些文本围绕着“追随”而展开，不如说，它们是“追随”的一再延宕，是“追随”所延展出的各种散漫枝蔓，前后事件之间不再具有必然的逻辑关系，是对“追随”——这样一个要求明确的目标与步骤的行为——的暧昧与调戏。

结果是，这些以“讲故事”为名的文本，事实上却讲出了生活的“无故事性”，本雅明曾说，“讲故事艺术的一半奥妙在于讲述时避免诠释。……使一个故事能深刻嵌入记忆的，莫过于拒斥心理分析的简洁凝练”④。然而在路内的小说

---

① 路内《少年巴比伦》，第 1 页。

② 路内《追随她的旅程》，第 1 页。

③ 路内《云中人》，第 390 页。

④ 本雅明《启迪》，张旭东、王斑译，生活 · 读书 · 新知三联书店 2008 年版，第 101—102 页。

中,“故事”退出,“诠释”登台,现实本身的逻辑被否弃,借由“有关这一点,需要补充的是……”“回到××××年……”等典型的王氏修辞,审美主体得以从现实中自由采摘片断,将其串联在“追随”的线索之上,同时不断以自身的抒情或反讽,为这些片断赋予意义,一个“诗意的世界”于焉浮现。

女性是这个审美世界的最为常见的媒介,这样一种历史作用并非路内的发明,从冬妮娅到姓颜色的女大学生再到白蓝于小齐,它具有一个漫长的谱系。在路内的文本中,主角与女性的故事,恰恰扮演了王小波的古代故事的角色。她们被嵌入现实生活中,却又不服从现实逻辑的控制,不论是白蓝还是于小齐,最终都离开了“我”所属的世界。事实上,女性的消失是预定的,“我和她都知道这场爱情最终将会以什么形式来收场。”①假如她们日复一日地存在,便不免会堕入日常生活的轨道。然而,女性必须是“意外”②,是诗意,是“日常”的对立物,“诗意对人们来说近乎是一种缺陷”③,但女性必须保有这样的缺陷,才能与“人们”拉开距离。《少年巴比伦》中,路小路和白蓝的第一次性爱,被安排在一次地震间隙的危险时刻中,爱情与生命就这样被刻意地纠缠在一起。在这样的时刻中,主角与女性的爱情成为审美主体的极端表现,成为抵抗/逃避现实社会的无意义的方式,而当路小路多年以后重新遇到“穿着 Prada 的裙子,挎着个香奈儿小包”的白蓝时,所有的诗意都已经消散在世俗与日常之中,他只有借助回忆,才能重新进入那个世界:“仿佛这个世界上空无一人。”④。

正是在爱情的层面,“诗意世界”的构造与修辞,呈现出其最为吊诡的一面。路内笔下的男性主角在性上似乎总是被动的,而女性则扮演着引导的角色。如果说在《青春之歌》中,是男性角色们将林道静带入社会历史的纵深,那么现在

---

① 路内《少年巴比伦》,第 226 页。
② 同上,第 236 页。
③ 同上,第 267 页。
④ 同上,第 238 页。

我们看到的，则是女性角色们将路小路、夏小凡带出了社会历史之外。德勒兹曾问到："身为男人的羞愧，还有比这更好的写作理由吗？"[①]在这里，正是身为男性、身为无意义的现实所带来的屈辱与空洞，将女性打造成了诗意世界的媒介，而在文本中，却又反过来呈现为女性对男性的拯救，诗意对现实的拯救。现实社会的进程将主体的意义掏空，并驱逐出历史运动之外，成为撕裂的零余者，同时又赋予这一零余者以虚假的主体性，假定它具有反身拯救撕裂状态的能力。问题是，这一拯救在多大程度上可以实现？"诗意世界"的（伪）自由，又能拓展到怎样的限度？

"反讽"的自由及其限度

路小路介绍化肥车间的工作环境：

> 化肥车间里的工人，都是女的，如果找男人来做工人，带着一身奇臭回家，老婆首先会忍不住吵架，变成一个性冷淡，或者红杏出墙，离婚时必然的。如果是女工人，身上臭一点，大概可以用花露水挡住。臭一点就臭一点吧，对男人来说，有一个浑身发臭的老婆，总比没有老婆要强一点。[②]

对恶劣的劳动环境的描写，在30年代小说中，可能会变成对资本家、对异化劳动的控诉与批判，在60年代小说中，可能会变成对工人劳动意志的赞美，而到了路内笔下，则迅速化解在一次无可奈何的反讽中。在这里，我们所遭遇的是一个典型的王小波—路内式修辞——"如果……那么……"的修辞术，它遍布路内的文本之中。借由对这一修辞术，叙述者得以迅速地在任何一件具有现实社会历史含量的事件之后，打开一个评论这一事件的空间。它

① 德勒兹《批评与临床》，刘云虹、曹丹红译，南京大学出版社2012年版，第2页。

② 路内《少年巴比伦》，第61页。

一方面使得这一事件被割裂出线性时间，成为一个孤立的对象，另一方面，这一空间也恰成为上文所说的审美主体浮现、驰骋的舞台。路内的小说给人带来的荒诞感与幽默感，正缘于路内对这一修辞术的熟练操控，叙述者几乎毫不间断地向读者剖析、呈示着线性故事中的主人公所生活的世界所具有的荒诞本质。对人类行为的嘲弄，以及对支配这些行为的社会秩序的反讽，是路内小说的独特魅力的来源之一。也正是这些反讽，最好地说明了“诗意世界”的自由及其限度。

人们常常容易将反讽轻率地斥为犬儒，然而在我看来，它至少反映出对命定现实的不认同，对社会秩序现状的批判可能，对主体的无力状态的自觉与不满。正如罗蒂所说，反讽“协助我们注意到我们本身的残酷根源，以及残酷如何在我们不留意的地方发生”①。在以郭敬明为代表的流行读物中，主体往往具有一种奇怪的幻觉，认为自己能够借由消费行为，来获取自身的意义，其结果便是镀金马桶式的人生，以及对其中的残酷的漠不关心。与之相对，在路内的小说中，至少呈现出一种清醒，一种对主体撕裂的荒诞人生状态的反省，以及在这一撕裂状态下重新构造主体自由的渴望。

假如说王小波对文革荒诞状态的书写所批判的，是当时的社会秩序对人类自由的禁锢，那么，这一批判方式在路内文本中的不断回响，是否意味着我们依旧处于一种历史力量的摆布与禁锢之下？对这一力量的揭示与反讽，是否是（审美）主体捍卫自由的方式？“作为对走到了尽头的主体性的自我扬弃，讽刺是在一个没有上帝的世界所可能有的最高自由。”②或许可以说，路内对 90 年代至今的历史的荒诞感的反讽，是在意识到自身的无力状态之后，对自由的持续的追求。

然而，这一“诗意世界”的自由依旧有其限度，拯救意义的努力常常意外地

---

① 罗蒂《偶然、反讽与团结》，徐文瑞译，商务印书馆 2003 年版，第 134 页。

② 卢卡奇《小说理论》，第 84 页。

抽空了意义本身。《云中人》里，夏小凡在寻找小白的过程中迎面遭遇暴力拆迁，城市改造背后的经济逻辑，正是主导、造就所谓IT时代的混乱、荒诞的历史进程的核心力量，也正是这种力量导致了主体的撕裂与意义的空洞化。因此，这种遭遇构成一个契机，去揭示荒谬背后的真实逻辑与它对主体的戕害。然而在文本中，这些暴力却被推至幕后，成为环绕着“寻找小白”这一行为的嘈杂的背景，用来烘托一种紧张、零乱与荒诞的感受。而“寻找小白”的那段时间，正是“我”为了躲避进入社会而滞留学校的三个月，是从线性历史中逃遁出来的时段，是审美主体的舞台，社会事件由此被抽空了历史性，重新编织进审美主体的行为之中。

对社会暴力的这种审美化、私人化、精神分析化的处理在《云中人》中在在可见，然而，诉诸于个体的梦境与无意识，忽略其与社会历史力量的关系，这样一种处理方式本身，是否意味着被驱逐的主体放弃了重新介入历史的机会？与历史拉开反讽性的距离，是否同时也意味着放弃了参与世界的可能性？对利比多、对无意识、对个体深度的过度强调，是否正隐喻着对外部世界的彻底的无能？90年代历史运动将主体驱逐出自身之外，为了拯救意义，主体重新创造了一个审美的空间，以捍卫自己的自由，然而，这一空间同时又阻止了主体重新介入历史运动的可能。正如同摇滚乐对消费主义的批判本身常常反过来成为市场上的消费对象，审美主体的反讽自由，是否同样是秩序自造的叛徒？

这样的发问，并非是对路内的文本的苛责。事实上，路内文本中所构造的诗意世界，不论是对爱情的绝望的质询，还是对生活之荒谬的不屈的嘲讽，都是我在阅读中至为喜爱乃至沉醉的段落。然而也正是这种沉醉，反过来叩问着我自己，在面对文学与历史的纠缠时，文学究竟是将我们从现实中拯救了出来，还是以它所创造的幻觉，使我们继续在现实中沉沦而不自知？“我们强制自己经受些小痛苦，以便使我们相信生命是可以承受的，甚至是有存在理由的。”①这样

① 德勒兹《批评与临床》，第38页。

的问题或许已经超越了个别文本所能容纳的含量，指向了当代文学与历史的整体性关系，指向了当代个体的文学实践方式所具有的限度，在这个意义上，反讽的限度正是当代历史本身的限度，而路内的小说，则是一种真正的当代小说，它呈现了文学面对当下时的所有可能与困境。

2013 年 8 月 29 日改定

原载《文学》2013 年秋冬卷

媒介与生态

华语电影:在互渗互补互促中拓展

周　斌

顾名思义,华语电影即包括中国大陆、香港、台湾及其他地区以华语为母语创作拍摄的电影。华语电影已有近百年的历史,并在发展演变的过程中形成了自己的传统。尤其是20世纪80年代以来,华语电影在世界影坛上以其创作的独特性和丰富性受到世人瞩目;而随着一批成功之作在各种重要的国际电影节上频频获奖,其影响也日益增大,显示出良好的创作态势。

从总体上来看,以中国大陆和香港、台湾地区的电影创作为主体的华语电影,是在互渗互补互促中不断拓展的。特别自20世纪80年代以来,随着中国大陆改革开放的持续发展和海峡两岸三地有关政策的不断调整,彼此之间的文化交流与合作日益频繁;而1997年香港回归祖国以后,香港与大陆的交流与合作更加便捷,也更加多样,融合的趋势日益明显,这就给华语电影的创作繁荣提供了有利条件。因此,把华语电影作为一个整体加以比较研究和探讨总结,既有利于从宏观上把握华语电影的审美特点和发展趋向,又有利于增强民族意识,弘扬中华文化。

一、中华文化:华语电影的共同血脉

众所周知,电影之于中国是一种"舶来品"。但在其传入中国后发展演变的百年历程中，则不断汲取中华文化的乳汁，逐步形成了独具的民族特色和东方色彩。虽然不同区域的华语电影因受到不同的政治制度、社会环境、文化政策和观众需求的制约与影响，呈现出不同的发展历程和创作风貌，但是，中华文化却始终是贯穿其中的共同血脉，是其共同的文化渊源和文化之“根”。

与其他文艺样式一样，电影也是一种文化的载体。1905年，当第一部由中国编导自己创作拍摄的故事片《难夫难妻》诞生时，其主旨就在于对中华传统文化的反思及对封建礼教的批判。由此开始，在中国大陆近百年的电影创作中，中华文化的渗透、制约和影响始终与电影创作的曲折发展紧密相关。上世纪20年代，由于文明戏编导演和“鸳鸯蝴蝶派”文人成为起步之初的中国电影的主要创作力量，故而他们在银幕上着重表现和传播的乃是中华文化中的一些消极现象，致使饮食男女、武侠神怪等内容的影片充斥影坛，不仅其思想主旨与“五四”新文化相距甚远，而且艺术技巧和手法摹仿外国影片的痕迹颇重。当然，其中也有一些渗透进步意识、宣传儒家学说的影片，如张石川导演的《孤儿救祖记》就颇具代表性。这部所谓“教孝”“惩恶”“劝学”的影片，不仅对人性善恶作了形象化的表现，而且还褒扬了乐善济贫、忍辱负重等传统美德。同时，影片在艺术处理上也带有较多的民族生活气息，“剧本取材、演员服装、布景陈设，皆能力避欧化，纯用中国式”①。由于该片上映后受到欢迎和好评，故带动了一批类似影片的拍摄。而新文学工作者洪深、田汉、欧阳予倩等人进入电影界后的创作，则使“五四”新文化的观念和成果开始体现在电影创作中。到了30年代，随着大批新文学工作者有组织地进入电影界，开始有计划地占领电影阵地，遂促使左翼电影运动勃兴。左翼电影不仅强化了进步文化意识，深化了影片的思想文化内涵，而且提高了影片的艺术品位，其中如程步高导演的《狂流》、蔡楚生导演的《渔光曲》等影片对农村封建文化的揭露和批判，沈西苓导演的《十字街头》、袁牧之导演的《马路天使》等影片对半殖民地都市文化及市民生活形态的生动描

---

① 程季华《中国电影发展史》，中国电影出版社1981年版，第62页。

绘,既有一定的思想深度,又具有较强的艺术感染力。至40年代后期,中国电影已趋于成熟,一些优秀作品,如史东山导演的《八千里路云和月》、蔡楚生和郑君里联合编导的《一江春水向东流》、沈浮导演的《万家灯火》、费穆导演的《小城之春》等影片,在对战时、战后的社会矛盾、文化环境和各类人物心态的描绘刻画等方面,都非常深入精细,具有独特的东方美学神韵和中国文化特征,堪与同时期的意大利新现实主义电影相媲美。50至60年代,尽管电影的政治文化色彩更加浓厚,主流意识形态的体现也更加明显,但也出现了如郑君里导演的《林则徐》、谢铁骊导演的《早春二月》、谢晋导演的《舞台姐妹》等一批注重于在文化内涵上进行开掘,并具有鲜明的民族风格的影片。自70年代末以后,在思想解放的潮流中,对传统文化和民族性格的反思,及对传统文化与现代化关系的思考等,均成为电影创作的一个重要内容。其中如黄建中导演的《良家妇女》、胡柄榴导演的《乡音》、黄建新导演的《黑炮事件》、吴贻弓导演的《城南旧事》和《阙里人家》、黄蜀芹导演的《人鬼情》等,及陈凯歌、张艺谋等第五代导演拍摄的《黄土地》《红高粱》等一批影片,均从不同角度涉及此类主题,具有浓厚的文化内涵和人文精神,在国内外产生了较大影响,从而为中国大陆的影片赢得了国际声誉。总之,百年大陆电影的发展,既植根于中华文化的土壤之中,又面向时代和现实,在蜕变中不断拓展,不断创新。这种电影文化传统也直接影响到香港电影的创作和发展。

香港电影无疑是华语电影的重要组成部分,其创作历史几乎与大陆相当。1913年,香港电影的开拓者之一黎民伟拍摄的短片《庄子试妻》,即取材于民间传说,着眼于对传统文化的表现。此后香港电影的创作不断受到大陆电影创作的辐射和影响,特别是抗战爆发以后,许多大陆进步影人南下香港,或在港创办电影公司,或积极参与香港电影的创作,不仅给香港电影界输入了新鲜血液,而且也将大陆进步电影创作的思想观念和技巧方法融入香港电影的创作之中,使之基本上与大陆电影同步发展。其中如司徒慧敏导演的《白云故乡》、蔡楚生编导的《前程万里》等国语片,罗志雄导演的《小老虎》、汤晓丹编导的《民族的吼声》等粤语片，均真实地再现了香港民众的民族气节和爱国主义精神，进一步奠定了香港电影的现实主义传统。20 世纪 50 至 60 年代，香港电影的创作主流仍受大陆现实主义创作思想的影响，注重表现都市市民的社会生活和文化形态。该时期最具代表性的导演朱石麟在其拍摄的《误佳期》《一年之计》等影片中，均涉及香港社会的各种现实问题，细致地描绘了都市社会各种人物的复杂关系和微妙心态。另一位有影响的导演李翰祥则创造出了适合于表现中国民间故事的新片种——“黄梅调电影”，他拍摄的《貂蝉》《江山美人》《梁山伯与祝英台》等在港台曾风靡一时。自 70 年代始，由于香港的经济起飞和市民生活水平的迅速提高，观众对电影的娱乐性要求更加强烈，这就促使各种类型电影有了长足的发展。新派武侠片、功夫喜剧片、警匪片等盛行一时。其中李小龙主演的《唐山大兄》《精武门》等功夫片，不仅在港台及东南亚颇受欢迎，而且打入了欧美电影市场，在西方掀起了“功夫热”。这些影片既塑造了一批反对歧视欺凌、疾恶如仇、维护民族尊严的中国人形象，又把中国功夫在银幕上作了形象化的表现。在李小龙功夫片的基础上，成龙又有了新的拓展，他主演的《蛇形刁手》《醉拳》等，形成了功夫喜剧片这样一个新片种，独具中国民族文化特色。虽然长期以来，由于香港沦为英国的殖民地，又是一个国际化的重要港口城市，故同时受到西方文化的影响也较大。特别是 60 年代末至 70 年代以后出生的一些年轻人，因大陆的十年动乱和文化浩劫，使他们对中华文化知之不多，也缺乏认同感，所以中华文化的影响力一度弱化。但是，中华文化深厚的底蕴，及其在中老年市民中的影响仍然很大；再加之香港毕竟毗邻大陆，在政治、经济、文化等方面必然要受到大陆的辐射和影响，故中华文化对香港电影创作的渗透和影响仍较明显。在 80 年代至 90 年代香港电影多元化的发展过程中，不少编导仍关注东西方的文化差异、新老两代人的文化冲突以及都市普通民众的生活状态和情感困惑，其中如张之亮导演的《笼民》、许鞍华导演的《女人四十》、王家卫导演的《花样年华》、陈果导演的《香港制造》等作品，均表现出独特的忧患意识和人文关怀。1997 年香港回归祖国以后，中华文化对香港文化的发展所产生的影响更加显著,其对电影创作的渗透和影响当然也更加明显,在此不逐一赘述。

台湾电影也是华语电影的重要一翼。台湾历来是中国不可分割的领土,自17世纪以来,大量汉人自大陆移居台湾,逐步形成了汉人主导的社会型态,中华文化自然在其社会中占据主导地位。1894年中日甲午战争后,台湾遂沦为日本殖民地,直至1945年抗战胜利后被国民党政府接收,长达半个世纪之久。在此期间,由于日本文化和西方文化的大量涌入,给中华文化以很大的冲击和影响,但源远流长的中华文化仍以其顽强的生命力在蜕变中不断拓展。自20世纪40年代后期始,美国文化又长驱直入,但中华文化仍被绝大多数台湾民众所接受和认同。因为无论从历史、地理、文化方面来看,还是从普通民众的风俗习惯等方面来看,台湾和大陆都有着极其亲密的关系和深厚的渊源,这是一种割不断的内在联系。这种内在联系自然也表现在电影创作中。特别是自70年代末起,陆续出现了一些寻"根"溯"源",反映台湾和大陆血缘关系的影片。其中如陈耀圻导演的《源》、徐进良导演的《香火》、李行导演的《原乡人》等就是颇有代表性的影片。《源》描写了清朝嘉庆年间吴霖芳随父母自广东移居台湾后,几代人开采石油、艰苦创业,终于使台湾的第一口油井喷出油来。影片以石油象征民族的血缘,从一个侧面表现了中华民族先辈们移居台湾后,垦荒拓土,开发宝岛的业绩,由此反映了台湾和大陆的血肉联系。《香火》也描写了清朝光绪年间林氏夫妇自大陆移居台湾后,垦荒种植,终于建立起自己的家园;但他们的内心仍萦绕着不忘故土的思乡情感。当台湾沦为日本的殖民地后,他们又坚持斗争,并教育后代不忘祖先,把中华民族的"香火"一代代传下去。《原乡人》则描写了台湾光复后第一个用中文写作的乡土作家钟理和曲折坎坷的生活经历。"原乡人"是日据时代台湾同胞对大陆祖籍同胞的称呼,以此作为片名显然表现了创作者和影片主人公对祖国大陆的眷恋、怀念和向往的深厚感情。上述几部影片从不同侧面表现了台湾同胞热爱祖国、思念故乡的诚挚情感以及他们"认同""回归"的迫切愿望。80年代台湾新电影的崛起,不仅使一批台湾乡土文学作品得到了银幕化的艺术表现,而且还对台湾的历史、文化进行了较深刻的反思；特别是侯孝贤导演的以《悲情城市》为代表的一系列影片，“是以影像构造的台湾现代社会成长史”，具有“在时空交融之中体味着生命历程的东方人文精神”。其影片的镜语体系，“已经区别于西方电影的物质再现，而注入了东方文化的生命哲学和顿悟体味，可以明显地看到它和中国古典诗词、绘画的一脉相承，也可见出它和中国早期诗情电影——如费穆开创的细腻而诗化的心理片传统——的遥相呼应”①。90 年代出现的台湾新一代导演，尽管未能像 80 年代的新电影导演那样，多以个人成长经验来反映台湾社会变迁过程，表现台湾历史文化的特点和内涵；但他们对台湾社会现实的观照和描绘，也大多能开掘出蕴藏的文化内涵。其中最有代表性的是李安。他导演的《推手》《喜宴》《饮食男女》等影片，从家庭关系、家庭伦理的视觉入手，开掘出中华传统文化的内在精神；从日常平凡的生活场景中发掘出人性之美。至于他导演的曾获奥斯卡最佳外语片奖的《卧虎藏龙》，则体现出多元的中华文化内涵，“除了可以让外国人领略到中国武术的美外，中国传统的儒、道观念、中国山水之美、中国人对‘侠’的定义、中国人对感情乃至情欲的态度，也或多或少地可以进入了他们的脑海”②。总之，台湾电影在文化形态上更接近大陆电影，正如台湾电影评论家焦雄屏所说：“我认为大陆电影在表现人际关系、哲学思想方面和台湾电影是比较接近的，像《邻居》《夕照街》，这些影片里对家庭、伦理、亲情关系的思考方向，和台湾是很接近的，这很不同于香港影片或西方影片。大陆和台湾在对于传统文化的继承上比较接近。”③

从总体上来看，两岸三地的电影创作在表现和弘扬中华文化方面既有共同性，又具有不同的特点，对此，电影评论家罗艺军曾作过这样的概括：“香港片的娱乐性在东方引领风骚，市场扩及海外。台湾电影继承‘诗缘情’的文化传统，抒发中国的人伦之情上曲尽其妙。大陆电影倾向‘诗言志’，以人文深度见胜。

---

① 倪震《在侯孝贤赠片仪式上的讲话》，《北京电影学院学报》1990 年第 2 期。

② 《融合中西之长，创造完美电影——李安访谈录》，《当代电影》2001 年第 6 期。

③ 任殷《访焦雄屏》，《电影艺术》1988 年第 11 期。

如果大陆、台湾、香港各擅其长,相互协作,就会构成一个多元、多样、绚丽多姿的大中华电影文化。"[①]可以说,目前这种各擅其长,相互协作的局面正在形成,大中华电影文化也正在世界影坛上显示出自己独特的艺术风采。

二、变革创新:华语电影焕发新貌

20 世纪 80 年代以来,华语电影的创作水平有了明显提高,其影响也越来越大,这主要得益于两岸三地的电影界顺应时代潮流的变革创新。从 70 年代末至 80 年代初,香港、台湾和大陆先后掀起了"新电影"的创作浪潮,给华语电影创作的发展产生了很大影响,并从整体上显示了华语电影的艺术水平、美学风采和发展趋势。

新电影的创作浪潮首先是在香港掀起的。1978 年和 1979 年,一批在国外受过电影专业训练,返港后在电视界初露锋芒,并积累了一定创作经验的年轻导演,开始进入电影界拍片。他们以新的创作视觉和艺术技巧先后拍摄了一批有新意的影片,其中如严浩导演的《咖哩啡》、徐克导演的《蝶变》、许鞍华导演的《疯劫》、章国明导演的《点指兵兵》、于仁泰导演的《墙内墙外》等,无论在题材内容还是电影手法上,均有不同于以往影片的新的拓展。这些影片不仅在评论界颇受好评,而且也有不错的票房收入。于是,新电影开始受到投资者的重视,也开始受到观众的关注。进入 80 年代以后,新电影的创作有了进一步的发展,1980 年相继出现了徐克导演的《地狱无门》和《第一类型危险》、许鞍华导演的《撞到正》、严浩导演的《夜车》、于仁泰导演的《救世者》、谭家明导演的《名剑》等。这些影片虽然仍很卖座,但艺术水准却参差不齐,在评论界也引起了一些争论和歧见。但从整体上来看,新电影提高了香港影片的思想性和艺术性,不仅题材丰富,类型多样,而且革新了电影技术,改变了影像风格。1981 年,新电

① 罗艺军《中国电影与中国文化》,北京广播学院出版社 1995 年版,第 66 页。

影的大多数骨干纷纷进入大公司拍摄主流形态的娱乐片，具有探索创新性质的新电影虽仍有出现，如方育平导演的《父子情》等，但作为电影新浪潮运动，则暂告一段落。尽管如此，由于这批新电影的创作者已成为香港电影创作的中坚，他们在以后的创作中仍持续保持着这种变革创新精神，并时有体现这种精神的影片问世，如方育平导演的《半边人》、严浩导演的《似水流年》、许鞍华导演的《投奔怒海》等。同时，这种变革创新精神也给后来者以很大的启示和影响。此后如关锦鹏、王家卫、陈果等人的创作，就继续发展着这种变革创新精神，体现出鲜明的个性风格，从而使香港电影除了商业娱乐片主潮外，尚有一批探索电影在显示着艺术深度和美学品位。

就在香港影坛掀起新电影创作浪潮的同时，台湾的新电影也开始萌生。80年代初，台湾电影制片减少、市场萎缩、危机四伏。1982年，以拍摄宣教政策片为主的中央电影事业股份有限公司亏损甚巨，为扭转不断恶化的经济状况，特聘请留美的陶德辰、杨德昌、柯一正和曾获亚洲影展最佳编剧奖的张毅合导一部四段式集锦片《光阴的故事》，通过各自叙述的一段人生经历，来透视从60年代到80年代台湾社会所发生的变化，以及人际关系的疏离和生活环境的污染等。影片在叙述方式、艺术技巧等方面均有创新，受到电影界和广大观众的瞩目和好评，成为台湾电影新浪潮的先声。1983年，台湾新电影的创作掀起高潮，先后出现了万仁、曾壮祥、侯孝贤合导的《儿子的大玩偶》、陈坤厚导演的《小毕的故事》、侯孝贤导演的《风柜来的人》、杨德昌导演的《海滩的一天》等，这些影片开始注重改编台湾乡土文学作家的作品，面向现实，触及社会的各种问题，努力营造具有浓郁乡土气息的新的美学风格，从而在国际影坛上赢得了声誉，产生了影响。1984至1985年，又相继出现了一批在题材和形式上均有新拓展的影片，如李佑宁导演的《老莫的第二个春天》、柯一正导演的《我爱玛莉》、侯孝贤导演的《冬冬的假期》和《童年往事》、陈坤厚导演的《最想念的季节》和《结婚》、张毅导演的《我这样过了一生》、杨德昌导演的《青梅竹马》、万仁导演的《超级市民》等，使新电影显示出较强劲的创作势头。经过3年多在影坛的拼搏奋斗，这批新锐导演终于在台湾影坛全面接班,成为国语片创作的骨干和主力。但是,由于较多新电影的票房收入尚不够理想,故在对其评价上也引起了一些争议,受到了一些指责。此后,迫于电影市场的压力,部分新锐导演的创作开始趋于商业化,“但他们会技巧地加入一些自己的东西来提高这些商业电影的价值。”① 而同时,仍有侯孝贤、杨德昌等导演坚持着自己的美学追求和艺术探索。这种锲而不舍、锐意进取的韧性精神结出的硕果之一,就是侯孝贤导演的史诗式影片《悲情城市》。这部在1989年威尼斯国际电影节上获金狮大奖的影片,以其思想内涵的深刻和表现手法的独特而颇受好评,充分显示了台湾新电影所达到的艺术水准及在世界影坛上获得的地位。台湾新电影的创作吸收了台湾现代文学和乡土文学的丰硕成果,与香港新电影相比,它在表现形式上没有过分追求电影形式技巧的炫奇和出新,而是注重以纪实、质朴的美学风格取胜。

就大陆而言,1984年随着张军钊导演的《一个和八个》、陈凯歌导演的《黄土地》的问世,则正式拉开了新电影创作的帷幕,并标志着第五代导演的崛起。特别是1985年《黄土地》连续在法国、瑞士、英国、美国等国际电影节上获奖,在国内外产生了很大影响,从而使中国大陆的新电影和第五代导演的创作受到世界影坛的关注,并推动新电影的创作不断勃兴。于是,陈凯歌导演的《大阅兵》和《孩子王》、田壮壮导演的《猎场札撒》和《盗马贼》、黄建新导演的《黑炮事件》、胡玫导演的《女儿楼》、吴子牛导演的《最后一个冬日》和《晚钟》、张泽鸣导演的《太阳雨》、孙周导演的《给咖啡加点糖》等影片相继问世,直至张艺谋导演的《红高粱》在柏林国际电影节上获得大奖,遂使新电影的创作达到了高潮。此后,又有陈凯歌导演的《霸王别姬》、张艺谋导演的《菊豆》《大红灯笼高高挂》和《秋菊打官司》等影片陆续在各类国际电影节上获大奖,从而把大陆新电影的创作不断推向新的艺术高度,使之呈现出新的美学风貌。继第五代导演之后的第六代青年导演,如张元、王小帅、贾樟柯、路学长、娄烨等,仍继续保持着大胆的探索创新精

① 梁良《歧路上的台湾新电影》,《香港电影双周刊》1986年2月27日。

神，并与第五代导演在美学风格上又有不同的追求，他们的不少影片也在国际电影节上受到重视和好评，由此显示了大陆新电影创作的新拓展和新趋向。

两岸三地新电影的创作，形成了华语电影的变革创新浪潮，不仅提高了华语电影的艺术品位和国际地位，扩大了其在世界影坛上的影响，而且培养和形成了一支具有现代性的创作观念，艺术视野较开阔且敢于不断进行变革创新的电影创作队伍。同时，也培养和熏陶了一批有较高审美趣味和艺术修养的电影观众。两者之间的互动，则有利于华语电影持续不断的创新发展。

两岸三地新电影创作浪潮之所以同时勃兴，除了其他原因之外，彼此借鉴和相互促进，显然是一个重要因素。香港新电影的创作浪潮掀起以后，曾给台湾电影界以很大的启示和影响。1980 年，台湾新闻局在主办电影“金马奖”的同时，举办了一个“香港新锐导演作品观摩座谈”活动，特邀部分香港新导演携其作品跟台湾的电影工作者见面。同样，1984 年，当台湾新电影取得了较显著的成绩时，香港艺术中心与《电影双周刊》也主办了一个“台湾新电影选”的展映活动，不仅放映了多部台湾新电影，而且还邀请了一些台湾电影工作者赴港参加电影宣传和文化交流活动。与此同时，“八十年代中国电影”的大陆影片展也在香港举行，除展出了一批大陆新片外，大陆电影界也派出了代表团赴港进行学术交流活动。显然，正是由于两岸三地电影界在相互借鉴中的共同推动和不断努力，才使 80 年代华语电影在变革创新中焕发了新貌，增添了活力，并给此后持续不断的创新发展奠定了良好的基础。

三、交流合作：华语电影呈现整体优势

20 世纪 80 年代以来，华语电影创作所产生的变化是非常明显的，所取得的成就也是有目共睹的。如前所述，这种变化和成就与两岸三地之间的交流合作是分不开的。这种交流合作则是多方面、多渠道、多层次的。既有官方的，也有民间的；既有团体的，也有个人的；既有定期的，也有不定期的；既以电影创作为

主,也涉及电影评论、电影发行放映、电影制片管理、电影教育等各个方面。当然,由于各种原因,大陆和台湾的电影工作者直接交流合作往往会受到一定的限制,不是很方便。但是,通过香港电影机构和电影工作者的牵线搭桥,或参与各类国际电影节的活动,这种交流合作仍很频繁,并产生了良好的效果。

随着形势的发展,过去的许多限制正在被突破,一些有利于进一步交流合作的政策措施不断出台,受到两岸三地广大民众的普遍欢迎。因为加强交流合作,促进共同发展,乃是顺应民心之举,是大势所趋,任何力量都无法阻挡。正是通过持续不断的交流合作,两岸三地的电影工作者才沟通了信息,增进了友谊,密切了合作,在相互学习借鉴中逐步形成了互渗互补互促的创作局面,从而使华语电影呈现整体优势,扩大了在世界影坛的影响。例如,大陆商业电影(娱乐片)的重新崛起和较快的发展就得益于香港影片提供了成功经验。众所周知,自电影传入中国以后,商业电影一直是创作主流,即使在 20 世纪 30 年代左翼电影勃兴时期,商业电影仍然普遍受到重视。这是因为当时绝大多数电影制片公司都是民营企业,拍片都是私人投资,故对影片的票房价值和娱乐功能就十分关注。但是,新中国成立以后,电影制片厂均变为国营企业,电影也更多的是作为一种意识形态的工具,承担起宣传教育的功能;故商业电影日渐衰退,直至完全消失。80 年代以后,在改革开放的形势下,随着电影观念的转变和电影政策的调整,电影的娱乐性开始得到普遍重视;特别是随着经济体制的转轨,即由计划经济向市场经济的过渡,使过去由国家包下来的电影制片厂也开始自负盈亏,自谋发展,商业电影便由此崛起。但是,如何才能拍摄出成功的商业电影,大陆电影工作者缺乏必要的经验,而香港电影则成为他们学习借鉴的主要对象。因为香港电影长期以来在市场化的运作过程中,不仅商业电影的形态较成熟,类型片的样式较丰富,而且电影创作者也积累了较丰富的经验,所以大陆电影工作者能从中学习借鉴不少技巧和方法。同时,大陆的电影市场也吸引了香港的电影工作者,他们也开始进入大陆合作拍片,由此带动和促进了大陆商业电影的勃兴。如 1982 年,香港长城公司、新联公司以中原公司的名义到大陆拍摄武打功夫片《少林寺》，该片由香港导演张鑫炎执导，由大陆武术冠军李连杰主演。影片上映以后不仅风靡大陆、港台和东南亚，而且在美国和欧洲许多国家也受到普遍欢迎和好评。武打片这一类型片则从此在大陆开始盛行。与此同时，香港导演李翰祥也创办了新昆仑公司，回大陆拍摄了历史片《火烧圆明园》和《垂廉听政》，其艺术视觉和技巧手法也给大陆电影工作者以有益的启示。

这种跨地区的合作还表现在香港一些电影机构和大陆电影公司合作拍片或资助大陆导演拍片等方面，其中部分影片在国际影坛上产生了较大的影响，获得了很好的声誉。例如，1992 年，由香港银都机构与中国电影合拍公司联合摄制的、由张艺谋执导的《秋菊打官司》，在威尼斯国际电影节上获得金狮大奖。1993 年，由香港汤臣公司投资、香港作家李碧华和大陆剧作家芦苇合作编剧、和大陆导演陈凯歌执导的《霸王别姬》，获戛纳国际电影节最佳影片奖。类似这样的合作拍片越来越多，其成效也日益显著。显然，这样的交流合作对于解决大陆电影拍摄的资金，推动大陆电影创作的转型及拓展电影市场均是十分有益的。

近年来，随着国家有关政策的调整，大陆电影市场向香港敞开了大门，港产影片进入内地将不受限制，大陆与香港的合拍影片将享受国产片的待遇，港方还可控股内地影院。这些优惠政策的实施，将更有力地促进大陆电影与香港电影的融合与发展。

尽管由于种种原因，大陆与台湾的电影交流合作不像与香港那样便捷和密切，但在双方的共同努力下，通过各种渠道，在各个层面上也使交流合作日趋多样和频繁。例如，1982 年，大陆导演吴贻弓将台湾作家林海音的小说《城南旧事》搬上了银幕，成为一部颇受好评的电影佳作，同时也扩大了原著的影响，推动了大陆与台湾在电影创作方面的合作。1990 年，台湾导演侯孝贤向北京电影学院赠送了自己拍摄的 6 部电影的拷贝，并与该院师生进行了学术交流，从而使大陆电影界对台湾新电影有了更深入的了解。同时，侯孝贤还担任了张艺谋执导的影片《大红灯笼高高挂》的艺术监制，对该片的创作拍摄进行了一定的指导和帮助。近年来，类似这样的交流合作仍在持续不断地进行。

至于香港与台湾两个地区电影工作者的交流合作则是经常、普遍之事，正是在互渗互补互促的过程中，彼此融合的趋势也正在加强。在此不赘。

由于大陆的电影市场广阔，制片机构较多，故吸引了不少港台电影工作者回内地发展。这样既给他们提供了不少新的机遇，也给大陆的电影创作注入了新鲜血液，并带来了一些新的创作观念和创作经验。可以说，正是在这种多方面、多渠道、多层次的交流合作中，华语电影工作者加强了沟通，凝聚了力量，增进了友谊，并在相互的借鉴学习中不断提高创作质量，从而使华语电影创作呈现出整体优势。中国加入 WTO 以后，已进入全球化的市场竞争之中，其经济和文化的发展也面临着更多的机遇和更大的挑战。大陆电影市场更大程度上的开放，以美国好莱坞电影为代表的外国电影文化的长驱直入，都使华语电影面临着更激烈的竞争，并给其生存和发展带来了一定的危机。显然，面对美国好莱坞的强势电影文化，华语电影要想占据国内电影市场的大多数份额，并在世界影坛上站稳脚跟，扩大影响，在国际电影市场上占据一定的份额，就应该采取必要的应对措施。而在各种应对措施中，努力提高影片质量，不断增强自身的竞争力，乃是关键所在。因为电影市场的竞争，说到底是影片质量的竞争。优秀的影片往往是叫好又叫座的，既能得到评论界的好评，在各种电影节上获奖，又能受到广大观众的欢迎，赢得电影市场。影响影片质量的因素很多，提高质量的过程也是一个系统工程，必须认真抓好许多环节。

当然，要应对 WTO，除了提高华语电影的艺术质量外，还应在电影的发行、放映等方面采取相应措施，如建立起完善的电影发行放映网络，并采取符合市场规律的运作方式；要时刻把握国内外电影市场的发展趋向，切实了解各类观众的审美需求，逐步形成与国际接轨的有效机制。总之，两岸三地要进一步加强交流合作，以达到资源共享，取长补短，携手共进，从而使华语电影能以整体优势和独特风格在竞争中取胜。

原载《复旦学报（社会科学版）》2004 年第 4 期

从宁馨儿到混世魔王

——华语网络文学的发展轨迹

黄发有

一

关于中文网络和华语网络文学的起源，应该追溯到《华夏文摘》和 ACT。网络中文杂志《华夏文摘》创刊于 1991 年 4 月 5 日，该刊的宗旨是搭建一个信息平台，加强散播于美国各地的中国留学生的联络，它主要摘录世界各大通讯社关注中国的新闻，也选发一些汉语小说、散文和报告文学，刊登了不少留学生书写的原创文学习作。《华夏文摘》起初通过电子邮件传送，后来才建立网站。ACT 建立之后，《华夏文摘》借鸡生蛋，既选发 ACT 上的张贴，也把 ACT 作为最为重要的发行阵地，声名鹊起。1993 年 10 月，图雅以 ACT 上的佳作为主体，为《华夏文摘》编辑了一期"留学生文学专辑"，产生了广泛影响，好评如潮。1992 年 6 月 28 日，美国印第安纳大学的留学生魏亚桂在该校系统管理员的协助下建立 ACT，它是"互联网新闻组 alt.chinese.text 的简称"，"是国际网络中最早采用中文张贴的新闻组"。起初几个月其空间内张贴的大部分为测试帖和技术性文章，1993 年正式形成中文国际网络。①ACT 初期以简体中文发行，其目

① 见方舟子《ACT 的兴起》，http://www.xys.org/xys/netters/Fang-Zhouzi/Net/actl.txt。

标读者是中国大陆的海外留学生，后来为方便来自台湾、香港的留学生阅读，又推出了繁体中文镜像版，即 alt.chinese.text.big，简称 ACTB。以中国大陆留学生为主体的写作者在 ACT 上发表了大量表达文化乡愁与漂泊体验的文学作品，文体覆盖了小说、诗歌、散文、随笔，这吸引了大量感同身受的留学生读者。“在 ACT 的鼎盛时期，平均下来，每天有两三百封张贴，若遇到非常时期，自然远不止此数……ACT 的特点，就是在掐架的主旋律之下，呕哑嘲哳的百家争鸣。”①有趣的是，最早一批中文网络写手大多数主修理工科，其写作多有自我消遣的非功利色彩。1993 年曾出台过“网文八大家”的评选，入选者为冬冬、凯丽(男)、晓拂(女)、不光、图雅、散宜生、嚎、方舟子等。从现在已经结集成书或散见于网络的创作来看，这些率性而为、随写随贴的文字常有灵光乍现的神来之笔，但总体上还是显得粗糙、散漫。1993 年底到 1995 年初是 ACT 的黄金时期，图雅、百合、莲波、方舟子等人的小说和散文风格各异，缤纷多姿，在吸引众多留学生读者的同时，也激发了留学生的网络写作热情。随着 ACT 的一些活跃分子纷纷出走，先后创办“新语丝”、“橄榄树”、“花招”等网络杂志，又陆续在杂志的基础上建立网站，ACT 分崩离析。ACT 走向衰落的根源，在于原创帖急剧下降，新闻转帖铺天盖地；无所不包的宽容导致了“污言秽语骂大街成了 ACT 的主流”；“英文帖的泛滥和汉字编码的混乱”②打破了“用中文不用英文”的规矩，文化认同感的丧失无异于自掘坟墓。同样值得反思的是，ACT 并非世外桃源，其发展轨迹已经暗示了网络文学未来必须遭逢的危机与困境。出没在此的网人五花八门，“有在那里进行政治宣传和反宣传的，有传教和反传教的，有发表文学创作的，有抄书的，有聊天的，有感慨的，有吵架的，有骂大街的，有讲故事说笑话的，有交流日常生活经验的，有对联猜谜的……甚至还有进行‘学术交流’的”③，内部曾以“黑”(匿名骂人)、“白”(反动宣传)、“红”(紧跟中国政府)、

①③ 方舟子《ACT 的繁荣》，http://www.xys.org/xys/net.ters/Fang-Zhouzi/Net/act.txt。

② 方舟子《发刊词》，http://www.xys.org/xys/magazine/GB/1994/xys.txt。

“黄”(黄色下流)、“蓝”(多愁善感的文学腔调)作为标签,区分不同的网人类型。方舟子在《新语丝》的发刊辞中有言:“几万分世界各地的汉语使用者,黑白红黄蓝各色人等,通过一张无形的网,紧紧地联系在一起。网里的世界,跟人世间的一切也没有什么太大的不同。”ACT 正处于鼎盛期的 1994 年下半年,商业广告与垃圾信息蜂拥而入,阻塞了正常的信息交流与网络阅读。意识形态、商业主义等权利话语的无孔不入,是网络文学难以拒绝的诱惑,也是无法逃避的挑战。

在中文网络文学的萌芽阶段,图雅是一个传奇。网络作家宁财神有这样的表述:“1995 年,图雅应该是最受欢迎的网络人士,虽然从未现身,但方舟子那帮老炮谈起他,都是一脸神往。那时候,图雅靠的应该是文采吧。后来看到一些当年 ACT 的旧人旧帖,任意挑一个出来,搁到现在都可以打遍天下无敌手了。”[①]与那些公布真实身份的早期网络写手不同,图雅自始至终坚守匿名写作。图雅(偶尔也写作涂鸦,昵称鸦)1993 年 7 月开始在国际中文新闻组(ACT)写作,担任过中文电子杂志《华夏文摘》特约编辑,不久因意见不合而退出;参与了“新语丝”中文网的筹备工作;1994 年因《寻龙记》获奖,图雅应主办方要求提供简历,但透露的有效信息仅仅是“五十年代出生于北京”。1996 年 4 月“新语丝”“花招”“橄榄树”“枫华园”等海外中文电子杂志的成员在华盛顿聚会,图雅答应出席,却最终没有露面。1996 年 7 月图雅离网,从此再未出现。图雅在 1995 年 8 月所作的《砍柴山歌》的后记中有这样的自白:“几十万字,信手涂鸦,说明这两年还挺有心情。这个也值得高兴。生活是许许多多大大小小的着急构成的。一会儿要交作业,一会儿要去饭店洗碗,一会儿又要去车站接同学,每一件事都刻不容缓,每一个人都讨债似地追你,一直把你轰进坟里才罢休。这就导致了生命质量的显著下降。在如此劣质的生活中,能‘偷得浮生半日闲’,往键盘上打一篇玩意,不是相当对得起自己吗?”图雅的文字简洁明快、议论机智诙谐、故事活色生香,没有过多的渲染和雕饰,这种隐身、即兴、自由、非功利的写作状

① 宁财神《瞧人家那青春燃烧的》,《芳草(网络版)》2006 年第 8 期。

态，正是真正热爱文字的人对于网络文学的期待。而且，海外留学生在远离母语版图的边缘情景中自生自灭的写作，在很大程度上是自我陶醉的寂寞歌唱，在无所依托的离散状态中摆脱了先入为主的写作框架。图雅的存在，在网络空间点亮了一种纯粹的梦想，推开了一扇半开半掩的精神之门，吸引着追梦的人群去寻觅无限的可能性。在通读收集了他的主要作品的图书《图雅的涂鸦》之后，不难发现居住在“建工部大院”的图雅作为“大院子弟”，对市井里弄的生活万花筒烂熟于心，以冷眼热肠洞察复杂人事背后的尔虞我诈，其小说中不时流露的玩世不恭的意味，为之带来了“网上王朔”的别称。其杂文深入浅出，用娓娓道来的口语化表达借古讽今，指桑骂槐，既说理又解恨。这种风格颇有王小波的神韵，图雅的出生地、年龄段及其在网上独来独往的姿态与王小波的巧合，更是引发了“图雅就是王小波”的种种猜想。其实，图雅的文字也有结构松散、语言讨巧乃至流于油滑的不足，一些篇章失之于虎头蛇尾的草率与故作惊人的漏气。方舟子认为人们怀念图雅的根源在于：“鸦在中文网的三年，恰恰是中文网络同一、非商业化的黄金时代，鸦也因此成了那个时代的一个象征。我们今天怀念图雅，也正是因为怀念中文网那段一去不复返的好时光。”①

二

1995年之后，随着中文网络的不断推广，汉语网络文学的主阵地逐渐向台湾和大陆转移。大学校园是台湾网络文学最有活力的场域，校园的BBS催生了台湾网络文学，1992年建置于高雄中山大学的BBS站成为台湾BBS的滥觞。台湾大学“椰林风情”和成功大学“猫咪乐园”的story版就汇聚了最早一批的网络小说写手，后者在九十年代中后期更是成为引领网络小说的写作和阅读潮流

① 方舟子《怀图雅(代序)》,《图雅的涂鸦》,现代出版社2002年版,第3页。

的领头羊。对网络诗歌创作产生推动作用的校园 BBS 有中山大学的“山抹微云艺文专业站”、海洋大学的“田寮别业”、台湾政治大学的“猫空行馆”等。而最具规模与影响的当属 1996 年成立的“晨曦诗刊”，它横跨了中兴法商、东海大学和清华大学，它以充满理想的文学激情和迎接“台湾诗坛未来所面对的一个新诗的宁静革命”（发刊词）的展望，通过网络诗刊与纸面诗刊的互动来建构跨媒介文学社群，激活校园诗歌的创新意识。同样值得注意的还有由“山抹微云”的创办人之一的 woodman 建立的“尤里西斯文社”，以同人性质的文学社群凝聚拥有共同审美追求的同道，强化认同与交流。遗憾的是，以青年学生为主体的网络社群星聚云散，水流花谢，难以长久。“尤里西斯文社”和“田寮别业”的网人更因硝烟弥漫、剑拔弩张的网络论战而分化，乃至决裂。

台湾的网络文学在文体发展上极不平衡，尽管在商业推广与社会反响方面，蔡智恒、藤井树等人的网络小说都曾红极一时，但真正具有持续推进的后劲，并在艺术上有所突破的文体却是网络诗歌创作。在《第一次的亲密接触》《蛋白质女孩》《一杯热奶茶的等待》《几乎错过的恋爱》速生速灭之后，男生女生之间的情感纠葛成为网络小说难以解开的死结，藤井树、穹风、洛心、王兰芬等后继的写手似乎也在重复泡沫化的情感游戏。2005 年以来，随着部落格（博客）的逐渐普及，日记体的个人化书写蔚然成风，BBS 的浏览量骤降，网络小说的创作数量也直线下滑。

在形式革新方面，1996 年上网的曹志涟的超文本小说《某代风流》先声夺人，而平路的《歧路家园》《禁书启示录》《虚拟台湾》融合多种媒介元素的迷宫体也能为网络超文本小说提供有益启示；但作家着力揭示的却是记忆与历史、词与物、符号与意义之间的悖谬。至于联合副刊 1997 年在“文学咖啡屋”上举办的“多结局小说网路大竞写”，最终演变成奇观、玄虚大比拼，不是陷入脑筋急转弯式的陡转，就是在重复演绎欧・亨利式的结尾。就发展趋势而言，网络超文本小说的实验难以为继。与此形成对照的是，以曹志涟、姚大钧、苏绍连、李顺兴、向阳、须文蔚等为代表的诗人不仅是超文本诗歌创作的先锋，也是网络文学尤其是网络诗歌研究的奠基人。曹志涟(涩柿子)和姚大钧(响葫芦)夫妇的"妙缪庙"、李顺兴的"歧路花园"、苏绍连的"FLASH 超文学"、向阳的"向阳工坊"和"台湾网路诗实验室"等、须文蔚的"触电新诗网"、白灵的"象天堂"等个人网站,为建构超文本诗歌的多向或多文本性、多媒体性和互动性展开了多样化的探索,渐成气象。孙基林认为:"以超文本为范式的网路新文类的出现,为我们跳出传统文学视野而去展望和观察一种新世纪的诗学形态,提供了一次契机、一种范本。对此也不难看出,台湾中生代诗人前卫性、实验性的网路写作,无疑已具有了历史的价值和意义。"①不过,这种超文本实验在陌生化的形式创新的路途上,已显露出越走越窄的危机。须文蔚敏锐地注意到了其潜藏的问题:"本地的青年诗人从事数位诗创作者却仍然寥寥可数,足见数位诗的开发、实验与创新仍有相当大的空间。"②超文本诗歌的探索后继乏人,这种纯粹形式化实验的可持续性也值得深思。

台湾网络文学的发展陷入了艺术与商业的悖反格局,坚持艺术探索的寂寥无声,加入商业狂欢的几乎完全放弃了艺术追求。正如向阳所言:"在网际网路这样迷幻的虚拟之城中,文学社群(无论是旧媒介或新媒介领域)的文本虚拟,相对地更像是断裂的、瓦解的'碎片',被华丽的流金掩饰、遭淫邪的声色鄙夷。文学与网路的连结,因而更陷入吊诡的困局之中:作为文学书写者,到底该加入这个迷幻的虚拟游戏?还是该介入其中抵抗这种被市场逻辑操纵的戏局?"③有趣的是,以《第一次的亲密接触》为代表的台湾网络作品的输入,促动了大陆网络文学走出潜在状态的步伐,其商业路线也影响了大陆网络文学的基本走向。而更具有艺术性的超文本诗歌在大陆反响寂寥,大陆网络文学在文本形式上的探索一直处于偏废状态。

---

① 孙基林《台湾中生代网络诗歌及诗学初识》,《扬子江评论》2008 年第 3 期。

② 须文蔚《台湾数位文学论》,二鱼文化事业有限公司 2003 年版,第 72 页。

③ 林淇瀁《书写与拼图——台湾文学传播现象研究》,麦田出版社 2001 年版,第 213 页。

三

进入新世纪后，大陆网络文学成为华语网络文坛的中心区域。在大陆网络文学的发展历程中，榕树下、天涯虚拟社区、起点中文网是三家标志性的文学网站，也代表着不同时期具有某种主导性的传播风格与经营模式。

“榕树下”的网络沙龙模式

“榕树下”在文学生产流程中延续了传统媒体的操作理念，以作者、作品为本位，对编辑筛选功能的重视阻挡了文学的丰富性，庞大的编辑队伍也提升了运营成本，写作与阅读的互动性极弱，推动文本“下网”的版权代理收益为其主营收入。1997 年 12 月 25 日，美籍华人朱威廉在上海建立个人主页“榕树下”；1999 年 7 月，“榕树下”中文原创作品网编辑部问世，当年 8 月 6 日“上海榕树下计算机有限公司”注册成立。“榕树下”通过公司化的经营与运作，推出在国内最早产生影响的安妮宝贝、李寻欢、宁财神、韩寒等网络写手，陆幼青的《死亡日记》在 2000 年底更是风靡一时。作为个人网页的“榕树下”不以赢利为目的，笼罩着“打开一扇属于心灵的窗口”的理想色彩，在其规模迅速扩大之后，巨额的运营费用成了朱威廉无法承受之重。朱威廉坦承：“当时并没有考虑赚钱，估计每年要投入一百万，这个我是能够承担的。现在不一样了，一年需要一千万才能运营这个事业，必须要有广告的支持。我们的网站是一个团队，我作为总裁要考虑到大家的利益。”①在入不敷出的压力下，在理想与金钱、信念与利润之间拔河的“榕树下”最终以牺牲文学作为抵押，同时把大陆网络文学送上了将人气兑现为金钱的不归路。

不遗余力推动跨媒体战略是榕树下网站核心的商业模式，此举对中国大陆网络文学产生了极为深远的影响。基于此，朱威廉认为把网络文学“改成‘文学

① 曲茹《点击网络文学：朱威廉　李寻欢　宁财神》（访谈录），《作家》2001 年第 9 期。

在网络'更贴切一些"，"所谓网络文学，就是赋予文学更广阔的天地，赋予大家更平等的机会，让文学有更肥沃的土壤，让它在大众的生活中去自由生长"①。"榕树下"除了连续三年举办网络原创文学作品奖评比之外，先后与上海人民广播电台、东方广播电台联合制作文学节目，同上海《文学报》合作开辟"榕树下·网络文学专版"，同上海文艺出版社合作出版"榕树下·原创网络文学"丛书。2000年10月构建起来的"榕树下在线作品交易平台"，成为沟通网络作者与传统媒体的桥梁，为出版社、期刊、报纸等传统媒体寻找网络稿源，"榕树下"也从版权代理中获得一定报酬。尽管"榕树下"也与北京红线影视合作，投资拍摄了三十集电视连续剧《都市守望者》，但反响寂寥，其真正具有活力的还是与平面媒体的合作。通过与多种形式媒体的合作来拓展广告业务，尤其是构建全国范围的广播网，也是"榕树下"赢利模式中的重要一环。"榕树下"的跨媒体战略有力推动了网络文学的"下网"趋势，为传统媒体带来新的生长点，也扩大了网络文学的影响。2002年"榕树下"与贝塔斯曼公司签署战略联盟协议，2006年被民营传媒集团"欢乐传媒"收购。事实上，作为新生力量的博客的崛起，对"榕树下"曾经的王牌——自助式个人文集而言无异于釜底抽薪。尽管在技术支持和网络服务上都无法与大型门户网站抗衡，但"榕树下"不仅对危机缺乏有效的应对，还一味在商业开发上用力，这无异于杀鸡取卵。2004年之后，不思进取、耽于娱乐的"榕树下"风光不再，只剩下末路英雄的那份空架子。

如果用一个形象的比喻，"榕树下"就是一个以文学为主题的巨型网络沙龙。"榕树下"借鉴了纸面媒体的审稿制度，贯彻朱威廉倡导的"始于平凡生活，源自真实感受，挥洒浪漫随想"的编辑理念，一方面提高了发布的帖子的质量，另一方面限制了写手的自由度，也使小资趣味成为网站的文化标签，略显单一和刻板。朱威廉是沙龙的主人，编辑成了相关议题的召集人。"榕树下"按照传统文体分为小说、诗歌、散文板块，这类空间犹如大客厅周围的小客厅，而个人

① 曲茹《点击网络文学：朱威廉　李寻欢　宁财神》（访谈录），《作家》2001年第9期。

自助文集则如分布在大客厅的长廊两侧的小包厢或卡座。由于有门卫（编辑）看护，“榕树下”毋宁说是一个有限度开放的文学圈子。而其整体风格也与欧洲贵妇人举办的文学沙龙有某种隐秘的相似性，用昏暗、朦胧的灯光制造浪漫而暧昧的氛围，激发参与者的灵感、话锋与情调，言说方式有激情澎湃的高谈阔论，但占据主导的是娓娓道来的闲言碎语。从语言风格看，追求典雅优美，也难以避免矫揉造作的怪圈。这种精致路线瞄准的受众群体是大中学生和受过良好教育的城市白领，但画地为牢的局限使其丧失了循环流动的活力，顾影自怜、无病呻吟、东施效颦的文字的反复出现，必然激起曾经的追捧者的餍足心理和逆反心理。因此，“榕树下”的衰落有资本运作方面的原因，而这种模式的天然不足此前一直不曾受到重视。

天涯社区的啸聚江湖模式

1999 年 3 月，由海南天涯在线网络科技有限公司创办的“天涯虚拟社区”，被誉为“国内第一人文社区”。网民自己管理、自由表达是其独步天下的人文特色，网民自愿担任版主，这也帮助网站以低成本运作安然度过 IT 业的寒冬。兼容并包的海量信息，网络民意的多元碰撞，激发了经常出入天涯社区的网民的参与精神，每天 3 万份左右的原创帖子和 150 万份左右的跟帖数量，表明天涯社区培育了自己的作者，更吸引了一大批介入性的读者。按照程序，社区把申请公开论坛版主资格和开设新版的权力向全体成员开放，2006 年还对不同层级的社区管理成员和版主提供一定的物质补助。作为综合性论坛的天涯社区正所谓“家事国事天下事事事关心”，“关天茶舍”版坚持独立的思想立场和学术品格，老冷、王怡等版主摆脱了脱离现实的学究气，将学术讨论与推动公共空间建构的现实关切结合起来，以苦心经营提升了天涯社区的人文品格。正因如此，在网络文学作者和网络文学读者基本持平的 2001 年，天涯社区的崛起使渐显冷落的“榕树下”黯然失色。陈村、宁财神等“榕树下”的台柱在天涯的安营扎寨，折射出“榕树下”沙龙分崩离析的凄清。“榕树下”对作者资源和版权资源的过分关注，个人自助式文集以作者为本位的模版设计，这种关门路线使其成为网络写手自我迷恋的空间，那种逐渐定型的腔调和游离于现实之外的姿态必然遭到网民的弃绝，无人喝彩。2004 年 1 月，天涯社区建立的天涯博客人气高涨，迅速成为顶尖的草根博客网站之一。值得注意的是，天涯的人文品格最为集中地表现在“关天茶舍”版，其他板块具有高度黏性的网民对于公共事件的介入热情和责任意识，也在某种程度上点燃了来自民间的最为朴素的现实关怀，但当这种以正义化身自居的优越感被滥用时其负面性同样不能忽视。天涯社区的不同板块汇聚了身份、背景、价值观念悬殊的网民，他们在明晰的社区主题分类下自由组合，汇聚一堂，颇有笑傲江湖的气派。因此，发布在天涯文学板块上的帖子中，通常情况下只有民间学者的思想随笔具有或隐或显的人文品格，而小说尤其是连载的长篇小说往往具有浓厚的江湖色彩，像西门大官人、慕容雪村笔下的人物更是不时爆出江湖黑话，病态与崇高、纯情与背叛、温情与磨难如同连体婴儿难分彼此，作品的总体基调显得压抑而沉闷。

天涯社区影响最大的文学版是“舞文弄墨”，2001 年西门大官人的长篇连载《你说你哪儿都敏感》、雷立刚的大量小说和散文、心有些乱的长篇小说《新欢》犹如连珠炮发，提升了社区在原创文学领域的影响力。众擎易举，社区网民的追捧也制造出草根化的明星。2002 年任首席版主的慕容雪村贴出连载的长篇小说《成都，今夜请将我遗忘》，作品以肆无忌惮的极端化书写呈现生存的残酷、现实的荒诞和人性的黑暗，轰动一时，作者也成了天涯社区的文学标牌。2006 年在天涯首发的历史长篇小说《明朝那些事儿》，一炮走红，至今余波不息。不可回避的是，天涯社区的异质性也使其呈现出复杂的面相，它在重庆“最牛钉子户”事件中发挥了舆论监督作用；另一方面，卖乖露丑的芙蓉姐姐和兜售性隐私的流氓燕都在此暴得大名，女教师“竹影青瞳”在天涯博客张贴裸照的事件更是以单日访问量 150 万人次“弄瘫了天涯社区”。2005 年，在引发主流媒体围观的“卖身救母”事件中，进行真相调查的八分斋、金官人在正义的名义下对当事人构成不公正的侵犯。2006 年天涯网民在“铜须门事件”中通过“江湖追杀令”展开极端“人肉搜索”的过激反应，危害了当事人的隐私权，对他们的生活造成了极其恶劣的影响。

天涯社区的这种江湖习气和草根气质，也使在此受到追捧的原创文学具有内在的幽暗性，或者说是明灭不定的野火性格。就具体创作而言，最为典型的恰恰是影响最大的《成都，今夜请将我遗忘》。男主人公陈重沉醉于放纵的生活，甚至勾引最好朋友的未婚妻，他以无节制的欲望追逐毁灭了婚姻，却把罪责归结为妻子赵悦的背叛。外来打工妹“油条西施”因陈重的肉欲泛滥而自暴自弃，主人公却有这样的内心独白——“是什么让这个单纯质朴的姑娘变成了一个舞女，甚至是一个妓女？在那间阴暗龌龊的舞厅里，我想，是我，是这个城市，还是生活本身?”这种追问与质疑用伪装的道德感来掩饰自身的道德沦丧，将自身的罪责嫁祸给“生活”和“社会”，用抒情的追忆与感伤的独白作为赤裸裸的肉欲描写的玫瑰色包装，“社会批判”成为开脱自我的遮羞布。这真是一种帮助阅读的网民解除道德焦虑的特殊疗法，而且多次放纵之间放慢节奏的过渡，在某种意义上又是强化悬念的手段。由于“点击率至上”是网络上草根明星得以走红的秘诀，半遮半掩的“欲望辩证法”和“暴力美学”就成了出奇制胜的利器。另外，天涯社区为了改变在赢利上长期弱势的状态，试图建立多元的收益机制，即传统网络广告、社区精准并互动的广告、开发虚拟人生游戏相互结合，借助朋友圈和明星墙，把天涯网民较强的认同感转换成商业推广的信誉度。正如天涯社区的总编辑胡彬所言：“涉及民意的网络论坛要搞实名制，不是做不到，而是没有好处。中国人有个特点，一实名就讲假话，那就不好玩了，也就没有价值了，匿名才说真话，才有看头。但是电子商务不实名没法做。中国一方面鼓励互联网产业发展，一方面又担心它动摇现有体制。”①这种民意与信用之间的冲突、人气指数与商业价值的两难，也必然对其文学版的书写风格与阅读趋向产生潜移默化的影响。

---

① 李幸《Web2.0 对新闻、文化传播与流通产业的影响——与天涯社区总编辑胡彬聊天记》，《现代传播》2008 年第 5 期。

起点中文网的娱乐资本模式

起点中文网2002年6月由吴文辉、林庭峰等玄幻小说写手建立，起初是规模不大的个人网站。2003年10月全面实行付费阅读，推行分级付酬的网络版权签约制度，商业化运作迅速提升了其知名度与影响力。付费阅读模式并非起点中文网的原创，但其运作模式获得了超高的媒体关注度，也受到受益的网络写手的拥护。起点中文网开发的VIP阅读模式的主要特点为："一是对网上优秀作品进行签约，前半部供读者免费试阅，后半部需付费阅读；二是以章节为单位，按每千字二分钱的价格进行销售，如仅选择部分感兴趣章节，费用更低；三是作者可获得用户付费额的50%—70%作为基本报酬，且按月结算；四是作品创作、发布、销售、反馈以分钟为间隔，作者与读者实时互动；五是尊重版权、严格准入，每个作者必须提供真实身份，对新上传作品必须声明版权所有权。"① 2004年10月，起点中文网被主营网络游戏的上海盛大公司以1600万人民币全资收购。据盛大文学公司CEO侯小强介绍："现在付费阅读是我们最重要的模式，占了60%以上。我们在努力拓展新的商业模式，无线看书、线下出版、广告、影视改版、游戏授权，等等。《盘龙》游戏版权，我们卖了300万元，之前《星辰变》游戏版权也卖了100万元。我们的作者中，通过版权运营，收入过百万的作家已有十人，收入过十万的有近百人。"②2008年7月，盛大文学公司成立，旗下包括起点中文网、晋江原创网和红袖添香网。晋江原创网创立于2003年8月，红袖添香网1999年由孙鹏等几位网络文学爱好者创立，这两个网站是中国大陆影响最大的网络原创女性文学基地，纸面出版的言情小说版权80%来自这两家网站。

主流化、产业化、社区化是盛大文学公司的核心战略，其实消弭网络文学与传统文学分野的主流化与加强互动性的社区化都只是手段，产业化才是真正目

① 黄坚《盛大开辟网络文学新"起点"》，《解放日报》2008年6月9日。

② 黎炜《出版，一切都有可能——访盛大文学CEO侯小强》，《中国编辑》2009年第4期。

标，即通过与传统文学制度的结盟，不断提升加盟网站的流量与人气，实现版权代理的利益最大化。盛大文学通过与中国作家协会的合作来推动主流化进程：2008 年在起点中文网推出“三十省作协主席小说巡展”，一年后仅有的一位正主席张笑天以《沉沦与觉醒》战胜一干副主席夺冠，媒体认为有“议官排文”嫌疑。作协主席们的大作在网上的最高点击率仅为 230 万，远输于网络作者动辄数千万的点击率。大量网民认为主席们“自取其辱”①。2009 年 6 月，中国作家协会下属的鲁迅文学院与盛大文学公司、中文在线联合举办一期“网络文学作者培训班”。在网络文学进入正统文学体制的发展过程中，强化主流弱化边缘是无法逆转的主旋律。值得注意的是，网络文学依靠庞大的年轻网民的高点击率与舆论支持，借助其时尚色彩与强大的吸金能力，在一个利润至上的商业语境中具备了成长为新主流的可能性，对以权力观念和等级意识为核心的主流体制产生冲击与改塑作用，边缘与主流在相互渗透、相互融合的互动中呈现出更为复杂的结构。这样，网络文学采用不同的表意形式和文化姿态对主流形成挑战，在暧昧的对抗中建构自己符号化的形象和身份，最终和主流文化达成妥协。

盛大公司总裁陈天桥认为文字是故事的起点，并宣称“文学是一切娱乐的起点”②。对于网络原创文学而言，盛大文学公司真正感兴趣的只不过是以玄幻、盗墓、言情为核心的类型小说，其旗下网站根据题材类型设置板块的结构就是明证。起点中文网在《鬼吹灯》《星辰变》《盘龙》等长篇类型小说版权运营上的成功，使这种偏废的文类倾向得到商业激励，变得日益突出。另一方面，起点中文网的“天行健”作者签约计划要求作者每月发稿量至少十万字，把故事拖得越长越好。高点击率的网络小说在出版纸质书时都采取系列化形式，像《鬼吹灯》出满了 8 卷，《星辰变》总共有 18 集，《盘龙》总共有 21 集。文字越来越拖

① 茅中元《张笑天笑傲文坛　郑彦英位居亚军——“三十省作协主席小说巡展”公布结果》，《大河报》2009 年 9 月 1 日。

② 吉颖新《盛大文学：文的国还是商的国？》，《中国企业家》2009 年第 16 期。

沓，篇幅越来越长，文学的抒情、诗意、形式创新、语言修饰等经典元素统统被抛弃，只剩下冗长的情节和离奇的故事。

“文学”作为资本运营的一种概念，作为包装的外在糖衣，迅速被强势介入的商业力量所粉碎。侯小强认为：“现在我们对文学的态度，不是把它看作一般意义的文学作品，而是一个个有价值的商业版权。”①其实，在公司的框架下，“文学”怎么样并不重要，关键是具有商业价值。盛大文学建立“网络作品—电子收费—书籍—电视剧本—漫画和动画—网络游戏”的版权流通机制，其重要目标是包装上市。盛大公司在娱乐传媒产业内部以参股、收购等资本运作方式进行全方位的行业扩张，整合行业资源。盛大网络旗下包括盛大游戏、盛大在线与盛大文学三大核心业务，而其中最优质的资产——盛大网游的目标是在纳斯达克上市，盛大文学以及盛大在线业务也将被分拆上市，最终将盛大网络打造成一家控股公司。②盛大文学公司仅仅是多元化产业格局中的重要一环，通过娱乐与资本的双向整合挖掘行业内部的资源协作价值、资本增殖价值和品牌衍生价值；在“大娱乐”观的视野中构建多元互动的娱乐营销平台，形成环环相扣的娱乐产业链，开发新型娱乐产品。

四

曾经为网络文学摇旗呐喊的陈村从坚信网络文学“前途无量”③到慨叹“我的希望落空了”④，见证了网络文学从无限可能的宁馨儿成长为一个随波逐流、五味杂陈的混世魔王的浮沉。网络文学作为一个“妾身未明”的暧昧存在，具有瑕瑜互见的“恶魔性”特征。“德语中的‘恶魔性’(DAS DAMONISCHE)，既是

① 吉颖新《盛大文学：文的国还是商的国?》，《中国企业家》2009年第16期。

② 见曹敏洁《盛大吞华友，文学业务先上市》，《东方早报》2009年6月10日。

③ 陈村《网络两则》，《作家》2000年第5期。

④ 张英、漆菲《“我的希望落空了”——老网友陈村目睹网络文学十年怪现状》，《南方周末》2008年10月9日。

指一种以‘创造性与毁灭性的因素同时俱在’为特征的、宣泄人类原始生命力的现象，又强调其运动过程中毁灭性的因素是主导的因素，是在破坏中隐含着新生命的创造。”①

我使用“混世魔王”概念，意在概括网络文学的四重面相：其一，网络文学在与传统文学的对抗、渗透中改塑文学生态，对既定的文学秩序不断产生冲击或扰乱作用，点燃了传统文学阵营的潜在抵触。这正如王夫人在《红楼梦》第三回中对贾宝玉的排斥：“我有一个孽根祸胎，是家里的混世魔王。”网络的技术优势所带来的某种程度的不可预测性，也容易激发传统文学主体的内在恐慌。其二，网络文学对于戏仿、恶搞等手法的偏爱，对迷乱的欲望和时尚的声色的沉迷，导致了娱乐倾向的过度泛滥。有研究者认为：“近几年在网络上兴起的所谓玄幻文学，其现实根据则基本上是被抽空的，文本专注于对魔法、异能、魔力、宝物、怪异事物、神秘气氛的渲染，在奇思异想、玄思妙想、胡思乱想的纵情驰骋中，放逐了对现实社会的指向和内在的生活逻辑根据。在以绚丽的幻景和奇异的魅影建构的一片片硕大的废墟漂浮物中，惟独‘人’的形象已消失得无影无踪。”②网络写手对主流的不满与抗拒，往往通过嬉皮笑脸、鼠首两端的扭曲方式表达出来，最终沦为恶作剧式的胡闹。其三，网络文学在混杂的乱象中呈现出菁芜共存的杂糅现象，但用过即扔的垃圾化倾向是其很难绕过的陷阱。更为重要的是，膨胀的享乐意识与善于变形的投机倾向可以随时改变其旨趣与方向，当商业利益和主流文化向它伸出橄榄枝时，它迅速地改头换脸，成为利益的傀儡与走卒。其四，网络空间相对自由和开放的舆论环境，为受到传统媒体排斥的审美追求与异质声音保留了生长的空间，也为草根化的文学新人的成长提供了土壤。综合运用图像、动画、音乐元素的跨媒介互文写作和超文本多向性写

---

① 杨宏芹《试论“恶魔性”与莱维屈恩的音乐创作——关于托马斯·曼的〈浮士德博士〉研究》，《当代作家评论》2002年第2期。

② 武善增《“人”在幻象与魅影构建的废墟中失踪——浅析网络玄幻文学的审美困境及其表征的文化症候》，《扬子江评论》2008年第3期。

作，也为新文体、新风格的孕育、生长和发展带来了可能性。当然，这些可能性也往往在复杂的场域中凋零，或在扭曲的状态中变异。

原载《当代作家评论》2010 年第 3 期

回归后香港话剧的文化回归

梁燕丽

踏入新世纪门槛之初，香港回归也迈进了第五个年头，回归后文化委员会的首份咨询文件正式出台，明确了“源远流长的中华文化，是支持香港文化发展的庞大宝库”。①同年10月，康乐及文化事务署举办“中国传奇”艺术节，以中国传统为号召，并称之为“传奇”。2001年陈敢权先生的《边城》和荣念曾等的《佛洛伊德寻找中国的情与事》，及2002年张秉权先生的《阳光站长》以各自的方式响应了香港的文化回归问题。而其响应方式的不同，亦可从“改编”这个角度审视，即不同剧作家如何处理中国传统在此时（新世纪）此地（香港）所遇到的问题。传统，不是为继承而继承，今天重提传统价值，如果它们不能解决今天的文化冲突和矛盾，不能超越原先概念的限制和缺点，那可能会制造出更多新的问题。而一个活的传统是动态发展的，能够响应时代的挑战，往往就能在冲突和碰撞中造就转化的可能。回到剧场，剧作家作为敏感的文化诠释者，掌握一套艺术表现的语言，也即“以他们独特的方式参与了改造、改编传统的文化工程。他们的创作或出于寻找自身的文化身份，或直接探讨、反思中国传统，其实就是将已内化到心灵的文化传统反刍出来再重组、改造、转化”。②

---

① 2001年3月19日发布的《文化委员会咨询档》。

② 参见林聪编《临界点上——香港戏剧2001》，国际演艺评论家协会（香港分会）2004年版，第1—2页。

一、回归乡土中国:陈敢权的《边城》

陈敢权改编自沈从文的《边城》,创作出一个回归乡土中国的音乐剧《边城》。场刊上编导的自我定位是“乡、情、音乐剧”,故事情节和人物形象大抵相同,值得注意的是此剧的双重改编:改编的第一层在形式方面,即从小说改为音乐剧,音乐剧来自西方,在英美现代剧场占有重要位置,香港早期只在英人圈子中以英语演出为主,但自 1980 年代音乐剧在翻译剧和原创剧中兴盛起来。炙手可热的美国百老汇音乐歌舞剧《梦断城西》、陈钧润翻译的音乐剧《有酒今朝醉》、方家煌翻译的《武士英魂》等,影响所至,一些本地创作剧开始探索音乐、歌舞成分融入话剧,如杜国威多次重演的《我和春天有个约会》《Miss 杜十娘》;演艺学院首演的《秋城故事》,演戏家族首演的《遇上一九四一的女孩》,潘光沛制作的《风中细路》,中英剧团制作的《人生唯愿多知己》,春天制作的《播音情人》,还有于 1994、1996 和 1997 年三度公演的《城寨风情》,这些极受观众欢迎的剧目,其中尤以粤语演绎的音乐剧渐成一时之盛。音乐剧融合了戏剧、音乐、舞蹈等丰富的舞台元素,无论是演绎西方戏剧故事,或是中国故事、香港故事,在表达方式上既受到西方音乐剧的影响,也契合中国戏曲歌、舞、剧融合的审美心理定势,所以特别能引起观众的共鸣。

音乐剧《边城》一个更重要的处理是对“真实”乡土的改编,语言由白话文改为广东话,意味着原著中浓浓的地方色彩由湘西转为香港本地;剧中演唱的许多歌曲,也属于岭南的民歌、渔歌,带上了香港的本土感性。陈敢权凭借才气灵性和独特风格把作为异托邦的湘西世界,变成香港人的原乡/故乡的隐喻。于是,相对于沈从文,《边城》是自我的乡情寄托,是经历过五四新文学热潮之后,作家回归民间的写作,也是 20 世纪 30 年代中国人在走向现代化、城市化历程中的乡愁和乡土情怀;但对于 21 世纪初的香港,在回归后的文化回归潮流之中,陈敢权选择现代作家沈从文的底本,湘西作为一个乡土中国的象征,承载的也许更多是香港人的国族想象和原乡想象，并非被妖魔化的中国和原乡，而是自然景色和人性人情都美不胜收的想象，作为与一切现代性话语霸权相对照的乌托邦存在。故此音乐剧《边城》诉诸自然和乡情（或乡愁）的用意十分明显，既以翠翠和二老的爱情故事为核心，亦展开描写了乡土的种种人物、事件和自然景观、生活细节，凸显中国乡土民风的质朴淳厚、人性的善良美好和心灵的澄澈纯净，全然不同于商业化都市的紧张关系。翠翠的爷爷在碧溪咀摆渡是吃公粮，因此他总是拒绝过渡人的小费，而四乡五里的人们也都乐于帮衬着这爷孙俩，过年过节给他们送一串粽子，一条猪肉什么的。爱酒如命的爷爷，却会慷慨地请路人喝酒，甚至被连酒带葫芦地“抢走”，也发自内心地乐意“给予”。这里的人天生天养、纯朴厚道，言行举止中透露出一股洒脱大方、正直义气的古风古道，没有现代人的自私算计和尔虞我诈。主角二老不要大碾坊，宁要摆渡船，作者深层的寓意也许是翠翠与二老的爱情，是一种深深植根在乡土中的美丽情愫，是一种自然造化之因缘，是人们最内在的生命诉求，非王团总女儿的嫁妆和外貌所能取代和媲美。陈敢权深深领悟了《边城》的精髓，更用自己独特的语言概括了全剧的灵魂：“翠翠二老是一对，整个宇宙都幸福。”而放在新世纪香港对《边城》的重新演绎，结尾翠翠的话“他或者永远都不会回来，或者明天就回来”①，就不但是一个爱情理想实现的期盼，也是一个回归乡土中国的呼唤。如果说香港150多年殖民历史与中国的隔离是一种国族与血缘之根的失落，那么现代人与传统的疏离可说是一种精神家园的失落，香港回归在历史文化层面是一种寻根与续根，在人文层面则是一种精神家园的重建，在20世纪全球都市化的背景下，这种回归在空间上是指作为原乡的乡土中国，在时间上则指“前工业社会”的乡土生活。回归自然乡土，是现代城市人对乡愁的一种寄托，对于香港这寄托又包含着对原乡/国族的积极想象：翠翠的纯真，爷爷的耿直和厚道，原乡生活的质朴淳美等。然而，翠翠和爷爷的生活环境无论是在30年代北京的

① 林聪编《临界点上——香港戏剧2001》，第237页。

沈从文笔下，抑或在新世纪香港的陈敢权笔下，其实都已仅仅是一种乌托邦的存在。那么诉诸乡情（或乡愁）的《边城》，香港剧评人林聪先生提出这样的问题："假若要响应的是当代的文化危机和香港人的'乡土中国'情结，剧中寄托的典型乡愁是否需要作某种程度的改编以至解构？"①

二、解构和建构：《佛洛伊德寻找中国的情与事》

荣念曾、胡恩威编导，进念·二十面体（简称"进念"）演出的《佛洛伊德寻找中国的情与事》就是一个对中国传奇《牡丹亭》的改编和解构，创造出一个港式国族寓言。响应"源远流长的中华文化，是支持香港文化发展的庞大宝库"的要求，2001 年 10 月香港康乐及文化事务署举办"中国传奇"艺术节。《牡丹亭》就是一个南宋传奇，这个传奇在明代被汤显祖改写成舞台剧，从此被奉为戏剧经典，历代历次作出的搬演也都是一次次改编，这改编本身已经构成一个传统。香港剧场的《佛洛伊德寻找中国的情与事》，自是一次与众不同的回应"传统"，弗洛伊德是 20 世纪初期著名的心理学家，他的著作《梦的解析》被誉为"改变人类历史的书"，"进念"试图由他的理论出发，解析汤显祖的《牡丹亭》，一个中国明代以来最著名的梦，《牡丹亭》中的折子戏"叫画"成了戏中戏，其核心情节则是石小梅以一身黑色便衣再演《牡丹亭·叫画》的两幕戏，但这并不是又一个中国戏曲现代化的创作实验，而是对另一更宏观的文化题旨作注："脱去"传统戏服"再演"《牡丹亭》这"经典"所代表的是一种对传统的解构。传统戏剧是一种倚重文本的扮演，"进念"却是演员借用柳梦梅和杜丽娘的角色身份和自我身份进行的表述与呈现。先是演员石小梅出场唱昆曲，落妆后，她以女演员身份再唱刚才的一段戏，这段剧情的处理非常美丽而且耐人寻味，艺术与真实的关系，表演与再表演的关系，曲折而有层次的解构给人留下深刻印象。最后两场石小

① 林聪编《临界点上——香港戏剧 2001》，第 6 页。

梅便装演《牡丹亭》的一段重现，舞台用上大量的多媒体录像效果，在光影舞动和混音变奏下，“再现的再现”如梦如幻，将传统/现代的糅合赋予一种独特的感官体验，显示出一种现代人对传统的感觉重组。①

可见，《佛洛伊德寻找中国的情与事》回归传统与解构传统并行不悖。在此回归与改编并不是为了再现传统舞台，而毋宁说是让今天的人去“思考这个舞台和那个舞台的关系”②，因此如何处理旧框框确是“一个问题”，用剧中独白者的话说是“我跟着你的规矩，是不是太没自己？”第六场《变奏》中舞者在台上的“后设”演出或许可视作这“跟着规矩”的挣扎：舞者最初是跟随、模仿石小梅的动作，“形”“影”不离；其后开始慢慢分裂，“影”随“形”变，生出了自己，但始终在跟与不跟之间。“是不是太没自己”这个提问方式预设了一条向内寻找“真正自我”的路，沿此思路的确会遇上弗洛伊德。③弗洛伊德一系列的理论就是要将内化到个人、民族心理结构的积淀来一次彻底的解构，在此显现为脱去“戏服”是个英雄式的举动，当中的过程天人交战，剧中独白那种在压抑下要挣脱枷锁的呢喃比高声呐喊更具张力。但舞台艺术实验并非“进念”的唯一目标，“进念”只是将舞台实验当成社会实验的预演。有人说：“进念一直致力于以毫不妥协的姿态为剧场观众提供另一种形式的政治思维。这个文化空间，在策略上是开放的，而所谓政治的内容则刻意腾空，留待个人以不同的生活实践予以充实。”④诚然，《佛洛伊德寻找中国的情与事》涉及敏感的文化结构和政策问题，引入弗洛伊德的观点，并非只是探讨人类心理问题，更是要探讨社会政治问题，但表现出来往往只是几句简单的念白。例如：

　　一般人的看法

　　在心理层面上

---

① 林聪编《临界点上——香港戏剧 2001》，第 3 页。

② 荣念曾、胡恩威《佛洛伊德寻找中国的情与事》林聪编：《临界点上——香港戏剧 2001》，第 32 页；以下原文引用同出此剧此书的，恕不一一另注。

③ 参见林聪编《临界点上——香港戏剧 2001》，第 3 页。

④ 陈清桥《政治的进念・进念的政治》，《明报》，1990 年 9 月 26 日。

自我必定掌控一切
自我完全控制本我
这种看法不正确
超越一定范畴之后
本我不受意志控制
——弗洛伊德 1930

他觉得很多人都有这样想法
认为在政治层面上的制度
是可以掌控一切看法做法
体制完全能主宰控制创意
这种看法做法其实不正确
因为超过一定的范畴之后
创意根本不受现场控制

“进念”以自己的方式挑战剧场内外的规矩，改编并非要把原著搬上舞台，也不追求故事的追述，而是以对经典取其一点、借题发挥的挪用与解构，回归传统变成反思传统，改编艺术变成质疑剧场，演绎情爱故事的外壳，隐含着社会政治的内核，最终在中西遇合中创造了一个港式“国族寓言”。然而，个人与时代，个人与社会现实，个人与历史文化传统，乃是一种辩证关系。剧作进一步追问的是，将“里面”的本我和“外面”的传统、制度、意识形态等对立、二分起来是否可能？是否真的可以心如白纸（剧中道具反复出现一张白纸）？沿着这种弗洛伊德式的、往最深处发掘的思路走，最终迫出这样一个问题：个人生命也好，文化生命也好，它们之间在最核心的地方有没有共通的地方？借用剧中的一句呢喃：“里面的里面还算不算是里面？”剧作在此只提出一个诘问，但已足够令人深思，而舞台上更直观的物象表征，就是那张红椅连环套，椅中有椅，剥了一层，还有一层。如此看来，《佛洛伊德寻找中国的情与事》的实验行出台框，是为了再次重返舞台，其解构和建构都是为了突破戏剧舞台的边界，并以表演艺术的身份，介入社会、政治、经济、文化的宽广剧场，以知识分子的姿态向权力言说真理，将艺术虚构的自由转变成乌托邦的社会理想。

三、回归知识分子传统：张秉权的《阳光站长》

致群剧社演出的《阳光站长》，以林徽因和梁思成下半生的故事为经，以中国建筑史为纬，展现中国的文化灾难和知识分子的梦想。创作者张秉权先生说："写的是知识分子的梦，报国的梦，因为不合时宜，因此美丽的方案到底只能成了梦"。[①]诚然，剧中围绕林徽因、梁思成的古建筑之梦，牵引而出是一群中国现代知识分子，梁启超、胡适、徐志摩、金岳霖等，无论他们所从事的学科领域是什么，也无论他们救国图存的思想主张有何差异，他们都深知中国传统文化的价值，而无一例外都具有承担精神和执着梦想。剧作展开的情节主要是林徽音、梁思成夫妻的生活和情怀，《中国建筑史》的著述，五台山佛光寺的实地考察，营造学社的宏伟计划等，运用时叙交错、虚实相映作为故事结构，使梁启超、胡适、徐志摩等联袂登场，既表现主角的精神牵挂，又凸现知识分子群体的互相影响，剧中人的独白、对白，来自真实也好，想象也好，都渗透着文化承担，都是"为中国文化的前途"着想[②]，例如：

梁(思成)：(沉醉在自己的希望中)最好就是发现到唐代建筑，木楼是中国建筑的基本形式，但是我们至今仍未发现一座真正的唐代木建筑。真遗憾！

金：唐代木建筑真的这么重要？

梁：中国建筑是一个高度"有机"的结构。孕育并发祥于遥远的史前时

① 张秉权《梦与真实》，卢伟力编：《烟花再放——香港戏剧 2002》，国际演艺评论家协会(香港分会)2005 年版，第 186 页。

② 张秉权《阳光站长》，卢伟力编：《烟花再放——香港戏剧 2002》，第 199 页。

期，到宋代达到完美，风格醇和，这一点很多人知道。但是，早在唐代已经成熟，风格豪劲，就不是很多人知道了……因为我们没有唐代遗物！

王：反而日本就有一座保存得很完整的唐代建筑。奈良的招提寺，是鉴真大师亲自设计的。

胡：日本气候湿润，本来并不适宜保存木建筑……

王：但是他们内战比较少，即使有，破坏也不算大。

林(徽音)：更因为他们领袖知道爱护古物，不像我们二千年以来的革命元勋，人人都效法项羽，得天下之后，都尽去前朝文物，以为这样才算威风！①

从佛光寺到万里长城，梁思成、林徽音以中国建筑史为追寻文化发展的导引，"其学术精神圣洁可歌，却敌不过时代的洗礼和人为的破坏"。②第四幕中"城墙公园上的生日会"，梁思成不仅呼吁长城应被善加保护，更希望人类皆能珍惜任何形式的文化遗产，因为文化本身是超越时代、政治，甚至国界的。然而剧中情境如梦如幻，观众恍过神来，才知道传统文化的源远流长和根深叶茂，原来只是知识分子的一场春梦，轻率地摧毁才是真实的历史。但正如作者引用契诃夫的话："我梦见，我所认为真实的；仿佛是梦，而梦却是真实的。"③梦与真实的关系昭然若揭。无论如何，张秉权先生《阳光站长》以传统建筑/文化所承载的国族想象在"难免沉重"中带着一股"阳光般的温馨感觉"。④

原载《文学评论》(香港)总第32期，2014年6月

① 张秉权《阳光站长》，卢伟力编：《烟花再放——香港戏剧2002》，第199—200页。

②④ 佛琳《阳光般的温馨感觉》，《信报财经新闻》，2003年1月8日。

③ 张秉权《梦与真实》，卢伟力编：《烟花再放——香港戏剧2002》，第186页。

消费文化视域下的话剧市场热点剖析

杨新宇

2007年是中国话剧诞生100周年，较之两年前纪念中国电影诞辰百年来说，话剧的纪念活动要冷清得多，甚至有些学者还不无哀惋地感叹：话剧百年好似也是话剧千古。一方面，百年话剧剧本创作本身的确比较贫弱，除曹禺的“生命四部曲”外，经典的原创作品屈指可数，而这少数作品几乎没有一部达到曹禺作品那样家喻户晓的知名度，另一方面，话剧表演在普通观众的艺术欣赏视野中也越来越淡出。然而就话剧市场来说，昔日的话剧危机已基本得到化解，上戏的副院长孙惠柱教授说：“1999年我刚回到上海的时候，中国戏剧走到了谷底，很多来访的外国朋友不解地说，上海这么大的城市，怎么会连一台戏也看不到？现在就不同了，每天晚上都有几台戏，艺术节的时候甚至有十几台。”①毕竟话剧作为一种传播媒介，它的演出与话剧文本的原创并不能划等号，在国内的超级城市，如北京、上海等，每晚的话剧演出可谓如火如荼，这是顺应体验经济的发展而出现的必然趋势，现场活人交流的体验比之电影机械制成的银幕平面要鲜活得多。然而由于话剧艺术现场表演的特性，演员付出的体力与精神成本甚高，不可能像电影那样可以无限期地多家影院放映，这必然导致话剧的票价高昂，目前电影票价已不是普通居民所能承受，话剧票价高出电影票价又何止

① 孙惠柱《莎士比亚对我们今天的意义》，《文景》2008年第1、2期合刊。

一倍两倍。在这种情况下，看话剧还是不看话剧，成为一个问题，选择什么样的话剧观看必然成为多数观众首先要考虑的问题。同样，选择什么样的剧目排演能够吸引观众，保证票房，也成为话剧团体需要考虑的关键问题。电影市场的消费热点相对比较单一，目前，明星主演的强调视觉冲击的神怪奇幻大片占据了市场绝对主导地位，而话剧市场相对复杂，在剧目的题材、体裁以及表演等诸多方面，都有着可能吸引观众的元素，如何将这些元素充分挖掘，调动乃至融合起来，是使作为文化消费品的话剧能够卖个好价钱的制胜法宝。

一、白领话剧的康庄大道

自上世纪 90 年代中后期以来，随着北京、上海等大城市都市化进程的加快，城市形态日渐成熟，都市白领作为一个新兴阶层迅速崛起，越来越成为社会中坚，他们的消费趣味左右着都市的时尚潮流，白领话剧于是焉应运而生。据说“白领话剧”的概念是由上海的民营剧团“现代人剧社”提出的，而它的观众群就定位在都市白领。作为民营剧团，它的生死存亡完全依赖于其市场运作，将目标受众定位在白领阶层当然是有其独到眼光的。从文化消费的角度来说，“大都市的文化消费类型主要有三种，一种是以电视和全国性报纸等主流媒体为核心的公众消费；一种是以畅销书、杂志、专业小报等边缘媒体为核心的阶层消费(按年龄、性别、爱好划分)；还有一种是以音乐厅、展览馆、小剧场等都市文化为核心的阶级消费。一般来说，第三种文化消费群体中，基本上没有打工族和赤贫的流浪者，而主要是白领、知识分子、艺术精英、文化官员”。①尽管我们不一定同意“阶级消费”这一生造的术语，但很明显在欠缺话剧传统的中国社会，话剧的确属于高端消费品，长期以来一直存在着“话剧究竟属于大众还是小众艺术”的争论，但纵观百年话剧史，除却特殊年代如抗战时期等，话剧一直是大

① 张柠《文化的病症》，上海文艺出版社 2004 年版，第 169 页。

城市中的风景，是都市文化的产物，这一传媒特点决定了它的观众群是非常有限的，话剧当然有培养观众的任务乃至追求，但在很大程度上，它培养的只是小众当中的大众，即努力影响小众当中的可能观众群，而对于更庞大的低学历、低收入的人群，它们之间的交流渠道基本上是阻滞的。“据上海市话剧中心的观众调查表的统计数据显示，上海目前较为稳定的话剧观众群体大约为五百万人，其中，办公室‘白领’占到了五分之三，其他一些观众群体包括教授、大学生、艺术工作者等等，而教授和文艺工作者的一部分也可以算在‘白领阶层’的范围之内，大学生在未来时态上来说是将来的‘白领’。”①因而相对于其他话剧团体，尤其是国有剧团来说，虽然白领话剧只能是话剧中的一种类型，但它们的话剧观众群显然也和“现代人剧社”一样，绝大部分来自于白领阶层。

所谓“白领话剧”，并不是一个经过严格界定的术语，有一种说法是表现都市白领生活，反映他们的情感状态的话剧是白领话剧，这样的定义未免过于狭窄，广而言之，白领话剧应该是在话剧商业化的趋势之下出现的迎合都市白领品味，切合他们的心理特点的一种通俗话剧形式，其题材也应是多种多样的，并不一定限定在家庭剧尤其是言情剧的范围之内，尽管表现白领阶层情爱生活的作品的确占了很大的比重。近年因阿加莎·克里斯蒂的推理小说改编的《捕鼠器》《无人生还》等作品票房火爆，1 月 30 日的《新民晚报》上就有记者提出“‘白领话剧’走到尽头，‘悬疑话剧’取而代之”，事实上悬疑话剧作为一种通俗话剧形式，其环环相扣的故事和层层剥茧的推理十分吸引白领观众的参与，白领观众一般具有较高的学历，具有较强的心智和思考能力，正好可以成为悬疑话剧的称职观众，因而悬疑话剧完全可以看作是白领话剧的一个新品种，或是白领话剧独辟蹊径的开拓。此外像《红玫瑰与白玫瑰》《倾城之恋》等并非表现当下都市生活的话剧也应属于白领话剧之列。而“传统”意义上的白领话剧也并未走到尽头，仍然健步如飞，如上海话剧中心已连续五年推出的贺岁剧就都是白

① 周春雨《“白领话剧”现象略论》，《上海戏剧》2002 年第 12 期。

领话剧，今年的《和谁去过情人节》仍然颇受观众欢迎。

由于都市白领的年龄段正处于中青年阶段，而白领话剧的编导演，典型如“现代人剧社”的主创人员，“不少是观众的同龄人以及刚从上海戏剧学院毕业的硕士、博士，他们的思想观念、思维方式新潮前卫，艺术表现形式新锐大胆，勇于在戏剧舞台上挑战和突破传统，极容易引起当下时尚青年观众的共鸣和效仿”①。这种受众接近性，极大地拉近了舞台与观众的距离，舞台上发生的故事正是台下观众熟悉的生活，台上台下一样洋溢着朝气蓬勃的青春气息，煽动着时尚化的风潮，因而多数白领话剧颇能取得较好的剧场效果。同时白领话剧也为话剧市场的培育作出了巨大的贡献，培养了一大批固定的观众群，为话剧摆脱危机奠定了基础。甚至目前有许多公司就十分热衷于发放话剧票给员工前去观看，作为企业文化的一个方面，因为公司方面认为观赏话剧要比看电影高雅得多。然而作为都市消费文化的产物，白领话剧具有先天的缺陷，它在题材选择方面的限制决定了它只能是一种通俗话剧，生活在钢筋水泥的都市丛林和刻板机械的工作制度之下的都市白领，在精神和情感方面当然可能面临许多压力和迷惑，然而我们的白领话剧却明显缺乏深厚的现代性表达，“美国的大师级剧作家尤金·奥尼尔、阿瑟·密勒，爱德华·阿尔比、大卫·马麦等都写过极有深度的‘白领话剧’，他们决不刻意迎合‘白领’的嗜好，常常是提出揭露性、挑战性的问题，来赢得高水准观众的首肯……我们的白领话剧绝对躲不开票房的压力，往往只能以小见小，把电视电台谈话节目的话题搬到舞台上来，给那些享受了头部按摩、脚底按摩的观众，再来点酸酸痒痒的心理按摩”②。因而，“从内容上看，白领话剧的故事大同小异，基本以反映都市小白领的情感生活为主。……人物情感往往集中在一夜情加三角恋这些看似敏感的话题，所谓的戏剧矛盾，也多是剧中人物作为有钱阶层的无病呻吟。在大部分作品中，白

① 陆丽娟《民间话剧力量的生存空间》，《社会观察》2004 年第 12 期。

② 孙惠柱《当代中国话剧二题》，《中华艺术论丛》第 7 辑，朱恒夫、聂圣哲主编，同济大学出版社 2007 年版，第 65 页。

领阶层的精神世界和真实困顿都没有被深入挖掘，而只是浮光掠影地展现了他们情感生活的表层。”①的确，与台北的都市电影如杨德昌的《一一》等相比，白领话剧的主角是相当苍白的，白领话剧完全没有深入到都市的内心，没有触摸到都市生活的真正灵魂，它提供的只是一种零思考的“视觉冰淇淋”，最多附带一些网络八卦式的对当下热点的调侃。此外，白领话剧在摆脱了长期以来政治意识形态的训示说教面孔后，却又转向了金钱意识形态的宣讲，耽于金钱神话的缔造，流露的生活哲学不外乎香车美人的人生理想，热衷于一夜情、同居等徘徊在伦理边缘的题材，走不出男权意识的阴影。

二、喜剧时代的来临

近年来喜剧渐有泛滥之势，凡是喜剧几乎都有票房保证，白领话剧中就有相当一部分属于喜剧，诸如《和空姐同居的日子》《和我的前妻谈恋爱》《和谁去过情人节》等，都是喜剧形态的作品。周宪早在1997年就宣告了喜剧时代的来临，因为中国社会已逐渐转向消费社会，而“喜剧性最切合于消费享乐主义的意识形态要求。”②当消费成为文化的重要功能时，文化产品的娱乐性就凸显出来，而以逗笑为最基本目标的喜剧，显然是最符合大众放松休闲、寻求快乐的要求的。可以说，喜剧时代的来临是社会发展必然的趋势，这也可以证之于香港娱乐圈的历史。早于中国内地二十多年便进入消费社会的香港，喜剧便是其商业影片中最重要的类型之一，最为内地观众熟悉的周星驰便是其中最突出的代表，其实周星驰电影在整个香港喜剧电影版图中，只是很小的一个部分。然而周宪教授的预言似乎为时过早，由于中国社会喜剧传统的长期中断，中产阶层发育的不成熟，中年以上的城市居民普遍缺乏幽默感，整个社会严肃的时代气

① 潘妤《白领话剧/浮华已落幕》，《社会观察》2005年第8期。

② 周宪《中国当代审美文化研究》，北京大学出版社1997年版，第319页。

氛一时难以转变，在上世纪90年代，喜剧充其量是以小品的形式泛滥于春节晚会这样的电视舞台节目中，即便到了今日，电影领域这一状况仍然积重难返，除了一点都不好笑的冯小刚电影在大行其道外，有影响的喜剧电影仍然凤毛麟角。虽然比话剧要大众得多的电影尚未制造出喜剧的冲击力，但话剧市场早已敏锐地把握了这一时代脉搏，奉献出了一大批喜剧作品。舞台喜剧先于电影喜剧大量出现，或许由于舞台剧形式更加灵活，大小剧场不拘，既可像电影一样讲述一个完整的故事，也可游戏、拼贴，比较适合喜剧这种比现实要夸张的文艺体裁，因而舞台喜剧更利于编制，而电影在很大程度上留给观众的刻板印象则是"正正经经的人演完整的故事"，当然更重要的原因在于，喜剧的编制本身带有很强的技巧性，喜剧手法往往也是有模式可循的，而喜剧手法的运用在舞台上可能比银幕上更加自如一些。

然而一旦喜剧手法变得有套路可寻后，虽然便于逗乐观众，却也容易损害喜剧的内涵。比如在号称后现代主义风格的《大话西游》暴得大名后，其颠覆经典的做法不断被复制，李六乙导演的《市井三国》可谓直承其衣钵，家喻户晓的英雄人物刘关张、吕布一下子都成了市井小人，刘备更是个冒牌货，吕布是个胆小鬼，搞笑效果确实良好，然而该剧忽视了《大话西游》的切入点正是原著《西游记》的裂缝，欲望与戒律、规训与反叛，正是《大话西游》的起点，也正是这一基点，使《大话西游》具有了人文深度，而《市井三国》除了将英雄人物市井化、漫画化外，没有任何正面价值的重建，其效果仅止于搞笑而已。有学者将喜剧精神概括为"轻松活泼的情调""豁达乐观的胸怀"和"追求自由的精神"①，然而低俗化的闹剧却很难具有这样的精神向度。香港喜剧电影早已是前车之鉴，香港喜剧虽然深入大众人心，但也败坏了喜剧的名声，其实更接近于喜剧的低级形态——闹剧，滑入纯粹"搞笑"的深渊，纵观当今话剧舞台，大量的喜剧作品其实也只能称之为闹剧。夸张、变形、乖讹、重复、时空错位等喜剧技巧得到了娴熟

① 董健、马俊山《戏剧艺术十五讲》，北京大学出版社2004年版，第106页。

的运用，然而乐观向上、追求自由的喜剧精神却极度欠缺，近年来备受批评的民营戏剧团体“戏逍堂”，它的宗旨就是制造叫“话剧”的商品，完全走商业化运作道路，虽然被指责用烂糟戏污染了剧坛，但它的票房还挺红火，它的大多数作品就都是喜剧。或许因为话剧演出不需审查，更加等而下之的作品，大量利用低级趣味来逗弄观众，使得近期话剧舞台竟比色情暴力大本营的电影还放肆，有人讽刺说，“‘艳照门’再刺激，也比不过眼面前的真人。如果票房仅为此而爆棚，也确实是话剧的悲哀了。”[①]自然，话剧舞台的现场演出是不太可能正面表现性爱场面的，其涉性的内容在很多作品中都是作为搞笑元素出现的，甚至很多作品拿同性恋开心，如近期演出的《乱套了》《疯人院飞了》《和谁去过情人节》，甚至《市井三国》这样的古代题材的作品，这一方面说明同性恋越来越为社会接受，另一方面也表示编导和观众仍视同性恋者为异类，这样才会产生可笑性，这一对某一社会群体明显贬损性的定位，显然是极不宽容和不厚道的。其实这样的品味，显然是对观众素质的低估，然而，风气所及，喜剧性可谓遍地开花，在有些主题本来比较沉重严肃的作品中，闹剧场面也比比皆是，如《红玫瑰与白玫瑰》中就有不少性暗示的语言和动作，而《兄弟》中不仅有许多粗俗的场面，更拿残疾人的笨拙来制造笑料，这是不应该被原谅的，再如《白鹿原》小说中原本一点喜剧性都没有的小娥，在宋丹丹饰演的话剧版中，也被增添了喜剧色彩，然而几乎是没有必要的。

观众的欢笑，在闹剧中不是成为精神的升华，而是对价值的消解，欢笑甚至有可能裹挟观众对不正确的意识表达产生认同，在闹剧高度张扬话剧的感官性，而忽略精神追求的情况下，《秀才与刽子手》这样一出喜剧的出现，可谓令人心旷神怡，在赖声川的《暗恋桃花源》之外又树起一道喜剧的独特风景。黑色喜剧《秀才与刽子手》故事很简单，但取材极为独特怪诞，实则是一出寓言剧，陶醉于考试的徐秀才和热衷于剐人的刽子手马如龙，在清廷宣布废除科举和酷刑

① 朱光《“床戏上台”观众就“埋单”?》,《新民晚报》2008 年 3 月 1 日。

后，如五雷轰顶，一时失去生活寄托，茫然不知所措，后来马如龙开了肉铺，原本鄙视他的徐秀才也脱去斯文在肉铺当了伙计，两人在肉铺中多少寻得了对原先生活的补偿。整个故事荒诞不经，舞台演出也别出心裁，次要角色众乡邻全部戴面具演出，强化了怪诞效果，处处显露出黑色幽默，深刻表达了人性异化的主题。《秀才与刽子手》成为近年难得一见的既叫座又叫好的喜剧佳作。

三、明星话剧：炫目的外包装

“明星是消费社会最耀眼的文学文本形态之一。……明星显然是一些强有力的符号，是为对人生总有不同梦想和爱好的消费者公众制作的风格或品味各异的文学文本。”①尽管社会上有各行各业的明星，体育明星、影视明星、文化明星，甚至学术明星，但无疑影视明星以炫惑人的偶像姿态，最受大众追捧，成为大众传媒最热衷的话题，也是影视票房和收视率的有力保证。明星制是商业电影的制胜秘诀，而话剧与电影均是最重要的表演艺术，从这一点来说，话剧与电影应是近亲艺术，然而长期以来话剧界却没有形成明星制的传统，甚至也没有戏曲界的“名角”，很显然，这是与话剧的小众艺术的属性密切相关的，相比较电影这一娱乐工业的急先锋，话剧无法被复制的现场演出方式，仍然是传统手工业作坊式的，这就极大地限制了话剧舞台形象的传播，尤其在影视 DVD 化的现状下，影视明星与观众的接触频率越来越高，尽管那只是一种虚拟影像，而话剧虽然也可制作舞台录像，但那已经改变了话剧的本质属性，舞台录像显然代替不了现场演出的魅力，再者舞台录像仍然缺乏传播渠道，难以进入大众的文化消费视野中，如今的电视节目中也很少播出话剧节目了。因而话剧界尽管有许多卓有成就的表演艺术家，但他们在普通观众中的知名度却不高，少数话剧明星的出名，并不因为他饰演的话剧形象家喻户晓，反而是舞台之外的原因，例如

① 蒋荣昌《消费社会的文学文本》，四川大学出版社 2004 年版，第 178 页。

李默然更多是因为主持人的身份，而焦晃、韩善续、濮存昕、吕凉、李立群等则因他们在影视剧中“不务正业”才为观众熟知。

相比较电影表演来说，话剧表演需要更深厚的功力，因为电影表演更加写实，而话剧的表演性、技术性更强，尤其面对现场观众是不可以像电影拍摄那样“NG”的，电影是由银幕固定下来的表演，而话剧是进行中的表演，因而话剧演员不像电影明星那样有偶然派和实力派之分，电影作为注重感官感受的日常消费品，电影演员的外形相对更加重要，因而影星并不一定都会演戏，“花瓶”大有人在，但话剧演员都必须是经验丰富、技巧娴熟的实力派演员。然而，作为工业的电影和作为手工作坊的话剧，它们付给演员的报酬却不啻有天壤之别，张丰毅就坦言，他参加一次话剧演出，就要损失一幢别墅，参加话剧演出完全是在作奉献。因而，大量的话剧演员涌入影视圈就不足为奇了，尤其在话剧市场不景气的情况下，许多话剧演员尽管保留了剧院的工作，但长年却在影视圈中奋斗，略有名气的演员都下海了，而新演员也将舞台演出作为进军影视圈的跳板，话剧界几乎成为为影视圈储备人才的试验田了。

然而，随着近年来话剧市场的回暖，明星话剧也在大量出现，这里所说的明星，不是指话剧界自身培养的明星，而主要是指影视明星向话剧舞台的回流，如明星版的《雷雨》《霓虹灯下的哨兵》、刘晓庆主演的《金大班的最后一夜》、袁泉主演的《暗恋桃花源》和《琥珀》、秦海璐主演的《红玫瑰与白玫瑰》、梁家辉主演的《倾城之恋》、郭冬临主演的《超级笨蛋》等，陈佩斯近年来更主要将他的演艺事业放在了舞台剧演出方面。明星话剧的出现，原因十分简单，首先随着话剧业的复苏，剧团等制作机构清楚地认识到明星对观众的巨大吸引力所蕴含的极大商机，试想想，能近距离观赏到梁家辉在舞台上的现场演出，这对于梁家辉的FANS们来说，是何等的福分，而陈佩斯这样的民营戏剧制作人，当然更懂得充分利用自身的明星资源。此外，尽管话剧演出的收益有限，但话剧在白领阶层中已逐渐生根，观看话剧已成为一种身份和品位的象征，同时，话剧表演的难度也得到公认，因而通过话剧演出，尤其是文化含量极高的经典剧目的演出，挑战自己的演技，进而通过更高端人群的认可，肯定自己的演技，提升自己的知名度也成为近年来许多明星热衷于舞台演剧的原因所在。

明星话剧自然是观众的眼福，甚至也成为观众炫耀型消费的一部分，赖声川就认为明星“能够带一群甚至一代没有接触过剧场文化的观众走进剧场”①，尤其对于袁泉、秦海璐、郭冬临等原本戏剧学院出身的明星来说，重回舞台也是情理之中。然而明星话剧，毕竟是一种商业性的运作，许多影视明星只是客串而已，尤其对于没有舞台经验的电影演员来说，他们未必能够胜任。“戏剧表演的魅力在于，角色与观众在剧场相遇，观众来到剧场不是来看演员的，而是来看演员扮演的角色。这两者之间发生的事情仅仅与审美相关，一切现实的、实用的或功利的目的被剧场中止，观众无疑带着深切的审美期待，等待着他的感性被灿烂地唤醒。②舞台时空的限制对于优秀的话剧演员来说，恰是引爆爆发力的源泉，他们充分运用自己的身体能量，震荡起生命节奏，引起观众的共鸣，因而优秀的话剧及演出离诗的境界是很近的，但商业化痕迹很重的明星话剧显然不能臻此化境，如刘金山在《奇异的插曲》中的演出就不算成功，更有甚者，翁虹在《榆树下的欲望》中的演出将原剧过分情欲化了。而商业化的角色分配也不一定真的适合明星进行本色演出，“红玫瑰”的扮演者秦海璐曾说：“接这部话剧时，我以为是要我演‘白玫瑰’，也觉得自己就是‘白玫瑰’。”③但导演却要求秦海璐扮演“红玫瑰”，结果“红玫瑰”的热烈总是与秦海璐有那么一些距离。

此外，正如张艺谋、陈凯歌、冯小刚具有票房号召力一样，话剧界也存在着明星导演，但为数不多，主要就是两位，孟京辉和林兆华，当然还可以加上从台湾来到内地拓展演出市场的赖声川，前几年还有个张广天，他的革命秀和理想秀的作品也曾号召一时，但近期似乎锋芒收敛了，观众的兴趣似乎也转向了。从剧本向导演的转变，本是世界戏剧的一个趋势，孟京辉和林兆华以自己的鲜

---

① 赖声川《用明星，我从来不觉得是坏事》，《话剧》2007年第2期。

② 彭万荣《表演诗学》，中国社会科学出版社2003年版，第227页。

③ 李君娜、端木复《秦海璐："玫瑰"花开红艳艳》，《解放日报》2008年2月15日。

明风格，在观众中树立了较高的知名度，甚至成为一种品牌标签，观看他们的作品就有了符号消费的意思。他们本被推举为先锋导演中的重要代表，但在市场化的大潮中，也通俗化了，近期孟京辉的《艳遇》和《两只狗的生活意见》，林兆华的《白鹿原》基本上都是消遣性的。

四、移植和改编：寻找文本基础

成为话剧市场消费热点的，也并非全部都是通俗话剧，其中也有一部分经典剧目。经典是“能在漫长的世代，广袤的地域，给予众多读者以巨大的感动”的作品。[①]经典以其永恒的魅力，给人精神上的高度享受，也能取得一定的票房收益。经典剧目对于话剧的发展具有重要的意义，中国话剧的成熟，很大程度上得益于《雷雨》成为中国旅行剧团等职业剧团的保留剧目。但由于中国话剧史上的经典太少，排来排去，能够赢得票房的不外乎《雷雨》《暗恋桃花源》等少数几部，即使夏衍的绝对经典《上海屋檐下》也票房不佳。那么，引进国外的经典作品，不啻是一个好的选择，中国现代话剧的发生和发展，就是与搬演外国剧作密不可分的。近年来移植的品特的《情人》、斯特林堡的《朱丽小姐》、雅丝米娜·雷札的《艺术》、阿瑟·米勒的《萨勒姆的女巫》、奥尼尔的《榆树下的欲望》、《奇异的插曲》等俱是剧坛佳作，然而并非所有的经典都能吸引观众，过于严肃深沉而风格相对特殊的作品，如《萨勒姆的女巫》等票房并不理想。如果不是从学术的角度来理解经典，那么移植的流行经典会显得更多，如在国外火爆的《糊涂戏班》《乱套了》《超级笨蛋》等喜剧，引进国内之后仍很受欢迎。

移植经典是为了寻找可能引起观众兴趣的话剧文本，但它的处理方法相对简单，而改编话剧的兴起，更值得研究。近年来小说体话剧如火如荼，《生死场》《金锁记》《长恨歌》《倾城之恋》《正红旗下》《白鹿原》《兄弟》《红玫瑰与白玫瑰》

---

① 章培恒、骆玉明主编《中国文学史》，复旦大学出版社1996年版，第14页。

等等纷至沓来，还包括国外小说改编的《牛虻》《红与黑》及根据网络流行小说改编的《第一次的亲密接触》等，俱是知名度较高的经典或流行经典。这一方面凸显了话剧原创力的缺失，另一方面也在内容方面利用小说已有的基础保证了话剧的水准，上海市文广局阅评专家组对《兄弟》的评估意见写道："上海话剧艺术中心联合社会剧社，果断地发现和捕捉了当下最具社会热点意义，且已被拥戴为'一线畅销读物'的'利好'小说，主动从实现双赢甚至多赢的立场出发，与包括原著作家在内的方方面面缔结有效合作，以期在现有纯文学作品的基础上，再度推向舞台轰动，这显示了该剧在策划方面的一个重要亮点。实际上，无论我国还是外国，在影视界、戏剧界、歌剧界、歌舞界、漫画界等，都从来不乏此类机智而讨巧的做法；这种经过再创作的作品，丝毫不因为出自于改编，而降低了自己的水准与身价。"①然而小说与话剧毕竟是两种不同的体裁，话剧属于代言体，而小说是叙述体，小说的文体更加从容，作者不但可以叙述、议论，进行详尽的环境描写，还可以全知全能地表现人物的内心，而话剧则主要通过演员表演代言故事，尤其长篇小说，它的文体自由度很高，适于表现长时段波澜壮阔的社会生活，而话剧则更适合表现冲突剧烈的故事，重在人性深度的挖掘而不是生活的广度，在结构方面，小说纵横捭阖，而话剧则深受时空限制，更适合封闭式结构，此外话剧的舞台禁忌颇多，从大到崇山峻岭、行军打仗，到性爱、生育等个人隐私，小说中尽可以穷形尽相地描摹，而舞台却难于表现。因而小说改编为电视剧或电影则若合符节，改编为话剧却不免处处掣肘，因而要作若干改变。

《白鹿原》是一部较为典型的由长篇改编为话剧的作品，原作号称民族史诗，时间跨度极大，人物繁多，改编为话剧后众多事件仅得浮光片影，"所有的人物不加甄别地一概选入"，"形成了一个舞台版的小说缩写"，没看过原著的人很难看懂，倒是原作中百科全书式的性描写，都被大部分保留下来，难怪被批评为

① 何兆华《关于话剧〈兄弟〉的评估意见》，《话剧》2007年第3期。

“一部在观众眼里只剩下粗俗不堪的文化垃圾”，“大大降低了原作的文化意蕴和审美价值”。[①]《兄弟》的改编也有相似的问题，原作几十年的时代变迁在舞台上变得若有若无，话剧版更像是一个几十年的三角恋爱，导演希望揭示当代暴发户心态，刻画当前整个社会的浮躁情绪，令观众“笑着哽咽”的初衷因此也未能实现。但因它的剧情变得集中，又加以喜剧化，剧场效果确实良好。《牛虻》原著虽也跨度较大，但故事相对集中，主要是牛虻早年被神父出卖，以及多年后回国继续革命，因而改编的话剧也较为成功，保留了较强烈的戏剧冲突。《正红旗下》是老舍未竟的自传体小说，《生死场》是极散文化的小说，两者均无整一的情节，改编为话剧都有极大的难度，李龙云改编的《正红旗下》舞台时空极为自由，人物在舞台上自由穿梭，然而戏剧味却冲淡了，同时改编者的视角也从老舍对本民族的省思转向了更宏大却又意识陈旧的历史观照。田沁鑫改编的《生死场》对情节加以了适当集中，但金枝生育、赵三杀二爷等情节与抗日行动之间仍显得有所断裂，这种断裂在小说中本就是存在的，十年前日本鬼子没来时农民生活在浑浑噩噩的状态中，“忙着生，忙着死”，却又无所谓生，无所谓死，丝毫没有生命的尊严，更谈不上生命的快意和悲哀，而十年本是这无休无止无价值的生命的又一次一成不变的轮回，然而外敌的入侵却使这些愚昧的农人牲口式的生存可能都被剥夺，因而他们的终于奋起反抗便显得自然而然，加之小说自由度高，经过散文化的铺陈，抗日主题的呈现便显得并不牵强。而话剧《生死场》既然不可能割舍抗日主题，有限的舞台演出时间又限制了抗日情节的深入，使得该剧在抗日部分显得先天不足，尽管演出时观众显得群情激昂，但那是朴素的民族情感在起作用，而不是艺术层面上的深刻感染。或许中篇小说更适合改编为话剧，《红玫瑰与白玫瑰》原作篇幅不长，话剧采用了分割舞台的方式，较好解决了时空的局促，此外以两个演员同时扮演佟振保，分别表示现实中的佟振保和他的内心，再创造的成分更多，戏剧味也很浓，舞台效果也不俗，改编的任

---

① 杨云峰《人文精神的曲解——简议话剧〈白鹿原〉舞台表现》，《艺术评论》2007 年第 7 期。

务是完成得很好的，可惜原作的小资情调能否抵达经典，尚是个问题。小说改编话剧，要想脱胎换骨，谈何容易，但毕竟能以原著的知名度吸引观众，在注意力经济盛行的时代，不失为讨巧的好方法，可见小说体话剧必是一个时期内的趋势，但也任重道远。

五、被改造的先锋

话剧除却内容方面可提供故事给观众消费外，它在形式方面也对观众颇具吸引力，因为话剧作为一种独特的艺术门类，它的形式感是很强的，远甚于影视。话剧是古老的，又是限制极强的，但正由于种种限制，话剧才急迫地需要突破传统，因而它的出新也就显得更具魅力。在多媒体技术越来越普遍的今天，话剧舞台也大量利用它来挑战时空限制，例如《喜玛拉雅王子》的舞台就相当恢宏，“多媒体虚拟舞台影像仿佛把观众带到西部雪域高原，将西藏万马奔腾的景象带到狭小的舞台中，给观众以身临其境的感受，赢得了观众满堂喝彩”。①《兄弟》中也表现了驶近的火车，产生了独特的视觉冲击力，这些有点类似于电影中的“大片”追求，但这种富裕戏剧的形式化追求，却并非戏剧本质的东西，正如格洛托夫斯基所说：“戏剧无论怎样大量地扩充和利用它的机械手段，它在工艺上还是赶不上电影和电视的。”②这样的舞台设计对于整部作品来说只能是附属性的。而先锋话剧对于舞台语汇的不避极端的追求却是直达戏剧本质的。

在多数观众的心目中，先锋恐怕并非褒义词，它意味着实验、不确定、可能的失败和不知所云，普通观众对先锋话剧是避之唯恐不及的，那么，先锋也能够被消费文化熏陶下的观众所消费吗？诚然，那在极限处探寻艺术可能性的先锋，很难被观众消化，如《4:48 精神崩溃》。然而所谓“先锋”，它的探索基点，必

① 贺寿昌、韩生、徐承志、张敬平、刘志新编著《演艺虚拟合成系统创作与应用》，格致出版社、上海人民出版社 2007 年版，第 125 页。

② 格洛托夫斯基《迈向质朴戏剧》，中国戏剧出版社 1984 年版，第 10 页。

是针对戏剧的特有艺术表现力的。先锋行之有效处，正是戏剧独特魅力焕发之处。因而一旦先锋手法被加以通俗化诠释，既保持了戏剧魅力，又不过分侵犯观众，也能成为消费的热点。

孟京辉1993年导演的《思凡》是先锋手段通俗化的先驱，《思凡》体现了明显的拼贴风格，全剧由三个故事组成，中国传统戏曲《思凡·双下山》的故事，和《十日谈》中的两个风月故事，《思凡》在戏剧形式上的突破引人入胜，各种戏剧技巧运用自如。《思凡》通过讲解人叙述剧情，同时由其他演员通过角色的扮演来演出剧情，这样充分加剧了该剧的表演性，也充分发挥了戏剧艺术的假定性，为舞台表演开拓了广阔的空间。这样，和尚与尼姑也完全不必像现实主义戏剧中一样剃光头发，身披袈裟，演员和角色的关系也是不固定的，饰演小尼姑和小和尚的演员在另一个故事中又可以迅速变成意大利人，而演员也可以通过"哇哇"的啼哭来扮演婴儿。古代背景中也不妨出现电灯等现代的道具，而演员也可以随时扮演成庙里的菩萨甚至其他道具。马夫的故事中，两组演员同时扮演，他们的举止互相补充，互相强调，带来鲜明的喜剧化效果。

《思凡》的舞台形式不能不说是先锋的，它的舞台整体演出效果又是通俗的，《思凡》的喜剧效果来自于对戏剧假定性的充分发挥，假定性本是一切艺术的本质，但因与戏剧艺术更生死攸关，在戏剧领域更受强调，而所谓先锋话剧，也不过是在假定性手段方面推陈出新，出奇招罢了。深圳大学艺术系曾编导"南头怪事系列剧"，曾在上海话剧中心展演过，其中《坑人》完美地发挥了戏剧的场效应，在戏剧结构上非常复杂，大玩时空穿越游戏，从东晋阳羡书生的离奇故事开场，转眼过渡到今日深圳的南头，全剧荒诞不经却充满趣味，又扣人心弦，舞台极度自由，表演酣畅淋漓，充满了令人受不了的想象力，让人意犹未尽。其终结篇《搞鬼》，风格与《坑人》一脉相承，只是时空穿越变为了阴阳相通，仍然致力于动作性，舞台演出相当生动，在舞台设计上也有新的探索，虽然戏剧手法仍是先锋的，观众却只觉得可爱。《市井三国》中一个演员全身着白衣，涂满红色，围绕剧场飞奔，扮演被张飞扔出的一块猪肉，这样的处理当然是话剧特有的假定性手法，但观众觉不出它和先锋有什么关系，只觉得搞笑。近年来相当流行的《暗恋桃花源》巧妙地糅合了喜剧和悲剧两种体裁，探讨了时空对人的限制，不可谓不先锋，但又通俗地令观众喜爱。《秀才与刽子手》中面具的使用既古老又先锋，戴面具的乡邻又承担了歌队和解说人的任务，带有叙述体戏剧的特征。可见先锋手段对假定性的不遗余力的张扬，充分展现了戏剧艺术的独特魅力，也能成为话剧作品的重要看点，远比小说、诗歌和电影中的先锋要有弹性得多。

原载《戏剧》2010 年第 1 期

编　后　记

如本书副题所示，此处选入的“文学批评”，在时间上特指发表于2000年之后；在内容上较倾向于以新世纪中国的文学现象、新涌现的作家作品为论题。

本书标题自然取自陶渊明诗句“有风自南，翼彼新苗”，寓意有二：南风徐来，绿苗抽发，犹如鸟儿振翅欲飞，这番清新的景象，正合乎本书题旨——以新鲜的眼光关怀新变现象与新人新作。此外，陶渊明的这首《时运》隐伏着《论语》中“暮春者，春服既成……咏而归”的典故，孔子与众弟子聚谈“各言其志”，象征着本系当代批评传统的学术传承。

限于篇幅与编选者的眼光，遗珠之憾在所难免，敬请师友、读者见谅。

编选者

2017年3月